Pia Hepke

Lichtzauber

Frostkuss und Mondfinsternis

Triggerwarnung

Wer nicht auf Triggerwarnungen angewiesen ist und sich nicht spoilern möchte, bitte weiterlesen. Für alle anderen: Die Geschichte befasst sich unter anderem mit dem Thema Mobbing und dessen psychischen Folgen wie in diesem Beispiel Panikattacken. Ebenso ist der Tod der eigenen Eltern Teil der Handlung.

Lektorat: scriptdoctor

Umschlaggestaltung: Pia Hepke

Bildmaterial: © Depositphotos

Illustration: © Pia Hepke

Satz: Pia Hepke

Verlag: BoD · Books on Demand GmbH, In de Tarpen 42,
22848 Norderstedt
Druck: Libri Plureos GmbH, Friedensallee 273,
22763 Hamburg
ISBN: 978-3-7693-0353-7

Lichtzauber

FROSTKUSS UND MONDFINSTERNIS

Kramperl, Kramperl
Hahaha

17. Dezember, noch 7 Tage bis Weihnachten

Ich blickte von meiner Arbeit auf. Irgendetwas hatte meine Konzentration gestört, wobei ich nicht sagen konnte, ob es ein Geräusch oder etwas anderes gewesen war, weshalb ich mich suchend umsah. Als mein Blick durchs Wohnzimmerfenster nach draußen fiel, stockte mir kurz der Atem.

Der bereits gut einen Meter hohe Schnee wurde von dem hellen Schein des Mondes in strahlend weißes Licht getaucht, wodurch der riesige, schwarze Schatten klar und deutlich zu erkennen war.

Im ersten Moment glaubte ich tatsächlich, dort draußen befände sich ein Monster. Lange Hörner, ein zotteliger Körper und merkwürdig gebogene Beine.

Eine Gestalt, die den Kostümen, welche hier zu den Rauhnächten und bei den Perchtenumzügen oft getragen wurden, sehr ähnelte. Inzwischen sah man diese gruseligen Masken immer häufiger auch an Halloween oder als Faschingskostüm. Nach und nach vermischte sich eben alles.

Bei Silvester verhielt es sich ähnlich. Angeblich sollten Dämonen an diesen Tagen in Erscheinung treten und zum Jahreswechsel sogar Geister in diese Welt wechseln. Die traditionelle Knallerei diente dazu, sie zu vertreiben. Zur heutigen Zeit stellte dieser Tag natürlich ein reines Feuerwerksvergnügen dar und hatte nicht mehr das Geringste mit dem Glauben des alten Brauchs zu tun.

All diese Gedanken und Überlegungen wirbelten in meinem Kopf herum, als ich langsam aufstand und näher ans Fenster trat. Die Gestalt ging durch den hohen Schnee, sicherlich hatte derjenige sich verlaufen. Hier draußen gab es ja kaum etwas außer Schnee, Wald und Wildnis. Was mich wiederum zu der Frage brachte, was er hier wollte.

Ich runzelte die Stirn und rieb mir hinter der Brille meine müden Augen. Na, wahrscheinlich kleine Kinder erschrecken. Oder ein wenig dafür üben. Schließlich gab es genug Idioten, die sich nicht als Weihnachtsmann verkleideten, um den Kindern eine Freude zu bereiten, sondern als das böse Gegenstück, weil sie ihnen Angst machen wollten.

Während ich so am Fenster stand, fragte ich mich, was ich jetzt tun sollte. Um rauszugehen und meine Hilfe anzubieten, fehlte mir der Mut. Und das nicht nur, weil da jemand in dem gruseligen Kostüm einer Sagengestalt, der man nachsagte, sie würde ungezogene Kinder töten, herumlief. Der Krampus stand nämlich für die sogenannte schwarze Pädagogik. Bei der wurden die Kinder nicht bei artigem Verhalten vom Weihnachtsmann mit Geschenken belohnt, sondern wenn sie ungezogen waren, vom Krampus mit einer Rute geschlagen. Oder sogar in seine Kraxe auf den Rücken gesteckt und in die Hölle getragen. Ich hatte als Kind so einige gruselige Geschichten gehört. In den Wald verschleppen, ertränken, das Genick brechen und darüber hinaus gab es sicherlich noch zahlreiche andere Varianten. Und ich wollte hier und heute mit meiner eigenen Geschichte definitiv keine neue hinzufügen.

Unschlüssig stand ich also da und war drauf und dran, mich wieder an meine Arbeit zu setzen. Einfach so tun, als habe ich nichts gesehen (wenn derjenige Hilfe bräuchte, würde er klingeln, schließlich brannte Licht). Da blieb die gruselige Gestalt stehen und drehte den Kopf mit den langen Hörnern langsam in meine Richtung.

Obwohl er über zweihundert Meter weit weg sein musste, hielt ich erschrocken den Atem an. Ein Zittern erfasste meinen Körper. Dann sah ich in dem Gesicht rote Augen aufblitzen und er kam mit einem Mal direkt auf mich zu.

Ich stolperte zurück und fiel dabei hin. Ängstlich krabbelte ich ein paar Meter rückwärts, die Augen fest auf das rote Glühen fixiert. Die Gestalt kam weiter auf mich zu. Ehe mir bewusst wurde, dass mir im Haus nichts passieren konnte, verschwand sie hinter einem kleinen Schneehügel und ich hielt inne.

Der Anblick dieser rot glühenden Augen hatte mich dermaßen erschreckt, dass irgendein Fluchtinstinkt in mir geweckt worden war.

Ich atmete ein paar Mal tief durch und erhob mich wieder. Zögernd trat ich zurück an die bodentiefen Fenster und sah hinaus in den Schnee. Doch da war nichts. Die Welt hinter dem Glas lag dunkel vor mir. Schwarz, mit hier und da etwas vermischtem Grau, in welches sich der weiße Schnee verwandelt hatte. Eine Wolke musste sich vor den Mond geschoben haben.

Einige Zeit suchte ich mit den Augen die Umgebung ab, gab schließlich auf und kehrte an meine Arbeit zurück. Vermutlich hatte ich mir das alles bloß eingebildet. Als ich auf die Uhr sah, bemerkte ich, dass es kurz vor Mitternacht war. Ich war mal wieder so in meine Arbeit vertieft gewesen, dass ich alles um mich herum vergessen hatte, inklusive der Uhrzeit. Da es jetzt im Winter so verdammt früh dunkel wurde, gab mir nicht einmal mehr das schwindende Tageslicht Aufschluss über die voranschreitende Zeit.

Bestimmt hatte ich mir das alles bloß eingebildet, weil ich müde und hungrig war. Verdeutlichend knurrte in diesem Augenblick mein Magen. Eigentlich war es viel zu spät, um noch etwas zu essen. Andererseits, wenn ich jetzt ohne Essen ins Bett ging, würde mein leerer Bauch mich definitiv nicht schlafen lassen, und das nur, weil ich mal wieder das Abendbrot aufgeschoben hatte, um noch schnell fertig zu werden.

Tja, dann musste ich mich jetzt bloß entscheiden, ob ich mir ein Brot schmieren oder einfach eines dieser Fertiggerichte nutzen sollte.

Davor speicherte ich rasch meine bisherige Arbeit ab und fuhr im Anschluss meinen PC herunter, erst danach ging ich in die Küche. Grübelnd stand ich da. Eigentlich widerstrebte es mir, die schnelle Variante zu wählen, aber ich war zu faul, mir zu überlegen, was ich aufs Brot wollte. Auch wenn der Käse dringend aufgegessen werden müsste, aber ich hasste es, dazu gezwungen zu werden. Das war das elendige Problem mit diesen großen Packungen, meinem einsamen Singledasein und dem übersichtlichen Appetit. Hatten andere auch dieses Problem, dass sie vier Tage in Folge immer nur Käse essen mussten?

Während meiner Grübelei stellte ich den Wasserkocher an und schnappte mir einen dieser kleinen Becher von den Fünf-Minuten-Gerichten. Schnell essen und dann ab ins Bett.

Mit dem heißen Plastikbecher in der Hand ging ich keine zwei Minuten später zurück ins Wohnzimmer und hätte beinahe alles fallen lassen und mit Tomatensoße bespritzt, als ich den riesigen Schatten des Ungeheuers auf der Brücke stehen sah.

Direkt an mein Haus grenzte ein großer See, der derzeit zugefroren und auf dem ich als Kind häufig Schlittschuh gelaufen war. Zum Haus führte eine Brücke, die nur wenige Meter entfernt lag. Und über diese kam nun das seltsame Wesen mit den Hörnern und den krummen Beinen herüberspaziert, als wäre es das Normalste der Welt. Bildete ich mir das jetzt auch bloß ein?

Bei der großen Entfernung zuvor hätte ich ruhigen Gewissens sagen können, dass meine Fantasie aus irgendeinem unförmigen Schatten eine gruselige Gestalt geformt hatte. Dass mein müdes Gehirn mir etwas vorgaukelte. Aber bei dieser geringen Entfernung sah ich viel zu viele Details, als dass ich es weiterhin als Einbildung abtun konnte.

Mit bebenden Händen stellte ich meinen Mitternachtssnack auf dem Wohnzimmertisch ab und fragte mich fiebrig, was ich tun sollte. Die Polizei rufen? Aber die würde eine halbe Ewigkeit brauchen und nachher entpuppte sich das Ganze bloß als Scherz oder Mutprobe oder Missverständnis. Ich hatte schließlich keine Ahnung, was der Kerl in dem Kostüm plante oder sich bei der Aktion gedacht hatte. Die Polizei würde ihn bestimmt einsammeln, sollte er Hilfe brauchen, aber ich würde etliche Fragen beantworten müssen und ich wusste nicht, ob ich das alles wollte. Womöglich musste ich im Anschluss mit aufs Revier oder am nächsten Tag hinfahren, um irgendetwas zu unterschreiben. Nein, das ließen wir lieber sein.

Aber gar nichts tun? Vielleicht hatte der Mann sich wirklich verlaufen und würde in der Nacht dort draußen ohne Hilfe erfrieren. Wie würde es mir gehen, wenn ich übermorgen in der Zeitung etwas von einer gefundenen Leiche in einem Krampuskostüm las?

Nein, das könnte ich definitiv nicht mit meinem Gewissen vereinbaren. Aber hier bei mir im Haus wollte ich ihn auch nicht haben. Selbst ohne dieses schaurige Kostüm käme mir ein fremder Mann nicht so einfach ins Haus. Hätte ich mir doch bloß einen Hund zugelegt, Victor und Sokrates würden mir in Sachen Selbstverteidigung eher nicht helfen. Aber Moment mal, vielleicht konnte ich die beiden für etwas anderes nutzen.

Mit einem letzten Blick überprüfte ich durchs Fenster, wie weit der gruselige Mann entfernt war. Dann schnappte ich mir für den Notfall mein Handy, warf mir in der Diele eine Jacke über und ging durch den Windfang im Eingangsbereich weiter in den Stall. Dort standen direkt neben der Tür meine Stiefel, die ich im Winter immer anzog. Hier war es frisch, aber nicht eisig.

Sokrates wieherte mir aus seiner Box sogleich entgegen, er erwartete jedes Mal, dass ich mit Futter kam. Ich nahm mir zumindest die Zeit, bei den beiden kurz nach dem Rechten zu sehen.

Victor brummelte mich an und ich strich über seine weiche, weiße Nase, die Teil seiner breiten Blesse war. Er kaute zufrieden auf den Heuhalmen seines Abendbrots. Auch wenn ich das bei mir mit den Mahlzeiten nicht immer ganz so gut hinbekam, meine Pferde versorgte ich stets ordentlich und achtete darauf, dass sie maximal nachts eine Fresspause von über vier Stunden hatten. Wobei die Heunetze halfen, das zu verhindern. Victors war auch noch gut gefüllt, Sokrates hingegen bekam immer etwas weniger, weil er mir sonst schnell zu dick wurde, da es im Sommer schwierig bis unmöglich war, bei ihm eine vernünftige Figur zu halten – der Kleine inhalierte das Gras förmlich, auch wenn er stets behauptete, dass er schon allein vom Hinsehen zunahm. Deswegen gab ich mir im Winter doppelt Mühe, damit er etwas abnahm, ohne dass er dabei hungern musste.

Sein kleiner Shettykopf reichte nicht ganz bis über die Boxenwand, man sah nur seinen hellen, buschigen Schopf. Und so streckte ich kurz die Hand hinein, um ihn zu streicheln.

11

„Es könnte sein, dass ihr heute Nacht einen ungewöhnlichen Übernachtungsgast bekommt." Ich wandte mich ab und kramte zwei Schlösser hervor. Zur Sicherheit hatte ich immer alles zur Hand. Wenn man so weit draußen wohnte, war man besser auf alles vorbereitet. Auch auf Krampusse, die nachts überraschend vorm Haus standen. Und so schloss ich meine Pferde in ihren Boxen ein und auch die Sattelkammer sperrte ich zu. Vorher nahm ich noch zwei Abschwitzdecken von Victor heraus – die waren natürlich gewaschen – und legte sie in die leerstehende Box.

Ich besaß die Angewohnheit, immer eine Box fertig eingestreut zu haben. Wenn die beiden wetterbedingt nicht rausgingen, machte es das Misten einfacher, wenn ich sie während der Zeit kurz umstellen konnte.

Hier hatte der Fremde weiches Stroh, zwei Decken und wäre auf jeden Fall besser aufgehoben als draußen im Schnee.

Ich hoffte, dass er nicht zu nah vor der Tür stand, öffnete mir vorsorglich meinen Fluchtweg ins Haus und schloss erst danach die Stalltür auf. Mit wild klopfendem Herzen drückte ich die Klinke hinunter und stemmte die Tür ein kleines Stück auf, um hinausgucken zu können. Ich war froh, dass der Mond nicht länger verdeckt wurde und ich daher recht genau erkennen konnte, dass der Mann nah bei der Brücke stand. Kurz wunderte ich mich, dass er noch nicht beim Haus geklingelt und um Hilfe gebeten hatte, aber vielleicht machte er eine Pause. Sich durch den hohen Schnee zu kämpfen war sicherlich anstrengend. Und womöglich hatte er ohne den Mond den Weg nicht richtig erkennen können. Egal, jetzt galt es, auf sich aufmerksam zu machen. Etwas, vor dem ich ziemliche Angst hatte. Vor allem wenn mich wieder der Blick aus diesen gruseligen roten Augen traf.

„Hallo!" Meine Güte, das war ja nicht einmal dem Quieken einer Maus würdig gewesen. Ich räusperte mich mühevoll und versuchte es erneut, doch abermals blieb jede Reaktion aus. Also öffnete ich die Tür ein Stück weiter – der Schnee bremste mich irgendwann – und mein nächstes Rufen wurde zusätzlich unterstützt von einem kräftigen Winken, damit er endlich auf mich aufmerksam wurde.

Nachdem der Kopf sich in meine Richtung drehte – ein Glück leuchtete mich nicht wieder etwas Rotes an, womöglich hatte ich mir das echt nur eingebildet –, trat ich zurück.

„Wenn Ihnen kalt ist, können Sie hier schlafen!!" Ich rief so laut, dass ich in meinem Hals ein unangenehmes Kratzen verspürte. „Ich lasse die Tür offen!", fügte ich hinzu, weil keine rechte Reaktion erfolgte. Hastig trat ich zurück in den Stall und lehnte die Tür an, sodass ein feiner Lichtstrahl nach draußen auf die hohe Schneedecke fiel. Das Licht ließ ich im Stall brennen und verzog mich eilig ins Haus. Dort schloss ich die Tür zum Stall sorgsam ab, und um doppelt sicherzugehen, auch die vom Windfang des Eingangsbereichs zur Diele. Nur mit diesen zwei verschlossenen Türen zwischen mir und der seltsamen Gestalt fühlte ich mich halbwegs sicher. Ich hoffte inständig, dass es kein durchgeknallter Irrer war, der sich an Sokrates und Victor verging. Die beiden waren für die Nacht hoffentlich sicher in ihren abgeschlossenen Boxen.

Ja, ganz bestimmt war ich bloß wieder zu übervorsichtig und machte mir zu viele Gedanken. Ich sollte mir nicht immer gleich solche Horrorszenarien überlegen.

Mit langsamen Bewegungen zog ich meine Jacke und die Stiefel aus und schlich zurück ins Wohnzimmer. Dort angekommen spähte ich zaghaft um die Ecke und aus dem Fenster. Zum Glück konnte ich vorm Haus alles gut erkennen.

Die Gestalt mit den Hörnern hatte sich wieder in Bewegung gesetzt und näherte sich langsam dem Stall rechts vom Wohnhaus. Ein paar Meter vor der Tür blieb sie stehen. Der dünne Lichtstrahl schaffte es nicht, denjenigen besser zu erleuchten, als es der Mondschein tat. Aber ich konnte nun deutlicher das lange Fell am Oberkörper erkennen. Die Beine waren mit kürzeren Haaren bedeckt und da ich wusste, dass der Krampus klassischerweise die Hufe einer Ziege hatte, ergab die merkwürdige Winkelung seiner Hinterbeine durchaus Sinn, wodurch die ganze Gestalt leicht vorgebeugt wirkte. Ich fragte mich allerdings, wie genau das bei dem Kostüm funktionierte. Stelzen? Nein, das wäre bei dem hohen Schnee unmöglich.

Die Kostüme, die ich kannte, besaßen diese Besonderheit nicht. Die Menschen trugen einfach lange, zottelige Hosen oder ähnliches. Die Umzüge, die ich als Kind besucht hatte und auf denen ich stets die Kostüme bewundern durfte, hatten mir immer großen Spaß gemacht.

Manche Dinge waren allerdings echt besser gewesen, als die Menschen noch leichtgläubig gewesen waren. Heute glaubte kaum noch jemand daran. Nicht an die sprechenden Tiere – dabei musste ich stets an den Film mit der Kuh Annabell und den Tieren, die in der Weihnachtsnacht sprechen konnten, denken –, an Wahrsagerei oder Frau Holle, auch nicht an die Geschichte mit dem Leichentuch (weswegen man keine Wäsche waschen durfte) oder das Ausräuchern von bösen Geistern und Dämonen. Alles uralter Aberglaube, der mittlerweile vergessen oder belächelt wurde.

Genauso die Perchten. Sie traten meist während der Rauhnächte zwischen Weihnachten und Neujahr auf. Die Percht ist eine Gestalt, welche in verschiedenen Varianten zwischen Ende November bis Januar zu sehen war. Es gab Gute (Schönperchten) und Schlechte, beziehungsweise Böse (Schiechperchten). Die Guten traf man normalerweise tagsüber und die Schlechten in der Nacht, so wie jetzt also. Allerdings traten die Schiechperchten oft in großer Zahl auf und die Schönperchten liefen alleine herum. Mit Glocken sollten sie den Winter austreiben. Was ich persönlich mitten im Winter für eher unsinnig hielt. Damit müsste man wirklich bis Ende Januar warten, aber egal. Sowieso zählte man überall unterschiedliche Tage zu den Rauhnächten. Häufig waren es die Nächte zwischen Weihnachten und dem Fest der Heiligen Drei Könige. Man rechnete dabei 12 Nächte, vom 25. Dezember bis 6. Januar und nannte sie die 12 heiligen Nächte oder eben auch Rauhnächte.

Meine Gedankengänge wurden unterbrochen, als die Sagengestalt den Kopf drehte und in meine Richtung schaute. Gut, wahrscheinlich sah er bloß durch das erleuchtete Fenster ins Haus. Doch warum ging er nicht rein? Wartete er etwa auf eine zweite Einladung? Na, da konnte er lange warten. Entweder er ging jetzt in den Stall und übernachtete dort oder er ging weg. In dem Fall würde ich die Tür schließen und absperren, sowie das Licht ausmachen und mich nicht länger verantwortlich fühlen. Seine Entscheidung. Ich hatte ihm meine Hilfe angeboten und damit meine Pflicht getan.

Mit klopfendem Herzen wartete ich und war mir nicht ganz sicher, welche Variante mir die Liebste wäre. Natürlich, wenn er nicht hierblieb und ich mir keine weiteren Gedanken machen musste, was ich tun sollte, wäre es wohl am angenehmsten. Nur kam mir ständig dieser Zeitungsartikel des erfrorenen Mannes in die Quere, der an mein schlechtes Gewissen appellierte, wodurch ich mich schuldig fühlen würde, nicht mehr getan zu haben.

Trotz meines schlechten Gewissens verspürte ich keine Erleichterung, als er sich nach einer weiteren, gefühlten Ewigkeit endlich dazu entschloss, den Stall zu betreten. Durch das Gegenlicht konnte ich leider keine weiteren Details erkennen und dann schloss sich die Tür schon wieder. Also gut.

Ich trat aus meinem Versteck hervor. Schön, ich hatte ihn gerettet. Nur wirklich glücklich war ich mit diesem Umstand nicht. Energisch verdrängte ich jeden weiteren Gedanken daran. Ansonsten hätte ich die gesamte Nacht die Für und Widers durchgekaut und wäre nie zur Ruhe gekommen. Es ließ sich jetzt ohnehin nicht mehr ändern.

Zögerlich trat ich an meinen Wohnzimmertisch heran, auf dem nach wie vor mein „Abendbrot" wartete. Die fünf Minuten waren inzwischen längst um. Aber irgendwie verspürte ich gar keinen Hunger mehr. Stattdessen hatte ich das Gefühl, dass mein Bauch sich total verknotete und ich gerade einen sehr großen Fehler begangen hatte.

Mehr aus Trotz, um so zu tun, als wäre nichts, und um dem Gefühl nicht nachzugeben, nahm ich meine Nudeln mit Tomatensoße zur Hand und aß sie, ohne das Geringste zu schmecken. Ich war dermaßen damit beschäftigt, meine Gedanken vom Stall fernzuhalten, während meine Ohren so konzentriert auf jedes Geräusch lauschten, dass für den Geschmack keine Kapazitäten mehr übrigblieben.

Als ich später mit krampfendem Magen ins Bett ging, war ich mir sicher, vor lauter Angst die gesamte Nacht wachzuliegen.

Ein Sturm kommt selten allein

18. Dezember, noch 6 Tage bis Weihnachten

Als ich am nächsten Morgen aufwachte, fühlte ich mich total zerschlagen, als hätte ich viel zu wenig Schlaf bekommen. Ich nahm mein Handy zur Hand, welches auf dem Nachttisch lag, und ließ mir die Uhrzeit anzeigen. 8 Uhr. Also genau so spät, wie ich sonst auch aufwachte, außer ich hatte es wirklich übertrieben mit dem bis spät in die Nacht Hineinarbeiten. Was hatte ich gestern denn getrieben, dass ich mich trotzdem derart …?

Oh!

Mit einem Schlag war ich hellwach (fühlte mich allerdings trotzdem nicht besser) und wusste auch wieder, weswegen ich unter derartigem Schlafmangel litt. Weil dieser merkwürdig verkleidete Fremde in meinem Stall mich nicht hatte schlafen lassen. Mein Kopf war hellwach gewesen und es hatte meine gesamte Aufmerksamkeit gebraucht, damit meine Gedanken sich nicht die ganze Zeit um ihn drehten. Es war eine absolut dämliche Idee gewesen, ihn reinzulassen. Natürlich war mir das erst im Nachhinein bewusst geworden. Denn erst da hatte ich mir richtig Gedanken über die Folgen gemacht – und zwar die halbe Nacht lang.

Schön und gut, ich hatte ihn womöglich vor dem Erfrierungstod gerettet, aber was nun? Erwartete ich tatsächlich, dass er sich am Morgen einfach wieder auf den Weg machte? Nein, nicht wirklich. Das hieß, ich würde wohl nicht länger drum herumkommen, mit ihm zu reden oder irgendwie anders mit ihm in Kontakt zu treten. Schließlich musste ich nach Victor und Sokrates sehen. Die brauchten Futter und dafür musste ich in den Stall. Aber da würde ich nicht reingehen, solange der Fremde in der Box lag oder sich wo auch immer im Gebäude aufhielt. Ich musste ihn also vorher irgendwie loswerden. Am besten sagte ich ihm, dass ich ihm ein Taxi rief oder alternativ die Polizei. Die konnte ihn ebenso gut nach Hause fahren und dabei gleich klären, wieso er draußen in dem Kostüm herumgeschlichen war. Er würde sicherlich das Taxi vorziehen und ich käme um eine Zeugenaussage, oder wie man das in einem solchen Fall nannte, herum.

Genau. Ich würde jetzt aufstehen, an die Tür klopfen, ihn davon in Kenntnis setzen und dann das Taxi rufen und mich anziehen. Sobald es da war, konnte er durch den Stall nach draußen gehen und ich wäre ihn los.

Das war ein sehr guter Plan, wieso war mir das nicht gestern Nacht schon eingefallen? Dann hätte ich mit Sicherheit viel besser und vor allem früher schlafen können.

Na ja, ich sollte wahrscheinlich froh sein, dass mir überhaupt etwas Vernünftiges eingefallen war und ich nicht mit einer Bratpfanne bewaffnet den Stall stürmen musste, weil meine Pferde dringend etwas zu fressen brauchten. Ich bezweifelte nämlich, dass ich mit der Pfanne als Waffe genauso gut umgehen konnte wie Rapunzel.

Frohen Mutes griff ich nach meiner Brille, stand auf und zog mir etwas Warmes über, um meinen neu gefassten Plan in die Tat umzusetzen. Leider wurde mir keine zwei Minuten später bereits ein Strich durch die Rechnung gemacht.

Als ich mich nämlich hübsch winterlich anzog, warf ich nebenbei einen Blick nach draußen, weil vor dem Fenster so viel Bewegung herrschte. Und das nicht ohne Grund. Riesige Schneeflocken wirbelten in dem tristen Grau des Morgens an der Scheibe vorbei. Ich schluckte. Das sah nicht unbedingt danach aus, als sollte man jemanden in dieses Wetter hinausschicken, und wenn das schon länger so ging, waren die Straßen sicherlich total dicht.

„Mist", fluchte ich leise. Da ich kein normales Fernsehprogramm besaß, sondern alles nur online streamte, machte ich nicht den Fernseher an – der mir ohne Nachrichten wahrscheinlich gerade eh nicht weitergeholfen hätte –, sondern schnappte mir mein Handy. Ich brauchte gar nicht lange zu suchen, um herauszufinden, dass der angekündigte Schneesturm uns erreicht hatte.

„Doppelter Mist." Davon hatte ich nichts mitbekommen, zurzeit interessierte mich das Wetter draußen nicht sonderlich, weil ich nicht rausging. Ich überlegte kurz, ob ich gestern Abend anders gehandelt hätte, wenn ich das mit dem Sturm gewusst hätte. Aber nein. Ich wäre zu demselben Schluss gekommen, wie bereits in der Nacht. Ich hätte denjenigen nicht draußen erfrieren lassen können. Auch wenn es mir mehr als nur leichtes Unbehagen bereitete, dass ich nun für wer weiß wie lange mit einem vollkommen Fremden zusammenhockte.

Tja, mein schöner Plan war damit hinfällig und ich musste mir einen anderen überlegen. Nur welchen? Wahrscheinlich kam ich nicht drumherum, mich mit ihm zu arrangieren. Die Pferde brauchten etwas zu essen und er irgendwann auch.

Doch bevor es dazu kam, rief ich sicherheitshalber beim Taxiunternehmen an. Die sagten mir allerdings nur, was ich bereits wusste. Aufgrund des Wetters war nicht abzusehen, wann die Straßen (insbesondere bei mir hier draußen) soweit geräumt sein würden, dass sie herfahren konnten. Ich bedankte mich dennoch artig und sank im Anschluss zu einem Häufchen Elend auf meinem Sofa zusammen. Dabei ließ ich den Kopf in die Hände sinken – wobei ich mir natürlich mitten auf die Brille tatschte – und hätte am liebsten geheult. Wieso passierte das ausgerechnet mir? Ich wollte doch bloß meine Ruhe.

Einige tiefe Atemzüge später hob ich den Blick. Es nützte nichts, ich musste mich mit dieser Situation auseinandersetzen, auch wenn mir dabei schlecht wurde und ich mich am liebsten unter meiner Bettdecke verkrochen hätte. Mein Kopf meldete bereits zunehmende Kopfschmerzen an, aber das änderte alles nichts an der Tatsache, dass ich Victor und Sokrates irgendwie mit Futter versorgen musste. Vielleicht hatte ich ja Glück und der Fremde schlief noch in der Box, dann könnte ich ihn vorübergehend darin einsperren und wäre sicher. Ansonsten sah es eher schlecht aus. Körperlich war ich ihm hundertprozentig unterlegen. Die Polizei würde wie das Taxi nicht bis zu uns durchdringen und ich hatte keine Handfeuerwaffe im Nachttisch versteckt, schließlich waren wir hier nicht in Amerika.

Alles, was ich als Waffe gebrauchen könnte, verlangte, dass ich nah genug an ihn heranmusste, und dann konnte er es mir mit ziemlicher Sicherheit leicht entwenden und es gegen mich richten. Selbst so ein vielseitiges Ding wie eine Bratpfanne.

Egal, wie ich es drehte und wendete, ich befand mich stets in der schwächeren Position.

Nervös erhob ich mich, machte hastig meine Brille an meinem Schlafanzug sauber und schlich in den Stall. Meine einzige Chance war, dass er noch schlief und es mir gelang, ihn in der Box einzuschließen. Dann konnte ich ihm gefahrlos etwas zu Essen und zu Trinken geben und wir warteten einfach gemeinsam diesen Sturm ab. Der würde schließlich keine Wochen anhalten.

So leise wie möglich schloss ich die Stalltür auf und öffnete sie ein Stück. Für den Fall der Fälle hatte ich tatsächlich eine Bratpfanne an die Wand gelehnt. Man wusste schließlich nie und Vorsicht war bekanntlich besser als Nachsicht.

Ich zog die Tür so weit auf, dass ich hindurchspähen konnte, doch die Stallgasse war leer. Vorsichtig öffnete ich sie noch ein Stück weiter und huschte hindurch. Wie ein Einbrecher setzte ich in geduckter Haltung vorsichtig einen Fuß vor den anderen. Natürlich bemerkten Sokrates und Victor mich trotzdem. Victor drehte seinen schwarzweiß geschecken Kopf in meine Richtung und blinzelte mich unter seinem langen Schopf an. Beide brummelten mir kurz darauf zur Begrüßung freudig zu, immerhin erwarteten sie jetzt ihr Frühstück. Ich bedeutete ihnen, leise zu sein, indem ich einen Finger an die Lippen legte. Was natürlich vollkommen unsinnig war, weil sie die Geste nicht verstanden.

Ich schlich weiter bis zu der leeren Box und konnte mein Glück kaum fassen, als ich den Fremden dort schlafend im Stroh entdeckte. So leise wie möglich schloss ich die Boxentür und wunderte mich dabei lediglich, dass er nach wie vor das Kostüm trug. Den Körper, meinetwegen. Das war sicherlich wärmer als ohne. Aber sogar den Kopf? Damit konnte man doch bestimmt nicht bequem liegen, oder doch? War der etwa dermaßen besoffen gewesen, dass er das nicht einmal bemerkt hatte?

Ich konnte darüber nur den Kopf schütteln und atmete erleichtert auf, als die Tür endlich einrastete. Zum Glück hatte ich im Stall auch für diese Box ein Schloss liegen, welches ich nun an der Tür befestigte. Sobald das geschafft war, ließ ich mich mit pochendem Herzen und schwer atmend an der Box hinabgleiten. Puh!

Dann konnte ich jetzt ja halbwegs entspannt Victor und Sokrates ihr Essen geben und im Anschluss selbst frühstücken gehen. Dem Typen sollte ich ebenfalls etwas fertig machen, was ich ihm hinstellen konnte. Ob er außerdem was gegen Kopfschmerzen oder einen Kater bräuchte? Auf jeden Fall etwas Warmes zu trinken, im Stall war es recht frisch. Der Kerl hatte sogar neben den Decken geschlafen. Volltrunken, kein Zweifel. Anders konnte ich mir das nicht erklären. Wenigstens hatte er es überhaupt in die Box geschafft. Aber wie hackevoll musste man sein, dass man sich weder vernünftig zudeckte, noch die Maske absetzte?

Ich entschied, dass das nicht mein Problem war, und ging zu den Heunetzen, welche ich stets am Tag zuvor vorbereitete, sodass ich morgens keine stopfen musste. Victor wartete geduldig, bis ich seine Box aufschloss und das leere Netz gegen das volle getauscht hatte. Sokrates hingegen kam mir direkt entgegen, sobald ich die Tür öffnete, und riss bereits die ersten Halme aus dem engmaschigen Netz. Natürlich war der arme Kerl kurz vorm Verhungern.

Ich hatte mich auf den ersten Blick in die kleine Plüschkugel verguckt. Seine hellbraune Fellfarbe wurde im Laufe des Jahres mal dunkler, mal heller, sodass er zwischenzeitlich richtig dunkelbraune Beine bekam. Zusammen mit seiner fast weißen Mähne und Schopf, welcher ihm bis zur Nasenspitze reichte, hatte er mein Herz im Sturm erobert. Die Farbe nannte man braunwindfarben.

Ich kontrollierte rasch die Tränken, denn besonders Sokrates packte gerne Heureserven dorthin und nachdem ich einmal Pferdeäppel in der Schale entdeckt hatte, hatte ich mir angewöhnt, die Tränken beim Füttern kurz zu überprüfen. Sicher war sicher.

Auch heute durfte ich einige durchtränke Halme herausfischen.

Nachdem ich mich zusätzlich versichert hatte, dass den beiden nichts fehlte – Appetit war zwar immer ein gutes Zeichen, aber Pferde konnten ziemlich viel Schmerz aushalten –, atmete ich (nochmal) erleichtert auf. Wobei, wenn der Kerl vollkostümiert eingeschlafen war, hatte er mit Sicherheit keine Energie gehabt, an den verschlossenen Boxen herumzuwerkeln, um den Pferden etwas anzutun.

Beim Schließen der Box verzichtete ich dieses Mal auf das Schloss, auch öffnete ich bei beiden den oberen Teil der Gitter wieder, sodass zumindest Victor hinausschauen konnte. Als ich mich danach umdrehte, blieb mir fast das Herz stehen.

Aus der anderen Box musterten mich zwei schwarze Augen. Sie leuchteten zwar nicht so intensiv rot, wie ich glaubte, es letzte Nacht gesehen zu haben, aber der Anblick reichte trotzdem aus, um mich halb zu Tode zu erschrecken.

„Ha-hallo", brachte ich schließlich mühevoll heraus, nachdem von meinem Gegenüber keinerlei Reaktion erfolgte. Doch ich bekam keine Antwort. War der Kerl unhöflich oder bloß immer noch nicht ganz klar?

„Ähm …" Ich wusste nicht, wie ich ab hier weitermachen sollte. Mich ihm vorzustellen übersprang ich lieber. Nachher erinnerte er sich womöglich an meinen Namen und meldete mich bei der Polizei. Schließlich hatte ich ihn eingesperrt. Auch wenn das meiner eigenen Sicherheit diente, konnte man das durchaus als Freiheitsberaubung verbuchen. Mist! In was war ich da bloß hineingeraten? Und wenn er dann noch die Ereignisse der vorangegangenen Nacht durcheinanderbrachte, hieß es am Ende womöglich, er wäre entführt worden. Von mir!

Also lieber nicht zu viel verraten.

Seine behaarten Hände mit den langen Krallen schoben sich durch die Gitterstäbe und ich wich unwillkürlich einige Schritte zurück, bis ich mit dem Rücken an die Boxenwand stieß. Dass er mir nichts tun konnte, hatte ich ganz vergessen.

Dabei hatte ich als Kind nie besonders große Angst vor dem Krampus oder den Perchten gehabt. Da hatte es ganz andere Kinder gegeben, die den Umzügen stets mit Schrecken und Angst entgegenblickten. Gut, hier draußen war eigentlich nie jemand vorbeigekommen, sodass ich sie stets nur bei den Umzügen gesehen hatte und sie nicht zu uns ins Haus kamen. Aber dennoch hatte ich nie richtig verstanden, wie man so panische Angst vor diesen kostümierten Menschen haben konnte.

Heute hatte ich mehr Verständnis für auf den ersten Blick unbegründet wirkende Ängste.

Mittlerweile rüttelte er leicht an den Gitterstäben. Nicht so stark oder panisch, dass man meinen könnte, er würde versuchen, sich zu befreien oder in Panik geraten, weil er eingesperrt war. Es wirkte mehr wie eine Frage.

Aber wieso fragte er dann nicht einfach? Also in Worten?

Trotz meiner Verwirrung darüber entschied ich, die *Frage* zu beantworten. Ob es nun eine war oder nicht.

„Ähm, ich hab dich gestern reingelassen, damit du in der Nacht nicht draußen im Schnee erfrierst", erklärte ich ihm daher mit leiser, unsicherer Stimme. Wenn er nicht einen absoluten Filmriss hatte, sollte er sich daran erinnern, im Schnee umhergeirrt zu sein. Ich deutete zusätzlich auf die geschlossene Stalltür, durch die er reingekommen war.

Er musterte mich nur weiterhin stumm aus diesen pechschwarzen Augen. Ich musste schon sagen, selbst auf die Entfernung wirkte dieses Kostüm unglaublich echt. Wie die das mit den Augen wohl gemacht hatten? Wenn ich nicht solche Angst verspüren würde, hätte ich mich unglaublich gerne näher damit befasst. Gefragt, wer es angefertigt hatte. Wie sie es so echt hinbekommen hatten, aus welchen Materialien das Fellkostüm bestand, wie das mit den Beinen funktionierte und ganz besonders …

Oh, aber das war gerade natürlich nicht wichtig. Trotzdem ging mein Kopf bereits alle mir bekannten Möglichkeiten durch, wie man so etwas hinbekommen konnte. Ich lernte immer unglaublich gern etwas Neues dazu und wenn das nicht so eine vertrackte Situation gewesen wäre, hätte das *die* Gelegenheit sein können. Wobei er das Kostüm wahrscheinlich gar nicht selber hergestellt hatte.

Egal, das war so oder so jetzt nicht das Thema. Ich sollte ihm besser erklären, wieso ich ihn eingesperrt hatte.

„Also ich hätte dich ja rausgelassen oder sogar ein Taxi gerufen, aber da draußen wütet ein Schneesturm." Ich wandte mich rasch der Stalltür zu, damit er mir das auch glaubte. Doch aus seiner Perspektive konnte er wahrscheinlich gar nicht durch die Fenster sehen.

Zwei Mal atmete ich tief durch, ehe ich versuchte die Stalltür mühsam aufzustemmen. Ich schaffte noch weniger als vergangene Nacht. Was auch kein Wunder war, immerhin war seitdem einiges an Schnee dazugekommen. Es reichte allerdings der wenige Zentimeter dünne Spalt, damit eine riesige Windböe jede Menge Schnee hineinblies.

„Siehst du?", fragte ich prustend, weil ich den kalten Wind mitten ins Gesicht bekommen hatte. „Da kannst du unmöglich raus. Wir müssen wohl oder übel so lange gemeinsam hier ausharren, bis der Sturm nachlässt und die Straßen geräumt sind." Ich wandte mich wieder meinem „Besucher" zu. Der hatte sich noch immer nicht bewegt, was mir mehr Angst bereitete, als hätte er in seinem „Gefängnis" gewütet. Was stimmte mit dem Kerl nicht?

Während ich mir zum wiederholten Male die Brille säuberte, rüttelte er abermals leicht an den Gitterstäben der Box. Es wirkte dadurch tatsächlich wie ein Gefängnis.

„Ah, ja." Mir wurde bewusst, dass der Schneesturm nicht erklärte, wieso er in der Box gefangen war. Wie sollte ich das am besten erklären? Möglichst ohne dass es komisch klang oder als würde ich ihm irgendetwas unterstellen.

„Also, ich kenne dich ja nicht und ich dachte, falls du irgendein …" Jetzt hätte ich fast gesagt *falls du irgendein Irrer oder Mörder bist.* „Falls du irgendwie Drogenprobleme oder so hast …" Nein, das klang auch nicht wirklich besser.

Klasse, Nora. Du Konversationsgenie!

Ich hätte mir vorher wenigstens zwei Minuten Zeit nehmen sollen, um die Erklärung in Gedanken durchzugehen, damit mir so etwas nicht passierte. Wahrscheinlich wäre ein Themenwechsel jetzt hilfreich. Ich war einfach nicht sonderlich gut mit anderen Menschen –

auch nicht, wenn sie in Kostümen steckten. Aber das brauchte ich als Entschuldigung wohl nicht anzubringen.

„Sag mal, willst du das Kostüm nicht lieber ausziehen? Oder wenigstens die Maske absetzen? Dann könnten wir uns mit Sicherheit auch vernünftig unterhalten und eine Lösung für das vorübergehende Problem finden. Du könntest mir beispielsweise sagen, was du essen oder trinken möchtest", schlug ich vor.

Doch er wandte sich nur ab, schüttelte den Kopf und ging nach hinten in die Box, wo er sich niederkauerte.

Okay? Was hatte das jetzt wieder zu bedeuten?

„Möchtest du etwas essen oder trinken?", versuchte ich es erneut, weil mir nämlich langsam kalt wurde und *ich* wirklich gern etwas essen würde. Ihm etwas anzubieten, war doch ein guter Schritt, um aufeinander zuzugehen. Oder nicht? Ich war schließlich keine gemeine Gefängniswärterin.

Doch abermals folgte auf meine Frage lediglich Schweigen. Keine Antwort. Nichts.

Vorsichtig trat ich näher an die Box. Während ich mir vorbetete, dass mir nichts passieren konnte.

Als ich nur noch zwei Schritte entfernt war, erklang ein warnendes Knurren.

Sein Ernst? War er ein Tier, oder was? Jetzt mal ohne Scheiß, wieso sprach der nicht endlich mal mit mir?

Der Kerl steckte doch nicht etwa in diesem Kostüm fest, oder? Wie der Junge aus dem Weihnachtsfilm, dem sie das Weihnachtskostüm angeklebt hatten und der dann als Scherz in der Wüste ausgesetzt worden war? Oder nee, dann eher wie in dem Film mit Eddie Murphey „Die Glücksritter", in dem der Verbrecher in einem Gorillakostüm festsaß und sogar für einen echten gehalten wurde, weil er sich mit zugeklebtem Mund nicht verständigen konnte.

„Also gut, ich komme später wieder. Wenn du irgendetwas willst, kannst du es dir ja bis dahin überlegen. Ich werde dich jedenfalls erst hier rauslassen, wenn der Sturm vorbei ist und du gehen kannst", machte ich meinen Standpunkt noch einmal deutlich. Nur für den Fall, dass er glaubte, mich erpressen zu können, indem er nichts sagte und nichts aß oder trank, solange ich ihn weiter eingesperrt hielt. Das war schließlich kein Vergnügen, sondern bloß zweckdienlich. Okay, das klang seltsam. Es diente meiner eigenen Sicherheit. Und seiner wahrscheinlich auch, sollte ich wider Erwarten mit der Bratpfanne besser umgehen können als gedacht.

Inständig hoffte ich, dass er nicht auf die Idee kam, mir den sterbenden Schwan vorzuspielen. Denn ich war mir ziemlich sicher, die Box in dem Fall trotzdem nicht zu öffnen. Hilfeholen konnte ich bei dem Wetter eh vergessen. Doch falls er nicht schauspielerte, wäre ein Toter in meinem Stall nicht unbedingt das, womit ich meine Vorweihnachtszeit verbringen wollte. Daher konnte ich nur hoffen, dass ich nicht wieder vor die Wahl gestellt wurde, mich einzumischen, um zu helfen, oder nichts zu tun und mit den Konsequenzen zu leben.

Letztes Mal hatte ich mich fürs Helfen entschieden und man sah ja, wohin mich das gebracht hatte. Nächstes Mal würde ich daher wahrscheinlich die Konsequenzen wählen.

Ich machte mich fertig, zog mich an, frühstückte und stand nun in meiner Küche und überlegte, wie ich meinen „Gast" bewirten sollte. Am Ende entschied ich mich für Sandwiches, die konnte ich problemlos durch die Gitter schieben. Nur mit dem Trinken könnte es etwas schwierig werden, weil die Gitterstäbe für eine Thermoskanne zu eng waren. Zum Glück fiel mir in dem Moment ein, dass es über dem Futtertrog eine kleine Aussparung gab, damit man Kraftfutter in die Boxen geben konnte. Was ich nur selten nutzte, aber für heute war es durchaus hilfreich. Also packte ich die Sandwiches in eine Tupperdose und machte eine Thermoskanne mit Kaffee fertig. Ich ließ ihn schwarz und hoffte, dass der Kaffee den Kater des Fremden vertrieb und gleichzeitig wärmte. Womöglich war er danach ja gesprächiger. Es sollte schließlich Menschen geben, mit denen man ohne ihren morgendlichen Kaffee nichts anfangen konnte.
Gut dass ich von meiner Mutter noch so eine alte Kaffeemaschine hatte, bei der eine ganze Kanne vollllief. Ich hätte bei diesen neumodernen Maschinen mit den Kapseln nämlich echt viele verbraucht

für eine Thermoskanne voll. Und am Ende trank er den womöglich gar nicht.

Bevor ich wieder in den Stall ging, probierte ich vorsichtig ein paar Schlucke der schwarzen Brühe. Ich war noch nie ein großer Kaffeetrinker gewesen und seit einigen Jahren hatte ich ihm sogar ganz abgeschworen. Deswegen prüfte ich auch bloß kurz, ob er genießbar war. Ja, schmeckte wohl so, wie Kaffee schmecken sollte.

Bewaffnet mit Essen und Trinken betrat ich zögerlich den Stall. Selbstredend erwartete Sokrates, dass ich ihm ebenfalls etwas mitgebracht hatte. Damit er mir nicht wütend gegen die Boxenwand trat, was manchmal als Zeichen seines Unmuts passieren konnte, gab ich ihm eine Möhre und Victor natürlich auch. Die beiden kauten genüsslich und ich näherte mich vorsichtig der Box mit meinem „Gast". Ihm hatte ich kurzerhand ebenfalls eine Möhre, einen Apfel und ein paar Kekse in den Korb gelegt, den ich für den Transport nutzte.

Vorsichtig spähte ich in die Box. Mein Gast lag, nach wie vor in seinem Kostüm, im Stroh und schien zu schlafen. Ich schlich weiter und überprüfte, ob der Trog sauber war. Okay, sah nicht allzu schmutzig aus. Zuerst legte ich die Tupperdosen mit den Keksen und dem Sandwich rein, die Thermoskanne lehnte ich daneben an die Trogwand und obenauf stellte ich den Apfel und die Möhre.

Dabei war ich so vertieft in meine Aufgabe, dass ich nicht bemerkte, wie sich mir jemand näherte. Als ich aufsah, blickte ich direkt in rotglühende Augen.

Erschrocken zog ich die Luft ein. Das lag jedoch nicht einzig an dem Glühen. Ich hatte ja schon viele, wirklich echtwirkende Masken gesehen und wusste aus eigener Erfahrung, was alles möglich war, heutzutage. Aber das …

Das wirkte einfach nicht wie eine Maske. Die Haut machte einen ledrigen Eindruck und war eine Mischung aus Dunkelbraun und Schwarz, doch um die Augen herum hatte sie einen ganz sanften Übergang. Die Haare fielen zottelig bis über die Schultern. Viele Krampusse hatten eine Glatze, aber es gab auch welche mit Haaren. Die Lippen bildeten oftmals unbeweglich einen offenen Mund. Hier liefen die Eckzähne spitz zu wie bei einem Vampir; das Gebiss eines Raubtieres. Auch die Lippen sahen echt aus. Die Hörner schoben sich durch die Haare und verliefen in einem leichten Bogen nach hinten. Ich wusste, dass man häufig echte Hörner nutzte, wenn diese sich gut integrieren ließen. Und die hier sahen mehr als echt aus.

Alles sah echt aus. Bisher hatte ich ihn ja bloß aus einer gewissen Entfernung betrachtete, doch jetzt trennten uns keine zwei Meter mehr. Er hatte sich zu mir heruntergebeugt, da er um etliches größer war als ich. Als er mit dem Fuß im Stroh scharrte und ich daraufhin hinabsah, konnte ich nicht umhin zu bemerken, wie echt diese Bewegung wirkte. Er beugte das Gelenk und setzte den Huf dann wieder auf. Das konnte kein Kostüm!

Mein Blick flog hoch und gerade hob er eine Hand, die genauso echt wirkte, wie alles andere. Die Nägel mit einem leichten Gelbschleier, Haare auf dem Handrücken und die Haut wie die eines Gorillas. Schwarz, ledrig und so echt!

Das Rot in seinen Augen verschwand und wich einem alles verzehrenden Schwarz. Nein, das alles konnte unmöglich ein Kostüm sein.

Ich wich zurück.

Aber das alles konnte genauso unmöglich echt sein.

Meine Atmung beschleunigte sich und mir wurde heiß. Die Hitze stieg in meinem Körper auf und … Ich musste hier raus. Sofort!

Gehetzt wandte ich mich ab und stolperte auf die Tür zum Haus zu, ohne mich noch einmal umzudrehen. Dabei hämmerte mir die ganze Zeit nur ein Gedanke durch den Kopf.

Das war doch verrückt! Das konnte nicht echt sein! Unmöglich!

Ich knallte die Tür hinter mir zu und hastete noch ein paar Schritte in den Raum, bis ich stolperte und auf die Knie fiel. Ich fühlte den Schmerz beim Aufprall nicht einmal, es war nicht mehr als ein fernes Echo, was mich nicht vollständig erreichte. Meine Hände stützten sich auf dem Boden ab, doch ich sah sie kaum, weil Schwärze sich von außen in mein Blickfeld schob. Dazu schien der Boden, den ich anstarrte, zu verschwimmen. Er bewegte sich weg und wieder her. Zwar spürte ich ihn beständig unter meinen Händen, wie er kühl dagegen drückte, doch auch hier hatte ich das Gefühl, er würde schwanken, als befände ich mich auf hoher See.

Mein Atem war keuchend und klang unnatürlich laut, als ob er in der Leere meines Kopfes widerhallte. Ich wusste, dass ich zu schnell atmete und dass ich mich dringend beruhigen musste. Mir war heiß und mein Brustkorb ganz eng. Wenn ich mich nicht beruhigte, würde die Panikattacke immer schlimmer werden. Das durfte ich nicht zulassen.

Zuerst die Atmung. Ich holte tief Luft, schloss die Augen und zählte dabei möglichst langsam bis vier. Dann hielt ich den Atem an und versuchte, bis sieben zu zählen. Danach atmete ich aus und zählte von acht runter. Dabei vertat ich mich manchmal, aber das war egal. Wenn keine Luft mehr da war, musste ich ohnehin wieder einatmen. Jedes Mal hatte ich das Gefühl, jemand würde meinen Brustkorb mit einem Seil einschnüren, sodass ich keine Luft in meine Lunge bekam. Trotzdem durfte ich mich nicht zu den flachen, hektischen Atemzügen verleiten lassen. Ich konzentrierte mich und atmete wieder möglichst langsam ein, hielt die Luft an (was mir immer am schwersten fiel, weswegen ich meist schneller zählte, um früher wieder ausatmen zu können) und atmete aus. Bis ich merkte, dass ich dringend wieder einatmen musste.

Wenn die Panikattacke noch am Anfang stand, versuchte ich zunächst, mich abzulenken. Sie kündigte sich mit innerer Unruhe, starkem Unwohlsein und Übersprunghandlungen wie mit dem Fuß zu wippen oder mit der Zunge gegen die Zähne zu drücken oder auf den Lippen zu kauen an. Wenn es irgendwie ging, sang ich Lieder. Das lenkte nicht nur ab, sondern kontrollierte auch ein Stück weit die Atmung, kurze, hastige Atemzüge funktionierten beim Singen schlicht nicht.

Da Singen gerade nicht in Frage kam, weil ich schon weit über die Anfangsphase hinaus war, wollte ich mich einfach nur noch von dem Engegefühl in meiner Brust und der allumfassenden Angst ablenken. Auch den Boden musste ich wieder stabilisiert bekommen. Ich öffnete probehalber die Augen, das Schwanken hatte etwas nachgelassen. Im Kopf ging ich alles durch, was mich irgendwie beruhigte und da es gerade Winter war und mir Victor in den Sinn kam, hörte ich Aschenbrödels Melodie im Kopf, während ich mit ihm durch die Landschaft ritt.

Dieses Bild des weißen Waldes mit dem fallenden Schnee und der Musik dazu schaffte es tatsächlich, dass sich der Knoten in meinem Inneren ein wenig löste und ich endlich das Gefühl bekam, freier atmen zu können.

Tränen rannen mir über die Wangen, weil ich mal wieder verzweifelt feststellte, dass ich in dieser Situation ganz alleine war. Dass ich sie alleine durchstehen musste und niemanden hatte, der mir beruhigend übers Haar strich oder meine Hand hielt. Oder bloß verhinderte, dass ich in dieses furchtbar tiefe Loch aus Angst und Verzweiflung fiel. Einfach an meiner Seite war.

Leise summte ich die Melodie mit, schloss die Augen erneut und ließ die Tränen auf den Boden tropfen. Ich spürte, wie die unangenehme Wärme in meinem Inneren nachließ. Langsam kehrte wieder mehr Ruhe in meinen Körper ein. Ich spürte das Zittern, welches mich ungehindert durchschüttelte, begrüßte das Beben meines Körpers, denn es sagte mir, dass das Schlimmste überstanden war. Das hatte irgendetwas mit der Adrenalinausschüttung zu tun.

Jedenfalls war das für mich immer ein Zeichen, dass es zu Ende war. Zumindest fast.

Meine Arme gaben unter mir nach und ich ließ mich zur Seite fallen. Erschöpft lag ich da und war einfach nur froh, ein weiteres Mal eine solche Attacke überlebt zu haben. Auch wenn ich gelernt hatte, dass diese einen nicht umbrachte und auch von ganz alleine wieder verschwand, fühlte es sich nach wie vor nicht so an. Und trotz dieses Wissens waren 30 Minuten, die solch eine Attacke maximal andauern konnte, in diesem Zustand eine halbe Ewigkeit. Eine Minute kam einem bereits wie eine Stunde vor. Zeit dehnte sich aus, verlangsamte sich und verlängerte die Qualen, die man durchlebte.

Meine Hände zitterten und in meinen Armen war kaum Kraft, als ich es schließlich wagte, mich aufzusetzen. Weil ich mich zu schwach zum Gehen fühlte, krabbelte ich ins Wohnzimmer. Dort angekommen legte ich mich aufs Sofa, rollte mich zu einer Kugel zusammen und zog die Wolldecke über mich.

So schlimm hatte es mich schon seit einer Ewigkeit nicht mehr erwischt.

Allerdings brauchte ich mich nicht zu fragen, wieso das passiert war, ich wusste es bereits. Ich hatte mir eingebildet, diese Maske wäre echt und hatte daraufhin Panik bekommen. Was eine absolute Überreaktion gewesen war, schließlich war es vollkommen unmöglich, dass es sich bei diesem Krampus um etwas anderes als ein sehr gut ausgearbeitetes Kostüm handelte. Ich hatte mich davon bloß in die Irre führen lassen und mein Verstand hatte den Rest erledigt und Dinge gesehen, die so wahrscheinlich gar nicht existierten.

Ich ärgerte mich über mich selbst. Was musste der Typ in dem Kostüm nun von mir denken? Oder war das genau das, was er damit beabsichtigt hatte? Leute so zu erschrecken?

Wie ich es auch drehte und wendete, ich würde wieder in den Stall müssen, um ihn zur Rede zu stellen.

Ich kämpfte mich hoch und sah über die Sofalehne nach draußen. Vor den riesigen Fenstern herrschte nach wie vor dasselbe Wetter. Schnee, jede Menge Schnee. Womöglich hatte der Wind sogar noch etwas zugenommen, jedenfalls war der Sturm definitiv nicht schwächer geworden. Nein, ich würde nicht drumherum kommen. Ich musste mich der Angst stellen und erkennen, dass es nichts gab, was mein Leben bedrohte. Es war bloß eine Überreaktion meines Körpers gewesen. Dennoch würde ich noch ein Weilchen hier liegen bleiben und mich erholen, ehe ich mich „meiner Angst" stellte.

Also griff ich nach der Fernbedienung und schaltete den Fernseher an. Auf Netflix wählte ich eine neue Serie, um mal reinzuschnuppern, und entschied, mir eine Folge als Erholung zu gönnen.

Realität oder Traum oder doch nur Schaum?

Ich ärgerte mich über mich selbst, als ich vor der Tür zum Stall stand – die ich nicht wieder abgeschlossen hatte – und bereits merkte, wie mein Puls sich beschleunigte. Daher konzentrierte ich mich auf meine Atmung und versuchte, die innere Anspannung loszuwerden. Meine Hände rieb ich nachdrücklich an meiner Hose trocken. Es gab keinen Grund für nasse Handflächen oder einen beschleunigten Herzschlag. Mir konnte nichts passieren, der Typ im Krampuskostüm war in der Box eingesperrt und er war nur ein Mensch. Trotzdem fühlte ich mich erst wohler, als ich nach der Bratpfanne griff, die nach wie vor an der Wand neben der Tür lehnte. Bewaffnet mit meinem Schlagstock und etwas mehr Mut betrat ich vorsichtig den Stall. Zumindest von zwei Bewohnern wurde ich freudig begrüßt. Der Dritte zeigte sich erst mal gar nicht.

Ich schlich zögerlich zur Box herüber und stellte mit Erleichterung fest, dass diese noch verschlossen war und auch sonst keine Beschädigungen oder Ähnliches aufwies.

Der Krampus stand aufrecht in der Mitte und rührte sich nicht.

Langsam, mit gebeugten Knien und der Bratpfanne im Anschlag neben meinem Kopf erhoben, ging ich näher. Es war total bescheuert, denn wie sollte ich mit der Bratpfanne durch die Gitter schlagen? Egal, er sollte einfach sehen, dass ich bewaffnet war und keine (oder nur geringe) Angst vor ihm hatte.

„Also gut, noch mal von vorne. Würdest du *bitte*", ich betonte das Wort nachdrücklich, „diese Maske abnehmen, damit wir vernünftig miteinander reden können? Es sollte doch auch in deinem Interesse sein, dass du da raus kannst. Ich lasse dich aber nicht raus, wenn du nicht mit mir sprichst."

Keine Reaktion.

Um nicht mehr ganz so bedrohlich auszusehen – wobei ich nicht glaubte, dass ich mit meinen verstrubbelten Haaren, der Brille und der Bratpfanne als Waffe in irgendeinerweise bedrohlich wirkte –, ließ ich die Pfanne sinken. Sie diente in erster Linie ja sowieso dazu, mir Mut zu machen.

„Kannst du nicht reden?", fragte ich, nachdem ich in Gedanken bis 30 gezählt und sich noch immer nichts verändert hatte.

Der Typ kam näher. Ich hob warnend meine Pfanne, damit er bloß nichts Dummes tat. Er ging bis an die Gitterstäbe heran, schob etwas klappernd in den Trog und trat dann zurück an die hintere Wand.

Ich wartete, doch mehr bekam ich nicht. Keine Erklärung, kein Maskeabsetzen, nichts. Das war doch alles total bescheuert. Ich wünschte mich mal wieder in mein Bett oder dass ich ihn nicht hereingelassen hätte. Oder nein am besten wäre gewesen, wenn ich früh schlafen gegangen wäre, dann hätte ich ihn nicht gesehen und damit wäre mir dieses Spiel „womit fühlst du dich am schuldigsten" erspart geblieben. Aber so war es eben nicht gewesen.

Deswegen ging ich vorsichtig näher an die Box heran und spähte in den Trog. Er hatte die Tupperdosen und die Thermoskanne hineingelegt. Aha. Na, dann musste es ihm ja geschmeckt haben. Leider schien der Kaffee das Problem des seltsamen Verhaltens nicht gelöst zu haben.

War das womöglich ein geistig etwas zurückgebliebener Mann, den irgendwelche Witzbolde in dieses Kostüm gesteckt hatten und der sich nun nur auf diese Art und Weise zu verständigen wusste?

Ach, keine Ahnung. Ich entschied, ihn einfach mit Essen und Trinken zu versorgen, bis der Sturm vorbei war. Dann würde ich ihm ein Taxi rufen und er konnte nach Hause oder sonst wo hinfahren. Ab da wäre es nicht mehr mein Problem. Damit hatte ich dann nichts mehr zu tun. Wie ich ihn allerdings aus der Box bekam, musste ich mir noch überlegen. Ich könnte die Schlüssel in den Trog legen und schnell verschwinden. Bis er das Schloss auf hatte, sollte es etwas dauern. So wäre ich sicher.

Ja, irgendetwas in der Art würde schon funktionieren. Wobei ich mir nicht sicher war, ob es nicht womöglich doch die bessere Lösung wäre, die Polizei zu informieren, bevor ich ihn herausließ. Die konnten dann ja gucken, was das für ein seltsamer Kerl war. Ich hatte bloß Sorge, dass ich Ärger bekam, weil ich ihn eingesperrt hatte. Aber hey, er hätte ja einfach mit mir reden können! Oder aber er *konnte* es womöglich wirklich nicht.

Fürs Erste nahm ich, mit einem wachsamen Auge auf meinen Gast, die Sachen aus dem Trog wieder an mich und teilte ihm mit, dass ich ihm mittags noch mal was bringen würde. Außerdem erwähnte ich nochmals, dass ich ihn rauslassen würde, sobald der Sturm vorbei war. Alternativ konnte er sich überlegen, ob er nicht doch mit mir reden wollte.

Wieder erhielt ich keine Antwort. Irgendwie kam ich mir vor, als würde ich mit einem Tier sprechen. Ein Tier, was zumindest ansatzweise zu verstehen schien, was ich ihm sagte.

Sehr merkwürdig.

Ich sah noch kurz bei Victor und Sokrates in die Box, dann ging ich zurück ins Haus. Die Bratpfanne stellte ich neben die Tür und den Rest trug ich in die Küche.

Der Kerl brachte mich total durcheinander und zerstörte meinen ruhigen Tagesablauf. Was dafür sorgte, dass ich mich nicht richtig konzentrieren konnte. Weder beim 3D-Modellieren noch beim Nähen. Mit dem Airbrushen wollte ich es gar nicht erst versuchen. Also kümmerte ich mich um die Dinge, die ich sonst erledigen konnte (ein paar Nachrichten beantworten, auf Kommentare reagieren, ein bereits gedrehtes Reel hochladen, meine letzten zwei Projekte auf meine Website setzen und meine E-Mails checken).

Sobald ich damit fertig war, überlegte ich, was ich zum Mittagessen machen konnte. Das erinnerte mich daran, dass ich demnächst dringend neue Lebensmittel bestellen musste. Die konnten ja liefern, nachdem die Straßen wieder frei waren.

Mittlerweile stand ich unentschlossen in der Küche.

Es sollte nach Möglichkeit irgendetwas sein, was ich ihm problemlos servieren konnte. Suppe fiel da schon mal weg, auch wenn die gut warm hielt. Aber ich wollte ungern Tomatensuppe oder so etwas in eine Thermoskanne füllen. Zumal ich nur die eine hatte. Deswegen wurde die jetzt als Erstes abgewaschen.

Im Anschluss durchstöberte ich meine Vorräte und sortierte danach, ob es sich anbot, das für meinen „Gast" zu kochen oder nicht. Zum Glück wurde ich recht schnell fündig.

Nachdem ich gegessen hatte, betrat ich später zögerlich mit einem Schnitzel und Pommes den Stall. Ich hatte beides in je eine Dose gelegt und Majonese, sowie Ketchup gab es in einer Tube dazu. Messer und Gabel waren in eine Serviette gewickelt und ich hoffte, dass man mit dem normalen Messer nicht allzu viel Schlimmes anstellen konnte. Aber etwas zu finden, was man nur mit einer Gabel essen konnte, wobei sich eine Gabel wahrscheinlich auch nicht viel schlechter als Waffe eignete, war schwierig gewesen. Mir war zumindest nichts eingefallen und nur Pommes kam mir etwas dürftig vor. In dem Moment, indem ich den Stall betrat, schossen mir Bockwürste durch den Kopf. Klar, wie dämlich!

Irgendwo müsste ich sogar noch welche haben. Egal, die konnte ich ihm sonst heute Abend oder morgen geben. Wobei es mir lieber wäre, wenn der Kerl morgen ohne Frühstück verschwand.

Er ließ mich die Sachen ohne Probleme in den Trog legen und zeigte nach wie vor keine weitere Reaktion. Also fütterte ich die Pferde und ging dann wieder. Er hatte sich die ganze Zeit nicht gerührt.

Abends machte ich mir diesbezüglich echt Gedanken. Es war total sonderbar, dass der Kerl nach wie vor nicht sprach. Gut, ich war mittlerweile zu dem Schluss gekommen, dass er es nicht konnte. Denn mir fiel kein vernünftiger Grund ein, wieso er es nicht tat, sollte er es können. Was hatte er bitteschön davon, zu schweigen? Das war absurd. Er kommunizierte ja nicht einmal mit Lauten oder Zeichensprache.

Ich füllte soeben Kaffee in die Thermoskanne und nahm noch zwei Möhren aus dem Kühlschrank – die hatte er ja scheinbar gemocht und sonst bekamen sie Victor und Sokrates – während ich abermals über den Sinn und Unsinn unseres „Zusammenlebens" philosophierte.

Was mich nach wie vor verwunderte, war, dass er die Maske nicht abnahm und auch das Kostüm nicht auszog. War er womöglich wie Quasimodo entstellt und wollte mir das nicht zeigen? Aber mal ehrlich, stumm und entstellt? Irgendwo hörte es doch echt mal auf.

Ich kam einfach nicht hinter das Rätsel. Er hatte bisher auch keinerlei Beschwerde oder Unmut darüber gezeigt, dass ich ihn eingesperrt hielt wie ein Tier.

Am Abend wollte ich zuerst dem Krampus sein Abendbrot geben, ehe ich bei Victor und Sokrates wie gewohnt nach dem Rechten sah und die Heunetze auswechselte. Als mir einfiel, dass ich die Boxen dringend ausmisten musste. Bis jetzt hatte ich mich drumherum gedrückt, sie sauber zu machen, weil ich ungern so viel Zeit im Stall verbringen wollte.

Apropos, ich hatte mir bisher gar keine Gedanken gemacht, wie das mit dem Toilettengang bei *ihm* aussah!

Oh! Das … äh … gut, aber er redete ja auch nicht mit mir. Sonst hätten wir uns längst gemeinsam Gedanken machen können und schließlich schlief er in einer Box. Ich meine, die Pferde machten da auch rein. Roch vielleicht auf Dauer nicht so gut, aber …

Ich schüttelte den Kopf. Jetzt hörte es endgültig auf, ich musste mir wegen des Problems wohl oder übel etwas einfallen lassen.

Laut Wetterbericht sollte es morgen langsam besser werden. Das hieß ungefähr einen weiteren Tag. Hoffentlich flaute der Schneefall morgen wirklich ab, schließlich musste ich danach noch warten, bis die Straßen geräumt waren, ehe ich meinen Gast vor die Tür setzen konnte. Aber wie sollte ich das Toilettenproblem bis dahin lösen?

Vollkommen in Gedanken versunken, wie ich das alles am besten managen sollte, betrat ich den Stall. Im Nachhinein konnte ich nicht mehr sagen, wie es zu der Situation hatte kommen können. Ich hatte nicht wirklich darauf geachtet, leise zu sein oder die Absicht gehabt, mich anzuschleichen, dafür war ich viel zu sehr in Gedanken versunken gewesen. Aber irgendwie musste ich mich wohl sehr leise genähert haben, denn ich stand bereits mitten im Stall, als mir auffiel, dass da jemand redete.

Ich blieb stehen und sah mich misstrauisch um. Mist, ich hatte überhaupt nicht darüber nachgedacht, dass der Typ ein Handy bei sich haben könnte. Was, wenn er Verstärkung rief?

Natürlich hatte ich die Stalltür nach draußen längst wieder abgeschlossen und aus seiner Gefängnisbox heraus konnte er sie unmöglich öffnen. Wie also waren sie hereingekommen, wenn sie kein Fenster eingeschlagen hatten? Denn danach sah es nicht aus. War da überhaupt jemand?

Ich hörte zweifellos jemanden sprechen. Es war mindestens eine Stimme, die sich unterhielt und das machte mir Angst. Ich überlegte kurz, direkt wieder umzudrehen, die Tür zu verriegeln und mein Glück bei der Polizei zu versuchen. Leider war da immer noch dieser vermaledeite Sturm.

Außerdem brauchten meine Pferde was zu fressen.

Während diese Gedanken durch meinen Kopf rasten, konnte ich endlich verstehen, was genau da gesprochen wurde.

„Dämlich, einfach nur dämlich. Ich hätte nie hier reingehen sollen. Es ist warm und sicher vor dem Schneesturm. Aber was hab ich jetzt davon? Ich bin hier gefangen. Nehmt es mir nicht übel, euer Frauchen scheint grundsätzlich ja ganz nett zu sein, aber wenn ich hier nicht bald rauskomme, bekomme ich ein echtes Problem."

Das klang ganz und gar nicht so, als ob jemand Neues dazugekommen wäre, sondern vielmehr …

Ich ging auf die Box zu und jetzt wurde ich auch bemerkt. Die Stimme verstummte sofort, aber ich war mir dennoch sicher, dass er gesprochen hatte und nicht Victor oder Sokrates.

Dieser Mistkerl!

Er konnte also doch reden! Und ich dumme Nuss hatte mir alle möglichen Gedanken gemacht.

Boar!

Die schwarzen Augen stierten mich an, während ich am liebsten das Essen auf den Boden geworfen und mich wutschnaubend umgedreht hätte. Sollte er doch sehen, wie er klarkam.

Mich mühsam beherrschend stellte ich die Sachen ordentlich auf dem Boden ab und ging zu meinen Pferden. Jetzt abzuhauen hätte nur sie bestraft und überhaupt nichts gebracht. Also machte ich mich ans Füttern, ehe ich wieder zu meinem Ausgangspunkt zurückkehrte und mich abwartend dort hinstellte. Ich würde mich nicht rühren, ehe er nicht bereit war, mit *mir* zu reden anstelle meiner Pferde. Und etwas zu essen oder zu trinken gab es solange auch nicht. Um das zu verdeutlichen, verschränkte ich demonstrativ die Arme vor der Brust.

Ich hörte ein leises Knurren, wahrscheinlich weil er sich über sich selbst ärgerte und genau wusste, dass er nicht drumherum kam, sich mit mir zu unterhalten.

Er begann, in der Box auf- und abzulaufen, begleitet von einigem Knurren, Kopfschütteln und so einer Art Haareraufen. Schließlich blieb er stehen und fasste mich ins Auge.

Ich erwartete, dass er endlich diese bescheuerte Maske absetzte und mir alles erklärte. Aber das tat er nicht. Er fing einfach so an zu sprechen und ich konnte nur staunen, wie die Maske die Bewegungen 1A mitmachte und wie echt seine spitzen Zähne dabei wirkten. Wenn ich es nicht besser wüsste, würde ich das Ganze für echt halten.

„Hallo." Er begann mit einer schlichten Begrüßung. Ich war dermaßen überrascht, dass ich beinahe die Arme sinken ließ. Dieses Wort wirkte irgendwie seltsam entwaffnend.

„H-hallo", brachte ich schließlich heraus, weil er sonst nichts weiter sagte. Und auch nach dieser Begrüßung schwieg er. Was sollte das denn jetzt schon wieder? Erst lief er zehn Minuten auf und ab und dann kam nichts weiter als ein *Hallo?*

„Mehr hast du nicht zu sagen?", fuhr ich ihn an, als mein Geduldsfaden letztendlich riss.

Er zuckte mit den Schultern. „Ich weiß einfach nicht, was ich dazu sagen soll."

Seine Stimme hatte einen etwas tieferen, leicht gutturalen Klang — wenn man das so nennen mochte. Es erinnerte mich ein wenig an ein Monster aus einem Märchen. Machte er das mit Absicht? Hielt er es immer noch für nötig, seine Rolle zu spielen? Ich war es echt so leid!

„Wie wäre es mit: *Entschuldigung, dass ich so getan habe, als könnte ich nicht sprechen?* Und jetzt nimm endlich diese bescheuerte Maske ab!" Ich schrie mittlerweile, obwohl ich wirklich kein unbeherrschter Mensch war. Aber diese ganze Sache kratzte kräftig an meinen ohnehin nicht sonderlich stabilen Nerven. Dazu noch die Panikattacke, die mich aus der Bahn geworfen hatte. Das alles führte dazu, dass ich am liebsten laut lachend im Kreis gesprungen wäre und wild an meinen Haaren gezogen hätte. Das konnte doch alles nicht wahr sein! Dieser Kerl machte mich wahnsinnig!

„Das … geht leider nicht", brachte er schließlich heraus.

„Weißt du was?" Ich war gerade auf hundertachtzig und hatte echt keinen Nerv mehr für dieses dämliche Verkleidungsspiel. „Du kannst mich mal. Dann sieh zu, wie du klarkommst. Sobald der Sturm vorbei ist, rufe ich die Polizei und vielleicht ziehst du die Sachen dann ja endlich aus."

Wutschnaubend stampfte ich zur Tür.

„Nein, warte!", rief er mir mit einer solchen Verzweiflung in der Stimme hinterher, dass ich ungewollt innehielt, obwohl ich mit dem ganzen Thema eigentlich durch war. Halb drehte ich mich zu ihm herum und musterte ihn mit zusammengekniffenen Augen über meine Schulter hinweg. Wenn er mir nicht eine wirklich gute Erklärung lieferte, war ich weg.

„Ich meine das ernst, dass ich es nicht kann. Nicht, dass ich es nicht will. Du glaubst gar nicht, wie gerne ich das Ganze hier ablegen würde. Aber es geht nicht. Wirklich nicht." Seine gesamte Ausstrahlung war flehend. Er war näher an die Box herangetreten, hatte bittend die Hände ausgestreckt, die Haltung war leicht gebeugt und sein Gesicht zeigte echte Verzweiflung. Wieder einmal wunderte ich mich darüber, wie echt diese Maske wirkte. So voller Emotionen und Gefühlsregungen. Hatte man ihm das womöglich direkt aufs Gesicht aufgetragen, damit die Mimik so gut rüberkam, weswegen er die Maske nicht ablegen konnte? Eventuell waren die Sachen tatsächlich so befestigt, dass sie für ihn nicht zu lösen waren?

Indem ich mich ganz zu ihm herumdrehte, gab ich ihm eine weitere Chance, es mir zu erklären. Ich ging sogar ein paar Schritte auf ihn zu. Er atmete sichtlich erleichtert auf.

„Warum geht es nicht?" Wieder verschränkte ich die Arme.

„Das ist nicht ganz so leicht zu erklären", begann er ausweichend.

„Versuch es, du hast schließlich nichts zu verlieren", forderte ich ihn mit einem Nicken auf.

Er wand sich sichtlich.

„Wenn du willst, kannst du es selbst versuchen, die Sachen sind echt und nicht abnehmbar."

Ich stutze bei der Bezeichnung „echt", da ich ja gestern genau so etwas für einen kurzen Moment gedacht hatte. Nein, vermutlich meinte er damit bloß, dass die Maske direkt auf die Haut aufgetragen worden war. Bei Filmen machten sie das auch häufig so, wodurch die Sachen allerdings nicht so leicht abzunehmen waren. Dafür sahen sie jedoch verdammt echt aus.

„Ich werde bestimmt nicht zu dir reinkommen, damit du mir eins überbraten und das Haus ausräumen kannst." Das war jetzt nicht unbedingt sehr diplomatisch ausgedrückt und eigentlich hätte ich so etwas auch nie laut gesagt, aber irgendwie war ich immer noch aufgebracht und mein Mund infolgedessen schneller als mein Verstand.

„Dann wirst du mir wohl einfach glauben müssen", antwortete er schlicht. Wir kamen echt super voran, lief wirklich großartig. Wenigstens war er derjenige, der eingesperrt und auf meine Hilfe angewiesen war und nicht andersherum.

„Mir egal. Solange du dieses Kostüm trägst, bleibst du da drin. Warum hast du das Ding überhaupt an?" Vielleicht kamen wir ja so irgendwie weiter.

„Ich sagte doch schon, das ist kein Kostüm."

Ich blinzelte. Das war mir jetzt aber neu. „Nein, du hast gesagt, du kannst es nicht ausziehen. Was soll das heißen, es ist kein Kostüm?"

Wollte der mich auf den Arm nehmen? Was sollte es denn sonst sein? Oder gab es irgendeine hochgestochene Bezeichnung dafür und die ordinäre Bezeichnung Kostüm wurde diesem Meisterwerk schlicht nicht gerecht?

Er stieß ein unwilliges Knurren aus und schien mit den Füßen zu scharren.

„Dass es nichts ist, was ich einfach ausziehen oder ablegen kann. Das bin ich, so sehe ich nun einmal aus. Ich verlange von dir ja auch nicht, dass du deine Haare wie eine Perücke absetzen sollst, oder?"

Der Vergleich hinkte meiner Meinung nach gewaltig. Aber meine Aufmerksamkeit lag auf etwas anderem. Hatte er gerade gesagt, dass er wirklich so aussah? Was hatte der denn eingenommen, um so eine schräge Vorstellung von sich selbst zu bekommen?

„Das ist ein blöder Scherz, oder?" Unwillkürlich verstärkte ich meine Haltung mit den verschränkten Armen, wobei meine Hände leicht zu zittern anfingen. Ich hoffte, dass er es nicht bemerkte.

„Nein, ist es nicht." Er seufzte. „Und deswegen darfst du auch nicht die Polizei rufen. Wenn sie das nämlich bemerken, stecken die mich in irgendein Labor und …"

„Ach, darum geht es dir?" Meine Stimme wanderte ungefähr eine Oktave nach oben. Aber ich war ja auch so dumm gewesen, ihm zu glauben. „Du willst bloß nicht, dass ich die Polizei rufe? Pah, und dafür so eine dämliche Ausrede? Also echt."

Ich wandte mich ab und ging. Er rief mir hinterher, doch ich war fertig mit ihm. Wieso tischte er mir solche Lügen auf, nur damit ich nicht die Polizei rief? Da hätten wir uns wesentlich besser einigen können. Zum Beispiel, indem er gleich von Anfang an mit mir gesprochen hätte, anstatt diese „Ich kann nicht reden"-Show abzuziehen.

Am meisten ärgerte ich mich darüber, dass ich ihm für einen kurzen Moment geglaubt hatte. Dass ich dachte, gestern doch nicht nur dem außergewöhnlichen Talent des Maskenbildners erlegen zu sein.

So ein Dreck!

Ich wollte das alles nicht. Da ich mich nicht konzentrieren konnte, räumte ich etwas die Küche auf und saugte die Wohnung. Als ich damit fertig war, warf ich prüfend einen Blick auf die Uhr. Mittlerweile dürfte ihn der Hunger plagen. Also gut, dann bekamen er jetzt sein Abendbrot, das immer noch im Stall lag, und die Pferdchen ihre Nachtmalzeit.

Mit einem mulmigen Gefühl betrat ich den Stall. Das alles kam mir vor wie ein schlechter Traum, ein Film oder einfach wie eine Geschichte, die sich irgendein Bekloppter im betrunkenen Zustand ausgedacht hatte. Denn wer würde sich so eine Story schon ausdenken, solange er bei klarem Verstand war? Wo war ich hier nur hineingeraten? So etwas passierte einem im echten Leben nicht!

Wenn ich gewusst hätte wie, wäre ich aus dieser Geschichte längst ausgestiegen. Doch das ging nicht. Ich hätte wenigstens gern gewusst, wie es jetzt weiterging und ob die Geschichte mit meinem Tod endete oder ich das alles lebend überstand. So musste ich mich jedoch überraschen lassen.

Vorsichtig betrat ich die Stallgasse, von wo man die drei Boxen sah. Der Stall war so aufgebaut, dass man ganz vorne den Bereich hatte, indem ich Besen, Forke, Schubkarre und alles weitere an den Wänden platzierte. Dann befand sich direkt rechts die Sattelkammer. Darin waren Sattel, Trense, Decken, Helm, Handschuhe, Gerte, Peitsche, Longierzeug und was ich mit der Zeit sonst noch alles angeschafft hatte, verstaut. Gamaschen, Bandagen, Satteldecken, Putzzeug und so weiter.

Links stapelten sich Strohballen, dahinter befand sich die Stalltür nach draußen. Der freie Bereich direkt vom Haus in den Stall hinein diente mir zudem als Putzplatz. Dazu waren links vor den Strohballen zwei Anbinderinge an der Wand angebracht. An der mir gegenüberliegenden Seite befanden sich links Victors und rechts Sokrates' Box. Rechts von Sokrates' Box führte das Heulager eine ganze Ecke nach hinten. Am Ende gab es ein großes Scheunentor, von wo die Quaderballen von dem Lieferanten immer fein säuberlich aufgestapelt wurden. Es war gar nicht so einfach, Quaderballen zu bekommen, weil die meisten Bauern Rundballen produzierten, aber die bekam ich nicht gut unter bei meinem begrenzten Platz. Die Box, in der mein „Gast" zurzeit nächtigte, befand sich hinter der Sattelkammer auf der rechten Seite.

„Ein Glück, da bist du ja wieder!" Erleichtert lief er ans Gitter. Ich blieb sofort wie angewurzelt stehen. Als er daraufhin einige Schritte zurückwich, hob ich zögerlich die Dosen vom Boden auf. Die

Thermoskanne dürfte den Kaffee warm gehalten haben, also brauchte ich keinen neuen zu machen. Ich wartete und ging erst zur Box, als er wie gewohnt in seine Ecke zurückwich.

„Was kann ich tun, damit du mich hier rauslässt?"

Skeptisch sah ich zu ihm hinüber.

Wenn der sich auch nur einen Millimeter bewegte, war ich weg.

„Du hättest zum Beispiel von vornherein mit mir reden können, anstatt mir vorzumachen, dass du nicht sprechen kannst. Dann hätten wir bestimmt schon eine Lösung gefunden." Ich legte alles in den Trog und trat zurück auf die Stallgasse.

„Ich dachte, es ist einfacher für dich, wenn ich nicht rede." Mit langsamen Bewegungen näherte er sich seinem Abendessen. Er nahm es heraus und biss mit einem so ohrenbetäubenden Geräusch die Möhre ab, dass ich unwillkürlich zusammenzuckte.

„Klar, wenn ich denke, dass ich irgendeinen Irren in meinem Haus habe, mit dem ich nicht mal richtig sprechen kann, geht es mir gleich viel besser." Mein Sarkasmus war heute echt gut drauf. Normalerweise brauchte ich immer Ewigkeiten, bis mir im Nachhinein eine passende Erwiderung auf irgendetwas einfiel.

„Ja, du hast Recht, das war wohl nicht sehr klug überlegt. Konnte ja auch keiner ahnen, dass wir so lange in einem verdammten Schneesturm feststecken würden." Sein Blick ging Richtung Stalltür. Da hatte er recht. Trotzdem entschuldigte bisher nichts davon sein Verhalten.

„Und du könntest aufhören, mich anzulügen", fügte ich hinzu. Ich sah, wie er bei meinen Worten die Stirn runzelte.

„Ich habe nicht gelogen. Kein einziges Mal. Vielleicht hab ich die erste Zeit geschwiegen, aber ich habe nie gelogen."

Nun war ich es, die die Stirn runzelte. Das kaufte ich ihm nicht ab. Denn das würde bedeuten, dass er tatsächlich daran glaubte, dass sein Kostüm echt war.

„Wenn ich verspreche, mich wie ein Gentleman zu benehmen, darf ich dann dieses Gefängnis verlassen?"

Ich lachte auf. Als ob ich seinen Worten Glauben schenken könnte. Als ob sein Wort irgendetwas wert wäre.

„Ich werde dir nichts tun", versicherte er mir ein weiteres Mal.

„Um das zu glauben, müsste ich dir vertrauen, darauf vertrauen, dass du dich an dein Wort hältst. Wenn du erst einmal draußen bist, bin ich darauf angewiesen. Ich habe keine Schusswaffe, die mich im Ernstfall beschützen würde." Womöglich war es nicht allzu klug, ihm das auch noch zu sagen. Aber wir lebten in Deutschland, da hatte nun mal nicht wie in Amerika jeder eine im Nachtschrank liegen. Außerdem ließ ich ihn sowieso nicht raus, daher war es egal, ob er es wusste oder nicht.

„Ich müsste aber wirklich mal dringend aufs ... Klo."

„Oh." Damit hatte er mich kalt erwischt, weil mir dieses Problem ja auch schon bewusst geworden war.

Ich dachte hektisch nach. Jetzt, wo er reden konnte (oder sich entschieden hatte, sich mit mir zu unterhalten), kam es mir höchst unsensibel vor, zu sagen, er könnte ja in die Box machen. Da hatten wir also ein Problem.

Es befand sich zwar neben der Sattelkammer eine kleine Toilette, damit man nicht jedes Mal ins Haus laufen musste, aber die war von der Box aus natürlich nicht zu erreichen. Da ich jedoch wie gesagt keine Waffe besaß, die ich ihm vorhalten und mit der ich ihn zwingen konnte, nach seinem Geschäft wieder in die Box zu gehen, hatten wir ein Problem, wenn ich ihn rausließ. Oder ich hatte eins.

Ich sah mich um und begann nervös auf meiner Unterlippe herumzukauen.

„Also gut, ich lasse dich raus. Dort ist das Klo." Ich zeigte darauf, ging im Anschluss jedoch zu Victor und Sokrates hinüber.

„Okay", meinte er gedehnt. „Du hast aber nicht vergessen, dass ich hier alleine nicht rauskomme, oder?"

„Nein, ich gebe dir den Schlüssel und dann kannst du dich selbst befreien. Deine Hand passt doch durchs Gitter, oder?" Ich warf ihm über die Schulter einen Blick zu, während ich Victor ein zweites Heunetz in die Box hing. Danach ging ich zu Sokrates hinüber.

Mein Gefangener hantierte währenddessen an dem Schloss herum, welches die Metallkette zusammenhielt. Diese war durch die Gitter der Schiebetür und der festen Seitenwand geschoben. Er musste sich etwas anstrengen, hielt aber schließlich das Schloss in der Hand. Ich hatte währenddessen meine Vorbereitungen abgeschlossen. Meine beiden Pferde würden so bald keinen Hunger leiden müssen und spätestens morgen sollte der Sturm ein Ende haben.

„Du bekommst den Schlüssel und kannst dich befreien. Sobald der Sturm vorbei ist, gehst du und wir vergessen das alles hier einfach", schlug ich ihm vor. Das hielt ich für die beste Lösung. Solange er nie wiederkam, brauchte ich die Polizei nicht. Trotzdem schloss ich meine Pferde sicherheitshalber wieder in ihren Boxen ein.

War das dumm?

Ja, wahrscheinlich. Aber ich wollte nicht, dass er sich für irgendetwas, was ich getan hatte, an meinen Pferden rächte. Ich vertraute ihm schlicht und ergreifend nicht. Schließlich kannte ich ihn nicht! Deswegen ging ich lieber auf Nummer sicher, als mich im Anschluss über meine Naivität zu ärgern.

Also machte ich ihm einen Vorrat an Essen fertig – gut, ich suchte das raus, was ich fertig da hatte, sodass er es essen konnte, wann er wollte, oder es sich mit dem Wasserkocher, den ich im Stall hatte, zubereiten konnte. Den hatte ich extra für die Pferde, wenn ich mal Mash kochen musste. Das war so eine Art eingeweichtes Futter für Pferde. Gut, um Medikamente zu füttern, für eine Flohsamenkur im Winter und noch andere Sachen. Außerdem suchte ich eine Tasse und Teebeutel heraus.

So, damit dürfte er eine Weile gut versorgt sein.

Erst als ich mit all den Vorbereitungen fertig war, bei denen er mir erstaunlich ruhig zusah, gab ich ihm den Schlüssel und verzog mich hastig ins Haus. Die beiden Zwischentüren schloss ich jetzt natürlich wieder ab.

Es wunderte mich, dass er gar nichts mehr gesagt hatte, aber gut, am Anfang war er ja auch sehr schweigsam gewesen.

„Ich sag Bescheid, sobald der Sturm draußen vorüber ist, sonst siehst du es ja selbst durchs Fenster", waren meine letzten Worte an ihn, auf die er allerdings nicht reagierte. Ich ließ das ebenfalls unkommentiert und sah zu, dass ich so schnell wie möglich aus dem Stall kam, ehe er sich befreite und mir womöglich nachjagte.

Der Kältetod hat nichts mit Heldentod gemein

Nachdem ich sicher aus dem Stall hatte flüchten können, ohne dass ich geschnappt oder gejagt worden war, saß ich nun hier und konnte mich schlicht nicht überwinden, zu arbeiten. Mein Kopf war unaufhörlich mit anderen Dingen beschäftigt, obwohl ich normalerweise sehr gut denken und gleichzeitig arbeiten konnte. Doch jetzt saß ich hier und analysierte all unsere Treffen, um zu überlegen, ob ich immer richtig gehandelt hatte. Dass er zum Schluss gar nichts mehr gesagt hatte, verunsicherte mich schon die ganze Zeit. Es vermittelte mir das Gefühl, irgendetwas falsch gemacht zu haben, obwohl dem sicher nicht so war.

Ich konnte bloß hoffen, dass der Sturm endlich vorüberzog, er verschwand und ich danach in der Lage war weiterzumachen, als wäre das alles nie passiert.

In diesem Moment ging der Bewegungsmelder draußen an. Ich wollte es zunächst auf den starken Wind schieben, doch bisher hatte er sich von den vorbeiwirbelnden Flocken auch nicht beeinflussen lassen. Und auch dieses Mal war der Schnee nicht der Grund. Ein großer Schatten lief über den Hof. Ein Schatten, der mir nur allzu bekannt vorkam.

Wo wollte der Idiot hin? Mitten in einem Schneesturm!

Sofort sprang ich auf. Währenddessen fragte ich mich, wie zum Geier er die Tür aufbekommen hatte. Da war doch der ganze Schnee vor gewesen. Ich eilte in den Stall, ohne mir irgendetwas überzuziehen, und hastete zur Tür. Die war geschlossen, allerdings bekam ich sie mit Leichtigkeit auf, obwohl der Sturm versuchte, sie mir abwechselnd aus der Hand zu reißen oder wieder zuzuschlagen. Als ich endlich hinaustrat, staunte ich nicht schlecht, der starke Wind schien den Schnee direkt vor der Stalltür weggefegt zu haben. Ein kleiner Schneewirbel fegte über die Steine vor meinen Füßen. Ich hob den Blick und suchte nach meinem „Gast".

„Bist du denn verrückt geworden! Komm gefälligst wieder rein!", rief ich in den Schnee hinaus, obwohl ich eigentlich froh sein sollte, dass er weg war. Doch ich spürte deswegen keinerlei Erleichterung, sondern nur Angst und eine leichte Spur von Panik. Allerdings nicht die, die mich letztes Mal überfallen hatte.

Mittlerweile war der Bewegungsmelder ausgegangen und ich konnte ihn nicht mehr sehen. Also brüllte ich so laut wie ich eben konnte. Keine Ahnung, ob er mich hörte. Sah er überhaupt noch, wohin er lief? Meine Güte, warum war der Sturm denn mit einem Mal wieder so heftig? Innerhalb weniger Atemzüge konnte ich nicht mal mehr die Brücke erkennen.

„Du sturer Bock, komm endlich zurück!", schrie ich aus Leibeskräften. Ihm hinterherzulaufen, schaffte ich nicht. Es wäre auch eine wirklich dämliche Idee. In wenigen Sekunden wäre ich steifgefroren wie ein Fischstäbchen.

„Jetzt mach", brummelte ich, während ich auf der Stelle trat und die Arme um mich schlang. Endlich tauchte ein Schatten aus dem weißgrauen Schneegestöber auf. Ich hatte immer geglaubt, in den Filmen und Büchern wurde maßlos übertrieben, wenn behauptet wurde, dass man in einem solchen Schneesturm die Hand vor Augen nicht sah. Aber wenn es ein Sturm wie dieser war, dann entsprach das der Wahrheit.

Ich stieß die Stalltür weiter auf und er fiel mir beinahe vor die Füße. Am ganzen Leib zitternd rollte er sich zu einer Kugel zusammen und zog die seltsamen Beine an den Körper. Mühsam schob ich seine Gestalt ein Stück weiter hinein, damit ich die Tür schließen konnte. Das kostete einiges an Kraft, denn der Wind arbeitete gegen mich und riss sie mir bei meinem ersten Versuch direkt wieder aus den Händen, sodass sie gegen die Scheunenwand knallte.

Ich zog mit aller Kraft und beiden Händen und hörte hinter mir, wie Sokrates aufgeregt in seiner Box hin- und herlief. Mit dem Fuß schob ich die langen, schneebedeckten Beine des Verrückten zur Seite und endlich rastete die Tür ein. Schwer atmend und am ganzen Körper zitternd schloss ich sie ab und steckte den Schlüssel dieses Mal sicherheitshalber ein, damit er nicht noch einmal so etwas Dummes tun konnte.

Ich begann gerade damit, mir innerlich Vorwürfe zu machen, als ich mir das auch bereits wieder verbat, schließlich hatte ich nicht ahnen können, dass jemand derart lebensmüde sein konnte. Wieso war er freiwillig in diesen Sturm rausgegangen, wo er hier doch sicher war?

Ja, ich hatte ihn in der Box eingesperrt. Aber hey, er hatte nun wirklich nichts von mir zu befürchten gehabt, nachdem ich ihn rausgelassen hatte. Ich meine, ich hatte ihm doch gesagt, dass er so lange wie nötig hierbleiben konnte und dann einfach gehen sollte, sobald der Sturm vorüber war.

Ja, genau! Sobald der Sturm *vorüber* war! Und nicht mitten hinein! Was für ein Idiot!

Ich stieß heftig den Atem aus. Nicht nur vor Wut oder Ärger, sondern auch wegen der Anstrengung. Mein Machtkampf mit dem Wind hatte mich ganz schön ins Schwitzen gebracht. Gleichzeitig war mir eiskalt, weil ich mir keine Jacke angezogen hatte. Aber da gab es jemanden, dem es diesbezüglich noch schlechter ging.

Ich beugte mich hinunter. Wegen des heftigen Temperaturunterschieds beschlug erst einmal meine Brille. Zwar war es im Stall auch nicht gerade kuschelig warm, aber mein Atem stieg vor meinem Gesicht hoch und kondensierte dann an den eiskalten Brillengläsern.

Deswegen sah ich zunächst kaum Details, doch allmählich lichtete sich der Nebel und ich konnte den zitternden Körper vor meinen Füßen genauer betrachten. Inzwischen fiel es mir wirklich schwer, mir weiter einzureden, dass das hier ein Kostüm sein sollte.

Weil ich mich nicht davon abhalten konnte, berührte ich einen seiner gespaltenen Hufe. Mal sehen, ob ich das Material ertasten konnte. Es klebte noch Schnee daran, den ich vorsichtig abwischte. Sie waren eiskalt. Tatsächlich erinnerte das Material jedoch sehr an das von Hufhorn. Die Beschaffenheit der Oberfläche und die Unebenheiten darin wirkten so … echt.

Ich holte tief Luft und beruhigte mein bereits losrasendes Herz. Das war gerade eigentlich gar nicht wichtig. Wir mussten ihn irgendwie warmbekommen, denn er zitterte nach wie vor wie Espenlaub und entzog mir bei der nächsten Welle seinen Huf.

„Warte kurz." Ich bekam keine Antwort, hatte damit aber auch nicht gerechnet. Rasch lief ich in die Box und griff mir die Decke, die noch immer darin lag. Eilig breitete ich sie über ihm aus.

Ich hatte leider keine von diesen Feuer- oder Schockdecken. Am besten wäre es, wenn wir ihn ins Haus brächten, wo es wesentlich wärmer war als hier. Das würde ich jedoch nicht schaffen. Dafür war er zu schwer und er sah nicht danach aus, als könnte er die Strecke laufen. Auf den komischen Beinen fiel einem das Laufen mit Sicherheit sowieso schon schwer genug und dann noch in seinem derzeitigen Zustand … das konnte ich vergessen.

„Ich hab eine Idee." Am besten holte ich mein Handy (und eine Jacke) und schlug erst einmal nach, was man in einem solchen Fall tat, damit ich nichts Falsches unternahm. Vorher organisierte ich noch den alten Heizlüfter meiner Mutter. Immer wenn die Heizung spann, war er Goldwert. Außerdem stellte ich im Vorbeigehen den Wasserkocher im Stall an. Danach begann ich erst einmal Doctor Google zu fragen, wie man Leute, die stark unterkühlt waren, am besten aufwärmte.

Ich hoffte, dass er noch nicht richtig an Unterkühlung litt, denn überall stand, dass man in einem solchen Fall den Notarzt rufen sollte. Was zurzeit nicht ging. Dummerweise wusste ich nicht, wie ich bei ihm die Temperatur messen sollte. Gut, ich hatte ein Fieberthermometer für die Pferde hier liegen, aber er fand die Idee bestimmt nicht gut, wenn ich ihm das wie bei den Ponys in den … Po schob.

Also gingen wir mal davon aus, dass seine Körpertemperatur nicht so stark gesunken war, dass es richtig schlecht um ihn stand. Er war immerhin nur für ein paar Minuten draußen gewesen. Wenn der Patient zitterte, war das schon mal ein gutes Zeichen. Bei starker Unterkühlung sollte man denjenigen nicht bewegen. Gut, Herumtragen hatten wir ohnehin bereits ausgeschlossen.

Für den Heizlüfter brauchte ich ein Verlängerungskabel, aber auch das hatte ich hier im Stall liegen. Mit etwas Abstand stellte ich ihn auf, damit sich die Luft allmählich erwärmte, ein Tee sollte zusätzlich von innen wärmen. Der Wasserkocher schaltete sich in eben diesem Moment aus.

Gut. Tassen und Teebeutel hatte ich bereits hergetragen.

Ich stand auf und machte uns beiden einen Tee. Schnell fügte ich noch etwas kaltes Wasser hinzu, damit er trinkbar wurde. Eine Viertelstunde zu warten, bis er von alleine abgekühlt war, erschien mir wenig sinnvoll.

„Hey, kannst du dich hinsetzen? Ich habe Tee gemacht. Der wärmt dich auf", sprach ich ihn mit leiser, sanfter Stimme an. Das Zittern unter der Decke hatte inzwischen nachgelassen.

Ich sollte wahrscheinlich den hereingewehten Schnee, der inzwischen angefangen hatte, sich in kleine und große Wasserpfützen zu verwandeln, wegfegen, aber das konnte erst mal so bleiben.

Zunächst erhielt ich keine Reaktion auf meine Frage, was für ein flaues Gefühl in meinem Magen sorgte. Hatte es ihn schlimmer erwischt als angenommen?

Doch dann stemmte er sich zum Glück langsam auf die Ellenbogen und drehte sich zu mir herum.

Er hielt den Kopf gesenkt, als wolle er vermeiden, dass ich Angst vor ihm bekam, und versuchte daher, möglichst wenig bedrohlich zu wirken. Ich reichte ihm eine der beiden Tassen.

„Danke", murmelte er leise, schlang die haarigen Finger mit den langen Krallen um den Becher, sodass dieser vollends darunter verschwand, und pustete über die dampfende Oberfläche.

„Geht es dir besser?", wollte ich nach einer Weile wissen, in der wir schweigend nebeneinandergesessen hatten. Es sah recht amüsant aus, wie er mit den langen Zähnen versuchte zu trinken; mit gespitzten Lippen.

Er brummte auf meine Frage hin lediglich und zuckte mit den Schultern.

„Schön, dann kannst du mir ja mal erklären, was das sollte!", fuhr ich ihn mit immer lauter werdender Stimme an, während um uns herum der Wind heulte. Selbst hier drinnen merkte man sofort, wie heftig der Schneesturm draußen tobte. Regelmäßig schienen die Wände um uns herum zu wackeln. Und selbst wenn das nicht wäre, reichte ein Blick aus dem Fenster und niemand bei Verstand würde sich freiwillig in dieses Unwetter stürzen. Nicht, wenn man hier sicher und warm aufgehoben war.

Er antwortete selbstverständlich nicht auf meine Frage. Hatte ich etwas anderes erwartet? Nein, natürlich nicht. Das hieß aber nicht, dass ich deswegen nicht beleidigt sein konnte.

„Ich hab doch gesagt, du kannst hier bleiben, bis der Sturm vorbei ist. Ich hab dir Essen und Trinken dagelassen. Es gab keinen vernünftigen Grund dafür, da rauszugehen." Damit wollte ich noch mal klarstellen, dass ich diese wahnwitzige Aktion nicht von ihm verlangt hatte. Wobei ich mich gleichzeitig fragte, wieso ich mich überhaupt so aufregte und ihn zurückgerufen hatte. Schließlich wäre ich meine Probleme auf die Art ganz einfach losgeworden. Andererseits machte sich eine pelzige Leiche keine zwanzig Meter vom Haus entfernt nicht sonderlich gut. Selbst wenn der Sturm ihn unter Tonnen von Schnee begrub, irgendwann würde der wegtauen und dann würde es fürchterlich ...

Ich schlug in meinem Kopf mit Nachdruck die Tür zu diesen Hirngespinsten zu und versuchte, mich wieder auf das Hier und Jetzt zu konzentrieren. Um das zu erreichen, stellte ich erst einmal den Heizlüfter aus.

„Das war einfach nur bescheuert!", schloss ich, da nach wie vor von seiner Seite her nichts kam und nippte an meinem Tee. Er ließ sich gut trinken und wärmte wunderbar. Meine halberfrorenen Finger freuten sich zudem über die warme Tasse und meine kalten Zehen forderten nachdrücklich ein heißes Bad.

Dummerweise schienen jedoch noch jede Menge unbeantwortete Fragen vor mir zu liegen. Mal sehen, ob ich wenigstens eine von ihm beantwortet bekam. Auf den Rest musste ich die Antworten wahrscheinlich selbst finden. Zum Beispiel, wie ich jetzt weiter vorgehen sollte. Ihn wieder im Stall einschließen? Nachdem, was gerade eben passiert war, konnte ich das nicht.

Er saß nach wie vor mit gesenktem Kopf da, die Decke bedeckte ihn zur Hälfte und mit den Händen umklammerte er die Tasse, während er ab und an daraus trank. Ich war froh, dass das Zittern endgültig aufgehört hatte.

„Du hattest Angst", kamen schließlich irgendwann Worte aus seiner Richtung. In der Zwischenzeit hatte ich bereits einen Plan mit ungefähr acht oder neun unterschiedlichen Abzweigungen in meinem Kopf entworfen. Alle mit Möglichkeiten, die ich nacheinander ausschloss, sodass eine Schranke den Beginn dieses Weges blockierte.

Deswegen erwischte er mich eiskalt und ich verstand erst einmal gar nichts.

„Was?"

„Du hattest Angst", wiederholte er, ein bisschen lauter dieses Mal.

Ja, gut. Das hatte ich auch beim ersten Mal verstanden. Es ergab nur keinen Sinn. Klar hatte ich Angst gehabt, dass er mir da draußen erfror. Hey, ich schätzte, jeder hätte so reagiert und keiner hätte sich ans Fenster gestellt, gewunken und „Noch ein schönes Leben" gewünscht oder „Gute Reise".

„Ich wollte nicht, dass du Angst hast", fügte er irgendwann hinzu, als ich nach wie vor nicht reagierte. Seine Stimme hatte weiterhin diesen tiefen, kehligen Klang, was sehr an ein Tier oder Monster erinnerte. Aber irgendwie wirkte sie gleichzeitig auch weicher, sanfter. Als würden diese Gefühle tief darunter liegen.

„Dann lauf nie wieder in einen tosenden Schneesturm", gab ich schließlich zurück. Ich hatte mich auf dem Putzkoffer von Victor niedergelassen, meine Jacke halb unter meinem Po. Aber trotzdem beschwerte auch der sich langsam, dass ihm kalt wurde.

Als mein Gegenüber überrascht aufblickte und mich mit diesen tiefschwarzen Augen musterte, konnte ich nur ebenso überrascht zurückstarren.

„Du hattest Angst um mich?", fragte er und blinzelte dabei derart verdattert, dass er mit einem Mal überhaupt nicht mehr bedrohlich, sondern regelrecht niedlich wirkte. Und das trotz der tiefschwarzen Augen, dem Fell überall, den langen Hörnern und den spitzen Zähnen und Krallen.

„Ja?", antwortete ich mit einem fragenden Unterton. Was war daran denn so verwunderlich?

„Nicht *vor* mir?" Ich runzelte irritiert die Stirn. Wie sollte ich vor ihm Angst haben, wenn er doch da draußen im Schneesturm …?

Ich setzte meine Tasse auf dem Boden neben mir ab und beugte mich vor.

„Jetzt sag nicht, du bist in den Sturm gelaufen, weil ich mich einmal so erschrocken habe? Du dachtest, ich hätte Angst vor dir und bist darum …? Das hatte nichts mit dir zu tun. Nicht richtig." Ich wusste nicht genau, wie ich ihm das erklären sollte. Aber wenn er tatsächlich deswegen da raus gegangen war, dann …

Er senkte wieder den Blick. „Aber ich sehe furchteinflößend aus und du hast dich eingesperrt, als du mich rausgelassen hast."

Irgendwie kam ich mir gerade vor, als würde ich mit einem kleinen Kind reden, einem sehr, sehr verunsicherten Kind. Was seltsam war, denn normalerweise war ich das kleine, verunsicherte Kind voller Angst. Komisch, dass ich dieses Mal in der Rolle des Erwachsenen steckte, der Ruhe und Sicherheit ausstrahlte.

„Ja, aber das hätte ich bei jedem anderen auch getan. Ich gehöre nicht zu der Sorte, die fremde Männer einfach so unbedacht ins Haus lassen. Wenn du dir deswegen Gedanken gemacht hast, verstehe ich noch weniger, wieso du das Kostüm nicht ausziehst, obwohl man deswegen Angst vor dir bekommt." Ich hob die Schultern. Wenn ihn das dermaßen beunruhigt hatte, wieso hörte er dann nicht endlich mit dem Mist auf?

„Dann versuch mal, es mir auszuziehen." Er stellte den Becher ebenfalls auf den Boden, nachdem er ihn hastig ausgetrunken hatte, und schlug die Pferdedecke zur Seite. Er drehte sich etwas, sodass er auf dem Hintern saß und ich seine seltsamen Beine direkt vor mir hatte.

Dabei fiel mir etwas auf, was ich bisher ignoriert zu haben schien. Er hatte einen Schwanz.

Als er merkte, dass ich ihn betrachtete, bewegte er ihn. Und zwar so, dass es verdammt echt aussah. Da ich keine Anstalten machte, sein Kostüm ausziehen zu wollen, begann er damit, auch die Beine und Hufe zu bewegen. „Das ist echt. Es ist kein Kostüm."

Ich beobachtete ihn eine Weile bei den Bewegungen, rührte mich jedoch nicht. Schließlich beugte er sich vor und legte eine Hand über meine. Ich spürte die Beschaffenheit seiner Haut. Etwas fester als meine, aber warm und weich gleichzeitig. Ich sah hoch in sein Gesicht. Er hatte die Augenbrauen zusammengezogen und musterte mich konzentriert. Als wolle er jede meiner Reaktionen ganz genau mitbekommen. Er vermutete wahrscheinlich, dass ich wieder wegrannte. Aber seltsamerweise spürte ich keine aufsteigende Panik oder Angst. Da war eher so etwas wie ... Neugierde.

Als ich keine Zurückweisung zeigte, während er mich berührte, nahm er meine Hand und führte sie an sein linkes Horn. Ich strich sachte darüber, über das lange Fell, welches wie Haar an seinen Seiten herabfiel, und schließlich bis zu seiner Wange hinab. Das Gesicht war etwas länger und der Kiefer breiter als bei einem Menschen, aber es fühlte sich dennoch alles ganz echt an.

„Es ist kein Kostüm", wiederholte er wieder und legte meine Hand zurück in meinen Schoß.

Ich musste erst einmal tief durchatmen. Jetzt gerade war ich froh, dass ich die panische Reaktion auf diese Entdeckung bereits hinter mir hatte. Obwohl ich mir danach eingeredet hatte, mir alles bloß eingebildet zu haben, schien irgendein Teil meines Gehirns sich mit der Tatsache, dass das nicht stimmte, längst arrangiert zu haben. Denn ich erschrak kein weiteres Mal. War das merkwürdig?

„Wie ... ist das möglich?", brachte ich die Frage lediglich als schwachen Hauch heraus. So leise, dass man es über das Heulen des Sturms und das Rascheln in den Boxen, zusätzlich zu den Mahlgeräuschen der beiden kauenden Pferde beinahe nicht hören konnte.

„Es gibt so vieles zwischen Himmel und Erde, was sich nicht so leicht erklären lässt und das hier ist eines davon", antwortete er beinahe ebenso leise, wobei er fast wie ein ganz normaler Mensch klang.

Eine Weile saßen wir uns stumm gegenüber, bis er sich schweigend erhob. Zuerst wirkte er noch etwas wackelig auf den Beinen, doch sein langer Schwanz schien ihm dabei zu helfen, seine Balance zu finden. Ich sah ihm mit halb geöffnetem Mund dabei zu. Es fiel mir nach wie vor schwer, zu glauben, dass diese Gestalt echt war.

„Ich werde nur so lange bleiben, bis der Sturm vorbei ist. Und ich werde dir nichts tun. Du brauchst keine Angst vor mir zu haben." Er drehte sich zu mir herum und stand abwartend da.

Tja, über diesen Punkt waren wir längst hinaus. Ich meine, ich hatte ihn aus dem Sturm zurückgerufen, ihn eingedeckt und sogar angefasst. Wenn ich mir Sorgen machen würde, dass er jeden Moment über mich herfallen könnte, wäre ich längst verschwunden.

Als ich nichts sagte, ging er zu der leeren Box hinüber und wollte allem Anschein nach wieder darin Platz nehmen und den Sturm abwarten. Beim Laufen erzeugten seine Hufe ein seltsames Geräusch auf dem Betonboden des Stalls. Es erinnerte mich an die unbeschlagenen Hufe von Sokrates.

„Alles echt", flüsterte ich leise und erhob mich ebenfalls schwankend. Ich lief ihm hinterher, erreichte ihn jedoch erst, nachdem er die Box bereits betreten hatte.

„Du kannst ...", brachte ich atemlos hervor und blieb an der Tür stehen. „Du kannst auch im Haus warten, bis der Sturm vorbei ist."

Es kam mir nicht richtig vor, ihn hier draußen mit „den anderen Tieren" im Stall zu lassen, während ich in meinem gemütlich warmen Haus saß. Und ich brauchte mir wohl wirklich keine Sorgen zu machen, dass er mir etwas antun könnte. Wäre das seine Absicht gewesen, hätte er die Chance genutzt, nach dem ich ihn aus der Box gelassen hatte und wäre nicht hinaus in den Sturm gegangen.

Außerdem was hätte er davon? Wenn er wirklich der echte Krampus war ... Nein, das klang total verrückt.

Aber nahmen wir das einfach mal an. Wenn das zutraf, bestrafte er lediglich böse Menschen (oder Kinder) und ich selbst zählte mich nicht dazu. Ich hatte ja auch nur selten die Gelegenheit, böse oder gemein zu anderen zu sein. Deshalb sollte ich relativ sicher vor seiner Bestrafung sein.

„Und du würdest dich nicht … unwohl fühlen? Meinetwegen?",
fragte er zögerlich.

„Es wäre mir lieber, als wenn du hier draußen im Stall bleibst." Ja,
mir war klar, dass ich seine Frage damit nicht wirklich beantwortete.
Das lag aber daran, dass ich das nicht konnte. Ob ich mich unwohl
fühlen würde oder nicht, konnte ich erst sagen, sobald es soweit war.
Und vielleicht änderte sich das Gefühl nach einer gewissen Einge-
wöhnung ja auch? Wer wusste das schon?

Um meine Einladung nochmals zu verdeutlichen, streckte ich ihm
meine Hand hin. Damit lud ich ihn ein weiteres Mal ein, mit mir ins
Haus zu kommen.

Ich zählte die Herzschläge und kam bis neun, ehe er vor mich trat.
Er ergriff meine Hand zwar nicht, folgte mir aber wenigstens ins
Haus.

Ich musste ihn unbedingt noch einmal bezüglich dieser „das Kostüm ist echt"-Sache ausfragen. Momentan war ich jedoch vollauf
damit beschäftigt, einfach ruhig weiterzuatmen, während wir gemeinsam das Haus betraten. Das war alles so seltsam.

Ich spürte ein aufgeregtes Kribbeln, das bekannte mulmige Gefühl
im Magen, Aufgekratztheit und irgendwie auch Vorfreude.

Wie lange war es her, dass ich jemanden zum Reden gehabt hatte?
Also so richtig? Und wann war das letzte Mal jemand länger als nur
ein paar Minuten im Haus gewesen?

Ja, ich freute mich tatsächlich darüber, dass ich nun für einige Zeit
einen „Mitbewohner" hatte, der mir auch antwortete, wenn ich mit
ihm sprach. Im Zuhören waren Victor und Sokrates einsame Spitze,
allerdings waren es immer recht einseitige Gespräche. Mit ihm hingegen konnte ich mich richtig unterhalten. Dabei hoffte ich, dass
seine leicht einsilbige Art etwas auftaute, andernfalls würde es sich
kaum von den Gesprächen mit den Pferden unterscheiden.

Backe, backe Kuchen, der Krampus hat gerufen

„So, da wären wir also", begrüßte ich ihn in seinem „neuen Zuhause" als wir aus dem Windfang in den Flur traten, der nach rechts direkt in das großzügige Wohnzimmer mit der riesigen Fensterfront führte. Ein großer Rundbogen bildete den Übergang zur Küche. Die ich zu meiner Schande nicht so oft benutzte, wie sie es verdient hätte. Aber immer nur für sich allein zu kochen, machte halt keinen Spaß. Womöglich konnte ich sie in der Zeit, die er hier war, ja ein wenig häufiger nutzen. Zum Arbeiten würde ich wohl eher weniger kommen.

„Vielen Dank, äh …" Er zögerte und ich wartete geduldig. „Entschuldige, ich kenne deinen Namen gar nicht."

„Oh." Damit hatte ich nicht gerechnet. Aber klar, ich hatte mich ihm ja absichtlich nicht vorgestellt. „Ach so, ja. Entschuldige. Ich heiße Nora."

„Nora", wiederholte er langsam. Dabei ließ er das R ein wenig über die Zunge rollen und bei dem Klang seiner tiefen, rauen Stimme überlief mich doch glatt ein kleiner Schauer. „Bedeutet der Name nicht irgendetwas mit Licht?"

„Häh?" Ich brauchte etwas, um wieder in unserem Gespräch anzukommen. „Ah, ja, die Lichtbringerin oder so", murmelte ich undeutlich. Ich wurde ungern daran erinnert, weil ich doch so überhaupt kein Licht irgendwohin brachte. Ich verschanzte mich im Haus und wären die Fenster nicht so unglaublich groß, würde wohl nicht einmal ins Wohnzimmer Licht fallen, weil ich es absichtlich ausschloss.

„Meine Eltern haben mich so genannt, weil ich so helles Haar habe. Zuerst wollten sie mich Aurora nennen, das hat eine ähnliche Bedeutung. Aber meine Mutter erinnerte der Name zu sehr an Dornröschen und sie wollte verhindern, dass ich mir an meinem sechzehnten Geburtstag in den Finger pikse und womöglich in einen hundertjährigen Schlaf falle." Ich verstummte abrupt, als ich bei der Erinnerung ein leises Lachen ausstieß. Wieso sprach ich derart offen mit ihm darüber? Normalerweise redete ich nicht so viel und schon mal gar nicht mit einem Fremden. Vielleicht lag es an seinem äußeren Erscheinungsbild. Aber sollte mich das nicht erst recht einschüchtern?

Ich warf ihm einen verstohlenen Blick zu.

Er sah sich jedoch lediglich in dem großen Raum um. Kein Wunder, der war ja auch beeindruckend. Die Holzbalken vermittelten einen leicht urigen Eindruck, aber die Wände waren alle hell gestrichen.

Die gesamte rechte Hausseite, beziehungsweise die, auf die wir vom Flur aus blickten, war so etwas wie mein Büro und mein Atelier.

Ich entwarf Kostüme. Früher als Kind war ich viel auf Conventions gewesen und hatte mir gerne meine Animehelden als Vorlage für meine Kostüme genommen. So konnte ich genauso furchtlos und mutig sein wie sie. Ich hatte bereits als Kind großes Interesse daran gezeigt, mir meine Sachen selber zu nähen. Später war das Modellieren dazugekommen und als ich das 3D-Drucken entdeckt hatte, war kein Halten mehr gewesen. Ich hatte einen extra Raum nur mit meinen geschneiderten Kostümen und all den Masken, Schwertern und anderen Waffen, die ich designt und angefertigt hatte. Mittlerweile nahm ich zudem richtige Aufträge entgegen. Durch Corona waren die ganzen Veranstaltungen leider ausgefallen. Auch die Leipziger Buchmesse, zu der ich immer gern gefahren war, hatte nicht stattfinden können. Dort war es jedes Mal das Highlight gewesen, die Leute zu treffen, die meine Kreationen trugen.

Na ja, die letzten Jahre hatte ich gezwungenermaßen viel Zeit daheim verbracht und versucht, mehr übers Internet zu machen. Hieß, meine Arbeiten über Social Media zu zeigen. Dabei war ich heilfroh, dass ich die Videos so drehen konnte, dass ich selbst nicht drauf war oder wenn dann nur fertig verkleidet. Seit ich den beeindruckenden Tinker besaß, machte ich zusätzlich immer wieder Aufnahmen mit Pferd und passenden Kostümen in dem Bereich. Victor war in seiner Rappscheckjacke mit der langen, welligen Mähne und dem vielen Fell an den Füßen auch eine echte Erscheinung.

Mit all dem war ich eigentlich den ganzen Tag beschäftigt. Zum Glück brauchte ich, bis auf die beiden im Stall, auf niemanden Rücksicht zu nehmen und konnte meinen Tag so gestalten, wie es mir gefiel.

Na ja, ich hoffte, dass das Chaos auf dem Schreibtisch und in der Küche ihn nicht störte und er nicht heimlich an meine Sachen ging. Das konnte ich nämlich gar nicht leiden.

„Soll ich den Ofen anmachen?", fragte ich ihn. Ich war bisher nicht dazu gekommen, aber ich fror noch immer. Neben dem Rundbogen zur Küche gab es rechts einen Kamin, den ich in der Vergangenheit eher selten angemacht hatte. Ja, er wärmte gut, aber das ganze Holz zu lagern war etwas schwierig. Erst seit ungefähr einem Jahr entzündete ich ihn im Winter wieder regelmäßig.

Die angenehme Wärme des Feuers beim Arbeiten war äußerst wohltuend. Sonst fror ich bei längerem Stillsitzen schnell. Außerdem konnte ich von der Sofalandschaft entweder mit dem Fenster im Rücken in den Kamin starren oder mich auf die andere Seite legen und Fernsehen gucken. Der befand sich nämlich an der dritten Wand im Raum.

„Wie du das möchtest. Ich bin dein Gast und richte mich da ganz nach dir", sagte er förmlich und ich betrachtete ihn eine Weile. Es war merkwürdig, weil ich dabei so hochgucken musste. Als er durch die Türen gegangen war, hatte er sogar ein wenig den Kopf einziehen müssen. Zudem hatte er wieder diese leicht vorgebeugte Haltung. Von der ich immer noch glaubte, dass sie von den Beinen herrührte. Bei der Winkelung eines vierbeinigen Tieres lag der Schwerpunkt bestimmt weiter vorne. Bei meinen Kostümen war es auch immer wichtig, einen ausgeglichenen Schwerpunkt zu schaffen, wenn man etwas größere Dinge erstellte. Ansonsten bekam man Schlagseite beim Laufen, was auf Dauer nicht so schön war.

Weil ich ihn weiterhin schweigend musterte, hob er schließlich fragend die Augenbrauen.

„E-entschuldige. Ich hab nur … ich kenne deinen Namen gar nicht. Ich weiß natürlich nicht, ob du überhaupt einen hast. Deswegen wollte ich nicht unhöflich sein, wenn ich frage und du …" Er hatte sich immerhin nicht vorgestellt, als er nach meinem Namen gefragt hatte, und das kam mir seltsam vor. Aber ich konnte doch auch nicht die ganze Zeit *du* sagen. Ich musste ihn mit irgendetwas ansprechen. Oder sollte ich ihn schlicht *Krampus* nennen?

„Mein Name ist Silas. Oder war. Inzwischen nennt man mich ja eigentlich nur noch Krampus. Aber falls du …" Er musterte mich so intensiv mit diesen tiefschwarzen Augen, dass ich beinahe vergaß, zu antworten.

„Ja, dann … äh, sage ich natürlich Silas zu dir. Ähm, freut mich." Unbeholfen streckte ich die Hand aus, weil man sich, nachdem man sich gegenseitig vorgestellt hatte, ja normalerweise die Hand schüttelte. Als ich auf seine hinabsah – oder eher auf seine Pranke mit den langen Krallen – hätte ich meine jedoch am liebsten wieder zurückgezogen. Aber das wäre mehr als nur unhöflich gewesen und so hielt ich sie weiterhin in die Luft zwischen uns.

Silas betrachtete meine Hand eine Weile, was die Situation für mich nur noch unangenehmer machte, streckte am Ende aber zögerlich seine eigenen aus. Er schien damit zu rechnen, dass ich jederzeit zurückzuckte; vor ihm. Doch das tat ich nicht. Ja, ich musste mich dafür echt zusammenreißen, aber ich schaffte es dennoch irgendwie, dass wir uns kurz die Hände schüttelten. Er legte seine haarige Pranke so vorsichtig in meine Finger und übte für den Händedruck fast gar keinen Druck aus, dass ich den Eindruck bekam, er hätte sogar noch mehr Angst als ich.

Schließlich ließen wir einander los und standen leicht beschämt und stumm nebeneinander. Das war mir furchtbar unangenehm und da ich mir nicht anders zu helfen wusste, entschied ich, Feuer zu machen.

„Ich kümmere mich dann mal um den Ofen." Er nickte bloß und sah mir, ohne sich zu rühren, stumm dabei zu. Das machte mich total nervös. Ich hätte nicht gedacht, dass eine solch angespannte Stimmung zwischen uns herrschen würde. Vorher im Stall hatten wir uns schließlich ganz normal unterhalten.

Nachdem ich das Feuer angezündet hatte und es wild züngelnd hinter den Glasscheiben das Holz fraß, richtete ich mich auf und wusste schon wieder nichts mit mir anzufangen.

„Möchtest du etwas essen, oder trinken?" Was anderes fiel mir einfach nicht ein. Ihn jetzt so plötzlich mit Fragen zu löchern, kam mir falsch vor. Beim Essen über so etwas zu sprechen, würde viel leichter fallen. Und als guter Gastgeber gehörte es sich ja sowieso dem Gast Speis und Trank anzubieten.

„Hast du vielleicht noch ein paar dieser leckeren Kekse?" Er wirkte nach wie vor, als fühle er sich fehl am Platz, aber zumindest taute er allmählich auf.

„Ähm, nur noch ganz wenige. Und bei dem Wetter wird die nächste Lieferung leider auf sich warten lassen", meinte ich entschuldigend, ging in die Küche und reichte ihm die Kekse herüber.

„Darf ich denn dann …?"

„Ja, nur zu." Irgendwie hatte ich das Gefühl, mich für mein schreckliches Verhalten bisher entschuldigen zu müssen. Immerhin hatte ich ihn in der Box eingesperrt und ihm den Eindruck vermittelt, ich hätte furchtbare Angst vor ihm. Was wiederum nicht ganz falsch war, aber nun ja. Er schien ja ganz nett zu sein und ich befürchtete nicht, dass er sich in der Küche das nächstbeste Messer griff und mich damit rittlings erstach.

„Schade, dass es nicht noch mehr gibt", meinte er wenig später mit einem genüsslichen Brummen. Ich musterte ihn überrascht. Bisher hatte ich nur dieses warnende Knurren zu hören bekommen.

„Ähm, ich könnte versuchen, welche zu backen. Ist aber schon ein wenig her, seit ich das das letzte Mal gemacht habe." Ich versuchte, mich zu erinnern. Das letzte Mal war mit meiner Mutter gewesen …

„Würdest du?" Seine dunklen Augen wirkten mit einem Mal gar nicht mehr so alles verschlingend und finster.

„Ähm, ja. Aber ich gebe keine Garantie, dass sie etwas werden. Du könntest mir ja helf-" Wir sahen gleichzeitig auf seine Hände.

„Das könnte etwas schwierig werden", meinte er schließlich entschuldigend.

„Ja, okay. Kein Problem. Wir gucken einfach, ob sich irgendetwas ergibt." Ich fuchtelte unkontrolliert mit meinen eigenen Händen in der Luft umher, ehe ich sie zwang, stillzuhalten. Meine Güte, konnte ich bitte einfach wieder runterfahren? Das war doch bescheuert, wir waren hier schließlich nicht auf einem ersten Date, auf dem man unsicher umeinander herumschlich oder so.

In der Hoffnung, dass es mich ablenkte und meinen Händen etwas zum Tun gab, suchte ich ein Rezept heraus und dazu die nötigen Zutaten und Backutensilien. Und dann begann ich in meiner Küche Kekse mit einem Krampus zu backen. Na, wenn das nicht mal vollkommen verrückte Weihnachten waren, dann wusste ich auch nicht.

Während ich konzentriert versuchte, das Rezept einzuhalten und halbwegs essbare Kekse zustande zu bringen, lenkte er mich die ganze Zeit mit irgendwelchen Fragen ab. Was zudem dafür sorgte, dass ich selbst überhaupt nicht dazu kam, ihn irgendetwas zu fragen, weil ich vollends mit Plätzchenbacken und dem Beantworten seiner Fragen beschäftigt war. Und das war schwer genug. Wenn man solche Dinge nicht gewohnt war (und ich war weder Backen, noch derart viele Fragen beantworten gewohnt), dann brauchte es wirklich die gesamte Konzentration, damit keine Unglücke geschahen. Wie Eierschalen in der Schüssel oder vom Mixer davonschießende Teigkrümel. Einmal drehte ich mich mit Teighänden zu ihm herum und stieß dabei beinahe die noch fast volle Mehltüte um. Zum Glück hatte Silas derart schnelle Reflexe, dass er sie irgendwie aufhalten konnte, ehe sich ihr kompletter Inhalt über den halben Küchenboden ergoss. Seine Fragestunde beendete er trotzdem nicht.

Und so kam es, dass ich ihn, während ich die letzten Kekse für ihn ausstach und auf Bleche verteilte, überhaupt nichts gefragt hatte. Er hingegen besaß nun nicht nur neues Wissen zu meinen beiden Pferden, sondern wusste auch das Chaos im Wohnzimmer einzuordnen und hatte erfahren dürfen, dass ich hier draußen tatsächlich vollkommen alleine wohnte.

Mit dem letzten Keksblech im Ofen zogen wir von der Küche weiter ins Wohnzimmer. Ich setzte mich aufs Sofa, er nahm auf dem Teppich Platz, weil er sich weigerte, sich zu mir zu setzen – er meinte, sein Fell sei viel zu dreckig.

Vorsichtig probierten wir die ersten fertigen Kekse. Die einen schmeckten sehr nach Mehl, da hatte ich beim Ausrollen wohl zu großzügig ausgestreut. Außerdem gab es welche, die leicht angebrannt waren. Das kam daher, dass ich die Kekse vollkommen vergessen hatte, weil er mich so viele Dinge fragte und ich ständig alles fünf Mal im Rezept hatte nachgucken müssen. Anstatt, dass er sich nützlich machte und die Plätzchen im Ofen im Auge behielt, lenkte er mich ab. Dafür musste er nun alle zu dunkel geratenen Kekse essen. Er beschwerte sich jedoch nicht.

Eigentlich wäre ich jetzt mit Fragenstellen an der Reihe gewesen, aber als ich einen Blick auf die Uhr warf, wäre ich fast nach hinten vom Sofa gekippt.

„Wieso ist das denn schon fast zwölf Uhr?" Hatte das Plätzchenbacken wirklich so lange gedauert? Zwar hatte ich andauernd die Uhr wegen der Backzeit gestellt, aber irgendwie nicht auf die Uhrzeit als solche geachtet. Meine Güte!

„Wahrscheinlich, weil der Tag schon so weit vorangeschritten ist", meinte er leichthin und schob sich einen weiteren Keks in den Mund.

„Kein Wunder, dass ich mich so müde fühle und mein Kopf nicht mehr richtig arbeitet." Normalerweise war ich um diese Uhrzeit noch hellwach. Allerdings nur, wenn ich durcharbeitete und die Zeit vergaß. Wenn ich vorher schon müde war, weil ich in der Nacht zuvor zum Beispiel nicht viel Schlaf bekommen hatte, dann schaffte ich es nicht so gut, die voranschreitende Zeit zu ignorieren. Und heute war einfach so viel passiert, dass ich dringend ins Bett gehen sollte – zumal ich vergangene Nacht nicht sonderlich viel geschlafen hatte.

„Also schön, dann werde ich noch mal nach Sokrates und Victor gucken." Hoffentlich platzten die nicht aus allen Nähten, weil ich denen ihre gesamten Essensvorräte bis morgen Mittag in die Boxen gehangen hatte.

„Ich komme mit." Silas steckte sich noch zwei ganze Plätzchen in den Mund, dann erhob er sich. Ich hätte gedacht, dass er mit den langen Krallen an den Händen und den spitzen Eckzähnen viel mehr herumkrümeln würde, aber da er die Kekse zumeist als Ganzes in den Mund schob, krümelte ich wahrscheinlich um einiges mehr als er.

Weil ich ihn ungern allein im Haus lassen wollte, widersprach ich nicht, sondern nickte bloß. Ich zog mir schnell meine Stalljacke und die Gummistiefel an, dann betraten wir gemeinsam den Stall.

19. Dezember, noch 5 Tage bis Weihnachten

Victor hatte sich gemütlich in die Box gelegt, unter den Heunetzen hatte sich ein kleiner Haufen mit kurzen Heuhalmen gebildet, welche herausgerieselt waren.

Ich nahm das nicht mehr ganz so volle heraus, das konnte ich fürs Frühstück neu stopfen. Ein schneller Blick zur Tränke. Sah gut aus. Victor erhob sich in der Zeit und stellte sich zum Fressen, sobald ich fertig war.

Sokrates hingegen stand nach wie vor an seinem Futter und hatte auch schon fast alles aufgefressen. Ich seufzte und ließ das Vollere der beiden Heunetze hängen. Dann hatte er heute Nacht so lange etwas, bis das leer war.

Ich ging die Netze für das Frühstück stopfen und legte sie im Anschluss für morgen bereit. Dabei war ich so routiniert vorgegangen, dass ich mich erst im Anschluss zu Silas umsah. Ich hatte gar nicht mehr an ihn gedacht.

„Was machst du da?", wollte ich argwöhnisch wissen, als ich ihn in der Tür der leeren Box stehen sah.

„Schlafen gehen", antwortete er frei heraus. Ich hob die Augenbrauen.

„Aber nicht wieder in der Box", entschied ich. Das kam mir schlicht falsch vor. Er konnte doch im Haus schlafen. Vielleicht nicht unbedingt in meinem Zimmer, aber...

„Ich hab noch ein freies Zimmer mit einem Bett, das mache ich dir fertig." Ich konnte nicht einmal sagen, wieso ich das Bett nach wie vor hatte. Ich bekam schließlich nie Besuch. Aber es war mein altes Kinderbett. Ich selbst schlief in dem meiner Eltern. Jetzt erschien es mir ganz praktisch, dass meins noch da war.

„Das geht nicht. Ich kann sehr gut hier draußen ..."

„Willst du, dass ich mir die ganze Zeit Gedanken mache, weil du wieder hier draußen liegst?" Ich würde mir Vorwürfe machen und Gedanken über Alternativen oder andere Lösungen. Darauf konnte ich gut verzichten, nachdem ich schon die Nacht davor wegen ihm wachgelegen hatte.

„Dann schlafe ich auf dem Boden. Das Bett mache ich nur dreckig."

„Na, das Problem lässt sich leicht beheben. Du gehst einfach vorher duschen. Dürfte dir eh nicht schaden." Ich betrachtete ihn kritisch von oben bis unten. So dreckig sah er zwar nicht aus, aber wer wusste schon, wo er sich alles herumgetrieben hatte. Und ich würde bestimmt nicht probehalber an ihm riechen. Bisher hatte er die meiste Zeit einen gewissen Abstand zu mir eingehalten.

Ein wenig war ich überrascht über meine harsche und direkte Art. Normalerweise passte das gar nicht zu mir, aber da er so zurückhaltend war, musste ich entsprechend viel Überzeugung rüberbringen.

„Also gut. Aber ich bin mir nicht sicher, wie lange das Fell zum Trocknen braucht."

„Das bekommen wir schon hin." Ich schnappte mir meinen Heizlüfter und lief Richtung Haus. Als er mir nicht folgte, winkte ich energisch. „Jetzt komm schon, ich will irgendwann auch noch ins Bett." Daraufhin setzte er sich endlich in Bewegung.

„Ich hoffe, das funktioniert", murmelte ich später, als wir im Badezimmer standen. Die Stufen war er recht gut raufgekommen.

Dennoch betrachtete ich seine Hufe und den Duschwannenboden kritisch. Na ja, ich konnte nur hoffen, dass er nicht ins Rutschen geriet und durch die Glastür brach. Denn einen Rettungswagen konnte ich in dem Fall nicht rufen. Zum Glück besaß meine Dusche eine Antirutschschicht.

„Was ist?", fragte er, doch ich winkte ab.

„Nichts. Sag einfach Bescheid, wenn du fertig bist." Ich suchte ein paar ältere Handtücher zum Abtrocknen heraus und hoffte, dass von dem Shampoo und Duschgel am Ende noch etwas übrig war. Ich hätte mich beim erneuten Betreten des Badezimmers beinahe beschämt abgewandt, doch da wurde mir klar, dass er sich ja nicht ausziehen musste oder konnte. Ich warf einen prüfenden Blick zu ihm hinüber, ob alles in Ordnung war, und legte ihm die Handtücher hin.

Während Silas unter der Dusche stand, räumte ich das Zimmer, indem ich ihn einquartieren wollte und welches mein altes Kinderzimmer gewesen war, hastig noch etwas auf und suchte Kopfkissen und Bettdecke heraus.

„Nora? Ich bin fertig!", rief er irgendwann und ich eilte ins Badezimmer.

Ich hatte soweit eigentlich alles erledigt bekommen. Nur grauste es mir jetzt ein wenig vor dem Zustand meines Badezimmers. Würde ich das die nächsten zwei Tage schrubben oder gar trocken legen müssen? Der Abfluss voller Haare und der Boden mit Hufabdrücken übersät?

Doch als ich den Raum betrat, sah alles ziemlich normal aus.

Als mein Blick auf Silas fiel, musste ich sofort an das Biest aus *Die Schöne und das Biest* denken. Er wirkte wie ein begossener Pudel und tropfte auch entsprechend schlimm.

„Ich hab mich in der Dusche schon ein paar Mal geschüttelt, aber es ist immer noch sehr nass", meinte er entschuldigend und ich unterdrückte das in mir aufsteigende Lachen, als ich ihn so in der Badewanne stehen sah. Zweifellos hatte er sich da reingestellt, weil er auf dem Boden ansonsten bereits eine ziemlich große Pfütze hinterlassen hätte.

„Das bekommen wir schon irgendwie hin. Lass uns erst einmal damit anfangen." Ich hielt die Handtücher hoch und reichte ihm eines. Während ich versuchte, seinen Kopf trocken zu rubbeln, ohne mit den Hörnern zu kollidieren, arbeitete er sich von unten nach oben vor.

Die Beine mit dem eher kurzen Fell schienen mit den Armen zusammen noch am schnellsten zu gehen. Der Oberkörper und besonders der Bereich um seinen Kopf und den Schultern mit dem löwenähnlichen Kragen stellten jedoch eine ziemliche Herausforderung dar.

Wir arbeiteten mit den Handtüchern so gut es ging vor. Die waren allerdings irgendwann klitschnass und so stellte ich ihn auf das trockenste und ließ den Heizlüfter seine Beine bepusten, während ich versuchte, mit dem Föhn seine Mähne zu trocknen.

Irgendwann war sein Fell endlich kaum noch feucht, sodass wir entschieden, es gutsein zu lassen.

„Jetzt sieh sich einer diesen Prachtburschen an. Gerade erinnerst du mich tatsächlich ziemlich an das Biest aus *Die Schöne und das Biest*. Ach, den Film kennst du wahrscheinlich gar nicht, der war allerdings rotbraun und du bist schwarz. Aber dieses Geplüsche", ich wuschelte ihm durch die Mähne, „ist echt hübsch."

Als ich seinen Blick im Spiegel sah, zog ich vorsichtig meine Hand zurück. Ups, was war mir da denn alles rausgerutscht? Ich begann geschäftig das Kabel aufzuwickeln und den Föhn wegzuräumen.

„Redest du immer so viel, wenn du übernächtigt bist, oder ist das dein wahres Ich?" Er wirkte nicht wirklich eingeschnappt, wobei ich das bei seinem derzeitigen Anblick durchaus verstehen könnte. Hoffentlich glättete sich sein Plüschfell während der Nacht etwas. Da ich durch das Zottelfell beim Föhnen überhaupt nicht durchgekommen war, hatte ich entschieden, ihn erst einmal vernünftig zu kämmen, ehe ich weiterföhnte. Dadurch schien ich ihm eine ähnliche Frisur wie dem verfluchten Prinzen verpasst zu haben. Ganz ohne Lockenwickler. Schade, dass er keine Ahnung hatte, welchen Film ich meinte. Sollte ich ihn morgen vielleicht mit ihm zusammen gucken?

Okay, da dachte ich wahrscheinlich etwas zu weit. Erst einmal mussten wir die Nacht überstehen. Ich hatte vollkommen vergessen, dass dieser Kerl nach wie vor eine Bedrohung sein könnte. Vielleicht sollte ich sicherheitshalber nachts die Zimmertür abschließen? Nur weil er in den Schneesturm geflüchtet war, hieß das noch lange nicht, dass er ungefährlich war. Türabschließen klang tatsächlich gar nicht mal so schlecht.

„Ähm, ich denke, es liegt an dem Langewachbleiben." Ich schenkte ihm ein unsicheres Lächeln und bückte mich hastig, um die Handtücher aufzuheben und zum Trocknen aufzuhängen. Er sagte nichts mehr, beobachtete mich nur stumm.

„Gut, da du jetzt ja sauber und … frisch frisiert bist …" Ich musste mir wirklich ein Lachen verkneifen und ging hastig zur Tür. „… können wir uns endlich um das Bett kümmern."

Als Silas mir in den Flur folgte, hörte ich ein Knurren und Grummeln, konnte aber kein Wort verstehen. Und ich war froh, dass er mein breites Grinsen nicht sehen konnte. Durch die Badeaktion war das beklemmende Gefühl, mit dem wir beide das Haus betreten hatten, endgültig verschwunden. Wobei das Gröbste bereits beim Keksebacken verloren gegangen war.

Ich lief ihm voraus in mein Zimmer, wo ich in einem großen Schrank die Bettwäsche liegen hatte. Der Schrank war aus Holz, rustikal und mit schönen Schnitzereien verziert.

„Das hier ist mein Zimmer", erklärte ich ihm hastig, damit er nicht auf falsche Gedanken kam, denn als ich das Licht eingeschaltet hatte, war sein Blick sogleich zum Bett gewandert. „Ich suche nur schnell die Bettwäsche für dich raus, dann zeige ich dir dein Zimmer."

Ich öffnete die Schranktür und überlegte, wo ich die etwas ältere Bettwäsche, die ich fast gar nicht mehr benutzte, hingelegt hatte.

„Aber dein Bett ist so groß, warum kann ich nicht hier schlafen?"

„Weil ich hier schlafe. Und zwar alleine", erwiderte ich mit Nachdruck. Erst wollte er um jeden Preis im Stall in der Box schlafen und jetzt plötzlich mit in meinem Bett? Ergab das für irgendjemanden Sinn?

„Hier, das ist deine Bettwäsche." Ich legte ihm das Kleiderbündel auf die Arme.

„Oh, ich glaube, eine Decke brauche ich gar nicht."

„Bist du sicher?", hakte ich nach. Bei seinem dicken Fell glaubte ich ihm, dass er sie nicht zum Warmhalten brauchte, immerhin hatte er die Decken im Stall nicht angerührt und da war es deutlich kälter als hier. Aber es war oftmals ja auch so eine Bequemlichkeitssache, dass man darunter schlief. Selbst im Sommer konnte ich nicht darauf verzichten, mir fehlte einfach etwas, wenn ich mich nicht irgendwie zudecken und einkuscheln konnte. Ich wollte nicht, dass er nur darauf verzichtete, weil er meinte, sie stünde ihm nicht zu oder so.

Unschlüssig betrachtete ich ihn. „Nimm sie erst mal mit. Wenn du sie nicht brauchst, legst du sie zur Seite."

Er nickte und ich brachte ihn zu dem Zimmer am Ende des Flurs. Zum Glück hatte ich weitestgehend alles aufgeräumt bekommen und das Zimmer sollte ja ohnehin nur zum Schlafen dienen. Und das bloß für eine Nacht.

Ich nahm ihm die Bettwäsche ab und begann, das Bett zu beziehen – mit seinen langen Krallen hatte ich Angst, dass er bei dem Versuch überall Löcher hineinmachte. Silas trat währenddessen ans Fenster und sah hinaus. Wobei man da nicht viel sehen konnte. Dafür war nach wie vor das Heulen des Windes zu vernehmen.

„Ich finde das wirklich sehr nett von dir. Eigentlich wäre ich jetzt da draußen. Allein und ..." Er beendete den Satz nicht, doch wir dachten bestimmt beide darüber nach, ob er die Nacht draußen im Sturm überhaupt überlebt hätte. Er war so etwas sicherlich nicht gewohnt. Trotz seines dicken Fells. Mir fiel dabei wieder ein, dass ich ihn noch so vieles über sein Dasein und das alles hatte fragen wollen. Aber jetzt war wohl der falsche Zeitpunkt dafür. Wobei wir auch eine Pyjamaparty schmeißen und die Nacht durchmachen könnten. So mit Nägellackieren und Gesichtsmaske. Eine neue Frisur hatte er ja bereits. Wir könnten aber noch Zöpfe flechten.

Ich musste echt aufpassen, dass ich bei der Vorstellung, wie er sich in Pyjamahose auf dem Boden sitzend die Nägel von mir pink lackieren ließ, nicht lauthals losprustete. Nach dem Frisurenfiasko würde er es sicherlich nicht witzig finden, wenn ich ihm davon erzählte.

„So, fertig. Dann bleibt mir nur noch, dir eine gute Nacht zu wünschen." Ausladend zeigte ich auf das fertige Bett und wandte mich ab, um endlich in mein eigenes zu klettern.

„Nora, warte." Er sagte das so sanft und ohne diese tiefe, raue Stimme, dass ich auch stehen geblieben wäre, ohne dass er mich am Arm zurückgehalten hätte. Er ließ sofort wieder los, so schnell als habe er sich verbrannt oder etwas Verbotenes berührt. Ich sah ihn erwartungsvoll an. Es tat mir leid, dass er offensichtlich glaubte, mich nicht berühren zu dürfen. Doch wahrscheinlich würde ich seine Einstellung dazu nicht so bald ändern können. Daher ließ ich es unkommentiert.

„Ich danke dir wirklich. So nett war …" Er holte sehr tief Luft, inzwischen war der raue Klang in seine Stimme zurückgekehrt. „Schon sehr, sehr lange Zeit niemand mehr zu mir. Du glaubst gar nicht, wie gut das tut und daher … Danke."

Ich lächelte sanft, denn eigentlich wusste ich das sogar sehr gut. Er würde nicht verstehen, wie gut ich das nachempfinden konnte. Auch ich war schon für sehr, sehr lange Zeit allein und hatte niemanden, der mir in schweren Zeiten zur Seite stand oder einfach nur mit mir redete. Daher war ich ihm im Grunde genauso dankbar für diese, wenn auch nur kurze, gemeinsame Zeit wie er mir.

„Gern geschehen", sagte ich mit einem Nicken, immer noch lächelnd und ging. Draußen auf dem Flur schüttelte ich den Kopf. Er hatte überhaupt nichts mehr von einem wilden Tier. Gerade kam er mir mehr wie ein verletzter, kleiner Junge vor. Wie ich, als ich mich damals vollkommen verloren hatte.

Sollte das womöglich eine Art Spiegel sein, der mir vorgehalten wurde?

Aber ich war doch schon über diesen Punkt hinweg. Nicht ganz oder vollständig, jedoch zumindest soweit, dass ich mich selbst nicht länger als das kleine, verlorene Mädchen sah, das sich im Schrank vor all den bösen Monstern versteckte.

Nachdenklich betrat ich mein Zimmer und atmete erst einmal tief durch. Ich wollte lieber nicht auf die Uhr gucken. Den Krampus zu Bett zu bringen, hatte wesentlich länger gedauert, als beabsichtigt. Da war jedes Kleinkind ein Witz gegen.

Jetzt, wo mich keine schwarzen Augen mehr beobachteten, prustete ich endlich los. Ich hielt mir die Hand vor den Mund, da ich mir nicht sicher war, ob er nicht ähnlich einem Werwolf oder Vampir ein verbessertes Gehör besaß – wobei ich inständig hoffte, dass es diese Wesen nicht auch in „echt" gab! Bei dem absurden Gedanken musste ich sogleich noch heftiger lachen, weswegen ich mir unterstützend die zweite Hand vor den Mund schlug. Dabei gaben meine Beine nach und ich sank zu Boden. Es brauchte seine Zeit, bis ich mich beruhigt hatte. Bis dahin lag ich auf dem Rücken, alle viere ausgestreckt und starrte an die Holzdecke. Ich war echt durch, total übermüdet.

Ich hatte vollkommen vergessen, wie abgedreht das alles doch war und dass ich eventuell nach dem Schneesturm meinen Kopf untersuchen lassen sollte. Eigentlich konnte das alles gar nicht echt sein. Andererseits hatte ich gerade … (wie lange?) das Wuschelfell dieses „nicht existenten" Krampus' gebürstet und geföhnt. Weswegen es schwer als Einbildung abzutun war.

„Hach." Ich atmete langgezogen aus und mir fehlte definitiv die Kraft, um jetzt noch ins Bad zu gehen und Zähne zu putzen. Ich entschied, dass das heute mal egal war. Am liebsten wäre ich sogar mit meinen Klamotten ins Bett gekrochen oder direkt hier auf dem Boden eingeschlafen. Das würde jedoch sehr unbequem werden, also rappelte ich mich mühsam auf. Hastig den Pullover und die Jeans abgestreift und den Schlafanzug übergezogen. Fertig. Licht aus und dann rasch unter die Decke krabbeln.

Morgen sah die Welt bestimmt ganz anders aus. Mir fiel gerade noch ein, dass ich sicherheitshalber die Tür hatte abschließen wollen, da war ich bereits eingeschlafen.

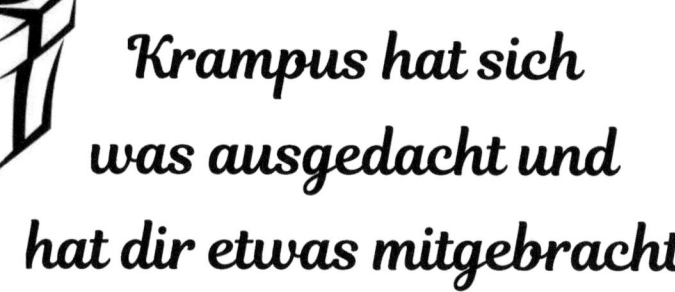

Krampus hat sich was ausgedacht und hat dir etwas mitgebracht

„Nora? Bist du wach?"

Ich murrte ungehalten, denn ich befand mich definitiv noch im Tiefschlaf. Wie konnte diese Stimme es wagen, mich daraus herausholen zu wollen? Ich war viel zu müde, um jetzt schon aufzustehen.

„Nora?"

Ich drehte mich auf die andere Seite und verkroch mich tiefer unter meiner schönen, warmen Decke. Hier wollte ich liegen bleiben.

Eine Zeitlang blieb es still und ich stand kurz davor, wieder richtig wegzudämmern, als sich ein Gedanke in meinem Kopf bildete. Wer hatte da eigentlich mit mir gesprochen? Es war doch niemand da außer Sokrates und Victor, die mit mir hätten … Quatsch, nein, die hätten eben nicht mit mir sprechen können.

„Wer ist da?", murmelte ich schließlich, in der Hoffnung, dass mir niemand antwortete und ich das bloß geträumt hatte. In dem Fall könnte ich beruhigt weiterschlafen. Oder vielleicht war es ja mein Gewissen, wie bei *Findet Nemo*, das mit mir gesprochen hatte.

Kurz darauf erhielt ich eine Antwort. Und das nicht von meinem Gewissen.

„Silas", kam es mit einem leisen Vorwurf von hinter meinem Rücken.

Mein verschlafenes Gehirn beschäftigte sich eine Weile mit dem Namen, ob er ihm etwas sagte und wo ich den zuordnen sollte. Dann machte es schließlich *klick*.

Scheiße! Silas! Der Krampus!

Mit einem Ruck saß ich aufrecht im Bett und drehte mich so schwungvoll zu ihm um, dass ich mir den Nacken verrenkte. Er schreckte zurück und ich schrie laut: „Au!"

„Hast du dir wehgetan?" Besorgt trat er einen Schritt näher und ich musste mich arg zusammenreißen, um nicht zurückzuschrecken. Scheinbar musste man sich an den Anblick seiner Gestalt jedes Mal neu gewöhnen. Gestern hatte er mir nichts mehr ausgemacht, heute fand ich ihn jedoch wieder total gruselig.

„Nur den Nacken verrenkt", klärte ich ihn auf, während ich über die schmerzende Stelle rieb. Verdammt tat das weh!

Was machte der überhaupt in meinem Schlafzimmer? Und wieso weckte er mich? Okay, die erste Frage konnte ich mir selbst beantworten. Verdammt, ich hatte vergessen, abzuschließen. Weil ich zu müde gewesen war. Das hatten wir nun davon. Andererseits wusste ich nicht, was gewesen wäre, wenn er festgestellt hätte, dass ich mein Zimmer seinetwegen (denn das würde er zweifellos annehmen) abschloss. Womöglich hätte er die Tür sogar eingetreten, sobald er bemerkte, dass sie abgeschlossen war und ich nicht antwortete. Dann war es so doch besser.

Schön. Wo das nun geklärt war, konnten wir uns ja anderen Dingen zuwenden. Ich schloss kurz die Augen, um mich zu fokussieren. Mein Kopf schaffte definitiv noch keine zwei Gedankengänge gleichzeitig.

„Was ist los?" Ich sollte wahrscheinlich zuerst klären, worum es ging, richtig?

„Ich hab Hunger. Hab schon fast alle Kekse aufgegessen, dir aber noch ein paar übrig gelassen. In der Küche wollte ich nämlich nicht einfach irgendwo beigehen. Du wärst sonst bestimmt sauer geworden oder womöglich hätte ich etwas kaputtgemacht." Er hob seine großen Pranken mit den langen Krallen und dem vielen Fell. Ich war ihm wirklich sehr dankbar, dass er sich zurückgehalten hatte. Beim Anblick einer zerstörten Küche wäre ich sicherlich wütend geworden. Außerdem mochte ich es nicht, wenn man einfach bei meinen Sachen beiging.

By the way. Wie spät war es überhaupt?

Ich warf einen Blick auf den Wecker, der auf meinem Nachttisch stand. Dabei erschrak ich schrecklich.

Scheiße, wieso war es bereits 12 Uhr? Hatte ich echt bis mittags geschlafen? Das passierte mir doch sonst nicht! Selbst wenn ich bis Mitternacht oder 1 Uhr nachts durchmachte, wachte ich normalerweise immer pünktlich gegen 8 Uhr auf oder maximal eine halbe Stunde später. 12 Uhr fiel dabei komplett aus dem Rahmen.

„Ich muss die Pferde füttern", stieß ich erschrocken aus.

„Das hab ich bereits getan", stoppte Silas mich.

Verblüfft sah ich ihn an. Hatte ich das richtig verstanden? Er hatte die Pferde gefüttert?

„Sie bekommen doch je ein Heunetz von denen, die du gestern fertig gemacht hast, oder?", fragte er zögerlich nach. Mein Blick schien ihn verunsichert zu haben.

„Ähm, ja." Mehr bekam ich nicht raus, weil ich es nach wie vor nicht fassen konnte, dass er die Pferde gefüttert hatte. Ursprünglich hatte ich die beiden in ihren Boxen eingeschlossen, weil ich Angst gehabt hatte, er könnte ihnen etwas antun. Und nun gab er ihnen was zu fressen, weil ich verschlafen hatte?

Wie absurd!

Am liebsten hätte ich den Kopf geschüttelt und über diese ganze Situation laut gelacht. Aber das hätte Silas bestimmt noch mehr verunsichert und das wollte ich vermeiden.

„Also gut, wenn du die Pferde gefüttert hast, mache ich mich schnell fertig, damit du auch Frühstück bekommst." Ich warf die Bettdecke zurück und stand auf. Dabei entging mir nicht, dass er sich beschämt abwandte.

„Ui, ist das frisch. Du kannst ja sonst mal gucken, ob du den Ofen angeheizt bekommst." So hatte er was zu tun und ich konnte mich in Ruhe anziehen und waschen. Nicht, dass er die ganze Zeit mit abgewandtem Gesicht danebenstand. Das brauchte ich dann auch nicht und im Schlafanzug würde ich bestimmt kein Frühstück machen. Wobei ich eigentlich auch Mittag machen konnte, wenn ich nach der Uhrzeit ging.

Silas nahm meinen Vorschlag mit dem Feuer dankend an und eilte davon. Es sah merkwürdig aus, wie er die Treppe herunterlief. Rauf fiel ihm offensichtlich leichter. Ging mir bei Muskelkater auch so. Allerdings war es schon lange her, dass ich Muskelkater gehabt hatte. Das letzte Mal als ich wieder mit dem Reiten begonnen hatte. Zwar griff das Sprichwort „ist wie Fahrradfahren, das verlernt man nicht", doch die benötigten Muskeln mussten sich erst wieder neu aufbauen. Ich hatte damals aufgehört, als ich mich immer schwerer damit tat, rauszugehen. Obwohl mir der Umgang mit den Pferden immer großen Spaß gemacht hatte. Doch wie das eben so war, selbst am Stall hatte ich mich mit Freundschaften schwer getan. Und da eine meiner Klassenkameradinnen dort ebenfalls ritt, hatte ich irgendwann nicht mehr hingehen wollen.

Als Victor dann bei mir einzog, war ich erleichtert gewesen, dass ich nicht ganz bei null hatte anfangen müssen. Auch wenn er stets geduldig war und es ihn wenig zu stören schien, wenn ich nicht gleich alles richtig machte.

Fröstelnd huschte ich ins Badezimmer. Der Sturm musste die Temperaturen im Haus diese Nacht noch mal um etliche Grad abgesenkt haben. Hoffentlich beeilte Silas sich mit dem Feuer.

Im Badezimmer füllte ich Wasser in meinen Zahnputzbecher und putzte mir, müde in den Spiegel blinzelnd, die Zähne. Was sollte ich denn gleich überhaupt zum Frühstück machen? Oder sollten wir das echt überspringen und direkt mit dem Mittagessen starten?

Ich spülte mir den Mund aus und hatte dabei wieder einmal vergessen, wie kalt das Wasser über Nacht in der Leitung wurde. Da schmerzten einem ja die Zähne! Und jetzt noch Gesicht waschen. Dieses Mal ließ ich das Wasser eine Weile laufen. Die eisige Kälte würde vermutlich meine Lebensgeister wecken, aber ich konnte mich dazu gerade nicht durchringen. Auf eine belebende Dusche verzichtete ich ebenfalls.

Als ich unten ankam, brannte tatsächlich ein prasselndes Feuer im Kamin.

„Wow, super!" Um ehrlich zu sein, war ich mir nicht sicher gewesen, ob er das hinbekommen würde. Schließlich glaubte ich nicht, dass er im Wald häufig ein Feuer hatte machen müssen. Dazu die langen „Fingernägel", die ziemlich unhandlich wirkten.

„Was möchtest du denn essen?" Ich ging weiter in die Küche, noch war es etwas frisch, weswegen ich mir eine Sweatjacke übergezogen hatte, aber der Kamin würde das Haus schon bald aufgewärmt haben.

Im Vorbeigehen warf ich einen Blick aus dem Fenster. Die Schneemenge vorm Haus hatte ordentlich zugenommen. Die Flocken, die derzeit vom Himmel fielen, waren zwar nach wie vor groß und dicht, aber zumindest bewegten sie sich gerade nach unten und wurden nicht mehr quer durch die Luft gewirbelt.

„Sieht so aus, als wäre der Sturm überstanden, was?", sagte ich über die Schulter in Silas' Richtung. Der war mir in die Küche gefolgt und stand nun fast direkt hinter mir, weswegen ich mich bei meiner Frage halb zu Tode erschreckte.

„Meine Güte, hast du dich angeschlichen?!", warf ich ihm vor, während ich mich an der Arbeitsfläche abstützte, um nicht zu Boden zu sinken.

„Entschuldige." Er machte hastig ein paar Schritte zurück und ich richtete mich auf zitternden Beinen auf. „Eier mit Speck?"

Ich sah ihn verwundert an und blinzelte zusätzlich ein paar Mal, bis die Worte Sinn ergaben.

„Also Eier hab ich. Beim Speck müsste ich nachgucken." Er schien ein richtig normales Frühstück zu wollen, was? Na, meinetwegen.

Nachdem ich die halbe Küche durchforstet hatte, fand ich tatsächlich eine Packung Frühstücksspeck, der sowieso dringend verbraucht werden musste. Manchmal, wenn ich entspannt in den Tag starten wollte, gönnte auch ihr mir Spiegel- oder Rührei mit Speck zum Frühstück.

Also machte ich mich daran, Eier aus dem Kühlschrank zu nehmen, und erkundigte mich nebenbei, wie er seine gerne hätte. Wir einigten uns auf Rührei. Daher suchte ich zusätzlich ein paar Kräuter heraus, legte Brot in den Toaster und wenig später genossen wir gemeinsam das verspätete Frühstück.

75

„So, dann kann ich den beiden jetzt eigentlich ihr Mittagessen geben", meinte ich mit einem schiefen Grinsen, als ich auf die Uhr sah. Es war bereits nach eins.

Ich erhob mich schwerfällig vom Sofa, auf dem wir nach dem reichhaltigen Frühstück Platz genommen hatte. Die Teller und alles Weitere waren längst abgeräumt und abgewaschen. Normalerweise sammelte sich das bei mir immer ungewollt und ich startete einmal in der Woche eine große Putzaktion. Aber es war mir total unangenehm, dass vor Silas ebenfalls so zu handhaben, zumal er mir seine Hilfe beim Abräumen angeboten hatte. Womöglich sollte ich seine Anwesenheit dafür nutzen, auch meine Arbeitsecke mal wieder auf Vordermann zu bringen.

Ich warf einen Blick hinüber. Da sollte ich mich heute echt mal dran setzen. Mein Blick wanderte weiter nach draußen. Egal, Silas würde eh nicht mehr lange bleiben, von daher hatte ich dafür ja bald wieder Zeit.

Wir gingen in den Stall, Silas immer dicht hinter mir. Ich konnte seine Präsenz deutlich spüren und da er mich bestimmt um zwei Köpfe überragte, kam es mir vor, als habe ich einen überdimensionalen Schatten. Das war auf Dauer leicht unangenehm, aber ich mochte ihn nicht darauf hinweisen. Wenigstens verzichtete er freiwillig darauf, mir in die Boxen zu folgen.

„Kann ich dir noch irgendwie helfen?" Nutzlos danebenzustehen, schien nicht so sein Ding zu sein. Ich schmunzelte bei dem Gedanken, danach überlegte ich ernsthaft. Durch seine äußere Erscheinung konnte er gewisse Dinge einfach nicht tun, wie backen zum Beispiel. Die Boxen mussten noch gemistet werden, da war ich mir allerdings nicht sicher, ob er dabei wirklich eine Hilfe wäre. Das konnte ich wahrscheinlich besser selber machen. Genauso wie die Heunetze zu stopfen. Er würde mir die Maschen nur mit seinen Krallen zerfetzen. Was bliebe dann noch …?

„Du könntest mir einen der Strohballen hertragen, dann kann ich das Stroh direkt in den Boxen verteilen." Silas lief los und war fast sofort wieder da; mit einem ganzen Strohballen. Ich machte mir die normalerweise auf und füllte davon etwas in eine Karre. Er jedoch konnte sogar auf seinen seltsamen Beinen einfach so einen ganzen Ballen hertragen. Gut, die waren jetzt nicht riesig, weil wir die großen nicht durch die Tür bekamen, aber eben doch so schwer, dass ich sie alleine nicht von A nach B bekam.

„Dankeschön".

„Gerne. Noch etwas?" Inzwischen hatte ich mich wieder an seine tiefe Stimme und seine Erscheinung gewöhnt.

„Ähm, ja." Mir fiel tatsächlich etwas ein, womit er mir echt helfen könnte. „Würdest du vielleicht draußen ein wenig Schnee schaufeln? Hier oder vor der Stalltür. Der Sturm hat zwar einiges beiseite geweht, aber durch den neuen Schneefall liegt wieder was im Weg. Auch auf der anderen Stallseite, wo es für meine Beiden auf die Weide geht, die Tür freizubekommen, wäre super. Dann könnten sie später kurz raus und etwas im Schnee toben."

Ich deutete auf die gegenüberliegende Tür am Ende der kurzen Stallgasse. Zwar wusste ich nicht, ob das nicht zu viel verlangt war, aber das würde mir wirklich sehr helfen.

„Mache ich gerne. Wo ist …?"

„Gebe ich dir." Ich eilte los und reichte ihm kurz darauf eine Schneeschaufel, einen Reisigbesen und zusätzlich einen normalen. Keine Ahnung, womit er besser klarkam.

Silas nickte nur und versuchte sich zuerst an der Tür zur Auffahrt. Mit etwas Rütteln und Schieben bekam er sie ein Stück auf, sodass er hindurchschlüpfen konnte. Kurz darauf hörte ich ihn dahinter arbeiten.

Wie schön, dann musste ich das nicht selbst machen. Wenn er die andere Tür ebenfalls frei bekäme, würden die beiden Herren sich riesig freuen. Wenn nicht gingen wir einfach durch die andere und einmal ums Gebäude herum. Wie gut, wenn man zwei Ausgänge zur Verfügung hatte. Normalerweise gingen die beiden auch im Winter täglich raus. Zumindest wenn das Wetter es zuließ. Im vergangenen Winter hatte ich für ein paar Tage beide Türen nicht nutzen können. Damals hatte es so eine Art Blitzeis gegeben und der Schnee war steinhart gefroren gewesen. Da hätte selbst Silas mit seinen Krampuskräften nichts erreicht.

Während Victor und Sokrates zufrieden ihr Heu mümmelten, machte ich mich ans Ausmisten und streute die Boxen danach frisch ein. Bis ich fertig war, war Silas noch nicht wieder aufgetaucht. Nach den Geräuschen zu urteilen, musste er inzwischen an der anderen Tür angelangt sein.

Ich entschied, uns etwas zu essen zu machen. Nach der körperlichen Arbeit hatte er bestimmt Hunger und ich könnte mich mit dem Essen bei ihm bedanken.

Kurze Zeit später stand ich in der Küche und kochte uns Nudeln mit Tomatensoße. Leider hatte ich kein Hackfleisch mehr da und auch beim Gemüse sah es mau aus (zumindest bei allem, was ich gut in die Soße hätte schneiden können). Aber ich fand noch etwas Parmesan, den ich dazu anbieten konnte.

Ich probierte gerade eine Nudel, doch die brauchten noch ein paar Minuten, als es an der Tür klingelte. Verwundert runzelte ich die Stirn. Wer …? Doch nicht etwa …?

Ich ging zur Tür und tatsächlich.

„Silas! Du hättest doch auch …"

Silas stand mit Schneeklumpen an den langen Haaren seiner Beine vor mir. Hatte er so auch beim ersten Mal ausgesehen, als ich ihn am Abend in den Stall gelassen hatte? Ich konnte mich nicht erinnern. Ach, richtig. Ich hatte ihn ja erst am nächsten Morgen zu Gesicht bekommen.

„Nora, hättest du vielleicht eines der Handtücher von gestern für mich?"

„Warte. Ich gehe sie schnell holen." Bei diesen Worten konnte ich mir ein Schmunzeln nicht verkneifen. Ich hastete die Treppe hoch und weiter ins Badezimmer. Waren die Handtücher überhaupt schon trocken? Na ja, nicht ganz, aber das musste gehen.

Mit den Handtüchern in der Hand lief ich wieder runter. Silas war inzwischen reingekommen und hatte die Haustür geschlossen. Gute Idee, andernfalls zog die gesamte Wärme raus. Ich hatte nämlich alle Türen offengelassen. Seit wann war ich denn so kopflos?

„Die Dusche hätte ich mir sparen können. Oder gleich im Schnee baden sollen", meinte Silas mit einem Grinsen, bei dem seine spitzen Eckzähne gut zur Geltung kamen. Ich reichte ihm die Handtücher.

„Aber nach der Dusche hast du besser gerochen", antwortete ich, ohne groß darüber nachzudenken. Er machte einen leicht belustigten Eindruck und begann damit, sich die Beine abzutrocknen und die Schneeklumpen aus dem Fell zu lösen.

„Du brauchst mir übrigens nicht dabei zuzugucken, du hast doch bestimmt Besseres zu tun, oder?" Er warf mir abermals einen belustigten Blick aus seinen tiefschwarzen Augen zu. Dieser Ausdruck war so vollkommen neu, dass er mich total aus der Spur brachte.

„Äh." Mir fiel mein Mittagessen erst ein, als ich ernsthaft darüber nachdachte, was ich denn Besseres zu tun haben könnte. Scheiße, er hatte recht.

Ich hastete ohne eine Erklärung los und stellte erleichtert fest, dass die Nudeln nicht übergekocht waren (ich hatte den Herd bereits runtergestellt gehabt). Hastig stellte ich ihn ganz aus, denn auch die Soße war längst heiß genug und goss das Nudelwasser ab. Als ich erneut eine probierte, stellte ich erleichtert fest, dass sie noch etwas Biss hatten und nicht total verkocht waren.

Glück gehabt!

Voll konzentriert begann ich, das Essen anzurichten, und sah im Anschluss nach Silas.

„Noch nicht fertig? Das Essen wartet." Ich blickte um die Ecke in den Flur.

„Die Schneeklumpen sind echt hartnäckig", meinte er sichtlich genervt.

„Dann wickel dir doch einfach die Handtücher um die Beine und komm erst mal essen. Wenn die etwas angetaut sind, gehen die besser ab."

„Meinst du, das geht?", fragte er skeptisch.

„Klar. Und sonst ist das ja nur Wasser. Das lässt sich wegwischen. Also mach dir keine Sorgen und komm essen." Wie ich ihn so auffordernd hereinwinkte und voraus zum Esstisch ging, welcher in dem Teil der Küche stand, der sich sozusagen hinter der Kaminwand befand, kam mir ein eigenartiger Gedanke. Irgendwie hatte mich die Situation und unsere Diskussion an ein Ehepaar erinnert, deren Mann bis eben noch draußen im Schnee gearbeitet hatte und wo die Frau mit dem Essen auf ihn wartete. Nur, dass der Mann dabei normalerweise lediglich bärtig oder etwas behaarter auf der Brust und nicht in ein komplettes Fell gekleidet war. Wobei Silas zurzeit zwei fesche Handtücher von der Hüfte abwärts zierten. Ich setzte mich hastig und senkte meinen Blick auf das Essen, damit ich ihn wegen seines neuen Outfits nicht auslache.

„Mmh, das riecht aber lecker." Er hielt die Nase hoch. „Nudeln mit Tomatensoße. So etwas hatte ich lange nicht mehr."

Er setzte sich und nahm mit ungelenken Bewegungen die Gabel zur Hand.

Und schon sprangen meine Gedanken von einem Ehepaar zu dem Film *Die Schöne und das Biest*. Zum Glück beugte er sich nicht über den Teller und verteilte den halben Inhalt auf dem Tisch. Dann hätte er echt Ärger bekommen. Zumal sich dieses Essen nicht aus der Schale trinken ließ.

„Ich habe auch noch Parmesan, wenn du welchen möchtest." Ich hielt den Teller mit dem geriebenen Käse hoch, von dem ich gerade etwas über meine Tomatensoße streute. Er schüttelte jedoch den Kopf und führte etwas ungeschickt aber treffsicher die Gabel zum Mund.

„Ich habe alles freigeschaufelt. Du kannst die beiden problemlos nachher nach draußen bringen. Wenn der Kleine dabei nicht im Schnee versinkt", meinte Silas zwischen zwei Bissen.

„Oh, super. Vielen Dank. Die freuen sich bestimmt, wenn sie sich ein wenig austoben dürfen."

„Wenn du sonst noch etwas hast, was ich erledigen soll, sag es. Ich würde mich gerne noch bedanken, dafür dass du so nett warst."

„Nett?" Ich verschluckte mich beinahe an meinen Nudeln. Das konnte er unmöglich ernst meinen. „Ich hab dich in der Box eingesperrt", erinnerte ich ihn, weil ich selbst das nicht vergessen konnte.

„Ja, aber das war eine verständliche Reaktion." Diese Worte ausgerechnet aus seinem Mund zu hören, verstörte mich. Das war aber nicht dieses berüchtigte (wie hieß das noch?) Stockholm-Syndrom, oder? Wo man seinem Entführer alles verzieh und sich am Ende sogar in ihn verliebte?

„Du hast mir etwas zu essen gegeben. Für mich gekocht, mich gebadet – mehr oder weniger – und mir ein Bett bereitgestellt." Das klang jetzt so, als habe ich einen streunenden Hund aufgelesen.

„Ja, schon. Aber das ist doch selbstverständlich." Beschämt sah ich auf meinen Teller. Dass er das als etwas derart Besonderes ansah, war mir peinlich. Das war das Mindeste, nachdem ich ihn zuvor in die Box eingesperrt hatte, wie ein wildes, gefährliches Tier.

„Nein, ist es nicht." Er schüttelte den Kopf. „Du hättest mich auch weiter im Stall schlafen lassen können."

Das stimmte zwar, wäre aber sehr … na gut, Maria und Josef hatten ebenfalls in einem Stall geschlafen. Es war besser als nichts. Aber anders als zu der Zeit war meine Herberge nicht überfüllt.

„Ich bin dir jedenfalls dankbar. Es ist sehr lange her, dass ich so leckeres Essen hatte." Er schob sich eine weitere Gabel in den Mund und kaute genüsslich. Der Anblick war immer noch etwas befremdlich, auch wenn ich es durchs Cosplay gewohnt war, mit „seltsamen Gestalten" an einem Tisch zu sitzen. Denn natürlich zog man nicht alles aus, nur weil man etwas essen wollte. Trotzdem war das hier nicht wirklich damit zu vergleichen.

„Na gut, also wenn es nichts mehr für mich zu tun gibt, werde ich nach dem Essen gehen", verkündete er wie aus dem Nichts.

„Oh." Ich ließ die Gabel sinken. Damit hatte ich nicht gerechnet. Also doch kein Stockholm-Syndrom. Ich hatte gedacht, dass er … na ja, ein wenig länger bleiben würde. Wir verstanden uns schließlich gut, er hatte sich gerade eben noch für das Bett und das Essen bedankt. Davon konnte er noch viel mehr haben. Wieso wollte er also …?

„Das Wetter hat sich beruhigt, es schneit fast gar nicht mehr", fuhr er fort, als von mir keine weitere Reaktion erfolgte. „Der Wind ist weg. Also gibt es keinen Grund mehr, wieso ich noch hierbleiben sollte."

Gut, jetzt hatte er all die Dinge aufgezählt, die dafür sprachen, dass er gehen konnte. Aber er musste ja nicht! Er vergaß dabei vollkommen, dass ein Grund, wieso er bleiben sollte, direkt vor ihm saß. Leider brachte ich es nicht über die Lippen. Keine Ahnung, ob es daran lag, dass ich es wegen meiner Schulzeit gewohnt war, dass kaum jemand freiwillig Zeit mit mir verbringen mochte und ich deshalb unterbewusst annahm, dass er nur noch hier war, weil der Sturm ihm keine andere Wahl gelassen hatte. Oder ob ich bloß zu schüchtern war, ihm anzubieten, etwas länger zu bleiben. Hatte ich Angst, dass er ablehnen würde? Oder vielmehr Angst, den Spott in seinen Augen zu sehen, wenn ihm klar wurde, dass ich glaubte, er würde gerne länger als nötig hierbleiben. Ich wusste es nicht. Jedenfalls sagte ich nichts außer: „Okay.“

Danach aßen wir schweigend weiter und all meine Fragen, die ich ihm schon die ganze Zeit hatte stellen wollen, waren verschwunden. Mein Kopf vollkommen leer gefegt. Nicht einmal das Essen schmeckte mehr richtig. Ich musste mich regelrecht zwingen, zu kauen und zu schlucken, während sich alles in meinem Hals so eng anfühlte und ich viel zu lange auf den Bissen herumkaute. Aber ich konnte schlecht den halben Teller übrig lassen.

Während des Essens sah ich ihn kein einziges Mal mehr an und auch er sagte nichts weiter. Silas bedankte sich am Ende lediglich noch einmal für das leckere Essen. Er hatte tatsächlich ganze vier Teller verputzt. Es war nicht eine Nudel übrig geblieben. Was vollkommen in Ordnung war, ich hatte ja ohnehin keinen Hunger mehr verspürt und morgen sähe das mit Sicherheit nicht anders aus.

„Tja, also dann.“ Irgendwie verloren stand er da und überreichte mir schließlich die feuchten Handtücher. „Vielen Dank noch mal, dass ich bei dir vor dem Sturm Schutz suchen durfte. Ich weiß wirklich nicht, was ich sonst gemacht hätte.“

„Bist du deswegen so nah ans Haus gekommen?“, fragte ich, einer plötzlichen Eingebung folgend.

„Ja, genau. Die Tiere haben den kommenden Sturm gespürt und ich auch.“

Ich nickte nur. Dann war das wahrscheinlich gar kein so großer Zufall gewesen. Aber er hätte wohl nie von sich aus an der Haustür geklingelt und nach einer Unterkunft für eine Nacht gefragt.

Was wäre gewesen, wenn ich mir keine Gedanken um einen verkleideten Mann im Krampuskostüm gemacht hätte, der draußen im Schnee erfror? Oder was wäre gewesen, wenn ich früh ins Bett gegangen wäre? Der Stall war nachts stets abgeschlossen.

Egal. Es war gekommen, wie es gekommen war, und die Entwicklung war gar nicht so schlecht gewesen.

„Ich hab mich jedenfalls gefreut", brachte ich mit gesenktem Kopf heraus. „Über deinen Besuch", fügte ich hastig hinzu, weil mir das andere im Nachhinein einfach zu peinlich war, um es so stehen zu lassen.

„Ja, es war schön. Vielleicht komme ich irgendwann noch mal auf eine Tasse Tee vorbei oder so."

„Ja, auf jeden Fall." Wahrscheinlich mit etwas zu viel Enthusiasmus hob ich den Kopf und sah ihn begeistert an. Er hingegen wirkte im ersten Moment ziemlich überrascht, lächelte dann jedoch.

„Ich werde es mir merken." Und mit diesen Worten wandte er sich ab, öffnete die Tür und trat hinaus in den Schnee. Er lächelte mir noch einmal kurz über die Schulter zu, ehe er ging. Wenigstens überließ er es mir, die Tür zu schließen, wodurch ich ihm eine Weile hinterhersehen konnte, wie er auf seinen langen Beinen die schneefreie Auffahrt entlanglief. Silas hatte viel mehr als nur vor der Tür Schnee geschippt. Er hatte fast die gesamte Fläche vor dem Haus freigeräumt. Zu meiner Linken, dort wo der See lag, erhob sich eine an die drei Meter hohe Schneewehe, die der Sturm aufgetürmt hatte. Davor hatte Silas den restlichen Schnee angehäuft. Wenn ich wollte, könnte ich jetzt direkt vor meiner Haustür rodeln gehen.

Aber daran konnte ich gerade keinen Gedanken verschwenden. Mein Blick war auf Silas geheftet, welcher mittlerweile die Brücke erreicht hatte und dort kurz stehenblieb. Als er sich zu mir umdrehte, winkte er mir ein letztes Mal zu, danach ging er endgültig, kämpfte sich durch die Schneewehen einen Weg in Richtung Wald.

Inzwischen hatte ich die Arme um mich geschlungen und die Schultern gegen die Kälte hochgezogen, aber ich konnte mich trotzdem nicht losreißen. Ich musste ihn so lange beobachten, bis er zwischen den dunklen Tannen verschwand, und selbst danach blieb ich noch für einige Augenblicke stehen, ehe die Kälte mich endgültig hineintrieb.

Das war also der Abschied.

Würde ich ihn je wiedersehen?

Irgendwie kam mir das Ganze jetzt, wo er fort war, wieder wie ein Traum oder pure Einbildung vor. Womöglich handelte es sich ja tatsächlich um einen Traum?

Durch den Flockenfall dringt süßer Glockenschall

Ich schloss die Haustür und wusste für etliche Minuten nicht, was ich jetzt tun sollte. Wie war das vorher gewesen? Da war ich doch auch allein gewesen und hatte ständig viel zu viel zu tun gehabt und viel zu wenig Zeit.

Ich atmete tief durch. Was sollte ich als Erstes tun?

Die Pferde rausbringen, genau. Ehe es dunkel und zu kalt wurde, sollte ich ihnen ein paar Stunden Freiheit gönnen. Es war fast halb drei, da hätten sie zwei Stunden und das würde fürs erste Mal auch reichen, morgen konnten sie dann etwas länger raus.

Bevor ich jedoch zu den beiden ging, sah ich kurz nach dem Feuer und legte Holz nach. Danach ging ich in den Stall und putzte die beiden einmal kurz über, ehe ich ihnen sicherheitshalber eine Winterdecke drauflegte. Im Anschluss führte ich sie nach draußen. Silas hatte wirklich ganze Arbeit geleistet. Der Gedanke versetzte mir einen Stich, aber ich schüttelte ihn rasch ab.

Meine zwei Pferde hatten rechts und links je eine Weide, die sie abwechselnd beweiden konnte. Im Winter nutzte ich immer nur die auf der rechten Seite, weil die auf zwei Seiten von Bäumen eingefasst war und dadurch einigermaßen geschützt.

Sobald ich die Stricke löste, stoben Victor und Sokrates in einem Wirbel aus Schnee davon. Es war zu lustig dabei zuzusehen, wie Victor mit Leichtigkeit durch den hohen Schnee trabte und die Beine nur ein Stück höher heben musste, wohingegen Sokrates sich regelrecht durch den Schnee schob. Teilweise tauchte er fast ab und dann gab es Stellen, wo der Wind den Schnee ziemlich weggeweht hatte und er wie aus dem Nichts wieder auftauchte. Buckelnd galoppierte er über die Wiese. Na, die beiden hatten ihren Spaß. Bevor ich sie rausgebracht hatte, hatte ich mich vergewissert, dass keine Bäume umgestürzt und auf die Weide oder den Zaun gefallen waren. Das hatten wir leider auch schon gehabt, aber bisher immer ohne Verletzte – bis auf den Baum und den Zaun natürlich.

Ich beobachtete die zwei für ein paar Minuten. Dann fiel mir ein, dass ich zwar die Boxen ausgemistet, aber noch keine Heunetze gestopft hatte. Und schwups, schon waren wir wieder im alltäglichen Geschäft.

Während ich mit den Heunetzen beschäftigt war, rüttelte und hämmerte es mit einem Mal kräftig an der Stalltür zum Hof. Ich erschrak fürchterlich und mein erster Impuls war es, mich in einer der Boxen zu verstecken. Dann überlegte ich kurz, wer das sein konnte. Ja wohl kein Einbrecher, der wäre leiser. Der Einzige, der in letzter Zeit ... aber das konnte doch nicht sein. Oder doch?

Ohne weiter darüber nachzudenken – was ich normalerweise getan hätte – schloss ich auf und tatsächlich.

„Silas", stieß ich vollkommen überrascht hervor, als er durch die Tür hineinstolperte.

„Hey, ich dachte, ich nehme deine Einladung zum Tee an", brachte er mühsam heraus, ehe er auf dem Boden vor mir zusammenbrach.

Ich war im ersten Moment wie gelähmt. Scheiße. Was war passiert? War er angeschossen worden oder anderweitig verletzt? Ich hatte draußen keinen Schuss gehört und er war doch gerade mal für ein paar Minuten fort. Was war denn in der kurzen Zeit vorgefallen?

„Silas? Silas, hörst du mich?" Wenn er mir nicht sagte, was los war, konnte ich nur raten.

Keine Antwort, doch offensichtlich hatte er Schmerzen, denn er krümmte sich, sein Gesicht war schmerzverzerrt und seine Atmung flach und viel zu schnell. Aber ich konnte kein Blut auf dem Boden erkennen.

Weil ich mir nicht anders zu helfen wusste, entschied ich, ihn erst einmal irgendwie ins Haus zu schaffen. Da war es wärmer und die meisten Dinge zur Behandlung von Verletzungen hatte ich dort.

Während ich mir einen seiner Arme über die Schulter schob, erklärte ich ihm, dass er mitlaufen musste, damit ich ihn reinbekam. Er öffnete sogar ein Auge, welches ganz glasig und mehr grau als tiefschwarz wirkte, und nickte kurz.

Trotzdem rutschten ihm bei den ersten Versuchen immer wieder die Beine unterm Körper weg. Mit den gespaltenen Hufen auf dem Betonboden Halt zu finden, war bestimmt gar nicht so leicht.

Schwankend gingen wir auf die Tür zum Haus zu und schafften es hindurch, obwohl wir leicht seitwärts gehen mussten.

Silas atmete immer noch viel zu schnell und überhastet und redete kein Wort mit mir. Lediglich die Tatsache, dass er dazu in der Lage war, die Füße eigenständig voreinander zu setzen, beruhigte mich. Ich wusste nämlich nicht, wie man jemanden richtig verarztete und einen Krankenwagen zu rufen, kam nicht in Frage. Jeder Sanitäter würde bei seinem Anblick in Ohnmacht fallen. Zum Glück konnte ich nach wie vor kein Blut sehen, was auf den Boden tropfte. Oder war das eher schlecht?

Er musste mir dringend sagen, was ihm zugestoßen war. Das alles machte mir nämlich eine Heidenangst und ich wollte mich unter gar keinen Umständen darin verrennen. Ich musste einen klaren Kopf bewahren und durfte mir nicht vorstellen, was passierte, wenn er womöglich starb oder Ähnliches.

Ich ließ die Türen hinter uns erst einmal offen stehen, die konnte ich später schließen, sobald ich Silas auf dem Sofa abgeliefert hatte. Doch so weit schafften wir es nicht.

Mit einem Mal hielt er sich den Kopf und brach einfach so auf dem Boden neben mir zusammen. Er war zu schwer, als dass ich ihn hätte aufrechthalten können. Dabei waren es nur noch ein paar Schritte bis zum Sofa, wir standen ja schon halb im Wohnzimmer.

„Hey. Hey, Silas. Rede mit mir. Was ist los?" Ich kniete mich neben ihn, doch er krümmte sich so stark, dass ich es nicht wagte, ihn zu berühren. Hatte er womöglich das Essen heute Mittag nicht vertragen? Aber er hielt sich den Kopf und nicht den Bauch.

„Diese verdammten Glocken. Mach, dass es aufhört!", schrie er mit einem Mal und ich wich erschrocken zurück. Silas rollte sich währenddessen vor Schmerzen auf dem Boden und hielt dabei seinen Kopf umklammert. Ich sah mich hilflos um. Glocken? Aber es läuteten doch gar keine ...

Ich hielt gedanklich inne, als mein Blick auf die Uhr an der Wand fiel. Wenn ich mich richtig erinnerte, dann war heute Samstag und es war nach 15 Uhr. Zu der Zeit läuteten für 15 Minuten immer alle Glocken im nahegelegenen Dorf. Manchmal konnte man das Läuten sogar hier hören. Aber ...

Mein Blick fiel wieder auf Silas. Er hatte sicherlich ein besseres Gehör als ich. Aber wieso bereiteten ihm die Glocken auf diese Entfernung solche Schmerzen? An der Lautstärke konnte es ja wohl kaum liegen.

Egal. Ich sah mich gerade nach irgendetwas um, womit wir seine Ohren schützen könnten, als etwas Seltsames vor sich ging.

Silas, der mit den Händen am Kopf dalag und dessen lange Hörner vor mir in die Luft ragten, krümmte mit einem Mal den Rücken. Es war, als würde ich durch das dichte Fell jede Erhebung seiner Rückenwirbel sehen können. Dann brach er keuchend auf dem Boden zusammen, nur damit sich sein Rücken kurz darauf wieder hochwölbte. Ich blinzelte und brachte etwas Abstand zwischen uns.

Das war doch verrückt! Das hatte ich gerade nicht gesehen. Das konnte nicht echt sein! Unmöglich! Aber dann ... dann musste ich mir das alles eingebildet haben. Ich verlor den Verstand. Das war es bestimmt.

Über Silas aufeinandergepresste Lippen kam ein unterdrückter Schrei, der mich erzittern ließ. Seine Ziegenhufe scharrten über den Boden, weil er versuchte, davonzulaufen. Und dann änderte sich das Geräusch mit einem Mal, weil das dunkle Horn weißer Haut wich.

Ich starrte ungläubig darauf. Das konnte nicht sein. Wobei, nein. Ich war über diesen Punkt längst hinweg. Es waren in den vergangenen zwei Tagen so viele, eigentlich unmögliche Dinge passiert, die ich nicht leugnen konnte, da konnte das hier auch Wirklichkeit sein. Nur wie?

Vor mir schrumpfte die Gestalt des Krampusses. Die Klauen verschwanden und die Hörner wurden kürzer und kürzer. Das strubbelige Fell, welches an eine Löwenmähne erinnerte, verschwand ebenfalls. Genauso wie das restliche Fell an seinem Körper. Die krummen Ziegenbeine wurden kürzer, die Gelenke zu Fersen. Der Mann vor mir sank auf seine Knie.

Ja, die gruselige Gestalt hatte mittlerweile die normale Erscheinung eines Mannes angenommen, welcher nach wie vor auf dem Boden kniete und sich stöhnend den Kopf hielt. Die Haare waren von brauner Farbe, verfilzt und ungepflegt. Die Kleidung wirkte auch, als wäre er damit bereits wochenlang durch den Wald gestreift. Aber wenigstens trug er welche. Eine zerschlissene Jeans und ein ehemals weißes Hemd, dem ein oder zwei Knöpfe fehlten. Die Füße waren nackt. Wenn er sich draußen verwandelt hätte und dort zusammengebrochen wäre, dann wäre er höchstwahrscheinlich erfroren ...

Nicht wichtig, Nora.

Ich musste mich fokussieren, doch vor meinen Augen schien irgendwie alles zu verschwimmen.

Erst als ich ein Stöhnen vernahm, wurden die Konturen wieder klarer und das merkwürdige Pochen meines eigenen Herzschlags nahm ein stückweit ab. Richtig, da war ja noch jemand, um den ich mich kümmern musste.

„Silas?" Vorsichtig kauerte ich mich neben ihn und versuchte, das Gefühl, dass der Boden unter mir schwankte, zu ignorieren. Am liebsten hätte ich seine Hand ergriffen, um mich zu erden, aber ich wollte ihn nicht erschrecken oder verängstigen.

„Kannst du mich hören?" Er wirkte total mitgenommen, nach den Schmerzen und der qualvollwirkenden Verwandlung kein Wunder.

„W-was ist passiert?", fragte er schwach, als er sich ein Stück hochstemmte. Sein Gesicht war ebenso schmutzig wie der Rest von ihm und er hatte so eine Art 3-Tage-Bart. Vielleicht waren es aber auch 10 oder 20 Tage. Die langen Haare hingen ihm ins Gesicht.

„Du bist ..." Ich schluckte. Womit sollte ich anfangen? Gleich mit der Neuigkeit herausplatzen? „Du bist wegen der Kirchenglocken ohnmächtig geworden und du ..."

Okay, das mit den Kirchenglocken war jetzt nur eine Vermutung anhand des Wenigen, was er gesagt hatte und das andere ...

Da ich die Worte nicht über die Lippen brachte – wie sagte man jemandem, dass dieser sich von einem unheimlichen Monster zu einem ganz normalen Menschen verwandelt hatte? – ergriff ich seine Hand und hielt sie ihm vors Gesicht. Einen Spiegel hatte ich gerade nämlich leider nicht zur Hand.

Er betrachtete seine Finger eine ganze Weile stumm, ohne dass eine Reaktion erfolgte. Mit Sicherheit musste er selbst erst einmal verarbeiten, was er da sah. Ich gab ihm die Zeit. Ich wusste ohnehin nicht, was ich hätte sagen sollen.

„Ist das …"

… *meine Hand*, hatte er bestimmt fragen wollen. Seine Finger zuckten und ich ließ sie los. Staunend hielt er sich seine Hand vors Gesicht und drehte und wendete sie hin und her. Ein klein wenig erinnerte er mich mal wieder an den häufig genannten Prinzen, nachdem dieser sich zurückverwandelt hatte. Sollte ich jetzt auch die Hand ausstrecken und wir legten sie aneinander? Oder nein, das war vorher gewesen, richtig? Ach, ich sollte den Film dringend noch mal gucken. Oder lieber nicht, dann würde ich bloß noch mehr Vergleiche ziehen. Das tat ich ja sowieso schon die ganze Zeit.

Aber war das hier dann auch seine wahre Gestalt und auf ihm lag so etwas wie ein Fluch?

„Aber wie?", brachte er schließlich heraus.

„Du hast was von Glocken gesagt. Deswegen denke ich, dass das Läuten der Kirchenglocken damit zu tun haben muss. Die hört man samstags immer für eine Viertelstunde, weil sie den Sonntag einläuten. Bei guter Wetterlage kann man sie sogar bis hierhin hören. Du schienst ziemlich große Schmerzen zu haben und hast dich … in das verwandelt." Ich deute auf ihn.

Langsam setzte er sich auf.

Ich hatte irgendeine Art von Reaktion erwartet. Unglauben oder Wissen. Keine Ahnung. Entweder wusste er, was das alles zu bedeuten hatte oder er musste genauso fassungslos und überrascht sein wie ich. Aber dass er erst einmal gar nichts sagte und vollkommen emotionslos dasaß, machte mir allmählich Angst. Es hatte den Anschein, als stünde er unter Schock. Einem starken Schock. War er womöglich doch irgendwie verletzt worden?

Ich untersuchte nochmals den Boden um ihn herum, aber da waren nirgends Blutspuren oder etwas anderes Verdächtiges zu entdecken.

Silas hob irgendwann die Hände und drehte und wendete sie ungläubig immer wieder vor seinem Gesicht. Unter den Fingernägeln waren deutliche Schmutzränder zu sehen und der eine Ärmel hing in Fetzen von seinem Arm, dem anderen fehlte der Knopf.

Es sah aus, als wäre er für Tage ziellos durch den Wald gelaufen oder von etwas verfolgt worden.

Bei dem Gedanken, was für eine schreckliche Geschichte hinter all dem stecken musste, spürte ich ein inneres Zittern, welches sich langsam an die Oberfläche kämpfen wollte. Aber ich durfte es nicht rauslassen, denn ich wusste ganz genau, dass das nur einer der vielen Schritte zu einer handfesten Panikattacke war. Und Silas hatte gerade bestimmt genug um die Ohren, sodass er sich nicht auch noch mit einer panischen Nora herumschlagen wollte.

Also musste ich ruhig bleiben. Was konnte ich tun, um mich etwas abzulenken?

„Wie ist das alles überhaupt möglich?", fragte ich deshalb niemand Bestimmtes, spürte jedoch, wie ich weiter kurz vor einem Nervenzusammenbruch stand.

Ich sah ihn an, versuchte, mich auf ihn zu konzentrieren und nicht auf diese zunehmende Enge in meinem Inneren, die verhinderte, dass ich tief Luft holen konnte. Ich schluckte und drückte mit der Zunge innen gegen die Schneidezähne, das war so ein Tick, eine Art Übersprunghandlung. Es half etwas, hielt die Panik aber bestenfalls im Zaum, es vertrieb sie nicht. Dazu bräuchte es mehr. Mehr Ablenkung.

„Ich denke, ich schulde dir eine Erklärung."

„Moment. Ich dachte, du kannst dir das auch nicht erklären." Sofort wurde ich misstrauisch, was wenigstens die bevorstehende Panikattacke für den Moment aufhielt.

„Nein, wieso ich mich zurückverwandelt habe, weiß ich nicht. Aber ich …"

„Zurückverwandelt?", wiederholte ich. Also war mein Gedanke dazu gar nicht so falsch gewesen? Er war verflucht? Aber … sollte das hier wirklich so eine Art Neuauflage des bekannten Märchens sein? Nein, Quatsch. Es fehlte das Schloss, die Rose, der Zauberspiegel …

Mist, meine Gedanken ergaben gar keinen Sinn, ich verrannte mich.

Ganz ruhig bleiben, Nora. Nicht durchdrehen. Tief atmen und …

„Ja." Er seufzte abgrundtief und senkte dabei sogar den Blick, ehe er die Schultern ein Stück weit straffte und mir wieder in die Augen sah. „Ich bin nicht als dieses Monster geboren worden oder lief schon immer in dessen Gestalt herum. Oder wie man das sonst nennen soll." Er holte tief Luft. Ich hingegen sah ihn unbeweglich und stumm an. „Ich wurde in dieses Wesen verwandelt. Ich nehme an, das hier ist mein eigenes Märchen von *Die Schöne und das Biest*, nur dass ich ohne Schloss und Bedienstete auskommen muss und auch keine Rose oder einen Zauberspiegel habe."

Oh, Gott! Ich hatte das eben doch nicht womöglich alles laut gesagt? War es Zufall, dass er genau das sagte, was ich nur wenige Sekunden zuvor gedacht hatte? Er hatte es immerhin exakt so aufgezählt. Sogar an den Spiegel hatte er gedacht. Entweder konnte er Gedanken lesen oder ich sprach meine unbewusst laut aus oder …

Es war alles nur ein Zufall, versuchte mich eine innere Stimme zu beruhigen, die ich jedoch über den lauten Pfeifton, der sich in meinem Kopf ausbreitete, fast nicht mehr hörte.

„Aber vielleicht habe ich ja eine Belle." Er sah mir das erste Mal in die Augen und ich wäre ängstlich zurückgewichen, wenn mich der Anblick nicht dermaßen überrascht hätte.

Seine Augen waren vorher tiefschwarz oder zeitweise leuchtend rot gewesen. Doch jetzt sahen mich braungrüne Augen an, die je nach Lichteinfall eine ganz eigene Farbe hatten. Es war, als hätte ich eine vollkommen andere Person vor mir, nicht einmal die Augen waren noch die gleichen.

Das unterschied sich wiederum gewaltig von dem Märchen. Denn in der Disneyversion erkannte Belle ihn ja an den Augen, die gleichgeblieben waren.

Okay, wieder zurück in meine Welt. Ich musste aufpassen, mich nicht zu sehr in dieser Märchengeschichte zu verrennen. Oder in etwas anderem. Meine Nerven lagen ziemlich blank und wahrscheinlich fehlte nicht mehr viel zu einem hysterischen Anfall.

„Es tut mir leid, ich hätte das nicht sagen sollen. Ich habe dir auch so schon genug Ärger gemacht." Er erhob sich, schaffte es jedoch nicht weit. Bereits bei seinem zweiten Schritt gaben seine Beine unter ihm nach und er fiel auf Hände und Knie.

„Setz dich lieber wieder hin und wo wolltest du überhaupt hin?" Ich hatte es aus meiner Starre geschafft und hockte mich neben ihn, um ihm aufzuhelfen.

Mit einem gewaltigen Schrecken bemerkte ich, dass er weinte.

„Ich hab das alles nicht verdient. Dass du so nett zu mir bist. Ich bin …" Seine Stimme zitterte, genauso wie seine Unterlippe. Ich war mehr als nur schockiert. Ich war zu Tode erschrocken, vollkommen erschüttert. Ich hatte noch nie einen erwachsenen Mann weinen sehen! Na gut, in Filmen kam das ab und zu vor. Aber mehr so ein leises Weinen, ein paar stumme Tränchen, die unauffällig die Wange hinabliefen.

Doch in diesem Moment hatte ich einen erwachsenen Mann vor mir, der wortwörtlich Rotz und Wasser heulte.

Was sollte ich nur tun?

„Du … du setzt dich jetzt erst einmal wieder hin. Ich besorge Taschentücher und ein Glas Wasser. Hast du noch Kopfschmerzen oder tut dir sonst etwas weh? Dann hole ich auch eine Schmerztablette." Ich war aufgesprungen und sah mit in der Luft flatternden Händen zu ihm hinunter.

„Danke", er schniefte und zog deutlich vernehmbar die Nase hoch. „Meinem Kopf geht es gut. Bin nur noch wackelig auf den Beinen."

„In Ordnung." Ich nickte übertrieben deutlich. „Schaffst du es allein aufs Sofa? Dann hole ich …"

„Ja, das schaffe ich", brachte er leise heraus und stemmte sich hoch. Ich flitzte bereits davon. Es war unbedingt nötig, dass ich etwas Abstand zwischen uns brachte, das alles nahm mich total mit. Meine Welt stand gerade ohnehin schon auf dem Kopf. Da mochte man meinen, dass mich so etwas nicht mehr großartig erschüttern könnte. Aber so war es nicht. Mich erschütterte es sogar sehr!

In der Küche angekommen stützte ich mich auf der Arbeitsfläche ab und ließ einfach los. Meine Atmung beschleunigte sich um ein Vielfaches, aber das brauchte ich gerade. Ich konnte es nicht länger zurückhalten, ich musste dem kurz nachgeben, egal, was das für Folgen hatte.

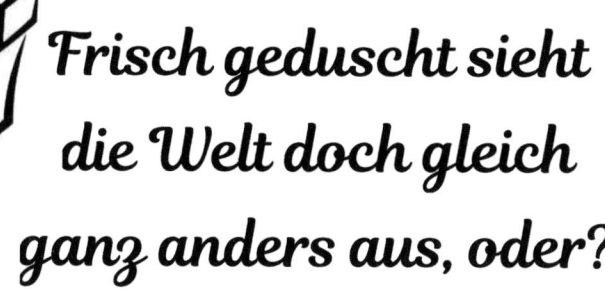

Frisch geduscht sieht die Welt doch gleich ganz anders aus, oder?

Nachdem ich mich nicht mehr zusammenreißen musste und das Zittern meiner Hände zuließ, wurde es besser. Die Zähne schlugen aufeinander und für jeden anderen musste es aussehen, als wäre mir kalt. Daran lag es jedoch nicht. Das passierte häufig, sobald die Panik nachließ und mein Körper wieder entspannte. Es war wie eine Art Übergangsritual. Wenn ich es zuließ, ging es mir danach normalerweise besser.

Allmählich konnte ich wieder tief durchatmen und das in normaler Geschwindigkeit. Tatsächlich ging es mir im Anschluss wesentlich besser, ich fühlte mich nicht mehr kurz vor einem Abgrund stehend und konnte etwas klarer denken. Meine Güte, es war, als ob ich vorher nur noch einen engen Tunnelblick gehabt hätte und jetzt wieder den ganzen Raum sah.

In Ordnung. Eins nach dem anderen, ein wenig Struktur und nur auf die nächsten Schritte konzentrieren. Ich hatte Wasser und Taschentücher holen wollen. Eine Schmerztablette kramte ich ebenfalls hervor. Damit ausgestattet ging ich zurück zu Silas, der wider Erwarten nicht auf dem Sofa Platz genommen hatte, sondern auf meinem Schreibtischstuhl saß.

Verwundert und leicht irritiert betrachtete ich ihn. Er hatte sich vorgebeugt und den Kopf in den Händen vergraben. Bestimmt hatte er gar nicht mitbekommen, dass ich länger als nötig weggewesen war.

Er wirkte wie ein Häufchen Elend. Ich wüsste zwar wirklich zu gern, was sich hinter dem Ganzen verbarg, aber so, wie er gerade aussah, war er definitiv nicht bereit, mir diese Fragen zu beantworten.

„Hier." Ich blieb vor ihm stehen und reichte ihm das Wasserglas, gemeinsam mit der Schmerztablette. Er nahm beides anstandslos entgegen. Die Packung Taschentücher legte ich auf den Tisch neben meine Tastatur. Seit dieser ganzen Geschichte hatte ich nicht mehr daran gesessen. Meine Reichweite würde mir den Mangel an Postings wahrscheinlich nicht so schnell verzeihen, aber das war mir gerade egal. Ich gehörte ja sowieso nicht zu den täglichen Postern, weil ich es häufig einfach vergaß. Deswegen plante ich nicht selten etliche Beiträge im Voraus.

Silas, der derweil die Schmerztablette nahm und mit großen Schlucken das Glas leerte, sah aus, als habe er seinen noch heilen Hemdsärmel als Taschentuchersatz genutzt. Dementsprechend verschmiert sah sein Gesicht aus. Ich bemühte mich, nicht allzu genau hinzugucken, aber er musste meinen Blick bemerkt haben.

„Tja, die Dusche hat nicht viel gebracht. Ist wohl nicht durch das dicke Fell durchgegangen." Er hob die Arme und zeigte seine ganze, dreckige Pracht.

„Du hättest dich trotzdem aufs Sofa setzen können."

„Ich wollte es nicht schmutzig machen."

Er mochte sich ja rein äußerlich vollkommen verändert haben, aber er war innerlich definitiv noch derselbe. Denn genau diese Diskussion hatten wir doch schon einmal geführt.

„Letztes Mal haben wir das Problem mit einer Dusche gelöst bekommen", meinte ich aufmunternd. Es fiel mir schwer, den richtigen Ton zu finden. Ich wollte nicht zu gut gelaunt klingen, falls er diese gute Laune gerade nicht ertragen konnte. Gleichzeitig wollte ich mich aber auch nicht zu sehr von seiner Trauermiene anstecken lassen. Eigentlich müsste er doch regelrecht euphorisch sein, jetzt wo er wieder ein Mensch war. Oder ich interpretierte all das falsch und er war lediglich erschöpft aufgrund der Schmerzen durch die Verwandlung?

„Du könntest auch ein Bad nehmen", schlug ich vor, weil ich annahm, dass er vielleicht lieber sitzen wollte, wenn stehen noch zu kräftezehrend war.

„Nein, schon gut, eine heiße Dusche klingt wunderbar. Aber ich habe nichts zum Anziehen außer das hier." Wieder hob er die Arme. „Und das zu waschen lohnt sich nicht." Er sank erneut in sich zusammen.

Na ja, wenn es nur das war, dabei konnte ich ihm helfen. Endlich etwas, was ich tun konnte.

„Ich kann dir Sachen leihen. Auch wenn ich nicht weiß, ob sie dir passen. Geh du duschen, ich lege sie dir vor die Tür."

Er musterte mich skeptisch. „Nimm es mir nicht übel, Nora, aber ich denke nicht, dass ich in deine Jeans passe. Und selbst in eine Trainings- oder Jogginghose werde ich mich kaum reinzwängen können. Ich bin zwar nicht mehr zwei Köpfe größer als du, so wie vorher, trotzdem unterscheiden sich unsere Maße immer noch ziemlich."

Ich blies empört die Backen auf und war mir nicht sicher, ob ich beleidigt sein sollte oder nicht. Hatte er mich gerade als klein bezeichnet? Knapp unter 1,70 m war nicht klein! Gut, ich war wohl eher knapp über 1,65 m, aber das war Ansichtssache. Es gab jedenfalls deutlich kleinere Menschen als mich und außerdem …

„Ich habe auch Männersachen im Haus. Ich muss sie nur erst heraussuchen, weil ich sie – wie du wahrscheinlich festgestellt hast – selbst nicht trage. Also willst du sie jetzt, oder nicht? Socken hab ich bestimmt auch noch irgendwo, nur mit Unterwäsche könnte es schwierig werden." Ich sah ihn abschätzend an. Der Blick sollte musternd wirken, aber wahrscheinlich sah ich vielmehr verärgert aus. Was ich ja auch war.

„Oh, ach so. Lebst du doch nicht allein?", hakte er vorsichtig nach.

„Doch das tue ich. Deswegen sind die Sachen ja auch gut verpackt. Was ist jetzt? Willst du nun duschen gehen oder nicht?" Mittlerweile hatte ich die Arme in die Seiten gestemmt und kam mir vor wie Molly Weasley.

„Doch, vielen Dank. Dann nehme ich das Angebot gerne an." Er erhob sich. Ich nickte daraufhin wohlwollend und drehte mich um.

„Wo die Dusche ist und wie alles funktioniert, weißt du ja vom letzten Mal. Ein Handtuch und einen Waschlappen suche ich dir raus. Die neuen Sachen lege ich dir neben die Tür, sobald ich sie gefunden habe." Ohne auf seine Antwort zu warten, marschierte ich los. Keine Ahnung, warum ich so sauer war. Zum Glück schien ihm das nicht entgangen zu sein, weswegen er endlich aufhörte, zu widersprechen und mir stumm folgte.

Ich reichte ihm Handtuch und Waschlappen, drückte ihm beides in die Hände und zeigte auf die Dusche.

„Wenn du duschen willst, Shampoo und Duschgel stehen auf der Ablage. Falls dir doch ein Bad lieber ist, Schaumbad und alles andere findest du hier." Meine Stimme klang ungewohnt kühl, aber das lag wohl daran, dass ich bereits damit begonnen hatte, mich Stück für Stück in mich selbst zurückzuziehen.

„Eine Dusche wird reichen, danke." Er hingegen klang müde, erschöpft und sehr klein. Ich hätte ihn gern getröstet, aber dafür fehlte mir gerade die Kraft.

„Ich werde unten warten. Komm einfach runter, sobald du so weit bist." Mit diesen Worten schloss ich die Badezimmertür hinter mir und machte mich auf den Weg zum Dachboden.

Dazu musste ich erst einmal die in der Decke verborgene Leiter vorsichtig herunterlassen. Ich war etwas aus der Übung, die Luke mit dem Stock zu öffnen und es kostete mich Kraft, die Klappe mit ihm abzufangen. Doch letztendlich schaffte ich es ohne Zwischenfälle hinauf.

„Brr, ist das kalt." Mist, ich hatte ganz vergessen, dass das Dach zwar gut isoliert war, aber hier oben natürlich nicht geheizt wurde und es im Winter entsprechend kalt war.

Die Arme um den Oberkörper geschlungen, schob ich mich fröstelnd zwischen den Kartons hindurch. Sogar ein altes Schaukelpferd lagerte hier oben. Ich wusste ganz genau, wo der Karton stand, auf den ich es abgesehen hatte. Ich hatte alle Pullover, T-Shirts und Hemden in einen Karton gelegt und alle Hosen, Socken und so weiter in einen anderen. Natürlich war auch irgendwo Unterwäsche darunter, aber das kam mir zu makaber vor, Silas diese zu geben.

Ich öffnete den Karton mit den Hosen und nahm einfach die oberste Jeans heraus. Dabei vermied ich es, genauer hinzusehen oder mir unnötig Zeit zu lassen. Ich hatte mich bereits abgeschottet und durfte nicht riskieren, dass die Mauer bröckelte. Bei den Oberteilen musste ich etwas länger suchen, weil die Pullover ganz unten im Karton lagen. Aber auch da wurde ich schließlich fündig.

Ich räumte alles andere zurück, schnappte mir ein Paar Socken, schloss die Kartons und beeilte mich, die Treppe hinunterzukommen. Meine steifen Finger taten sich etwas schwer, Halt zu finden, und da ich mit der anderen Hand Hemd, Pullover und Jeans, festhielt, war das gar nicht so leicht. So kam es, dass ich kurz abrutschte, wodurch ich die letzten Stufen übersprang und direkt auf dem Boden landete.

„Aua." Ich rieb mir das angeschlagene Knie. Ansonsten war mir zum Glück nichts passiert. Der Fuß und die Hand schmerzten zwar ebenfalls, aber das würde schon vergehen. Als Nächstes musste die Luke verschlossen werden, weil von oben die ganze kalte Luft ins Haus zog. Danach würde ich die Sachen neben die Badezimmertür legen und unten nach dem Ofen sehen.

Nachdem das alles erledigt war, saß ich abwartend auf dem Sofa und rieb mir gedankenverloren übers Knie.

Sobald Silas mit noch feuchten Haaren das Wohnzimmer betrat, stockte mir der Atem. Es war nicht so, dass die Sachen irgendwelche speziellen Erinnerungen mit sich trugen. Es war vielmehr die Tatsache, dass ich wusste, dass sie *ihm* gehört hatten.

So sehr ich mich auch bemühte, es auszublenden, es verhielt sich wie mit dem rosa Elefanten. Wenn einem gesagt wurde, dass man nicht an einen rosa Elefanten denken durfte, dann tat man es auf jeden Fall.

Also musste ich versuchen, mich irgendwie abzulenken. Am besten, indem ich mir etwas zu tun gab. Als Silas zögernd auf mich zuging, stellte ich die Tasse ab, die ich bis eben noch fest umklammert gehalten hatte. Sauber, wie er jetzt war, wirkte er ganz anders. Der dunkelblaue Pullover passte ihm erstaunlich gut. Nur die Hose sah ein bisschen zu weit aus. Das feuchte Haar hatte er nach hinten gestrichen, sodass es ihm nicht mehr vor den Augen hing. Augen, die so ganz anders aussahen als zuvor. Wenn ich nicht live dabei gewesen wäre, hätte ich die Zwei nie für ein und dieselbe Person gehalten.

Als er zögernd neben dem Sofa stehen blieb, reichte ich ihm eine Tasse heißen Tee, den ich für uns gemacht hatte. Von den Plätzchen hatte er ja fast keine übrig gelassen. Die letzten Reste hatte ich auf einen Teller gelegt und schob ihm den nun ebenfalls rüber, nachdem ich ihm bedeutet hatte, sich zu setzen. Ich rutschte sogar ein Stück beiseite, falls es ihm unangenehm sein sollte, so dicht neben mir zu sitzen.

Er nahm Platz, umklammerte die Tasse und starrte auf die Plätzchen.

Schweigend saßen wir nebeneinander.

So, da wären wir also. Beinahe hätte ich das laut gesagt. Doch es erschien mir mehr als unpassend, unser Gespräch mit diesen Worten zu eröffnen. Trotzdem fragte ich mich, ob er mir das Ganze von alleine erklären würde oder ich nachfragen musste. Es wäre mir lieber, er würde von alleine zu erzählen anfangen, damit ich nicht allzu neugierig rüberkam.

Doch er schwieg und nahm lediglich einen vorsichtigen Schluck Tee. Die Kekse starrte er nach wie vor bloß an.

Notgedrungen machte ich mir also Gedanken, wie ich ein Gespräch beginnen konnte, ohne direkt mit der Tür ins Haus zu fallen.

Und? Erschien mir dabei wenig subtil. Nach einiger Überlegung kam mir endlich der rettende Gedanke. Zunächst schenkte ich mir Tee nach und nahm ein paar Schlucke. Dann griff ich wie zur Eröffnung nach einem Keks und stellte die erste Frage.

„Warum bist du eigentlich zum Stall gegangen? Du hättest doch viel besser an der Haustür klingeln können. Es war pures Glück, dass ich dort war."

„Ich ..." Er hielt kurz inne, doch die Frage schien den gewünschten Effekt zu haben und ihn aus seiner teilnahmslosen Starre zu lösen. Er musste jedoch offensichtlich erst darüber nachdenken, wieso er das getan hatte.

„Ich glaube, das lag daran, dass ich damals in der Nacht vor dem Sturm auch durch den Stall reinkam. Ich hab gar nicht darüber nachgedacht, dass er abgeschlossen sein könnte."

„Wir sind hier zwar ziemlich weit draußen, aber ich schließe den Stall trotzdem immer ab, zumindest nachts. Das mache ich ja mit meiner Haustür genauso."

„Ja, daran habe ich nicht gedacht. Aber ich hatte ja zum Glück Glück." Er zwinkerte und ich musste grinsen bei dieser Wortverdoppelung.

Innerlich atmete ich erleichtert auf, weil er ganz normal sprach und auch ansonsten einen normalen und gefassten Eindruck machte. Er war sogar zu Scherzen aufgelegt.

„Ja, verdammtes Glück. Scheinbar in mehrerer Hinsicht. Aber ich verstehe es immer noch nicht", machte ich eine nicht ganz subtile Andeutung, dass ich gern mehr über die Zusammenhänge wüsste.

„Ich verstehe es selbst nicht richtig." Er seufzte und lehnte sich auf dem Sofa zurück. Den Kopf leicht in den Nacken gelegt, sah er hoch zur Zimmerdecke. „Also ich war nie der gute Junge, der brave, liebenswerte Kerl. Aber ich hab auch niemanden umgebracht. Gut, ich gehörte in der Schule zu den Jungen, die andere … nicht gut behandelten."

Ich war mir sicher, dass er eigentlich ein anderes Wort hatte nehmen wollen, und ich konnte mir gut vorstellen, welches. Er hatte andere Kinder gemobbt. Ich musste mich bei dieser Erkenntnis arg zusammenreißen, um nicht zurückzuweichen. Ich hatte diese Erfahrungen in der Schule nämlich leider selbst machen müssen. Ich war schon immer eher die Außenseiterin gewesen. Man würde es wohl nerdig nennen – die passende Brille dazu trug ich auch. Deswegen hatte ich mich vermehrt in die Welt der Animes, Helden und Monster zurückgezogen und mir dort Gleichgesinnte gesucht. Das war dank des Internets zum Glück gar nicht so schwer. Auf den Conventions konnte ich sogar persönliche Kontakte knüpfen und erhielt für meine Cosplays jede Menge Lob. Das war eine vollkommen neue

Erfahrung für mich gewesen. Außerdem hatte ich immer das Gefühl, mithilfe der Maske jemand ganz anderes sein zu können. Es war die einzige Zeit, zu der ich das Gewand der schüchternen Einzelgängerin, mit der niemand etwas zu tun haben wollte, welches ich während der Schule trug, abstreifen und etwas vollkommen anderes ausprobieren konnte.

Das hatte leider gleichzeitig dazu geführt, dass ich mich in der Schule immer unwohler gefühlt hatte. Die anderen hatten sich über mich lustig gemacht, mir komische Fake-Nachrichten geschickt, seltsame und verletzende Spitznamen gegeben und mich stets spüren lassen, dass ich nicht dazugehörte. Es war schwer, ohne einen einzigen Freund den Tag zu überstehen. Dummerweise war mein Leben danach so weitergelaufen; ohne einen einzigen Freund. Man könnte sagen, ich war diesen Zustand gewohnt.

Mit den beiden Pferden hatte ich endlich jemanden zum Reden gehabt. Natürlich hatte ich jederzeit mit meinen Eltern sprechen können. Aber ich hatte mich trotzdem nicht getraut, ihnen wirklich alles zu erzählen, aus Angst vor der Reaktion. Victor und Sokrates würden jedoch nie komisch gucken, egal was ich ihnen erzählte.

Es war merkwürdig, denn meine Klassenkameraden, besonders jene, die die Hasshetze gegen mich angeführt hatten, waren mir stets bösartig und von Grund auf gemein vorgekommen. Diesen Eindruck hatte ich von Silas jedoch überhaupt nicht. Wobei ich nicht beurteilen konnte, wie er zu seiner Schulzeit gewesen war. Bei mir war er immer zurückhaltend, zuvorkommend und vorsichtig gewesen. Nie herablassend, überheblich oder mit Absicht gemein und verletzend.

„Aber deswegen wurde ich nicht verwandelt. Das wird vielleicht eine Rolle gespielt haben, doch dann müsste ungefähr die Hälfte der Menschheit in diesem haarigen Outfit herumlaufen." Er schüttelte den Kopf. „Nein. Ausschlaggebend war dieser eine Moment, als ich hierher zog. Ich habe vorher recht weit oben im Norden gelebt und dort kennt man diese ganzen Bräuche nicht. Oder ich kannte sie zumindest nicht. Ich bin also nicht mit einem Krampus aufgewachsen, der einen bestraft, sondern nur mit einem Weihnachtsmann, der einem Süßigkeiten bringt, wenn man lieb war. Und eigentlich auch, wenn man es nicht war, wie man gut an mir sehen kann."

Er machte eine kurze Pause. Ich hatte bis dahin kein einziges Wort gesagt, wollte ihn erst einmal seine Geschichte erzählen lassen und nicht riskieren, dass er sie meinetwegen unterbrach und danach womöglich nicht weitererzählte.

„Ich traf auf drei Jungen, die einen anderen ärgerten. Wahrscheinlich hätte ich dem Kleinen helfen sollen. Aber im Grunde habe ich irgendwie zu dieser Gruppe gehört. Und als ich den Kleinen sagen hörte, wenn die anderen ihn nicht in Ruhe ließen, würde der Krampus kommen und sie holen, denn der bestrafe böse Jungen wie sie, da …" Er atmete tief durch und schloss kurz die Augen. Er sprach erst weiter, als er sie wieder öffnete. „Ich Idiot habe reflexartig gesagt: *Einen Krampus gibt es nicht. Sie werden von niemandem bestraft, du bist vollkommen allein.*"

Ich bemerkte gar nicht, wie ich die Luft anhielt, als er von Neuem eine Pause machte. Er hatte zwischenzeitlich den Blick auf die Tasse zwischen seinen Händen gesenkt und hob ihn jetzt ganz langsam. Ich schnappte unwillkürlich nach Luft und merkte so, dass ich sie bis dahin angehalten hatte.

„Sobald die Worte meinen Mund verlassen hatten, wusste ich, dass ich das nicht hätte sagen dürfen. Eigentlich wollte ich nur, dass er sich nicht auf eine Sagengestalt verlässt. Denn die würde ihm nicht helfen. Aber es kam vollkommen falsch rüber. Und in dem Moment, als mich diese erschrockenen Augen des kleinen Jungen trafen, dessen letzte Hoffnung auf Hilfe und Rettung ich soeben zunichtegemacht hatte, in dem Moment verwandelte ich mich. Es war, als ob dort oben jemand beschlossen habe, mich eines Besseren zu belehren und allen zu zeigen, was passierte, wenn man den Krampus verleugnete. Von der Verwandlung an sich weiß ich nicht mehr viel, nur dass die drei Kinder abgehauen sind, sobald lange Krallen aus meinen Fingern schossen. Der Kleine jedoch blieb und sah mir dabei zu. Ich glaube, er wollte sich bedanken, doch ich habe ihn nur angeschrien und verjagt, als ich mich wütend auf ihn stürzte. Ich war so verwirrt und … wütend. Das war neben der Angst das stärkste Gefühl und ich habe mich daran festgeklammert. Ich habe eine ganze Weile ihm die Schuld für alles gegeben. Die Wahrheit ist jedoch, dass niemand anderes daran schuld ist als ich. Ich hätte dem Jungen helfen sollen, anstatt ihn vor den anderen bloßzustellen. Nur weil ich mir dabei mächtiger vorgekommen war, als wenn ich ihm zur Seite gestanden hätte. So habe ich es in der Schulzeit auch immer gemacht."

Wieder ließ er den Kopf sinken, stellte die Tasse auf den Tisch und vergrub ihn in seinen Händen.

Ich saß nach wie vor da und wusste weder, was ich sagen, noch was ich tun sollte. Er schien all das aufrichtig zu bedauern und zu bereuen. Aber wieso waren dafür immer so drastische Schritte nötig? Wieso mussten erst schlimme Dinge passieren, damit man sein Handeln hinterfragte? Musste sich erst jemand umbringen, damit die Verursacher sahen, was für tiefe Wunden sie gerissen hatten?

„Trotzdem verstehe ich immer noch nicht, warum ausgerechnet die Kirchenglocken dich nach all der Zeit zurückverwandelt haben", brachte ich schließlich heraus. „Oder ist das vorher schon mal passiert?"

„Nein. Ich bin seit meiner Verwandlung das erste Mal wieder ein Mensch. Du glaubst gar nicht, wie schwer diese Zeit war."

Und er wusste wahrscheinlich nicht, wie schwer die Zeit des Mobbings für andere gewesen war. Wegen ihm.

„Was wirst du jetzt tun? Nachdem du endlich wieder ein Mensch bist?", wechselte ich das Thema und versuchte, gleichzeitig mit aller Kraft diesen Hoffnungsschimmer in mir zu unterdrücken, dass er womöglich blieb. Er war bereits als Krampus gegangen und hatte nicht hierbleiben wollen. Ja, als es ihm schlecht ging, kam er zurück. Aber bestimmt nur, weil es sonst weit und breit niemanden gab, zu dem er hätte gehen können. Ich war die Einzige, von der er Hilfe zu erwarten hatte. Doch jetzt in seiner menschlichen Form gab es noch weniger Gründe für ihn, hierzubleiben. Er konnte gehen, wohin er wollte, und musste sich nicht länger im Wald verstecken. Trotzdem war ich froh für diese, wenn auch wenigen, zusätzlichen Stunden, die wir miteinander verbringen konnten.

„Ich würde gerne eine Weile hierbleiben." Mir stockte bei diesen Worten der Atem und ich konnte es nicht glauben, das gerade wirklich gehört zu haben. Hatte ich mir das auch ganz sicher nicht eingebildet, weil ich mir so sehr wünschte, dass er genau das sagte?

Ich öffnete den Mund, doch kein Wort kam heraus. Stattdessen fügte Silas noch etwas hinzu, was mich von meiner Hochstimmung und dem Aufstieg nach Wolke 7 sehr schnell wieder runter auf den Boden der Tatsachen brachte.

„Ich möchte mich nicht der Hoffnung hingeben, dass das hier wirklich von Dauer ist. Ich traue dem Ganzen nicht und will zuerst herausfinden, was genau diese Rückverwandlung ausgelöst hat und wieso. Stell dir vor, nachher gibt es Dinge, die eine Verwandlung in die Krampusform auslösen, und das würde im Beisein von anderen Menschen passieren. Was wird dann los sein? Neben absoluter Panik kann ich am Ende wahrscheinlich froh sein, wenn sie mich nicht erschießen. Nein, ich will erst mehr darüber herausfinden und mir ganz sicher sein."

Ich musste kurz an den Anime Ranma ½ denken, der sich bei heißem und kaltem Wasser in ein Mädchen und wieder zurück in einen Jungen verwandelt hatte. Dasselbe war doch auch mit einem Panda passiert, oder?

Na ja, heißes Wasser hatten wir ja bereits ausprobiert, das schien unproblematisch zu sein.

„Wäre es in Ordnung für dich, wenn ich noch ein bisschen länger bliebe?" Er sah mich mit einem solchen Hundeblick an, dem man normalerweise wohl nicht widerstehen könnte, allerdings hatte ich gerade nicht aufgepasst. Ich war damit beschäftigt gewesen, meine zerplatzten Illusionen mit Überlegungen über Ranma abzulenken und wie die Verwandlungsregeln da genau gewesen waren.

Daher brauchte ich ein Weilchen, bis mein Gehirn bemerkte, dass er mir offensichtlich eine Frage gestellt hatte, auf die er eine Antwort erwartete. Also spulte mein Kopf ein wenig zurück und spielte das Gesagte noch mal ab, damit ich wusste, worum es ging.

Dabei stellte sich mir mit einem Mal die Frage, ob ich ihm überhaupt noch helfen wollte.

Während meiner Therapiezeit hatte ich mich mal mit jemandem unterhalten, die ebenfalls zu „dieser Art von Gruppe" gehört hatte. Sie meinte, diejenigen, die damals gemein zu mir waren, würden es ganz sicher bereuen und es täte ihnen leid. Denn ihr ginge es genauso. Ich hatte sie bloß angesehen und mir gedacht: *Davon hab ich auch nichts.*

Im Grunde war es mir egal, ob sie es bereuten oder nicht. Wobei ich das stark bezweifelte. Doch selbst wenn, ich wusste davon nichts und ich hatte davon nichts. Keiner hatte je versucht, es wiedergutzumachen oder sich bei mir zu entschuldigen. Ich konnte annehmen, dass es ihnen leidtat oder auch nicht. Das war egal. Vielleicht hatten sie es längst vergessen, wozu ich selbst nach all den Jahren nicht in der Lage war.

Wenn sie sich damals entschuldigt und versucht hätten, ihr Verhalten wiedergutzumachen, das hätte mir etwas gebracht. Wenn ich angenommen und Teil von etwas geworden wäre, anstatt ausgegrenzt zu sein. Das hätte mein Leben sicherlich verändert und ich wäre heute nicht hier. Aber das hatte niemand. Und ich bezweifelte sehr stark, dass dieser Tag je kommen würde. Ich musste mit dem Erlebten klarkommen, genauso wie sie. Und wie es ihnen ging, hatte nichts mit mir zu tun. Schließlich hatte all das in ihrer Verantwortung gelegen.

Ich hingegen hatte lernen müssen, loszulassen. Nicht länger verbittert in der Vergangenheit zu leben. Das alles war mir passiert und hatte mich verändert, hatte mich Empathie gelehrt und es war nun an mir, was ich daraus machte.

Ich konnte hier nun also sitzen und Silas meine Hilfe verweigern, weil er zu den Menschen gehörte, die anderen absichtlich wehgetan hatten, genauso wie mir wehgetan worden war. Oder ich konnte versuchen, ihm zu helfen, weil er mir gegenüber ein ganz anderer gewesen war, und ich ihm hatte helfen wollen, bevor ich das alles erfahren hatte.

Meine Güte war das Ganze kompliziert. Das kam mir langsam vor wie eine tagelange Therapiesitzung, die immer neue Aspekte mit einfließen ließ.

„Äh, ja." Ich schreckte aus meinen Gedanken hoch, um ihm endlich zu antworten. „Kein Problem. Das Bett ist noch bezogen und alles."

Es war ja nicht so, als ob er zuvor nicht länger hätte bleiben dürfen oder er nicht bereits hier übernachtet hätte. Und ich wollte nicht zu den Menschen gehören, die sich derart von der Vergangenheit einnehmen ließen, sodass sie die Gegenwart nicht mehr richtig wahrnahmen.

„Vielen Dank." Er wirkte schrecklich erleichtert, als ich mein Einverständnis gab. Dabei wusste ich wirklich nicht, was dagegen gesprochen hätte. Eigentlich war es doch wesentlich wahrscheinlicher, dass ich ihn in seiner menschlichen Gestalt hier übernachten ließ als in der eines Krampus'. Oder er hatte sich Gedanken gemacht, dass ich ihn, nachdem was er mir erzählt hatte, nun mit anderen Augen sah. Ich verbrachte nach wie vor gern Zeit mit ihm. Obwohl die Kleidung, die er nun trug, eine kleine Herausforderung darstellte. Doch daran würde ich mich gewöhnen. Schließlich hatte ich mich auch an den Anblick eines wahrhaftigen Krampus' gewöhnt. Wenn ich das konnte, schaffte ich das hier mit links.

Ganz sicher.

Verfluche das Leben nicht, sonst wird dich sein Fluch treffen

„Du glaubst also nicht, dass deine Verwandlung von Dauer ist?" Ich trank meine Tasse aus und schenkte mir neuen Tee ein.

„Ich glaube schlicht nicht, dass ich so viel Glück habe. Und es ergibt auch keinen Sinn. Da fehlt doch das komplette Umdenken des Verfluchten, was normalerweise ausschlaggebend ist für eine Rückverwandlung."

„Also schön. Wenn wir davon ausgehen, dass du verwandelt wurdest, weil du gesagt hast, dass es den Krampus nicht gibt, dann ist es eventuell deine Aufgabe, die Dinge zu tun, die dem Krampus zugeschrieben werden", schlussfolgerte ich bei einem ersten Versuch. Ohne mir sicher zu sein, dass das überhaupt irgendeinen Sinn ergab, was ich da sagte.

„Wie? Also soll ich kleine, ungezogene Jungen in den Wald verschleppen? Jungen, wie auch ich einer gewesen bin? Dass mir das helfen soll, kann ich mir irgendwie nicht vorstellen." Er schüttelte entschieden seinen Kopf.

Ich neigte meinen daraufhin ein Stück zur Seite und dachte weiter laut nach. „Nein, irgendwie klingt das nicht sinnig. Was hast du denn bisher alles versucht?"

„Du meinst, um den Fluch loszuwerden? Nicht besonders viel. Ich kann ja schlecht unter Menschen gehen und mir Hilfe holen. Ich habe mich die meiste Zeit im Wald versteckt und versucht, nicht aufzufallen. Ab und an habe ich etwas Essen gestohlen. Was vermutlich nicht zu meiner Rehabilitation beigetragen hat, aber so viel Essbares wächst im Wald nicht, und Tiere zu erlegen ist mir echt schwergefallen."

„Okay." So genau wollte ich das nicht wissen. „Ähm, dass du versuchst, ein wirklich guter Mensch zu werden, scheidet wahrscheinlich aus, oder?"

„Das ist genau das Gegenteil von dem, was du zuvor gesagt hast. Allerdings hab ich seit der Verwandlung niemandem etwas Böses getan – außer den armen Tieren, die mir zum Opfer fielen. Ich hatte halt so gut wie keinen Kontakt. Aber das hat nichts gebracht."

„Wie lange läufst du denn schon in dieser Gestalt durch den Wald?"

Er hob die Schultern. „Weiß ich ehrlich gesagt nicht so genau, aber ich glaube, es ist schon der zweite Winter oder so."

Okay, ich hatte ein paar Jährchen mehr erwartet. Das klang ja erst einmal gar nicht so schlimm. Trotzdem hatte ich keine richtige Idee, wie wir diesen Fluch brechen könnten. Nähme man noch einmal *Die Schöne und das Biest* zur Hand, wäre die Lösung ganz einfach. Es müsste sich nur jemand in ihn verlieben. Allerdings sprach gegen diese Theorie, dass das Glockenläuten ihn zurückverwandelt hatte. Ob dauerhaft oder nur vorübergehend war ja erst mal egal.

„Du, sag mal. Hast du denn in der ganzen Zeit nie das Läuten von Glocken gehört?" Irgendwie kam mir das komisch vor. Immerhin war es bis hierhin zu hören gewesen, dann hätte ihm das mit der Rückverwandlung draußen im Wald früher schon mal passieren müssen.

Silas runzelte die Stirn und überlegte eine Weile.

„Ich kann mich nicht erinnern. Das bleibt ja nicht unbedingt hängen, wenn man Glockenläuten hört, zumindest nicht wenn es keine besondere Bedeutung für einen hat. Ich bin mir wirklich nicht sicher. Da ich mich bisher nicht verwandelt habe, würde ich nein sagen, aber …" Er hob hilflos die Schultern.

„Schade, sonst hätte man besser eingrenzen können, ob du bereits eine positive Veränderung durchgemacht hast, weswegen die Glocken erst jetzt einen Effekt hatten. Damit hätten wir dann zumindest einen kleinen Anhaltspunkt. Aber so ist es wirklich schwierig. Womöglich sollten wir dich in eine Kirche schmuggeln? Vielleicht ist es so wie bei Vampiren. Heiliger Boden und so?" Wirklich überzeugt war ich von diesem Vorschlag selbst nicht, aber mir fiel sonst nichts ein.

„Willst du mich in Weihwasser baden, oder was?" Er hob skeptisch eine Augenbraue.

„Damit hast du schon geduscht, das hat nichts gebracht", antwortete ich scherzhaft und wusste selbst nicht, woher dieser Spruch kam. Er sah mich für einige Augenblicke ungläubig an.

„Das war ein Scherz, oder?", brachte er schließlich heraus.

„Natürlich. Wieso sollte ich geweihtes Wasser in meinen Leitungen führen?" Ich schüttelte über ihn den Kopf und musste lachen.

„Aber so dumm ist das gar nicht, einmal alles in Verbindung mit der Kirche auszuprobieren. Ein Kreuz wäre auch noch eine Idee."

„Hilft auf jeden Fall bei Vampiren", griff ich seinen Einwurf von vorher wieder auf.

„Ja, vielleicht hilft es dann auch bei mir. Einen Versuch ist es jedenfalls wert."

Ich nickte langsam.

„Also schön, lass uns doch einfach mal schriftlich alles festhalten, was uns so einfällt. Bist du fertig?" Ich zeigte auf die Teetasse und die Kekse. Er nickte. Silas schien weder richtigen Hunger noch Durst zu haben. Das sollte ich lieber im Auge behalten. Für den Moment jedoch verstand ich ihn. Das war ja auch alles sehr viel auf einmal und dazu hatte die Verwandlung ziemlich schmerzhaft ausgesehen.

Was bei unseren Überlegungen ebenfalls eine Schwierigkeit darstellte, dass es niemanden gab, der den Fluch (oder wie auch immer man das nennen sollte) ausgesprochen hatte und den wir befragen könnten. Wir standen vollkommen allein da und mussten uns selbst etwas einfallen lassen.

„Dann räum ich das weg." Ich erhob mich, weil ich irgendetwas tun musste. Für jemanden, dessen Tag normalerweise gut vollgepackt war und der seine Zeit versuchte immer recht effizient einzuteilen (sonst verlor ich mich zu schnell in meiner Arbeit), war herumsitzen und abwarten einfach nicht das Richtige.

„Das kann ich doch machen. Such du was zum Schreiben heraus", sprang Silas überraschend ein. Ich war kurz verwundert, freute mich dann aber, dass er von sich aus etwas tun wollte.

„In Ordnung, stell es einfach in die Küche." Ohne die langen Krallen konnte er jetzt ja auch bei so etwas helfen.

Ich ging zu meiner Arbeitsecke hinüber und sah dabei kurz auf die Uhr. Viertel vor vier.

„Bist du denn sicher, dass wir so etwas herausfinden?", fragte Silas aus der Küche über das Geschirrklappern hinweg.

„Irgendwie müssen wir ja anfangen und mir hilft es immer sehr, die Dinge aufzuschreiben und etwas mehr zu strukturieren. Man kann zum Beispiel eine Liste machen, was man zuerst ausprobiert, wie man vorgeht und so weiter." Ich nahm ein Ringbuch, in das ich häufiger meine Ideen und Zeichnungen festhielt, und einen Kugelschreiber vom Tisch.

„Es ist nur ... aaaahhh!" Bei Silas' lautem Aufschrei drehte ich mich sofort zu ihm herum.

„Was ist?"

Silas krallte seine rechte Hand ins Hemd und ich sah die Szene wie aus einem Anime. Der Herzschlag, der widerhallte und die ganze Szenerie wie Wellen in einzelne Schichten aufteilte. Seine Gestalt und die Umrisse ranzoomen und wieder rauszoomen. Silas' Finger krampften sich weiter zusammen und plötzlich gaben seine Knie unter ihm nach. Er fiel zu Boden und fing sich mit der linken Hand ab.

Ich ließ den Block und den Stift fallen und lief auf ihn zu, stoppte dann jedoch.

Abermals meinte ich, den Herzschlag zu sehen und das dumpfe Pochen wie einen Nachhall hören zu können. Sein Körper zog sich zusammen und ließ dann wieder locker. Als Nächstes begann er fürchterlich zu zittern.

Und bereits zum zweiten Mal stand ich daneben und wusste nicht, was ich tun sollte. Ihn anfassen oder lieber in Ruhe lassen?

111

„Silas?", fragte ich verunsichert, in der vagen Hoffnung, er könnte mir vielleicht sagen, was mit ihm los war oder was ich tun sollte. Ich warf einen erneuten Blick auf die Uhr, doch das half mir nicht weiter. Es war viertel vor vier. Läuteten da abermals die Glocken? Ich erinnerte mich nicht.

Silas stieß in diesem Augenblick ein derart gequältes Brüllen aus, dass ich ängstlich zurückstolperte, bis ich gegen die Wand stieß. Sein Rücken wölbte sich auf, wie bei seiner ersten Verwandlung.

Ich blinzelte und blinzelte. Doch der dunkle Schatten, der sich über seine Erscheinung legte, war keine Einbildung. Schwarzes Fell begann seinen gesamten Körper zu bedecken und begrub die Kleidung und seine menschliche Gestalt unter sich. Sein Haar wurde länger und als er den Kopf in den Nacken warf und mich ansah, konnte ich sehen, wie die Zähne wuchsen. Seine Augen färbten sich tiefschwarz, ehe sie einmal rot aufleuchteten und auch sein Gesicht sich in die Länge zog.

Er verwandelte sich zurück.

Inzwischen stützte Silas sich mit beiden Händen auf dem Boden ab. Hörner schienen regelrecht aus seinem Kopf hervorzuplatzen und seine Finger wurden länger, ehe die Krallen sich bildeten, welche er augenblicklich in meinem Holzboden versenkte.

Sein Schwanz peitschte hinter ihm über den Boden und die nackten Füße formten sich zu langen Beinen und zwei Hufen.

Sobald die Verwandlung in einen Krampus vollends vollzogen war, kniete Silas keuchend auf dem Boden. Er hielt den Blick gesenkt und ich wagte es nicht, mich zu bewegen.

Ich ahnte, dass ihn gerade die pure Verzweiflung packte und er unglaublich wütend darüber sein musste, dass er von Neuem in dieser Gestalt gefangen war. Doch ich wollte diesen Zorn nicht abbekommen.

Also drückte ich mich weiter an die Wand, während er nach wie vor auf dem Boden kauerte. Ich glaubte, sehen zu können, wie er um Fassung rang. Keine Ahnung welches Gefühl derzeit die Oberhand hatte. Die Wut, welche er hinausbrüllen wollte, und der Zorn, der ihn dazu trieb, am liebsten irgendetwas durchs Zimmer zu schleudern. Oder die Angst und Verzweiflung, welche ihn zusammenbrechen und gebrochen am Boden zurücklassen würde.

Ich gab ihm die Zeit, die er brauchte. Sagte nichts. Bewegte mich nicht. Stand nur stumm da und atmete möglichst ruhig und gleichmäßig. Zum allerersten Mal wurde ich mir richtig bewusst, dass er, wenn er wollte, mich wahrscheinlich mit einer einzigen Bewegung umbringen könnte. Egal ob absichtlich oder aus Versehen. Mich gegen die Wand schleudern, wenn ich versuchte, ihn zu berühren, oder mir die Krallen über den Hals ziehen.

Da wollte ich lieber kein Risiko eingehen.

Schließlich atmete er einmal tief durch, zog seine Krallen aus meinem Boden, in dem sie nach wie vor steckten, und richtete sich auf. Er erhob sich, drehte sich um, ohne mich anzusehen, und ging in Richtung Tür.

Ich brauchte einige Zeit, bis ich mich aus meiner Erstarrung lösen konnte. Nicht nur wegen der Angst, die mich lähmte oder weil ich hier schon so lange unbeweglich stand, sondern weil ich das so nicht erwartet hatte. Er überrumpelte mich damit. Wo wollte er hin? Etwa wieder raus in den Schnee?

„Warte", brachte ich schließlich mühsam heraus und stolperte los. Ich wäre dabei fast gefallen, konnte mich aber noch an der Wand zum Flur abfangen und hastete ungeachtet meiner unsicheren Beine weiter. Denn ich befürchtete, wenn ich ihn nicht rechtzeitig erreichte, würde er für immer verschwinden.

Silas ging bereits durch die offene Tür und lief raus in den weißen Schnee.

„Nicht!" Ich stürzte vor und erwischte ihn am Arm. Dabei hing ich halb aus der Tür. Erschrocken ließ ich ihn los und machte hastig zwei Schritte rückwärts. Aber wenigstens war es mir gelungen, ihn aufzuhalten. Er war stehen geblieben und drehte sich sogar zu mir um. Seine schwarzen Augen glühten rot, wie das Feuer der Hölle. In jedem anderen Moment hätte es mich in Angst und Schrecken versetzt, gerade fürchtete ich jedoch am meisten, dass Silas einfach weiterging. Dass er mich verließ und ich nichts dagegen tun konnte. Gar nichts. Weil ich wie immer vollkommen machtlos war.

Ich wollte nicht, dass er ging. Jetzt noch viel weniger als vorher. Doch er war bereits mehr als ein Mal gegangen. Das Schicksal – wenn man es so nennen mochte – hatte ihn mir zwar stets wieder zurückgebracht, aber wer wusste schon, wie lange dieser Bumerang-effekt anhalten würde.

„Meine Einwilligung bezog sich nicht nur auf den menschlichen Silas", brachte ich daher schnell heraus, ehe er mir widersprechen oder einfach ohne ein Wort verschwinden konnte.

„Das ist wirklich lieb von dir, Nora. Aber sieh mich doch an. Ich bin verflucht und niemand weiß warum, wieso, was man dagegen tun kann oder ob es überhaupt Erlösung gibt. Ich …"

„Aber darüber haben wir doch bereits gesprochen." Ich spürte, wie ich wütend wurde. Wieso sagte er das mit einem Mal? Vorher hatte er noch unbedingt herausfinden wollen, was ihn zurückver-wandelt hatte. Und jetzt?

„Ja. Aber …" Das Rot in seinen Augen nahm ab und sein Blick wurde abwesend.

„Aber was?" Ich verstand einfach nicht, woher dieser plötzliche Sinneswandel kam.

„Aber du bist so viel besser dran ohne mich."

Ich öffnete bereits den Mund, um zu widersprechen, denn ich war da ganz anderer Ansicht. Ich konnte mich unterhalten, tat mal etwas anderes als in meinem eingefahrenen Alltag. Und ja, ich hatte hier und da vielleicht ein paar Probleme gehabt, aber die anzugehen war gut für mich. Es sprach also wirklich nichts dagegen, dass er …

„Du hast Angst vor mir. Ich hab es deutlich gesehen", fügte er hinzu, ehe ich all diese Dinge laut aussprechen konnte.

„Ich …" Verwundert blinzelte ich. Wie kam er denn jetzt darauf? Gerade eben noch war ich nicht vor seinen Teufelsaugen zurückge-schreckt und nun erklärte er mir, dass ich Angst vor ihm hatte?

Meinte er womöglich bei seiner Rückverwandlung? Aber da war ich bloß auf Sicherheitsabstand gegangen und auch wenn ich zuvor seine Rückverwandlung in einen Menschen bereits erlebt hatte, durf-te man doch trotzdem mit einer solchen Situation leicht überfordert sein, oder nicht?

„Hab ich nicht", widersprach ich daher heftig.

„Ich konnte es sehen", wiederholte er noch einmal und klang dabei resigniert und ... erschöpft. „Und deshalb werde ich gehen."

Verbittert sah er mich an und ich ... ich erwiderte den Blick, weil ich mir bewusst war, dass er gehen würde, wenn ich nachgab. Und während ich ihn so anstarrte, wurde mir etwas klar.

„Nein. Das ist nicht der Grund", flüsterte ich leise. Ich konnte nicht einmal sagen, wieso ich mir da so sicher war. Aber ich war es. Irgendeine innere Stimme sagte mir, dass er nicht deshalb ging, da war noch mehr. Und die Tatsache, dass sich sein gesamter Kiefer bei meinen Worten anspannte, gab mir da nur recht. Also wartete ich. Und da mir das zu lange dauerte (es war echt kalt an der offenen Tür), fragte ich nochmals nach. „Was hat sich geändert?"

Er sah mich mit solchem Schmerz an, dass ich es beinahe bereute, gefragt zu haben. Aber ich musste es wissen. Sonst konnte ich ihn nicht vom Gegenteil überzeugen und er würde nicht bleiben.

Schließlich schloss Silas die Augen und senkte den Kopf. Er kapitulierte. Ein Glück.

„Du hast den Boden gesehen", sagte er mit leiser Stimme.

Ich wusste nicht, was er damit meinte. Welchen Boden? Den hier draußen? Ich suchte ihn kurz mit den Augen ab, fand jedoch nichts. Er hob seine Hände, welche leicht zitterten. Er ballte sie zu Fäusten, was bei seinen langen Krallen fast unmöglich war und ziemlich schmerzhaft sein musste. Jetzt verstand ich, worauf er hinauswollte.

„Ich hab ihn aufgerissen. Wenn ich mich verwandle, nehme ich nichts mehr um mich herum wahr. Da ist nur dieser Schmerz, mit dem ich versuche, irgendwie klarzukommen. Ihm zu entkommen."

Er öffnete die Hände und ließ sie sinken. Dann hob er den Kopf und sah mich an. Müde, verzweifelt und vollkommen hoffnungslos.

„Was, wenn ich beim nächsten Mal diese Krallen in deinen Arm anstelle des Bodens schlage? Oder dich wegstoße und du dich dabei schwer verletzt? Das würde ich mir nie verzeihen. Das Risiko kann und will ich nicht eingehen."

Ich brauchte ein paar Sekunden, um das Gesagte zu verdauen. Das hatte ich nun wirklich nicht erwartet, dass er meinetwegen ging.

Oder besser gesagt, um meinetwillen. Da mir diese Gedanken ebenfalls gekommen waren, musste ich kurz darüber nachdenken, wie ich darauf am besten reagierte. Diese Gefahr einfach so abzutun, als bestünde sie nicht, erschien mir falsch.

„Also willst du weiterhin dein Leben in dieser Gestalt verbringen?", fragte ich, da ich nicht wusste, wie ich ihn beruhigen oder ihm seine Ängste nehmen sollte. Natürlich könnte bei einer dieser Verwandlungen irgendwann etwas vorfallen. Aber genauso konnte ich vom Pferd fallen oder es stieß einem irgendwann mal beim Autofahren etwas zu und dann war alles vorbei. Trotzdem gingen die Menschen das Risiko Tag für Tag ein. Einige mit schweren Folgen, andere vollkommen ohne.

„Ich kann auch alleine herausfinden, wann ich mich verwandle und wieso." Ungehalten runzelte ich die Stirn. Wollte er etwa nachts in Kirchen einbrechen und das Weihwasser trinken oder wie hatte er sich das vorgestellt?

„Aber wäre es nicht viel einfacher, du bleibst hier und wir versuchen, das gemeinsam herauszufinden? Und finden vielleicht sogar eine Lösung. Womöglich sogar etwas, was den Fluch bricht oder dich dauerhaft zurückverwandelt. Was meinst du?" Auffordernd sah ich ihn an. Ich würde ihn kein weiteres Mal gehen lassen. „Ich verspreche auch, dass ich mindestens zwei Meter Abstand halte, wenn du dich verwandelst. Ich hatte ohnehin zu große Angst, dir irgendwie wehzutun oder es nur schlimmer zu machen, wenn ich dich berühre."

Er schien noch immer nicht vollends überzeugt. Aber mir fiel nichts weiter ein, womit ich ihn hätte überreden können.

„Mit meiner Hilfe kommst du viel leichter an die ganzen Sachen. Wir könnten zum Beispiel erst einmal Aufnahmen vom Glockenläuten abspielen und sehen, ob es einen Effekt hat. Außerdem hast du hier ein Bett, eine Dusche", ich lächelte wie ein Autohändler, der eines seiner Autos anpries, „und warmes Essen. Und das alles kostenlos. Na?"

Mehr konnte ich wirklich nicht in den Ring werfen. Er hatte nun alles, was ich geben konnte. Wenn er trotzdem nicht einwilligte, blieb mir nur, ihm zu drohen. Allerdings wusste ich nicht so richtig, wie ich das anstellen sollte. Daher hoffte ich inständig, dass er endlich reinkam. Ich bibberte bereits.

Mein Lächeln begann ebenfalls zu zittern, weil die Kälte jeden einzelnen meiner Muskel zum Beben brachte. Das kam davon, wenn man im Winter ohne Jacke so lange in der offenen Tür stand. Doch ich biss die Zähne zusammen. Ich würde durchhalten, bis er mit reinkam. Ohne ihn würde ich nicht gehen.

Bisher stand er jedoch weiterhin unbeweglich da und sah mich an. Schließlich schüttelte er den Kopf. Woraufhin mir das Herz in die Hose rutschte.

Scheiße! Nein.

Und ich war so verdammt schlecht darin, andere zu erpressen oder zu bedrohen. Ich wusste ja nicht mal, was ich als Druckmittel verwenden sollte.

Mein Gehirn lief auf Hochtouren, ohne irgendeine passable Lösung anzubieten. Und darüber hinaus vergaß es beinahe, Silas bei seinen nächsten Worten vernünftig zuzuhören, sodass ich sie kaum richtig verstand.

„Also gut, du hast gewonnen." Das musste ich definitiv missverstanden haben. Oder? Hatte er das gerade wirklich gesagt? „Wenn ich einwillige, gehst du dann endlich rein? Du bekommst noch Frostbeulen. Oder frierst fest."

„N-nnnur zu gerne. Aber du zzz-zuuuerst."

Silas schüttelte abermals ergeben den Kopf – das erste Kopfschütteln hatte ich einfach falsch interpretiert – und ging zurück ins Haus.

„Aber ich will das nicht für lau. Ich will dir irgendwie helfen. Neben dem Schneeschippen gibt es doch bestimmt noch irgendetwas anderes, was ich tun kann, oder?" Er ging weiter ins Wohnzimmer.

Schön, dass das momentan seine größte Sorge war. Aber meinetwegen, wenn er unbedingt helfen wollte. Irgendetwas fand sich da sicherlich. Ich stellte mich direkt vor den Kamin, der eine herrliche Wärme ausstrahlte und überlegte kurz. Als ich dabei einen Blick auf die Uhr warf, fiel mir auch direkt etwas ein.

„Meinetwegen. Dann kannst du mir als Erstes beim Ausmisten der Boxen helfen. Ich muss die beiden Ponys nämlich bald wieder reinholen und danach mache ich uns Abendbrot und dabei können wir in Ruhe überlegen, wie wir weiter vorgehen."

Die Sache war entschieden und Silas fügte sich klaglos in sein Schicksal und meine Planung. Nachdem ich ein wenig aufgetaut war, zog ich mich extra warm an und wir gingen in den Stall.

Silas brauchte zwar ein wenig Zeit zum Eingewöhnen, aber da er bereits ausreichend Erfahrung im Schneeschaufeln hatte sammeln dürfen, stellte das Misten keine allzu große Herausforderung dar. Also überließ ich ihm die Boxen und widmete mich lieber der Aufgabe, die beiden Schneepferde reinzuholen.

Der erste Eindruck zählt, der letzte bleibt

„Sehr schön. Beide wieder heile drin und glücklich sehen sie auch aus." Ich grinste meine zwei Pferde breit an, weil sie so wirkten, als wollten sie mir vor dem Abendessen unbedingt von ihrem Abenteuer im Schnee erzählen. Sie standen angebunden an der Wand und waren von oben bis unten mit Schnee bedeckt. Zum Glück hatte ich sie in weiser Voraussicht eingedeckt. Der Schnee musste trotzdem erst einmal runter.

„Das war doch gar nicht so schwer." Ich sah Silas verblüfft an. Weniger, weil er so tat, als wäre das Ausmisten ein Klacks gewesen, obwohl er ganz schön geschnauft hatte. Sondern vielmehr, weil er plötzlich wieder sprach. Immerhin hatte er in der vergangenen Stunde bis auf ein Brummen oder ähnlich einsilbige Geräusche kaum etwas von sich hören lassen. Er musste bestimmt über viele Dinge nachdenken. Deswegen hatte ich ihn in Ruhe gelassen und nicht versucht, überflüssige Gespräche anzufangen, auf die er sowieso keine Lust verspürte, und lieber noch ein paar Heunetze vorbereitet und im Anschluss die beiden Schneeponys reingeholt.

„Na, dann kannst du ja ab sofort jeden Tag ausmisten." Schließlich hatte er helfen wollen.

„Okay." Das kam recht zögerlich, aber ich schmunzelte bloß. Das jeden Tag tun zu müssen, machte halt nicht mehr ganz so viel Freude.

Nachdem die zwei Abenteurer vom Schnee befreit und einmal kurz übergeputzt sowie mit reichlich Heu in ihren Boxen versorgt waren, gingen wir rein und ich kümmerte mich um das Abendbrot.

Gemeinsam saßen wir am Tisch und aßen. Jetzt kam mir das Schweigen allerdings irgendwie unangenehm vor, deswegen durchbrach ich es schließlich.

„Hast du dir schon Gedanken gemacht, wie wir als Nächstes vorgehen wollen?"

„Nein. Und ich denke, für heute reicht es auch. Ich bin müde, erschöpft und brauche bestimmt noch ein paar Stunden, um das Geschehene zu verarbeiten."

„In Ordnung", willigte ich mit einem Nicken ein. Ich konnte mir gut vorstellen, dass das alles ziemlich viel gewesen sein musste. Vermutlich sollte ich mir selbst ebenfalls ein paar Gedanken machen. Zum Beispiel darüber, dass ich ihn überredet hatte, zu bleiben, obwohl er (wie er selbst bereits angemerkt hatte) nicht ganz ungefährlich war.

„Ich denke, wir sollten morgen, wenn du dafür bereit bist, ausprobieren, ob wir im Internet eine Aufnahme mit dem Läuten von Kirchenglocken finden. Um zu überprüfen, ob das ebenfalls eine Verwandlung auslöst." Ich konnte mich nicht zurückhalten, trotzdem über die nächsten Schritte sprechen zu wollen. Mein Kopf brauchte einen Plan, denn ich hatte mir in den vergangenen Stunden ziemlich viele Gedanken diesbezüglich gemacht. Und die wollten raus.

„Ja, gute Idee." Er sah nicht einmal auf, während er versuchte, sich ein weiteres Brot zu schmieren. Es war schon recht lange her, dass ich vernünftig am Esstisch gesessen und wie früher verschiedene Auflagen und Brotaufstriche vor mir verteilt liegen hatte.

Da Silas sich mit seinen Krallen etwas schwertat beim Schmieren des Brotes, hatte ich das für ihn übernommen, auch wenn er nicht wirklich glücklich darüber gewirkt hatte. Und so stand ich auf, um ihm noch eine weitere Scheibe fertig zu machen.

„Ich verstehe dich nicht", meinte er da plötzlich, als ich ihm mit einem „Bitteschön" das geschmierte Brot präsentierte.

„Wie?" Ich war mir ziemlich sicher, dass er damit nicht das Bitteschön gemeint hatte.

„Wieso hilfst du mir? Du hattest am Anfang eindeutig Angst vor mir, aber als du mich vorhin aufgehalten hast vor der Tür, da ...“ Er musterte mich intensiv und da er so groß war, konnte er mir sogar im Sitzen fast direkt in die Augen schauen, ohne den Kopf heben zu müssen. Sein langer Schwanz zuckte, wie bei einer Katze, wenn sie etwas fixierte.

Ich war mir sicher, dass er den Moment meinte, als er mich mit rotglühenden Augen angesehen hatte.

„Warum sollte ich dir nicht helfen?“, stellte ich also eine Gegenfrage und ging wieder zu meinem Platz. Dieser forschende Blick war mir unangenehm und so konnte ich ihm ausweichen. Ich wusste auch gar nicht genau, worauf er hinauswollte oder was er wissen wollte.

„Weil ich so aussehe?“ Er deutete an sich herunter und tat so, als ob das doch offensichtlich wäre.

„Und? Sollte man denn immer nach dem Äußeren gehen?“

„Der erste Eindruck zählt“, war alles, was er dazu sagte.

„Nee, Moment. Der Spruch geht noch weiter.“ Ich stand auf und nahm mein Handy zur Hand, mit dem ich schnell nachschlug, wie der ganze Spruch lautete. „Der erste Eindruck zählt, aber der letzte, der bleibt.“

„Ja, und du bist wahrscheinlich die einzige Person weit und breit, die es dazu kommen lässt, von einem wie mir mehr als nur den ersten Eindruck wahrzunehmen.“

Jetzt hätte ich beinahe widersprochen, schließlich hatten wir das bloß dem Schneesturm zu verdanken. Andernfalls hätte er in der Box übernachtet und wäre am nächsten Tag weitergezogen, wodurch ich nicht mehr als einen sehr entfernten, schwammigen ersten Eindruck von ihm gehabt hätte. Und nie dahinter gekommen wäre, dass mehr als ein Idiot im Krampuskostüm dahinter steckte. Aber mir erschien es nicht ratsam, ihm das so direkt zu sagen. Er wirkte, als stecke er in einer dicken, fetten Existenzkrise fest (wenn man das in seinem Fall denn so nennen konnte) und da musste ich ihn unbedingt rausholen. Andernfalls riskierte ich, dass er mitten in der Nacht abhaute. Zu meinem Wohl selbstverständlich.

„Das ist ja nicht deine Schuld. Den Krampus kennt man eben nur so", versuchte ich es abzuwiegeln. „Sie wissen schließlich nicht …" … dass in Wahrheit du dahintersteckst und nichts mit dem Krampus an sich zu tun hast. Das hatte ich eigentlich noch sagen wollen, aber er ließ mich nicht ausreden.

„Ja, ja, ich kenne die Krampus' Sprüche.

Wenn du mich magst, dann wirst du mich kennen.

Doch magst du mich nicht, sollst du verbrennen.

Denn ich der Krampus bin verwegen und böse,

Daher gehe ich nun weiter, mit Rauch und Getöse.

Und so weiter und so weiter."

Überrascht musterte ich ihn. Ich dachte, er glaubte nicht daran und würde sich daher in dem Bereich nicht auskennen. Er hob bei meinem erstaunten Blick nur die Schultern, sagte jedoch nichts mehr. Allerdings schien er meiner Meinung nach der ersten Zeile zu wenig Aufmerksamkeit gewidmet zu haben.

„Aber der Spruch sagt doch eindeutig, dass man dich mag, wenn man dich erst einmal kennt. Was wiederum perfekt zu meinem Spruch mit dem zweiten Eindruck passt." Ich lächelte stolz.

„Aber er sagt auch, dass ich verwegen und böse bin."

„Doch nicht du, nur die Figur! Es gibt auch lustige Sprüche." Ich überlegte kurz, ob ich den, den ich dabei im Sinn hatte, noch richtig zusammenbekam. „Kennst du den? *Halli-Hallo! Wer sitzt am Klo? Der Krampus und der Nikolo!"*

Leider wirkte er eher irritiert, als amüsiert. Hastig wühlte ich in meinem Kopf, ob ich nicht doch noch irgendetwas fand, was ihn richtig zum Lachen brachte.

„Warte, einen Moment! Ich hab da doch letztens so etwas geschickt bekommen." Hastig nahm ich mein Handy zur Hand und suchte den Chat heraus, in dem ich den Spruch gelesen hatte. „Ah, hier ist es." Ich räusperte mich kurz, weil ich es vernünftig in Versform vortragen wollte.

„*Liebe Kinder, seid bereit:*

Bald schon kommt die Weihnachtszeit!

Keksduft, Orangen im Advent,

der Krampus schon zum Nik' laus rennt.
‚Mein Freund, ich hab den Sack voll Kohlen,
woll' n wir uns (ein) paar Kinder holen?
‚Hohoho, du kleiner Tunichtgut,
ich mach den Kindern lieber Mut.
Corona war schon schlimm genug,
sie brauchen Freude, sei doch klug!
Drum hat der Krampus heuer Süßkram eingesteckt,
die Kohlen lagern gut versteckt.
Wenn ihr ihn seht, so macht ihn froh
Und tut als würdet ihr euch fürchten – oder so. "

Ich sah kurz auf und ja, da war so eine Art Schmunzeln zu sehen. Also machte ich gleich weiter. Ich räusperte mich ein weiteres Mal und rief mir die Melodie von Hänsel und Gretel ins Gedächtnis. Dann legte ich los.

„Nik' laus und Krampus gingen durch den Wald,
es war so finster und auch so bitterkalt.
Sie kamen an ein Häuschen, da wollten sie hinein.
Wo kann der Eingang zu diesem Häuschen sein?
Nik' laus, der klettert zum Dachfenster hinauf,
steigt in den Rauchfang und kommt nicht wieder raus.
Drinnen gibt es Kekse und einen warmen Platz,
dafür gibts Geschenke für jeden kleinen Schatz."

Als ich dieses Mal zu ihm aufsah, zeigte er seine spitzen Zähne und sogar ich konnte erkennen, dass es ein Grinsen und keine Drohgebärde sein sollte.

„Siehste? Hab ich doch gesagt."

„Ja, das mag ja sein. Aber im Allgemeinen ist der Krampus nun mal dazu da, um Angst zu verbreiten, damit die Kinder sich an die Regeln halten. So viel hab ich gelernt."

Dagegen konnte ich schlecht etwas sagen.

„Aber du bist nicht der Krampus. Du bist Silas. Du siehst nur aus wie er", meinte ich aufmunternd, ohne zu wissen, ob das helfen würde.

„Ja."

Ich konnte nicht behaupten, dass er einen aufgemunterten Eindruck machte. Tja, ich war in so etwas einfach zu schlecht. Das lag an der mangelnden Übung. Schließlich war sonst immer ich es gewesen, die hatte aufgebaut werden müssen. Und das hatte meist genauso gut funktioniert wie meine kläglichen Versuche bei ihm gerade.

„Na, komm. Immerhin haben wir jetzt eine Idee, wie man an diesen Fluch rangehen kann." Vielleicht munterte ihn dieser Zukunftsausblick ja auf?

„Ja, und irgendwie habe ich Angst davor."

Ich runzelte irritiert die Stirn. „Das musst du mir jetzt genauer erklären."

Silas schwieg kurz, aß derweil sein Brot und begann erst danach wieder zu sprechen.

„Diese Verwandlungen …" Er schluckte. „Sie … also es hat ziemlich wehgetan. Wenn wir weitere Versuche starten, dann wird das …"

„Schmerzvoll?", vollendete ich für ihn den Satz. Er nickte.

Oh, Mist. Daran hatte ich nicht gedacht.

„Wenn du lieber …", setzte ich daher an, weil ich glaubte, ihn womöglich zu sehr unter Druck gesetzt zu haben.

„Nein, ich will es ja. Ich freue mich, dass ich endlich wieder ein Mensch sein konnte. Wenn auch nur kurz. Außerdem will ich diesen Fluch endgültig loswerden. Aber … ich fürchte mich auch", gab er leise zu.

Womöglich hätte ein anderer es lustig gefunden, wie dieses „Monster", welches so furchteinflößend aussah, mit einem Mal ängstlich und klein auf seinem Stuhl kauerte, weil es Angst verspürte. Aber ich kannte das. Nur zu gut. Ich war mit dieser, auf andere womöglich irrational wirkenden, Angst nur allzu vertraut.

„Das ist in Ordnung. Jeder hat vor irgendetwas Angst und vor Schmerzen Angst zu haben, ist vollkommen normal. Wir machen das so, wie du das gern möchtest, in deinem Tempo. Wenn du etwas nicht mehr aushältst, hören wir auf. Ich will dir nur helfen", fügte ich hinzu.

Silas sah auf und ich meinte in seinen schwarzen Augen so etwas wie Erleichterung lesen zu können.

Er nickte. Den Rest der Zeit verbrachten wir schweigend. Ich schmierte ihm ein weiteres Brot, aß selbst auf und räumte danach ab. Wo es ging, half er mir. Allerdings brauchte er ziemlich lange, weil bei ihm alles etwas unhandlich wirkte, sodass ich allein sicherlich schneller gewesen wäre, aber das sagte ich ihm nicht.

„Also gut. Dein Bett ist ja noch fertig bezogen und alles ... Oh, ich hab ganz vergessen, dich zu fragen, ob du eine Zahnbürste oder so brauchst. Ein Schlafanzug ist ja unnötig, solange du in dieser Gestalt bist." Ich lächelte schief.

„Eine Zahnbürste brauche ich auch nicht. Auf den Luxus hab ich schon die letzten Jahre verzichtet und diesen Krampuszähnen scheint das nichts auszumachen." Er zeigte mir ein breites Grinsen mit seinem gesamten Gebiss.

„Also schön. Geduscht hast du ja gestern und heute. Ähm, macht es dir was aus ... also ... ich würde gern noch ein Bad nehmen?" In dem Moment, in dem ich es aussprach, wusste ich schon gar nicht mehr, wieso ich ihn überhaupt fragte. Er machte auch sogleich eine ernste Miene.

„Nora, das hier ist dein Haus, das bedeutet, ich richte mich nach dir und nicht du dich nach mir. Ich werde jetzt schlafen gehen und du kannst machen und tun, was du willst."

„O-okay." Ich kam mir wirklich dumm vor. „Gute Nacht?"

„Gute Nacht." Er neigte ein Stück weit seinen Kopf mit den beeindruckenden Hörnern, danach drehte er sich um und ging die Treppe nach oben.

Am liebsten hätte ich mir ein paar Mal mit der Hand gegen den Kopf geschlagen. Konnte man sich denn noch dümmer anstellen?

Nachdem ich mich halbwegs beruhigt hatte, suchte ich mir meine Sachen zusammen und schloss mich vorsichtshalber im Bad ein. Nicht, dass ich ihm irgendetwas unterstellen wollte, aber ich fühlte mich wohler damit, wenn ich wusste, dass nicht überraschend irgendjemand hineinkommen konnte. Seufzend ließ ich mich ins warme Wasser sinken und den Tag noch einmal Revue passieren.

Dieses Weihnachten war wirklich mit Abstand die verrückteste Zeit meines Lebens.

Sinnierend lag ich in der Wanne und ließ meine Gedanken einfach treiben. Ich dachte daran, was er mir heute alles über sich erzählt hatte. Unser erstes Treffen, die Verwandlung, seine Stimmungsschwankungen und seine Ängste, seine Gefühle.

Je länger er hier war, desto mehr Facetten seines Charakters lernte ich kennen, wie viele ich wohl noch kennenlernen durfte?

Als ich so in Gedanken versunken drohte, wegzunicken, schreckte ich hoch und machte mich rasch fertig.

Ich föhnte meine kurzen, lockigen Haare, bis sie einigermaßen trocken waren, und sah noch mal nach den beiden Pferdchen. Gleichzeitig kontrollierte ich, ob auch wirklich alle Türen verschlossen waren. Oben stand ich dann im Flur und zögerte kurz, weil es mir irgendwie in den Fingern juckte, nachzugucken, ob Silas noch da war. Nicht dass er sich heimlich aus dem Staub gemacht hatte, während ich in der Wanne gewesen war.

Doch was sollte ich sagen, wenn er noch da war? Und wenn er wirklich weg war, konnte ich ohnehin nichts mehr daran ändern.

Also schüttelte ich den Kopf und wandte mich ab. Sollte er weg sein, würde ich das spätestens morgenfrüh merken. Und so ging ich ins Bett und versuchte, dringend benötigten Schlaf nachzuholen.

Glockenläuten auf Bestellung

20. Dezember, noch 4 Tage bis Weihnachten

Ich schlug die Augen auf und war wach. Ich war so wach, als habe jemand den Anschaltknopf gedrückt. Sofort waren alle Erinnerungen wieder da. Ich musste unbedingt nachgucken, ob Silas am vergangenen Abend gegangen oder ob er geblieben war. Heute hatte er mich nämlich nicht geweckt, weil er Hunger hatte. Ich musste sichergehen, jetzt sofort! Das ließ mir sonst keine Ruhe.

Also schmiss ich die Bettdecke zur Seite, schwang die Beine über den Rand und tapste barfuß in den Flur. Eilig marschierte ich in mein altes Kinderzimmer, ohne anzuklopfen oder weiter darüber nachzudenken.

Und dann stand ich da und … war mehr als erleichtert. Denn da lag ein riesiger Fellhaufen, der an einen Bären erinnerte, wären da nicht diese langen Hörner gewesen, dessen Spitzen zu mir zeigten.

Er schien noch zu schlafen, weswegen ich so leise wie möglich den Rückzug antrat. Trotzdem erschreckte ich mich fast zu Tode, als der Bär im Bett sich mit einem Mal aufrichtete. Die Hörner zeigten nach oben, als er auf allen Vieren auf dem Bett kniete. Langsam drehte er den Kopf zu mir und grinste.

„Meine Güte, Silas. Du böser Krampus", schimpfte ich und sah mich nach etwas um, das ich ihm an den Kopf werfen konnte, aber ich fand nichts, was bei der Aktion nicht zu Bruch gegangen wäre.

„Sorry, aber weil du mir gestern so sehr versichert hast, dass du keine Angst vor mir hast, konnte ich nicht widerstehen. Ich wollte nur ganz sichergehen." Er zwinkerte und kletterte dann etwas umständlich aus dem Bett.

„Jeder bekommt Angst, wenn man ihn absichtlich erschreckt", warf ich ihm gespielt wütend an den Kopf und als er vor mir stand, boxte ich ihm mit aller Kraft gegen den Arm. Aber es war, als würde man einen Bären boxen. Nur dass dieser zum Glück nicht sauer wurde und versuchte, mich aufzufressen.

„Wie sieht es mit Frühstück aus?"

Wechselte er hier gerade das Thema?

„Willst du das wissen, weil ich andernfalls Gefahr laufe, von dir gefressen zu werden, oder wie?"

„Wenn du es so sagst, dann … ja." Er öffnete seinen Mund so weit, wie es ging, und beugte sich bedrohlich über mich.

„Okay, okay. Frühstück, alles klar." Lachend wich ich ihm aus und drehte mich um. „Aber bitte erlaube mir, mich erst noch anzuziehen und die Zähne zu putzen."

„Aber nur, wenn du dich beeilst, sonst muss ich einen dieser kleinen Finger abbeißen, um zu verhindern, den Rest zu essen." Er nahm meine Hand und führte meinen Zeigefinger zu seinen gefährlich scharfen Zähnen.

Mein Mund stand vor Staunen offen. Es verwunderte mich, dass er heute so locker und lustig drauf war. Deswegen war ich auch außerstande, etwas anderes zu tun, als ihn verblüfft anzusehen. Fast so, als würde sich dieses Rätsel bei genauerer Betrachtung lösen lassen oder ich bekäme eine Erklärung.

„Wenn du noch länger so dastehst und dich nicht beeilst, dann beiße ich wirklich zu." Er neigte ein Stück den Kopf und seine Zähne streiften meine Haut. Daraufhin zog ich meine Hand hastig zurück und er ließ sie los, grinste dabei aber breit.

Ich war noch für einen Moment wie erstarrt, dann drehte ich mich um und lief ins Bad. Dort angekommen, brach ich in unterdrücktes Lachen aus. Ich hielt mir sogar die Hand vor den Mund, damit er es nicht hörte. Das war doch einfach nur verrückt. Ich schüttelte noch immer lachend den Kopf und konnte es nach wie vor nicht richtig fassen. Was war nur mit ihm los? Gestern hatte er den ganzen Tag Trübsal geblasen und wäre am liebsten gegangen und heute alberte er locker mit mir rum und machte Scherze?

Ich füllte Wasser in meinen Zahnputzbecher und war gespannt, ob seine gute Laune anhalten würde. Ich hoffte es sehr!

Als ich fertig angezogen war, ging ich runter in die Küche. Erstaunt stellte ich fest, dass der Tisch bereits gedeckt war.

„Oh, wow. Du musst echt großen Hunger haben." Meine Güte war er zuvorkommend. Es kam mir echt so vor, als habe ihn jemand über Nacht ausgewechselt. Oder als hätte er Stimmungsaufheller geschluckt und davon nicht gerade wenige. Solche Dinger gab es doch, oder? Happybonbons oder so?

„Ja, könnte man sagen. Die Pferde hab ich schon gefüttert, damit wir uns gleich dem Frühstück widmen können."

Ich hob fragend eine Augenbraue, aber er ging nicht darauf ein. Also schön, ich würde schon herausfinden, was diesen Stimmungswechsel verursacht hatte. So etwas war nämlich definitiv nicht normal. Nicht in dem Ausmaß.

„Dann werde ich mal Brot schneiden." Da ich nicht regelmäßig zum Bäcker gehen wollte, hatte ich angefangen, selber Brot zu backen. Das war gar nicht so schwer und ich konnte es einfrieren, sodass es nicht so schnell schlecht wurde. Ich sollte allerdings bald wieder welches backen. Jetzt, wo wir zu zweit waren und er die meiste Zeit auch noch für drei aß, verbrauchten wir viel mehr als gewöhnlich.

Wenig später saßen wir am Tisch und Silas machte tatsächlich den Eindruck, als wäre er fast verhungert.

„Hast du schon immer einen solchen Appetit gehabt?"

„Mhm? Ähm …" Er schluckte und machte eine Pause beim Essen. „Nein. Es ist nur so, wenn du sehr lange Zeit im Wald von ungesalzenem, rohem Fleisch oder nicht mehr als ein paar Beeren und Früchten leben musstest, und nie weißt, wie viel du bekommst, dann lernst du gutes Essen sehr zu schätzen. Und scheinbar kann man außerdem nicht genug davon bekommen." Er grinste und aß weiter.

Deswegen war er bestimmt so begeistert von den Keksen gewesen. Er musste sich riesig gefreut haben, als ich ihm das Schnitzel in die Box gebracht hatte, während ich mir dabei total blöd vorgekommen war, weil ich mich an einen Gefängniswärter erinnert fühlte. So unterschiedlich konnte die Wahrnehmung sein.

„Also, für heute hast du geplant, im Internet nach Glockenläuten zu suchen und auszuprobieren, ob das eine Verwandlung auslöst, richtig?"

„Ähm, ja. Also nur, wenn das für dich in Ordnung ist und du das auch …"

„Ja. Wir versuchen es. Und wenn es nicht funktioniert, gehe ich zu einer Kirche und warte, bis die Glocken läuten. Zur Not läute ich sie selbst." Er wirkte wild entschlossen.

„Okay, mal langsam. Erst einmal musst du mir erklären, was mit dir los ist." Ich musste Bescheid wissen, sonst machte mich das noch verrückt.

„Wie meinst du das?"

„Oh, nein. Das weißt du genau." Anhand seines Tonfalls konnte ich ganz genau heraushören, dass er die Frage nicht ernst meinte. Ich hob verdeutlichend den Zeigefinger. So brauchte er mir nicht zu kommen. Ich hatte doch längst gemerkt, dass irgendetwas anders war.

„Ich hab gestern in Ruhe darüber nachgedacht, was ich tun würde, wenn ich nicht mehr … so aussähe." Er deutete an sich herunter, aber natürlich wusste ich auch ohne das, was er meinte.

„Ach so. Und?"

„Nun ja. Ich bin damals einfach so verschwunden, ganz bestimmt fragen sich meine Eltern, was mit mir passiert ist und mein Bruder …"

„Oh, du hast einen Bruder?" Da fiel mir wieder auf, dass ich so gut wie nichts über ihn wusste. Wir hatten lediglich über seine *Verfluchung* gesprochen.

„Ja, der ist drei Jahre älter und hat bereits eine kleine Tochter und …"

Ich sah es in seinen Augen, dass er sie schmerzlich vermisste. Das war es also gewesen. Oder nicht gewesen, das *war* es. Der Wunsch, sie alle wiederzusehen, trieb ihn an und ließ ihn seine Angst vor den Schmerzen und den anderen Dingen vergessen.

So etwas konnte die Liebe erreichen. Ich wünschte, ich hätte das auch. Doch ich hatte es auf andere Art und Weise schaffen müssen.

Egal, ich war jetzt nicht wichtig, es ging um Silas und er war bereit, den Kampf aufzunehmen. Solange er diesen Feuereifer besaß, sollten wir die Zeit nutzen.

„Gut, dann fangen wir mal an." Ich stopfte mir den Rest meines Brotes in den Mund und ging kauend zu meinem PC hinüber. Das war gar nicht so leicht. Also das Gehen schon, das Kauen allerdings nicht. Ich musste verdammt aufpassen, dass mir dabei nicht ein paar Krümel (oder auch größere Stücke) herausfielen. Der letzte Bissen war wohl doch zu groß gewesen. Jetzt war es zu spät und ich musste da durch. Ich nutzte also die Zeit, die der PC brauchte, um hochzufahren, um fertig zu kauen. So kam es, dass Silas und ich beinahe gleichzeitig fertig waren.

Als Erstes startete ich eine Suche im Internet und gab *Kirchenglockenläuten* ein. Silas trat neben mich. „Und? Wie sieht es aus?"

„Ähm, ja. Also wir können verschiedene Glocken ausprobieren. Da gibt es einige Aufnahmen. Sogar eine Playlist mit über einer Stunde Laufzeit." Ich deutete mit dem Finger auf das Video bei YouTube.

„Also schön, womit wollen wir starten?"

„Keine Ahnung. Wenn du soweit bist, kann ich einfach mal was abspielen und wir schauen, ob es irgendeinen Effekt auf dich hat?" Sein Enthusiasmus machte mir immer noch etwas … Angst war das falsche Wort. Sagen wir mal, ich traute dem Ganzen irgendwie nicht.

„Ja, gut. Aber wir sollten das vielleicht nicht hier drinnen machen. Kannst du es auch übers Handy abspielen? Dann gehen wir raus oder …"

„Ich kann Victor und Sokrates noch mal auf die Weide stellen und wir gehen in den Stall? Da ist es nicht so kalt. Wenn du dich wirklich verwandelst, solltest du das vielleicht nicht gerade draußen im Schnee tun, oder?" Ich lächelte ihn schief an. Ich war mir sicher, dass er das vorgeschlagen hatte, um nicht wieder den Holzfußboden zu demolieren. Den Schaden von gestern hatte ich mir bisher nicht genauer angesehen. Ich wollte ihn nicht zusätzlich darauf aufmerksam machen, weil er sich ohnehin schon schlecht deswegen fühlte.

Daher hatte ich nichts dagegen, dass er darauf Rücksicht nehmen und lieber nach draußen gehen wollte. Der Stall war da doch eine gute Zwischenlösung.

„Ja, du hast Recht. Und wenn die Pferde draußen sind, bekommen sie auch keine Angst."

Damit war die Sache entschieden. Ich deckte Victor und Sokrates ein (die Decken von gestern waren noch nicht ganz trocken, daher nahm ich andere) und brachte sie nach draußen. Silas hatte sich währenddessen in der Box eingesperrt und schien sich zu sammeln. Ich gab ihm die Zeit und wartete.

„Okay, wir können loslegen", meinte er schließlich nach einem tiefen Atemzug.

„Soll ich die Tür nicht lieber auf …"

„Nein. Ich möchte, dass du in Sicherheit bist. Du kannst reinkommen, wenn alles vorbei ist." Ich nickte und redete nicht dagegen an, erwähnte auch nicht, dass wir ja erst einmal schauen mussten, ob es überhaupt funktionierte. Stattdessen nahm ich mein Handy und suchte die Playlist bei YouTube, dann sah ich Silas in die tiefschwarzen Augen, nickte und startete das Video.

Wir machten beide einen erschrockenen Satz, weil ich die Lautstärke voll aufgedreht hatte. Es wurde allerdings kein Glockenläuten abgespielt, sondern eine Werbung.

„Sorry, warte." Ich regelte hastig die Lautstärke runter. „Ich kann es nicht überspringen. Wir müssen eben warten."

Silas stieß ein so tiefes, bedrohliches Knurren aus, dass ich tatsächlich kurz Angst vor ihm bekam.

Noch ein zweiter Spot, der sich ebenfalls nicht überspringen ließ. Ich dachte darüber nach, ein anderes Video auszuwählen, aber womöglich hatten wir da genau das gleiche Problem und das brächte nur noch längeres Warten mit sich.

Also zog ich es durch und als die Werbung endlich überstanden war, regelte ich hastig die Lautstärke wieder hoch und sah zu Silas hinüber, ob er sich beim Klang des Läutens verwandelte oder nicht.

Womöglich ging es ja auch gar nicht um die Glocken. Um das herauszufinden, mussten wir es jedoch ausprobieren.

Silas' schwarze Augen bohrten sich in meine, sein Mund war leicht geöffnet, er schien dadurch Luft zu holen. Das lange Fell um seinen Kopf lag ruhig da, die Hörner rührten sich nicht, nichts an ihm schien sich zu bewegen bis auf die haarige Brust, welche sich deutlich sichtbar in einem viel zu schnellen Rhythmus hob und senkte.

Das Läuten der Glocken hüllte uns ein und wäre ich nicht so angespannt, würde ich das sicherlich genießen, doch so schmerzte es fast schon in meinen Ohren.

Ich öffnete den Mund, um zu fragen, ob wir ein anderes Läuten ausprobieren sollten, als ein Zittern durch Silas' Körper lief. Ein Beben ergriff ihn und er sank auf die Knie. Seine Hände mit den langen Krallen gruben sich ins Stroh und zerdrückten es dabei.

War es schlimmer oder weniger schlimm als beim letzten Mal? Bildete ich mir ein, dass die Verwandlung schneller verlief oder war das bloß eine Wunschvorstellung?

Die Hörner waren schon beinahe komplett geschrumpft, das Fell hatte sich fast gänzlich zurückgezogen. Sein Schwanz peitschte noch ein paar Mal durch das Stroh, ehe er zu kurz dafür wurde, und die Krallen verformten sich zu normalen Fingernägeln. Das Gesicht wurde kürzer und die Zähne stumpfer.

Als Silas den Kopf hob, trafen mich wieder diese braungelben Augen, die nichts mit dem tiefen Schwarz von vorher zu tun hatten.

„Es hat funktioniert", brachte ich schließlich heraus. Tatsächlich hatte ich nicht wirklich daran geglaubt, wie mir erst jetzt bewusst wurde.

„Stopp das Läuten und starte die Zeit. Wir müssen prüfen, wie lange das anhält." Seine Stimme klang furchtbar angestrengt und ich hörte heraus, dass er die Zähne fest zusammenbiss. Kraftlos ließ er sich seitlich ins Stroh fallen.

„Alles in Ordnung?", erkundigte ich mich hastig, während ich tat, worum er mich gebeten hatte.

„Geht gleich wieder", brachte er zwischen zwei abgehackten Atemzügen hervor. „Ich glaube, es war nicht so schlimm wie beim letzten Mal. Oder ich wusste, dass es wieder aufhört. Keine Ahnung." Alle viere von sich gestreckt sah er hoch zur Decke. Er trug wieder die Hose und den Pullover meines Vaters, welche ich ihm rausgesucht hatte. Sie waren sauber und ordentlich. Nicht so zerrissen und verdreckt wie die Sachen, die er nach seiner ersten Verwandlung getragen hatte.

Ich machte ein paar Schritte vor und wollte die Box öffnen, als er den Kopf ruckartig hob und in meine Richtung drehte.

„Bleib draußen!", fuhr er mich so heftig an, dass ich sofort zurückzuckte, so als habe er mich geschlagen.

„Ich könnte mich jeden Moment wieder zurückverwandeln und ich will nicht, dass du dabei in meiner Nähe bist", fuhr er ruhiger fort, nachdem er einmal tief Luft geholt hatte. Dann ließ er den Kopf zurück ins Stroh sinken. „Wir müssen erst wissen, ob es Regeln gibt, nach denen wir uns richten können. Vorher gehen wir lieber auf Nummer sicher."

„In Ordnung. Ich …" Ich brauchte nur dringend etwas zu tun. Bloß dazusitzen, ohne ihm helfen zu können und einfach abzuwarten, bis er sich wieder zurückverwandelte, das lag mir nicht.

„Ich werde dann schnell die Boxen ausmisten. Wenn es wie beim ersten Mal ist, dann kann es ja durchaus eine halbe oder Dreiviertelstunde dauern." Ich legte mein Handy auf einen Hocker und ging zu den Boxen hinüber. Anhand des Raschelns hinter mir konnte ich hören, dass er sich bewegte.

„Nora, nicht. Das ist doch meine Aufgabe." Seine Stimme klang schon wieder kräftiger. Er schien sich von den Schmerzen zu erholen.

„Das macht nichts, ich muss das ja sonst auch jeden Tag machen und du bist nicht ganz fit. Außerdem brauche ich etwas zu tun." Ich griff mir die Schubkarre und die Mistgabel.

„Aber dabei kann ich dir wenigstens helfen. Lass das doch. Wie wäre es, wenn du stattdessen … schon mal das Mittagessen vorbereitest?"

Ich drehte mich zu ihm herum. Er hatte die Hände um die Gitterstäbe gelegt und sah zwischen ihnen hindurch. In diesem Moment wirkte es sogar noch mehr wie ein Gefängnis. Allerdings hatte er sich dieses Mal selber eingesperrt. Es war seine freie Entscheidung.

„Ich will dich hier nicht alleine lassen und du könntest die Zeit nicht stoppen. Lass mich meine Arbeit machen und ruh du dich aus. Die Rückverwandlung wird wieder anstrengend." Besorgt sah ich ihn an. Er wandte den Blick ab und ließ die Gitterstäbe los.

„Also gut."

Ich nickte und machte mich an meine Arbeit. Er hätte selbstverständlich auch in der anderen Box neben mir arbeiten können. Aber das hatte ich nicht vorgeschlagen, weil er bestimmt noch ziemlich mitgenommen war und Ausmisten war wirklich anstrengend, was er gestern selbst festgestellt hatte. Vor allem, wenn man es nicht gewohnt war. Und er war jetzt in seiner menschlichen Gestalt. Als Krampus besaß er deutlich mehr Kraft, auch wenn sein Körperbau gewisse Herausforderungen mit sich brachte.

Wir blieben beide stumm, während ich die Boxen der Pferde sauber machte und Silas still in seiner lag.

Irgendwann hörte ich einen erstickten Schrei.

„Nora!"

Ich ließ sofort alles fallen und lief zu ihm. Er befand sich wieder auf allen vieren und wölbte den Rücken nach oben. Den Kopf hielt er gesenkt, doch ich sah, wie die Hornspitzen sich durch seine Locken bohrten und die Haare länger und dunkler wurden.

Beinahe hätte ich vergessen, die Zeit zu stoppen. Gerade noch rechtzeitig fiel es mir ein. Mein Handy zeigte 27 Minuten und 32 Sekunden an, sowie ein paar Millisekunden.

Also hielt es vermutlich zwischen 20 und 30 Minuten. Das war nicht unbedingt lang, aber zumindest ein Anfang. Nur, wie ließ sich das verlängern?

Ich sah von meinem Handy auf und unterbrach meine Überlegungen, um nach Silas zu schauen.

Der stemmte sich auf seine wackeligen Beine und stolperte gegen die Boxenwand, die ordentlich schepperte und klirrte.

„Wie ... wie lange?", wollte er wissen, während er auf mich zu eierte.

„Ganz ruhig. Es sind siebenundzwanzig Minuten." Ich streckte bereits die Hand aus, um die Box zu öffnen, zögerte jedoch. Das sollte besser er tun, so wie er mich vorher angefahren hatte.

„Das ist weniger als gestern, oder?" Erschöpft ließ er sich mit der Schulter gegen die Boxentür sinken und sah mich durch die Gitter hindurch an. Sein Blick wirkte müde. Aber das lag sicherlich an den Schmerzen. Ich wollte nicht wirklich mit ihm tauschen. Zwei Jahre einsam durch die Wälder zu streifen erschien mir wenig reizvoll. Da kam mir mein eigenes Leben plötzlich gar nicht mehr so schrecklich vor.

„Gestern haben wir die Zeit nicht gestoppt, aber wenn wir davon ausgehen, dass sie um 15 Uhr für eine Viertelstunde die Glocken läuten lassen und dann bis circa 16 Uhr rechnen, dann ja." Ich hatte mal wieder zu viel geredet, oder? Kam Silas noch mit?

„Wir müssen es sowieso ausprobieren. Lass das Läuten beim nächsten Mal länger laufen. Am besten 15 Minuten."

Ich musterte ihn überrascht, er sah abwartend zurück.

„Ähm, ja, kann ich machen. Aber jetzt sofort? Du willst dich doch bestimmt noch etwas erholen, oder?"

Silas richtete sich auf und ging in die Mitte der Box. „Ich will so schnell wie möglich wissen, was ich tun muss, um möglichst lange ein Mensch zu bleiben. Also machen wir weiter."

Ich machte mir zwar Sorgen, dass er es übertrieb und sich zu viel zumutete, aber ich nahm an, dass er sich da nicht reinreden lassen würde. Daher entschied ich, abzuwarten und ihn zur Not später auszubremsen.

Und so startete ich das Glockenläuten und sah auf die Uhr. Ich ließ es 15 Minuten laufen. In der Zeit hatte Silas sich selbstverständlich schon längst in einen Menschen verwandelt. Die Verwandlung schien ihn dieses Mal weniger stark mitgenommen zu haben. Hoffentlich.

Nach den 15 Minuten startete ich den Timer und machte mich wieder an die Arbeit, die Boxen zu Ende auszumisten.

Als er sich das nächste Mal zurückverwandelte, waren abermals um die 30 Minuten vergangen. Wir wiederholten das Ganze mit einer halben Stunde Glockenläuten, danach verwandelte er sich abermals nach ungefähr 30 Minuten zurück in den Krampus.

„Dann ist es wahrscheinlich immer die gleiche Zeit nach Beenden des Glockenläutens. Damit hätte ich tatsächlich nicht gerechnet." Er lehnte an der Boxentür und wirkte etwas erschöpft, doch seine tiefe, knurrende Stimme klang ruhig.

„Ja. Wenn du also die ganze Zeit das Läuten von Glocken im Ohr hast, dürfest du deine menschliche Form beibehalten."

„Vielleicht. Nur leider wird das kaum umsetzbar sein. Also schön." Er stieß sich ab und ging abermals in die Mitte der Box. „Jetzt machen wir es so, dass du 20 Minuten nach meiner Verwandlung noch einmal das Glockenläuten einschaltest. Gucken wir mal, ob neuerliches Läuten die Rückverwandlung aufhalten kann."

„Das ist eine sehr gute Idee!" Darauf wäre ich selbst gar nicht gekommen.

„Danke." Er grinste und zeigte dabei seinen linken, spitzen Eckzahn. „Dann mal los."

Am Ende hatte ich die Boxen sauber, die Heunetze gestopft und sogar schon Mittag gekocht. Es gab Eintopf. Das Suppengemüse hatte ich noch eingefroren gefunden und etwas Rindfleisch mit Brühe im Glas zum Glück auch. Etwas Gemüsebrühe, viel Wasser und fertig war unser Mittagessen. Bezüglich der Verwandlungen konnten wir festhalten, dass Silas sich offenbar so lange nicht verwandelte, wie er vor dem Ablauf einer halben Stunde wieder das Läuten von Glocken hörte. Denn damit setzte sich sein Zeitfenster, wie lange er ein Mensch blieb, auf 30 Minuten zurück.

Während wir hungrig die warme Suppe aßen – Silas nahm gerne den Blumenkohl, den ich immer nur sehr ungern aß, der aber leider Bestandteil des Suppengemüses war –, erinnerte uns alle 20 Minuten ein kleiner Piepton daran, dass wir uns kurz das Läuten von Kirchenglocken anhören mussten. In dem Punkt reichten tatsächlich ein paar Sekunden. Wir planten, das den Rest des Tages so durchzuziehen, und hofften sehr, dass Silas die ganze Zeit in seiner menschlichen Form würde bleiben können.

Wir nutzten die Zeit und sahen uns einen Film an – nein, nicht *Die Schöne und das Biest* – und ich erstellte eine Playlist, die in Dauerschleife alle 28 Minuten für 15 Sekunden Glockenläuten abspielte, so musste man nicht ständig daran erinnert werden.

Victor und Sokrates durchliefen heute einen richtigen Wellnesstag, weil ich ausnahmsweise einmal viel Zeit für die beiden hatte. Ich zeigte Silas in Ruhe, wie er die zwei putzen konnte. Als Mensch brauchte ich mir keine Gedanken zu machen, dass er sie aus Versehen mit seinen langen Krallen verletzte. Ich selbst widmete mich ausgiebig dem Kämmen von Mähne und Schweif und war froh, dass mein Mähnenspray hier draußen nicht eingefroren war. Vor der Tür hatte es kräftig angefangen zu schneien, sodass Silas morgen bestimmt lange damit zu tun haben würde, den ganzen Schnee wegzuschaufeln. Schließlich hatte er sich heute ums Ausmisten gedrückt. Gut, ich hatte ihm die Arbeit weggenommen.

Bis zum Abend funktionierte unser Trick mit der zeitgesteuerten Playlist einwandfrei. Aber Silas wollte sogar noch eine Stufe weitergehen.

„Und du willst wirklich so schlafen? Weckt dich das Läuten dann nicht ständig?"

„Ich möchte es zumindest versuchen."

„Also schön, es bist ja du, den die Glocken in den Wahnsinn treiben und nicht ich."

„Genau." Er nickte erfreut und bereitete alles für sich vor. Ich konnte über seinen Enthusiasmus bloß schmunzelnd den Kopf schütteln. Andererseits wollte er wahrscheinlich damit herausfinden, ob es ihm theoretisch möglich wäre, ein normales menschliches Leben zu führen, auch wenn der Fluch nicht gebrochen war. Ich fand das zu riskant, er brauchte schließlich nur ein Mal das Läuten nicht zu hören und sich vor aller Welt zu verwandeln, aber ich wollte ihm da ungern reinreden. Er wirkte so glücklich. Und noch tat er ja nichts Dummes oder Riskantes.

Trotzdem brauchte ich eine Weile, um am Abend einzuschlafen. Es gingen mir einfach so viele Dinge durch den Kopf. Meine Gedanken kreisten um den Fluch, was ihn genau ausgelöst haben und wie man ihn endgültig brechen könnte. Und dann fragte ich mich, ob ich das wirklich wollte. Schließlich bedeutete das, dass Silas in sein altes Leben zurückkehren konnte. Das Leben, welches er geführt hatte, ehe er die Gestalt vom Krampus annahm und mich traf.

Ich konnte diesen innerlichen Wunsch, dass das nie passieren würde, nicht unterdrücken. Andererseits hatte ich ihn heute so ausgelassen und hoffnungsfroh gesehen, dass ich mir nicht vorstellen wollte, in was für einen Zustand es ihn versetzte, wenn er für immer an diese Gestalt gefesselt blieb.

Ich wälzte mich auf die andere Seite und versuchte, diese Gedanken zu verdrängen, aber sie kamen immer wieder. Wie ein Bumerang, den man weit von sich schleuderte und der in einem großen Bogen zurückkam und einem gegen den Kopf knallte.

Irgendwann lag ich da und überlegte, mal nach Silas zu schauen, ob er noch ein Mensch oder wieder ein Krampus war. Außerdem dachte ich darüber nach, ob ich an seiner Seite nicht viel besser würde schlafen können. Aber sein Bett war definitiv zu schmal für zwei und was machte ich, wenn er sich mitten in der Nacht verwandelte? Ich wollte wirklich nicht von den Hörnern aufgespießt oder seinen Krallen zerfetzt werden. Also blieb ich lieber, wo ich war, und stellte mir vor, wie es wäre, mit dem menschlichen Silas in einem Bett zu schlafen.

Darüber entschwebte ich ins Reich der Träume und in denen kam auch er vor.

Jingle Bells
und das ganz ohne Schlitten

21. Dezember, noch 3 Tage bis Weihnachten

Als ich am nächsten Morgen aufwachte, lag ich noch eine Weile im Bett und überzeugte mich davon, dass der gestrige Tag kein Traum gewesen war. Ich hatte nämlich so viele, komische Dinge von Silas und mir geträumt, dass seine Verwandlung über eine Glockenläuten-Playlist sich da durchaus gut hätte einreihen können. Daher musste ich erst einmal trennen, was Traum und was Wirklichkeit darstellte.

Schließlich setzte ich mich auf und nahm meine Brille vom Nachttisch, um ins Bad zu gehen. Auf dem Weg dorthin hielt ich kurz inne und dachte darüber nach, einen Blick in Silas' Zimmer zu werfen. Nicht, weil ich erneut fürchtete, er könnte über Nacht getürmt sein, sondern weil ich zugern wüsste, ob das mit der Playlist funktioniert hatte und er immer noch als Mensch im Bett lag oder ob er sich zurückverwandelt hatte. Doch ich widerstand der Versuchung und ging weiter. Ich konnte ihn auch beim Frühstück fragen.

Im Badezimmer angekommen, entschied ich mich für eine Dusche (und schloss sicherheitshalber ab). Als ich später nach unten ging, erwartete ich, Silas dort anzutreffen, doch er war nirgends zu sehen. Fütterte er womöglich die Pferde? Im Stall begrüßten mich jedoch nur zwei hungrige Ponys. Zurück im Haus, hielt ich mich krampfhaft davon ab, Panik zu schieben und mir bereits wieder Gedanken zu machen, dass er ohne ein Wort verschwunden war. Es war alles in Ordnung, er schlief sicherlich nur länger.

Um mich von den schlechten Gedanken abzulenken, begann ich, den Frühstückstisch zu decken. Danach setzte ich Brotteig an, denn ich musste heute unbedingt neues Brot backen. Als ich die Sorge nicht länger unterdrücken konnte und richtig unruhig zu werden begann, kam Silas zum Glück endlich die Treppe herunter.

„Guten Morgen", begrüßte ich ihn möglichst normal. Sein „Morgen" klang hingegen ziemlich grummelig. Trotz der offensichtlichen sprich-mich-nicht-an-Stimmung konnte ich nicht widerstehen, ihn darauf hinzuweisen.

„Hat wohl nicht geklappt, mit der Playlist? Oder hast du dich freiwillig zurückverwandelt?"

Silas stieß nur ein ungehaltenes Brummen aus, während seine schwarzen Augen mich finster anstarrten, doch das konnte mich selbst in dieser Gestalt nicht mehr ängstigen. Ich wusste schließlich, dass er mir nichts tun würde.

Erst als ich mich zu ihm an den Frühstückstisch setzte, rückte er mit der Sprache heraus.

„Ich hab es nicht mal mitbekommen, dass ich mich zurückverwandelt habe. Als ich heute Morgen aufgewacht bin, dachte ich noch, es habe funktioniert. Und dann hab ich die hier gesehen." Er hob seine schwarzen, haarigen Hände mit den langen Fingern und den Krallen.

„Tja." Er zuckte mit den Schultern und starrte auf das Brot.

„Und warum hast du dich nicht wieder zurückverwandelt? Nur, damit du dir dein Brot nicht selber schmieren musst?", scherzte ich, um ihn ein wenig aufzuheitern, während ich Butter auf die Brotscheibe schmierte.

„Ich hab gesehen, dass es in der Nacht wieder geschneit hat." Überrascht sah ich nach draußen und tatsächlich, da lag noch mehr Schnee als gestern. „Solange ich noch in dieser Gestalt bin, erledige ich das schnell und danach sind die Boxen dran."

„Ah, okay." Das war in seiner Krampusgestalt bestimmt leichter. Zum einen dürfte er nicht so schnell frieren und zum anderen nahm ich an, dass er auch wesentlich kräftiger war als in menschlicher Form. Zudem hatte er bereits Übung darin, das alles als Krampus zu erledigen.

Wir brachten das Frühstück recht schweigend hinter uns. Seltsam, als Mensch hatte Silas viel mehr gesprochen. Sobald er wieder in dieser Gestalt war, schien er zu seinem brummigen, verschwiegenen Dasein zurückzukehren.

„Hast du denn eine Idee, wieso das während der Nacht nicht funktioniert hat?", fragte ich irgendwann. Einerseits, weil ich es wirklich gern wüsste, und andererseits, um die drückende Stille zu durchbrechen. Das Schweigen machte es mir unmöglich, mich zu entspannen.

„Es scheint eine begrenzte Wirkung zu haben. Das Läuten hat momentan gar keine Wirkung mehr. Ich werde es nachher noch mal probieren."

„Oh." Damit hatte ich nicht gerechnet. Dann war das der Grund dafür, dass er sich nicht wieder in einen Menschen zurückverwandelt hatte? Aber wieso sagte er das nicht gleich?

Sobald Silas aufgegessen hatte, erhob er sich und war bereits aus dem Raum, ehe ich auch nur ein weiteres Wort sagen konnte. Na, meinetwegen. Er war vermutlich bloß so eifrig, weil ich gestern alleine ausgemistet hatte und er so das Gefühl bekam, nichts dafür zu tun, dass ich ihn durchfütterte und hier schlafen ließ. Oder er wollte weiteren Fragen ausweichen.

So nutzte ich die „freie" Zeit und widmete mich meinen Broten, die ich backen wollte. Und wo ich schon dabei war, versuchte ich mich im Anschluss an weiteren Weihnachtskeksen. Außerdem setzte ich einen Pizzateig an. Genügend Zutaten, um sie später zu belegen, hatte ich nämlich noch da. Zum Glück hatte ich wegen des Weihnachtsfestes etliches auf Reserve besorgt. Trotzdem würde ich spätestens nach den Feiertagen meine Vorräte aufstocken müssen.

Mittlerweile war die Pizza im Ofen, die Brote und Kekse gebacken, sodass ich jetzt ein wenig Zeit hatte, mal nach Victor und Sokrates zu sehen. Die hatte ich nach dem Frühstück noch schnell auf ihre Spielwiese gelassen, sodass ich nur kurz nach dem Rechten sehen wollte. Außerdem machte ich mir Sorgen um Silas, der bisher nicht wieder aufgetaucht war.

Als ich den Stall betrat, konnte ich ihn nirgends entdecken. Der konnte aber unmöglich noch draußen sein. Außer, er wäre getürmt. Mittlerweile befürchtete ich das allerdings nicht mehr.

Dennoch atmete ich erleichtert auf, als ich ihn mit einem halbgefüllten Heunetz in der Hand dastehen sah, dann stockte ich.

„Hey, ich dachte, ich mache die auch schon mal fertig." Er deutete auf die bereits gefüllten Heunetze. „Du musst nur kurz kontrollieren, ob die Menge so stimmt", meinte er unsicher. Die Heunetze standen auf meiner Prioritätenliste gerade allerdings nicht sonderlich weit oben.

„Du bist wieder …", setzte ich an.

„Ein Mensch, ja. Ich hab nach dem Schneeschaufeln und Ausmisten probehalber die Playlist gestartet und wie du siehst, funktioniert sie zum Glück noch. Oder wieder. Ich war echt erleichtert. Ich hab schon befürchtet, dass ich abgestumpft bin oder so etwas in der Art."

Ich war ebenfalls erleichtert, dass das Läuten der Kirchenglocken nach wie vor für seine Rückverwandlung in einen Menschen sorgte.

„Das ist schön. Dann wirst du nur wahrscheinlich nachts weiterhin in deiner Krampusgestalt schlafen müssen." War das nun total daneben gewesen das zu sagen? Mist, ich hätte den Mund halten sollen.

„Vorerst, ich hoffe doch, dass du mir nach wie vor helfen willst, den Fluch zu brechen?" Er grinste mich verschmitzt an und ich nickte bloß begeistert. Dabei fiel mir wieder einmal auf, dass er in dieser Gestalt so locker und fröhlich drauf war und als Krampus düster und traurig. Hatte das auch etwas mit dem Fluch zu tun?

Ich schüttelte den Gedanken ab und half Silas mit den Heunetzen. Danach gingen wir rein und verspeisten die Pizza.

Es fühlte sich etwas merkwürdig an, weil es schon sehr lange her war, dass ich so viel gekocht und gebacken hatte. Obwohl ich mir den Tag mehr oder weniger frei einteilen konnte, stellte Zeit trotzdem immer Mangelware dar. Im Winter blieb etwas mehr, weil ich dann wetterbedingt mit Victor und Sokrates nicht so viel unternahm. Doch besonders das Kochen schluckte einiges an Zeit, wofür man sich zuerst von seiner Arbeit trennen musste. Das wiederum fiel mir im Sommer oftmals leichter, wenn ich hungrig von draußen reinkam. Im Winter saß ich am PC und arbeitete und vergaß dabei alles um mich herum. Unter anderem die Zeit und auch das Essen. Genauso erging es mir, wenn ich konzentriert an meiner Nähmaschine die Kostüme nähte.

Sich um vollkommen andere Dinge zu kümmern, war eine willkommene Abwechslung. Auch wenn in meinem Hinterkopf zwischendurch dieses nervige Klingeln auftauchte, das mir sagte, ich müsste dringend mal wieder etwas posten, damit meine Reichweite nicht vollkommen abstürzte. Was ich ignorierte. Dafür war das Gefühl viel zu schön, sich nicht ständig darum kümmern zu müssen. Dieses *du musst, du musst, du musst* war auf Dauer nämlich echt anstrengend.

Ich entschied, dass ich mir diese kleine Auszeit verdient hatte, und Silas brauchte schließlich meine volle Aufmerksamkeit. Was sich gerade wunderbar zeigte. Ich musste mich verhört haben.

„Du hast dir was überlegt?" Ich dachte, er wäre nur Schneeschaufeln gegangen, stattdessen schien er einen Lehrgang belegt zu haben, wie man sich wahnwitzige Ideen ausdachte.

„Ich habe mir überlegt, dass wir das mit dem Glockenläuten unbedingt mal in der Praxis ausprobieren sollten. Nebenbei müssen wir natürlich den Zeitaspekt weiterhin im Hinterkopf behalten."

„Moment, Praxis? Und was ist das dann hier? Theorie?" Wollte er mich auf den Arm nehmen?

„Nein. Es ist ein geschützter Raum, sozusagen Versuche unter Laborbedingungen. Aber es müssen echte Bedingungen herrschen, damit ich sicher sein kann, dass es funktioniert."

„Und was, wenn es das nicht tut?" Hatte er den Verstand verloren?

„Dann rennen wir weg. Oder ich. Keiner wird glauben, was er da gesehen hat, und alle denken, es gehöre zu einem großen Trick oder so. Zu dieser Jahreszeit ist es die perfekte Gelegenheit. Wir könnten es mit einem Besuch auf dem Weihnachtsmarkt verbinden", fuhr er voller Begeisterung fort.

„Jetzt warte doch mal, das geht mir alles viel zu schnell." Ich musste mich erst einmal setzen. Ach, ich saß ja schon. Aber ich musste mich auch gedanklich setzen. Er wollte rausgehen? Unter Menschen? Und schauen, ob das Abspielen der Playlist auch da funktionierte? Und zu diesem Zweck wollte er mit mir auf den Weihnachtsmarkt im nächsten Ort gehen?

Er musste wirklich den Verstand verloren haben. Dabei konnte soooo vieles schiefgehen!

„Ich halte das für keine gute Idee", äußerte ich daher meine Bedenken.

„Nora, ich muss dringend mal hier raus. Wieder unter Menschen. Und wer weiß, vielleicht verliert dieses Glockenläuten irgendwann seine Wirkung und was dann? Was, wenn ich diesen Fluch nicht brechen kann? Ihn nie wieder loswerde? Dann hab ich womöglich meine einzige Chance vertan, indem ich lieber auf Nummer sicher gegangen bin." Er hatte seine Stimme verstellt, sodass sie tiefer und langsamer war. Wie die eines alten Opas.

Aber ein alter Opa zu sein, war gar nicht so schlecht. Zumindest nicht, wenn man dann sicher war. Doch ich konnte es in dem begeisterten Funkeln seiner braungrünen Augen sehen, dass er sich von meinen Opa-Argumenten nicht aufhalten ließ. Trotzdem würde ich viel, viel lieber hierbleiben. Er würde allerdings gehen, ob mit oder ohne mich. Dessen war ich mir sicher. Und ihn alleine ziehen zu lassen, kam überhaupt nicht infrage.

So ein verdammter Mist! Warum war er nur so? Ich kannte ihn zwar noch nicht lange, aber bereits jetzt gut genug, um zu wissen, dass er, wenn er sich das erst einmal in den Kopf gesetzt hatte, das auch durchziehen würde. Ich konnte ihn nur davon abhalten, wenn ich ihn wieder in der Box einschloss. Allerdings vermutete ich, dass er in dem Fall auf seine Krampuskräfte zurückgreifen würde, um sich zu befreien. Das war doch alles vollkommen absurd!

Was konnte ich tun oder sagen, um ihn davon abzuhalten? Oder ihn bestenfalls dazu bringen, dass er selbst zu dem Schluss kam, dass das eine blöde Idee war? Fieberhaft dachte ich nach und endlich fiel mir etwas ein, was er bestimmt nicht bedacht hatte.

„Ich habe aber kein Auto. Und zu Fuß bei dem Schnee ist es viel zu weit bis ins Dorf." Entschuldigend sah ich ihn an.

„Aber wie machst du das dann mit dem Einkaufen oder wenn du sonst etwas brauchst? Fährst du jedes Mal mit dem Taxi?"

„Ich bestelle sehr viel online", antwortete ich freiheraus, woraufhin er mich komisch ansah. „Also, wenn es gar nicht anders geht, ungefähr einen Kilometer entfernt ist eine Bushaltestelle. Und alles andere erledige ich mit Victor. Die Leute im Dorf kennen das schon, wenn ich mit ihm zum Einkaufen vorbeischaue. Die finden das sogar lustig."

Im Laufe meiner Erzählung war ich immer kleiner und leiser geworden. Zusätzlich hatte ich den Blickkontakt unterbrochen. Ich würde mal sagen, es war mir immer noch unangenehm, darüber zu reden. Eigentlich seltsam, aber mit Sicherheit war es der Gedanke, dass andere überhaupt nicht nachvollziehen konnten, wo das Problem lag. Na ja, jeder hatte doch vor irgendetwas Angst, und Ängste waren eben meistens irrational. Wieso gerieten einige Menschen sonst so vollkommen außer sich, wenn sie eine Spinne sahen? Vor denen hatte ja nicht einmal ich Angst. Oder Mäuse.

„Gut, ich denke, für Victor wird es etwas zu viel, wenn er uns beide tragen und dazu noch durch den Schnee laufen muss."

Ich sah bei seinen Worten überrascht auf. Er war überhaupt nicht darauf eingegangen und hatte auch nicht nachgefragt. War ihm das etwa gar nicht komisch vorgekommen? Na ja, für einen Menschen, der plötzlich zu einem haarigen Monster wurde, war die Definition von seltsam wahrscheinlich schlicht eine andere. Ich atmete jedenfalls erleichtert auf.

„Aber wie wäre es, wenn ich in meiner ... nicht so ansehnlichen Gestalt bis zum Dorf mitlaufe? Das Glockenläuten wird mich dann ja wieder zurückverwandeln."

„Was? Nein. Das ist doch Blödsinn. Ich kann uns ein Taxi rufen und ..."

„Nein, ich möchte mich vorher gern noch ein wenig mit dir unterhalten, und das ohne etwas zu verschweigen oder umschiffen zu müssen."

„Aber ... die Verwandlung ist für dich schmerzhaft." Es war doch bescheuert, dass er das auf sich nehmen wollte, nur weil ich kein

Auto besaß und er unbedingt zu diesem blöden Weihnachtsmarkt gehen wollte.

„Ich gewöhne mich dran und es dauert ja nicht lange. Mach dir um mich keine Sorgen. Außerdem ist es sowieso sicherer, wenn ich mich erst kurz vorher verwandle. Schließlich scheine ich ja nur eine gewisse Zeit lang so herumlaufen zu können."

Damit hatte er wahrscheinlich recht, trotzdem ließ mich etwas bei seiner Aussage stocken. „Du machst das aber nicht nur meinetwegen, oder?"

„Deinetwegen?" Er sah mich irritiert an, woraufhin ich nur den Kopf schüttelte. Dann hatte ich es mir bloß eingebildet.

„Nein, schon gut. Also schön, wenn du es so möchtest." Es bereitete mir unglaubliche Kopfschmerzen und noch mehr Bauchschmerzen, mich unter so viele Menschen zu begeben. Weihnachtsmarkt bedeutete immer Trubel, Menschenmassen, Gedränge und Geschubse. Wenn ich dort eine Panikattacke bekäme, wäre das echt übel. Mal abgesehen davon, dass mich das unglaublich weit zurückwerfen würde und fürchterlich peinlich wäre es auch.

Aber wenn Silas für diesen Ausflug die Schmerzen der Verwandlung auf sich nahm, dann würde ich es irgendwie schaffen, mich für ein oder zwei Stunden zusammenzureißen. Das klappte schon. Bestimmt. Im Vergleich dazu, einen Krampus in sein Haus einzuladen, ihn zu duschen und in seinem Bett schlafen zu lassen, war das doch ein Klacks. Oder nicht?

Etwa eine halbe Stunde später begann ich damit, Victor fertig zu machen. Ich putzte ihn ausgiebig, was eine Art Ritual für mich war, um runterzukommen und mich nicht in Gedankenkarussellen zu verlieren. Die gewohnten Abläufe und Bewegungen schafften es, mich zu beruhigen. Ich trug immer noch diese innere Anspannung in mir und meine Hände waren eiskalt, aber zumindest schaffte ich es so, die Angst halbwegs zu unterdrücken. Ich konzentrierte mich auf meine Atmung und die Handlungsabläufe, nicht auf die aufsteigende Hitze, die jedes Mal aus ihrem Mauseloch gekrochen kam, wenn meine Gedanken sich dem bevorstehenden Weihnachtsmarkt widmeten.

Immer wenn das passierte, zog ich die Lippen ein und fuhr mit der Zunge oder den Zähnen darüber. Ich wusste, dass das eine Übersprunghandlung war, aber auf dem derzeitigen Level bekam ich sie nicht abgestellt, weil ich damit versuchte, herunterzufahren. Trotz meiner inneren Unruhe schaffte ich es irgendwie, äußerlich ruhig und gelassen zu wirken. Ich scherzte sogar kurzzeitig mit Silas herum. Ganz so, als wäre alles in Ordnung. Doch das war lediglich gutes Schauspiel und ebenfalls eine Möglichkeit, um mich von ängstlichen Gedanken abzuhalten. Das gelang mir recht gut. Allerdings nur so lange, bis ich aufstieg und dem Weg entgegenblickte, der nun vor mir lag. Sobald sich meine Gedanken auf das bevorstehende Ziel richteten, beschleunigte sich mein Puls und ich wurde unruhig, fahrig, kaute vermehrt auf meinen Lippen. Ohne Besserung.

„Dann wollen wir mal." Silas trat in seiner Krampusgestalt neben mich und lief los.

Ich schluckte und wenn Victor ihm nicht automatisch gefolgt wäre, hätten wir uns wohl ewig nicht in Bewegung gesetzt. So ließ ich mich einfach tragen und hoffte, dass es nicht allzu schlimm werden würde. Ich war bereits im Stall aufgestiegen, weil ich dort die Aufstiegshilfe nutzen konnte. Silas schloss soeben die zweiflügelige Tür hinter uns.

Nachdem wir die von Silas so schön freigeräumte Auffahrt überquert hatten, wurde es knifflig. Wir würden uns erst einmal einen Weg zur Straße bahnen müssen, denn natürlich lag hier noch der frisch gefallene Schnee, der gut einen Meter hoch war. An der ein oder anderen Stelle von dem Sturm zu einem kleinen Berg aufgehäuft. Doch Silas schlug eine ganz andere Richtung ein als den Weg, den ich vorgesehen hatte.

„Ähm, wir müssen da entlang", korrigierte ich seine Route und zeigte mit der Hand in die Richtung. Silas blieb stehen und drehte sich zu mir um.

„Die Straße liegt in der Richtung, da hast du recht. Aber wir müssen hier entlang." Er sah hoch in mein Gesicht. „Nora, wir können nicht den normalen Weg nehmen, solange ich so aussehe." Er ließ die Hand mit den langen Klauen seinen haarigen Körper hinabgleiten.

„Ach, richtig." Irgendwie hatte ich das vergessen. „Ähm, und was ist, wenn wir einfach so tun, als wäre es ein Kostüm?"

Ich hatte anfangs schließlich auch angenommen, dass er bloß verkleidet war. Jeder würde das. Niemand würde vermuten, dass da ein wahrhaftiger Krampus entlanglief und dabei freundlich grüßte.

„Das funktioniert vielleicht mit einer gewissen Entfernung, aber wenn die Leute näher herankommen, wird dieses *Kostüm* Fragen aufwerfen. Und ich möchte keine unnötige Aufmerksamkeit auf mich lenken." Mit diesen Worten wandte er sich ab und ging weiter durch den Schnee.

Ich legte sachte die Schenkel an, weil Victor ihm dieses Mal nicht wie selbstverständlich folgte.

Es überraschte mich, wie gut Silas durch den Schnee vorankam. Natürlich war er etwas größer als ein normaler Mann, dem der Schnee vermutlich bis zur Hüfte gereicht hätte. Victor musste etwas die Hufe heben und bei der nächsten Schneewehe schob er sich sogar durch, sodass meine Füße ebenfalls in Schnee getaucht wurden. Dieses Manöver schien ihm richtig Spaß zu machen.

Silas stapfte ebenso munter neben uns her. Wobei er auch hinter uns hätte laufen können, das wäre sicherlich leichter für ihn gewesen. Ich bezweifelte, dass die gespaltenen Hufe einen positiven Effekt hatten, auch wenn Rentiere sie ebenfalls besaßen. Die andere Winkelung der Hinterbeine hingegen schien es ihm leichter zu machen. Er hielt ziemlich gut mit Victor Schritt und beide waren bisher nur leicht außer Atem. Dennoch bot ich an, dass wir jederzeit eine Pause machen könnten, wenn es für ihn zu anstrengend wurde. Er tat das natürlich ab. Also entschied ich, dass Victor dringend eine Pause bräuchte, sollte ich bemerken, dass die Kraftanstrengung für einen von beiden zu groß wurde. Wir hatten es schließlich nicht eilig.

Wie die zwei so nebeneinander durch den Schnee pflügten, fragte ich mich, warum Victor und auch Sokrates keine Angst vor diesem gruseligen Wesen hatten. Schon klar, Pferde wussten nichts von der Legende des Krampusses. Aber für sie musste diese seltsame Gestalt dennoch gruselig sein, einfach des Aussehens wegen. Immerhin erinnerte er stark an ein Raubtier und hatte zudem häufiger bedrohlich geknurrt.

Doch ehe ich das zur Sprache bringen konnte, womöglich hatte Silas ja eine Theorie dazu oder wusste Genaueres, ergriff er selbst das Wort.

„Warum hast du eigentlich Angst, das Haus zu verlassen?"

Mir stockte abrupt der Atem und wäre ich selbst gelaufen, hätte ich zusätzlich eine Vollbremsung hingelegt. Mit dieser Frage hatte ich überhaupt nicht gerechnet. Nicht, nachdem er so locker über die anderen Dinge hinweggegangen war. Woher wusste er das?

Mir wurde heiß und kalt gleichzeitig und die eiskalte Winterluft schnitt mir mit einem Mal unangenehm ins Gesicht, dazu schien die eingeatmete Luft in meinen Lungen zu gefrieren. So unvermittelt hatte ich nicht mit dieser Frage gerechnet. Silas hatte sie so nebenbei gestellt, als wäre es keine große Sache, aber für mich war es das. Sogar so groß, dass ich nicht wusste, wie ich seine Frage beantworten sollte oder ob ich es überhaupt konnte.

Andererseits hatte er mir bereits viele persönliche Dinge über sich erzählt, auch die unangenehmen. War es da nicht nur recht und billig, wenn ich ihm ebenso meine düsteren Geheimnisse anvertraute?

Das Gefühl von Angst

Trotz meines Entschlusses schaffte ich es nicht, ihm zu antworten. Ich brachte nicht einmal die Frage heraus, woher er das wusste oder wieso er davon wusste. Aber Silas schien zu ahnen, dass ich genau das wissen wollte.

„Draußen gab es keine Spuren im Schnee. Natürlich, wenn man so weit draußen wohnt, muss man nicht unbedingt den Schnee zur Seite räumen. Aber normalerweise geht man trotzdem mal nach draußen." Er verstummte kurz und stapfte konzentriert durch den Schnee, während ich ihn von oben beobachtete. „Ich hatte damals das Gefühl, als hättest du große Angst. Ich nahm natürlich an, dass das an meiner Erscheinung lag. Aber wieso solltest du dann extra den Stall für mich aufmachen? Das hat mich unterbewusst schon eine Weile beschäftigt. Es waren einfach so Kleinigkeiten, wie du zögerst, wenn du rausgehst oder direkt an der Schwelle stehen bleibst. Und heute wurde es dann ziemlich deutlich."

Mir war klar gewesen, dass er dahinterkommen würde. Ich hatte es ja auch nicht krampfhaft zu verbergen versucht, es nur nicht von mir aus zur Sprache bringen wollen. Aber gleichzeitig wurde ich das Gefühl nicht los, dass dieser Ausflug auf den Weihnachtsmarkt mehr als bloß als Praxistest für das Glockenläuten dienen sollte. Deswegen nahm ich die Zügel ein Stück auf und hielt Victor an. Silas blieb ebenfalls stehen, als er es bemerkte. Er drehte sich um und sah mir ins Gesicht. Ich glaubte, eine Spur von Überraschung darin erkennen zu können. Meine wütende Miene schien er nicht erwartet zu haben.

„War das alles also bloß dazu gedacht, mir auf den Zahn zu fühlen, oder um deine Theorie zu testen? Wenn ja, dann kannst du alleine auf diesen blöden Weihnachtsmarkt gehen." Vermutlich hätte ich Victor jetzt wütend wenden und davontraben lassen sollen. Ich bezweifelte, dass Silas uns einholen konnte, Victor hatte immerhin vier lange Beine, um sich durch den Schnee zu wühlen.

Aber ich blieb, wo ich war. Denn in meinem tiefsten Inneren hoffte ich, dass ich mich irrte. Dass er es abstreiten würde und ich bloß falsche Rückschlüsse zog.

Erklär es mir, flehte ich ihn stumm an.

„Ich ... ja, vielleicht ein wenig. Aber ..."

Ich schnaubte verächtlich. Silas trat daraufhin einen Schritt vor und griff in Victors Zügel. Er hatte so ein Glück, dass ich ohnehin nicht vorgehabt hatte, kopflos wegzureiten, andernfalls hätte er sich jetzt ganz schön was von mir anhören müssen. Victor blieb währenddessen vollkommen ruhig. Wodurch auch ich ruhig blieb. Hier draußen, mit seinem kräftigen Körper unter mir, hatte ich mich immer mit am sichersten gefühlt. Das Gefühl der Freiheit, welches ich auf seinem Rücken verspürte, wenn wir durch die Landschaft ritten, war es gewesen, was mir den Weg zurück nach draußen gezeigt hatte. Victor war zum Glück eine sogenannte Lebensversicherung und hatte mir nie das Gefühl vermittelt, ich könnte mich nicht auf ihn verlassen oder er würde mich im Ernstfall im Stich lassen. Deswegen vertraute ich auch jetzt auf seine Einschätzung und blieb ruhig, obwohl ich am liebsten weit weggelaufen wäre. Zurück in meine sicheren vier Wände, die ich nur seinetwegen verlassen hatte. Und wozu?

„Du hast auch jedes Mal, wenn du mit den Pferden rausgegangen bist, kurz gezögert. Ich hab mir dabei zunächst nichts gedacht und hatte anfangs angenommen, es läge an der Kälte oder es wäre ein Ritual oder etwas in der Art. Aber das war es nicht, oder?" Forschend sahen seine tiefschwarzen Augen zu mir hoch und ich erkannte, dass es unsinnig war, diese Dinge zu leugnen, wenn er doch mit allem richtiglag. Außerdem wusste ich ja, dass ich gerade ihm nicht zu verschweigen brauchte, was mir Angst machte. Er hatte sich mir anvertraut, da war es nur gerecht, wenn ich dasselbe tat. Er würde sich nicht über mich lustig machen oder mich auslachen. Ich war mir sicher, von ihm ernstgenommen zu werden. Aber trotzdem fiel es mir schwer, darüber zu reden.

Mein Therapeut hatte mir vor allem damit geholfen, dass ich das Gefühl bekommen hatte, Verständnis zu erhalten, wenn ich über meine Ängste und Panikattacken sprach. Dass man mich deswegen nicht zwangsläufig schräg ansah oder auslachte. Trotzdem brauchte es jedes Mal ein gewisses Maß an Überwindung, um jemand Neues, dessen Reaktion ich noch nicht kannte oder abschätzen konnte, davon zu erzählen. Da machte es einem das Internet viel leichter. Dort gab es Menschen, denen es genauso ging und die einen verstanden, mit denen man sich austauschen konnte, die Verständnis und manchmal sogar gute Tipps hatten. Und zur Not konnte man einfach gehen, sich ausloggen und anderen Dingen zuwenden.

Die Möglichkeit gab es hier jedoch nicht, zumal ich mich gar nicht von Silas trennen oder ihn verlassen wollte. Umso wichtiger war es mir daher, dass er mich verstand und sich nicht womöglich über mich lustig machte oder mit Unverständnis reagierte. Ich hätte es ihm zudem lieber von mir aus erzählt, als eine Art Vertrauensbeweis, doch jetzt war er selbst dahintergekommen.

Andererseits, wenn ich wirklich ehrlich zu mir war, dann hätte er vermutlich noch lange darauf warten müssen, dass ich es ihm von mir aus erzählte. Schließlich war seine Idee, auf den Weihnachtsmarkt zu gehen, die perfekte Gelegenheit gewesen, um ihm davon zu berichten, dass ich ein Problem mit vielen Menschen auf engem Raum hatte. Aber hatte ich das angesprochen? Nein. Ich hatte mir auf die Zunge gebissen und gehofft, dass es schon irgendwie gutging und er mir nichts anmerkte.

Also schüttelte ich auf seine Frage bezüglich des Rituals bloß den Kopf.

„Also hast du damit ein Problem?" Er runzelte die Stirn, was ihm gleich wieder einen ziemlich finsteren und bösen Ausdruck verlieh. Darüber hätte ich jetzt beinahe gelacht. Er konnte in seiner derzeitigen Gestalt einfach nicht das richtige Gesicht zu diesem Thema machen. Wobei genau das wahrscheinlich das passende Gesicht war.

„Aber warum? Es ist doch so wunderschön bei dir hier draußen. Besonders jetzt im Schnee." Er wies auf den Wald vor uns und die Landschaft um uns herum. Eine bezaubernde Winterlandschaft, genauso wie sie im Buche stand oder bei jeder Dokumentation über den verschneiten Winter gezeigt wurde. Die Bäume waren mit einer dicken, weißen Schicht bedeckt, wodurch es den Eindruck machte, sie könnten jeden Augenblick unter der schweren Last zusammenbrechen. Der Schnee zu unseren Füßen (oder eher vor unseren Beinen) war weitestgehend unberührt und in diesem Moment kam sogar die Sonne für einen kurzen Moment hinter den Wolken hervor und tauchte alles in das perfekte Licht. Es war ein atemberaubender Anblick und dazu wie Aschenbrödel durch den verschneiten Wald zu reiten, einfach ein absoluter Traum. Ich wusste, dass er recht hatte, aber das war nun mal nicht der springende Punkt.

„Ich verstehe nicht, wieso es dich da nicht mehr nach draußen zieht." Er richtete seine dunklen Augen wieder auf mich.

„Ich will nicht nach draußen, ich fühle mich wohl in meinem Haus. Warum denken alle, ich müsste unbedingt rausgehen?", stieß ich wütend hervor und umklammerte krampfhaft die Zügel. Dabei hatte ich das gar nicht sagen wollen. Ich hatte ihm alles vernünftig erklären wollen. Aber wieso musste er auch gleich so kommen? So wie es alle immer taten? *Geh doch mehr raus. Draußen ist so schönes Wetter, unternimm doch etwas. Willst du nicht mal in den Urlaub fahren? Wieso triffst du dich nicht mit Freunden? So allein im Haus muss es doch furchtbar langweilig sein. Du bist doch noch jung, da muss man was von der Welt sehen! Unternimm mal was. Langweilst du dich nicht, wenn du nie rausgehst?* Und so weiter und so weiter.

„Musst du vielleicht gar nicht, aber ich, der ich gar nicht nach draußen kann, zumindest nicht unter Menschen, beneide dich." Er sah mich an und in diesem Moment konnte ich wieder den Menschen unter der gruseligen Fratze sehen. Einer, der in mir etwas sah, was ich nicht sehen konnte. Freiheiten und Möglichkeiten, nur getrennt von der Angst, die mich gefangen hielt. Eine, die man nicht wirklich sehen konnte, die einen jedoch besser fesselte als jedes Seil.

Doch wenigstens behauptete er nicht, dass ich sie so einfach abstreifen könnte, wenn ich nur wollte.

Er sagte nichts weiter, ließ die Zügel los und kämpfte sich wortlos durch den Schnee. Victor wartete. Ich hätte umdrehen können, aber irgendetwas von dem, was er gesagt hatte, hatte einen Punkt in meinem Inneren getroffen. Ich wollte ihm erklären, wieso es mir so schwerfiel. Weniger als Rechtfertigung, sondern mehr, damit er verstand, wieso es auch für mich nicht leicht war, obwohl ich diese Freiheit augenscheinlich hatte.

Also signalisierte ich Victor, dass er weiterlaufen sollte, und schloss zu Silas auf. Der musste extra langsam gelaufen sein. Er sagte nichts und für eine Weile ritt ich schweigend neben ihm her.

Ich fing in meinem Kopf ungefähr hundert Sätze an, ohne sie jemals laut auszusprechen und je öfter ich es umformulierte, desto schwieriger wurde es, diese Dinge wirklich zur Sprache zu bringen.

Schließlich gab ich mir einen Ruck und fing einfach an zu reden, ohne weiter darüber nachzudenken.

„Es spielen ganz viele Faktoren bei meiner Geschichte mit rein. Ich war als Kind immer der Außenseiter, hatte keine Freunde und die anderen waren auch nicht wirklich nett zu mir. Das typische, nerdige Kind. Brille, liest Mangas, schaut Animes, versetzt sich in die Heldenrollen. Hat die Nase lieber in einem Buch als mit anderen zu reden und all das." Ganz von vorne anzufangen, fiel mir leichter. Denn diese Dinge hatte ich schon abgehakt, sie waren für mich nicht mehr so emotional. Silas sagte gar nichts, lief einfach schweigend durch den hohen Schnee, während vor seinem Gesicht dichte, weiße Wolken aufstiegen, und hörte zu.

„Na ja, man würde sagen, ich war komisch. Und ohne Freunde stieß ich irgendwann im Internet auf Gleichgesinnte. Als ich anfing auf Conventions zu gehen, fühlte ich mich endlich etwas akzeptiert und angenommen. Die Menschen da waren genauso wie ich. Ich kapselte mich also noch mehr von meiner eigentlichen Umgebung ab, blühte dafür aber in dem Bereich total auf. Ich bastelte mir Kostüme, ließ mir das Nähen von meiner Mutter beibringen und erstellte 3D Modelle, die ich druckte. Ich denke, diese Welt hat mich gerettet. Meine Eltern haben mich im Gegensatz zu allen anderen immer so akzeptiert und angenommen, wie ich war. Weswegen ich mich zu Hause stets am wohlsten fühlte, sie haben mich sogar unterstützt. Vermutlich waren sie einfach nur froh, dass ich überhaupt Freude an etwas hatte und so wenigstens ein wenig Kontakte zu anderen knüpfte. Ich denke, es wäre alles gut gegangen, wenn …" Ich kam ins Stocken. Denn jetzt steuerten wir unaufhaltsam auf das eigentliche Problem zu. Allein der Gedanke engte meinen Brustkorb ein und machte mir das Atmen schwer. Ich konzentrierte mich für ein paar Atemzüge auf die Bewegungen unter mir. Wie Victor sich energisch durch den Schnee schob. Bis ich den Bezug zur Realität wiederhatte. Der entglitt mir manchmal. Das fühlte sich immer an, als wäre ich in einer Blase. So ungefähr musste es sein, wenn man unter Schock stand. Aber bei mir war es kein Schock, sondern nur die schleichende Angst, die immer mehr Raum einzunehmen versuchte.

„Ich denke, es wäre am Ende alles gut gegangen. Ich hätte wahrscheinlich später in dem Bereich studiert. Mir jemanden gesucht, der genauso ist wie ich, und eine WG gegründet oder so. Aber dann …" Wieder stockte ich. Wieso wollten die Worte nicht über meine Lippen?

Silas sagte noch immer nichts. Ich konnte aus dem Augenwinkel sehen, wie er kurz zu mir hochblickte und dann wieder auf den Schnee vor sich. Mittlerweile hatten wir die Bäume erreicht. Hier war der Schnee nicht so hoch und das Vorankommen um einiges leichter. Ich rechnete es ihm hoch an, dass er nach wie vor kein einziges Mal nachfragte. Wobei es mir das vielleicht ein wenig leichter gemacht hätte, endlich die entscheidenden Worte herauszubringen. Sie zurückzuhalten änderte ja nichts an dem, was geschehen war. Und trotzdem sträubte sich auch nach all den Jahren immer noch etwas in mir, es laut auszusprechen, weil ich nach wie vor das Gefühl hatte, dass es das realer machen würde. Selbst meine Therapie hatte daran nichts ändern können.

„Meine Eltern", setzte ich an und stockte von Neuem. Victor, der mein Zögern und meine innere Anspannung gefühlt haben musste, blieb stehen. Womöglich hatte ich mich unbewusst auch an den Zügeln festgehalten und ihn damit gebremst. Silas hielt ebenfalls an und sah zu mir hoch. Ich jedoch wandte den Blick ab und schaute zu Boden.

„Sie sind … tot?", schlussfolgerte er mit leiser Stimme. Ich nickte.
Er sah an sich hinunter. „Der Pullover und die Hose …?"

Wieder nickte ich. „Sie gehörten meinem Vater. Ich hab die Sachen aufbewahrt, weil ich sie nicht wegschmeißen konnte. Es hätte sich angefühlt, als würde ich einen Teil von ihnen wegwerfen, als wären sie mir nicht mehr wichtig. Ich wollte so viel wie nur möglich von ihnen behalten, also hab ich es einfach nur weggepackt. Um mich ihnen näher zu fühlen, schlafe ich sogar in ihrem Bett …"

Als ich es sagte, fiel mir auf, wie das klang. Da ich die Worte nicht mehr zurücknehmen konnte, hob ich bloß die Hand zu meinem Gesicht und versteckte es hinter dem Handschuh. Normalerweise ritt ich immer mit Helm, doch bei dem Schnee konnte mir eh nichts passieren und meine Ohren wären schon längst abgefroren, wenn ich sie nicht mit einer dicken Mütze geschützt hätte. Meine Finger waren trotz der dicken Handschuhe bereits halb erfroren und auch meine unbewegten Zehen in den Winterschuhen fühlten sich leicht taub an.

Mich auf die Kälte zu konzentrieren, half mir. Ich atmete tief durch und danach langgezogen aus. Beobachtete die weißen Wolken vor meinem Gesicht. Victor sah sich mit gespitzten Ohren im Wald um. Es war still, außer es fiel irgendwo Schnee von den Bäumen. Victor fixierte dann sofort die Richtung und beobachtete neugierig die Stelle.

„Was ist passiert?", durchbrach Silas irgendwann mit leiser Stimme die Winterstille um uns herum. Sie klang trotz des unterdrückten Knurrens, welches seine Stimme in dieser Gestalt immer hatte, irgendwie sanft und einfühlsam.

„Autounfall", kam es wie ein Hauchen über meine tauben Lippen. Ich schloss kurz die Augen, sammelte mich und fuhr dann fort. „Es ist so ein Klischee. Wenn ein Kind seine Eltern verliert, dann fast immer durch einen Autounfall. Ich war gerade achtzehn und musste mich fast komplett alleine um alles kümmern. Mamas Eltern sind schon sehr früh gestorben. Krebs und Krieg. Und von Papas Seite gibt es auch keine Verwandten mehr. Er hat sich mit ihnen überworfen oder so. Also war ich ganz alleine. Ich hab das irgendwie hinbekommen, mich zusammengerissen und einfach einen Schritt nach dem anderen gemacht, ohne an heute oder morgen zu denken."

Ich warf einen Blick in den Wald und verlor mich in den Erinnerungen. So flüssig hatte ich noch nie darüber gesprochen. Sobald ich angefangen hatte, kamen die Worte mit einem Mal ganz von allein, als habe sich eine Schleuse geöffnet, die ich bis dahin nie hatte bewegen können.

„Irgendwann war dann alles erledigt und es gab nichts mehr zu tun. Diese ganzen Aufgaben haben mich davon abgehalten, mich wirklich mit dem zu befassen, was passiert war. Und dann war da mit einem Mal nichts mehr, was ich tun konnte. Ich bin total zusammengebrochen und es gab niemanden, der mich auffangen konnte. Ich hab mich im Haus eingeigelt, mit niemandem gesprochen und einfach nur getrauert. Wenn ich nicht meine Kontakte von den Conventions gehabt hätte, wäre ich eingegangen, da bin ich mir sicher. Ich hab ihnen nicht gesagt, was genau los ist, nur wie es mir geht und hab nichts als Verständnis bekommen. Das hat mich irgendwie gerettet, doch dann kam Corona. Gerade, als ich soweit war, wieder zu den Messen und auf Conventions zu gehen, durfte man es nicht mehr, sie wurden alle abgesagt. Und dann, tja ..." Mittlerweile war es mir unangenehm, dass er mich die ganze Zeit ansah, während wir hier so standen, also trieb ich Victor sachte an, damit er weiterlief. Silas blieb wie selbstverständlich an meiner Seite.

„Tja, und dann war es mir irgendwie gar nicht mehr möglich, nach draußen zu gehen. Es hat mit Unwohlsein angefangen. Dann bekam ich Herzrasen und schließlich richtige Panikattacken. Also bin ich nicht mehr rausgegangen. Aber wenn man ganz alleine lebt, ist das auf Dauer auch nicht die Lösung. Meine Community hat mir empfohlen, mir professionelle Hilfe zu holen, auch um meine Trauer zu bewältigen. Also hab ich das getan, als wirklich gar nichts mehr ging. Meine Therapeutin kam zu mir nach Hause. Sie hat sich Zeit genommen und wir haben ganz am Anfang angefangen und alles aufgearbeitet. Dann hab ich mit kleinen Aufgaben angefangen. Man muss sich in kleinen Schritten mit der Angst konfrontieren, es aushalten und lernen, dass einem nichts passiert. Dazu hab ich über

Panikattacken allgemein auch mehr gelernt. Mit Wissen daran zu arbeiten hat mir echt geholfen. Aber der richtige Durchbruch kam eigentlich erst, als ich die Empfehlung bekam, mir ein Tier anzuschaffen. Eines, was raus muss. Ein Hund hätte wahrscheinlich auch funktioniert, aber ich war mir sicher, dass ich ihn viel zu oft einfach draußen im Garten spielen lassen würde. So sind es am Ende Pferde geworden. Sie müssen regelmäßig bewegt und raus- und reingebracht werden. Und Victor ist mir auch eine sehr große Hilfe beim Einkaufen oder wenn ich von A nach B will. Autos sind nämlich immer noch ein ziemliches Problem nach … dieser Sache."

Ich schwieg kurz und entschied, noch so etwas wie ein Schlusswort anzufügen. „Es ist dank Victor wirklich viel besser geworden, aber es kostet mich nach wie vor einiges an Überwindung, rauszugehen. Es ist einfach diese Grenze. Sobald ich sie überschritten habe, geht es sogar. Aber mein Kopf blockiert häufig kurz vorher. Das wird hoffentlich irgendwann auch weggehen."

„Also rausgehen ist machbar. Autofahren geht nicht, verstehe ich. Aber hast du nicht was von Taxi und Bus gesagt?"

„Ja, daran arbeite ich. Ich hab mit Busfahren angefangen und mittlerweile klappt es auch, kurze Strecken mit dem Taxi zu fahren. Allerdings muss ich mich noch ziemlich zusammenreißen. Selber fahren würde ich mir nach wie vor nicht zutrauen. Frauen sind zwar multitaskingfähig aber fahren, auf den Verkehr achten und die Panik im Griff behalten, soweit bin ich noch nicht. Außerdem ist es, seit ich mit siebzehn den Führerschein gemacht habe, schon ziemlich lange her, dass ich selber gefahren bin."

„Hast du sonst noch mit etwas Probleme?" Silas fragte das ganz sachlich und ruhig, fügte aber noch rasch hinzu: „Ich möchte das nur wissen, um dich nicht ungewollt in Schwierigkeiten oder eine blöde Situation zu bringen."

Ich musste kurz lächeln. Diese Zurückhaltung und Rücksichtnahme war ich sonst bloß virtuell gewohnt. Selbst mit meiner Therapeutin war es nicht so gewesen. Ich streichelte über Victors Hals. Er nahm ebenfalls stets Rücksicht auf mich. War mit mir immer nur soweit gegangen, wie ich wollte und jedes Mal in meinem Tempo, jederzeit kontrollierbar und wenn ich absteigen musste, weil ich schlecht Luft bekam oder selber laufen wollte, hatte ihn das nie gestört. Mit ihm hatte ich wirklich einen richtigen Schatz, einen unbezahlbaren Schatz.

„Menschenmassen sind nicht so meins. Ich fühle mich da schnell eingeengt und irgendwie …" Ich konnte es nicht mal richtig erklären. Ich fühlte mich dort einfach nicht sicher. Hier draußen, ganz allein kam ich einigermaßen klar. Aber sobald andere Menschen um mich herum waren … vermutlich hatte das etwas mit meiner Schulzeit zu tun. Ich hatte Angst vor dem Urteil der anderen und was sie über mich denken und was sie zu mir sagen könnten. Ich wusste, dass ich daran arbeiten musste, aber wir waren uns alle einig gewesen, dass ein Schritt nach dem anderen besser war als zu viele Dinge gleichzeitig.

„Oh, dann war die Idee mit dem Weihnachtsmarkt wahrscheinlich eher nicht so gut, was?"

Ich lächelte gequält, sagte aber nichts.

Silas blieb stehen.

„Sollen wir umdrehen?"

Ich drehte mich im Sattel um, hielt Victor jedoch nicht an. „Nein." Ich wandte mich wieder nach vorne. Auch wenn ich keine Ahnung hatte, wo genau wir entlang mussten.

„Wenn du das schaffst, dann werde ich im Anschluss womöglich *so* unter die Leute gehen." Silas hatte zu uns aufgeschlossen und zeigte an sich herunter.

„Das will ich sehen." Ich lachte. Ganz frei. Mir war auch gar nicht mehr so kalt, fast warm. Und leuchtete der Wald um mich herum mit einem Mal? Das war die Sonne, oder? Das musste die Sonne sein.

Nachdem ich jemandem alles erzählt hatte, hatte ich mich noch nie so gut gefühlt wie jetzt. Bisher hatte es mich immer runtergezogen, weswegen ich mich danach am liebsten in meinem Bett verkriechen wollte. Aber gerade fühlte ich mich stark und mutig und hatte das Gefühl, alles schaffen zu können. Sogar einen Besuch auf dem Weihnachtsmarkt.

„Schauen wir mal. Erst mal müssen wir da ankommen und dann bist du dran. Danach können wir über meine Herausforderungen sprechen. In die Richtung geht es. Ich kenne mich zum Glück ziemlich gut aus hier im Wald. Folgt mir einfach." Er grinste mich breit an und ich konnte es mir nicht nehmen lassen, Victor kurz anzutraben.

„Wenn du schneller bist als wir, dann kannst du gerne vorangehen."

Silas lief uns mit einem breiten Grinsen hinterher und Victor legte noch mal etwas an Tempo zu. Es machte ihm eindeutig Spaß, den Schnee vor sich wegzupflügen, woraufhin dieser zu beiden Seiten stieb. Wie ein Vorhang oder eine gewaltige Welle.

Mir machte das auch Spaß, ich juchzte sogar vergnügt.

Challenge accepted
Auf in den Kampf
oder ins Abenteuer

„Ich glaube, ich kann das doch nicht. Und was ist eigentlich mit Victor? Da haben wir gar nicht drüber nachgedacht", versuchte ich mich rauszureden, sobald ich die Musik und die Stimmen hörte. Außerdem konnte ich bereits erste Menschen sehen. Ich spürte diese blöde Hitze in mir aufsteigen und fing wieder an, meine Lippen zwischen die Zähne zu ziehen. Ich drückte sie aufeinander und machte diese Bewegung, mit der man die Lippen befeuchtete, nur dass ich meine dadurch eher wund bekam. Ich fuhr ständig mit der Zunge darüber, was es nur schlimmer machte.

Wir standen halb im Wald versteckt, Victor hielt ich dicht neben mir. Tatsächlich hatten wir relativ problemlos hierher gefunden. Auch wenn ich zwischenzeitlich gar nicht mehr gewusst hatte, wo wir uns befanden, hatte Silas uns sicher durch den Wald geführt. Ich hatte mich bisher immer an der Straße orientiert, aufgrund seiner Gestalt war es so aber ganz bestimmt besser gewesen. Wo wir jetzt standen, konnte man uns auch nicht sehen. Deswegen mussten wir uns hier nun entscheiden, ob wir den nächsten Schritt wagen wollten oder nicht. Ob ich den Schritt wagen wollte.

Auf dem Weg hierher war das Gefühl in meinem Bauch immer schlimmer geworden. Dieses mulmige Gefühl, Unbehagen, Angst. Ich hatte mich alles andere als wohl gefühlt, aber ich hatte es aushalten und mich ablenken können. Mich mit Silas zu unterhalten hatte geholfen. Trotzdem wäre ich am liebsten jedes Mal, wenn ich daran dachte, was mir bevorstand, wieder umgedreht. Inzwischen war es jedoch richtig schlimm. Meine Beine fingen an zu zittern, was eigentlich ein gutes Zeichen war. Ich wusste zwar immer noch nicht, wie die Zusammenhänge genau aussahen, aber für mich war es ein Zeichen, dass die angestaute Anspannung und Angst nachließen. Normalerweise müssten meine eiskalten Finger dann auch langsam wieder wärmer werden. Deswegen ließ ich das Zittern stets zu. Es zu unterdrücken, machte die Dinge nur schlimmer, und ich freute mich ja, dass ich zitterte, denn danach ging es mir meist besser. Verrückt, ich weiß.

Allerdings wollte ich jetzt, wo ich hier stand, doch lieber wieder umdrehen und mich einfach nur mit einer heißen Tasse Schokolade unter der Decke aufs Sofa kuscheln. Ich konnte nicht einmal richtig atmen. Ich machte viel zu schnelle, flache Atemzüge. Aber es war, als wäre nicht genug Platz in meinem Brustkorb. Selbst wenn ich versuchte, tiefer Luft zu holen, erreichte ich damit nichts, und der nachfolgende Atemzug war noch flacher.

Ich wollte nach Hause. Ich wollte, dass es aufhörte. Das war mir alles zu viel.

Dummerweise würde Silas mich nicht so einfach gehen lassen.

„Es ist doch auch für dich besser, wenn du dich nicht verwandeln musst. Es tut dir weh und …“, versuchte ich halbherzig, ihn zu überzeugen.

„Nora, sieh mich an“, forderte Silas mich auf und trat vor mich, sodass er mir den Blick versperrte. Widerstrebend schaute ich hoch in sein Gesicht. Es sah weiterhin furchteinflößend aus und ich erkannte so gut wie nichts von dem eigentlichen Mann darin. Weder in den Augen, noch in den Gesichtszügen mit dem langen Kiefer, den monströsen Hörnern und dem vielen Fell. Trotzdem fürchtete ich mich nicht. Und als er eine Hand an meine Wange legte – so vorsichtig als könnte ich unter der Berührung zerbrechen –, war ich es, die sich in die Berührung schmiegte und kurz entspannt die Augen schloss.

„Natürlich ist es leichter für mich, mich nicht zu verwandeln. Wobei leichter das falsche Wort ist. Es ist schmerzfreier. Aber das be-

163

deutet nicht, dass ich damit glücklicher bin oder es mir damit besser geht. Ich möchte nicht so aussehen. Ich möchte ein Teil dieser Gesellschaft sein. Ich möchte nicht, dass sie vor mir Angst haben. Ja, wahrscheinlich könnte ich mich auch in dieser Gestalt zu dieser Jahreszeit unter ihnen aufhalten." Das hatte ich vorgeschlagen, damit er nach dem Lauf durch den Schnee nicht im Anschluss noch die Verwandlung durchmachen musste, und das alles nur, weil ich kein verdammtes Auto besaß. Womit wir bei den Schneemassen allerdings auch nicht sonderlich weit gekommen wären. „Das will ich gar nicht. Ich will mich als Mensch frei unter ihnen bewegen können und dazugehören. Und dafür nehme ich jeden Schmerz auf mich. Es ist mir egal. Weil es das wert ist."

Er ging ein Stück in die Knie – wobei das anatomisch nicht die korrekte Bezeichnung war mit seinen Ziegenbeinen, es müsste heißen, er beugte die Sprunggelenke, aber das war ja auch vollkommen egal – damit sein Kopf sich ungefähr auf meiner Höhe befand. So konnte er mir geradewegs in die Augen sehen.

„Das ist es wert. In Angst zu leben und sich vor allem zu verstecken, mag im ersten Moment der einfachere Weg sein. Das weiß ich und ich verstehe das. Aber es wird dich auf Dauer nicht glücklich machen."

O Mann! Wenn er so weitermachte, würde ich hier gleich anfangen zu heulen. Er hatte recht und ich wusste all das ja auch. Weswegen hatte ich mir wohl professionelle Hilfe geholt, mir zwei Pferde angeschafft und stand hier, obwohl mir allein der Gedanke an die vielen Menschen eine Heidenangst machte? Oder nein, das war falsch. Ich hatte nicht vor den Menschen an sich Angst, sondern vor dem, was diese Umgebung auslösen konnte.

Es war so schwer. Ich hasste die Enge in der Brust, die Angst davor, dass die Panik jeden Moment überschwappen könnte. Denn ich konnte sie spüren, wie sie in kleinen, warmen Wellen immer wieder hochkam. Es war wie eine Art Gänsehaut, ein Kribbeln, das durch meinen gesamten Körper lief. Vielleicht ähnlich wie beim Achterbahnfahren? Doch dieses Gefühl war nicht angenehm, sondern ein böser Vorbote. Meistens wurden die Abstände kürzer, die Schübe häufiger und irgendwann gelang es mir nicht mehr, danach runterzu-fahren, ruhig zu bleiben. Dann ging es eine Stufe weiter und die Hit-ze machte sich in meinem gesamten Körper breit. Dadurch wurde ich kribbelig, weil es nur noch ein winziger Schritt war, bis alles eska-lierte.

Ich hatte gerade erst eine schwere Panikattacke hinter mir und wollte das so schnell kein zweites Mal erleben müssen. Man konnte diese Dinge nicht einzig mit Willenskraft besiegen oder überwinden. So etwas brauchte vor allem Zeit und immer wieder einen Schritt in die richtige Richtung.

Ein Schritt. Das hier war nur ein Schritt. Und wenn er mir zu groß erschien, konnte ich einfach einen zurückmachen. Niemand würde mir das verdenken. Ich durfte gehen, jederzeit.

„Ich bin bei dir. Also. Lass uns das zusammen tun." Silas holte den alten iPod heraus und startete das Läuten der Glocken. Augenblick-lich verzog sich sein Gesicht voller Schmerz. Er hatte die Hand von meiner Wange gelöst, zweifellos, weil er fürchtete, mich ansonsten zu verletzen, denn seine Hände krampften sich bereits zusammen.

Ich konnte nichts tun, um ihm zu helfen, außer den Blickkontakt nicht eine Sekunde abzubrechen. Es war, als würde er aus meinen Augen Kraft schöpfen, sich darin verlieren und so den Schmerz aus-blenden. Zumindest ein bisschen. Ich sah ihn die ganze Zeit an, während das lange Fell sich in seine Haut zurückzog, die Hörner schrumpften, die Beine eine andere Form annahmen, die Krallen zu normalen Nägeln wurden und das Schwarz seiner Augen sich all-mählich in ein Braungrün verwandelte.

Schließlich, sobald die Verwandlung vorbei war, fiel er auf die Knie in den Schnee. Er hatte nicht einen Ton von sich gegeben, weil wir sonst sicherlich entdeckt worden wären. Er atmete schwer und ich hockte mich sofort neben ihn und legte eine Hand auf seinen Rücken. Der hob und senkte sich heftig, doch mit der Zeit beruhigte sich seine Atmung und er sah zu mir auf.

„So, ich bin durch meine Hölle gegangen. Erlaubst du mir nun, dich durch deine zu begleiten? Ich bin sicher, ich kann das Fegefeuer in eine sanfte Wolkenlandschaft verwandeln." Er hielt mir eine Hand hin und ich musste ungewollt lachen.

Er würde ohnehin nicht nachgeben. Also ergriff ich sie und nutzte das, um ihn auf die Beine zu ziehen. Er schwankte etwas, deswegen stabilisierte ich ihn rasch. Doch langsam schien er sich zu fangen.

„Es wäre echt schön, wenn wir eine dauerhafte Lösung dafür fänden. Mir graut es schon vor dem Rückweg. Also werden wir möglichst lange hierbleiben." Er zog das *lange* noch einmal absichtlich in die Länge und ich versuchte zu lächeln, statt hart zu schlucken. Weil sich das für mich eher wie eine Drohung anhörte. „Und Victor nehmen wir einfach mit."

Ich warf einen skeptischen Blick zu meinem Tinker hinüber. Gut, er war bisher in jeder Lebenslage total entspannt geblieben, und die im Dorf kannten ihn. Bestimmt würde er keine Probleme machen und sich auch niemand beschweren. Außerdem würde ich mich mit ihm an meiner einen Seite und Silas an meiner anderen sicherer fühlen. Daher nickte ich und Silas führte mich auf die Lichter, das Stimmengewirr und die würzigen Gerüche zu.

Das letzte Mal, das ich auf einen Weihnachtsmarkt gegangen war, war mit meinen Eltern gewesen, vor ihrem Unfall und bevor mein Leben vollends aus den Fugen geriet. Wie es sich wohl entwickelt hätte, wenn es diesen Autounfall nicht gegeben hätte? Wie oft hatte ich mich das schon gefragt? Und wie unterschiedlich hatten meine Traumszenarien jedes Mal ausgesehen? In einem war ich zum Studieren weggezogen. In einem anderen hatte ich wie jetzt weiter im Haus meiner Eltern gelebt, mit ihnen, und mein Ding gemacht. Ein gesichtsloser Freund hatte einige Male an meiner Seite gestanden.

Jedoch war in meiner Vorstellung bisher nie ein Krampus aufgetaucht. Kein Silas und auch kein Victor, so wie es jetzt der Fall war. Aber auch keine Angst und keine Panikattacken.

Ich klammerte mich an Victors Zügel, der sich bereitwillig mitziehen ließ, während Silas mich an der anderen Hand hinter sich herführte. Meine Finger waren eiskalt und das lag nicht an den eisigen Temperaturen.

Wir betraten den festgetretenen Schnee und liefen durch einen hohen Rundbogen, auf dem groß „Weihnachtsmarkt" stand und der von Tannenzweigen und Christbaumschmuck geziert wurde.

Auf der anderen Seite erwartete uns eine ganz andere Welt.

Ich versuchte, nicht zu flach zu atmen, und merkte, wie ich immer wieder die Lippen zwischen die Zähne zog und nervös mit der Zunge darüber fuhr. Davon waren sie bereits ganz wund und schmerzten, trotzdem konnte ich damit nicht aufhören. Unruhig erhöhte ich ständig den Druck um die Zügel. Finger zusammendrücken und wieder öffnen. Ich spürte die aufsteigende Hitze, das Kribbeln, welches Panik bedeutete, die sich versuchte, breitzumachen. Konzentriert kämpfte ich sie immer wieder nieder. Bewusst ruhig bleiben, gleichmäßige Atemzüge, nicht die Luft anhalten, die Umgebung betrachten, Füße entspannt voreinander setzen, nicht hektisch oder panisch werden. Es kostete mich meine gesamte Konzentration, ruhig zu bleiben und dem Druck in meinem Inneren nicht nachzugeben. Das war alles andere als angenehm. Deswegen versuchte ich mich auf die Deko und das weihnachtliche Ambiente zu konzentrieren. Leise summte ich ein Weihnachtslied, um meine Atmung zu beschäftigen. Andernfalls neigte ich dazu, die Luft anzuhalten oder weiter zu flach zu atmen. Beim Singen lief die Atmung automatisch, das half. Denn sobald ich mich auf meine Atmung konzentrierte, konnte ich mit einem Mal gar keine Luft mehr hohlen.

Also musste ich mich ablenken.

Obwohl es taghell war, erschien mir alles in einem ganz besonderen Licht zu erstrahlen. Was durchaus daran liegen könnte, dass die Buden rundherum erleuchtet waren. Einige mit bunten Lichtern, die einen anblinkten, andere setzten auf das Licht im Inneren. Ich sah mich um, zunächst noch skeptisch und mit sicherlich dreimal so großen Augen wie sonst. Silas führte mich weiter an der Hand mit sich, warf mir dabei aber immer wieder Blicke zu, bestimmt um sicherzugehen, dass bei mir alles in Ordnung war. Das konnte ich zwar nicht gerade behaupten, aber Silas' warme Hand half mir, mich besser zu fühlen und dank Victor hielten die Menschen einen gewissen Sicherheitsabstand ein. Niemand wollte ihn einengen und riskieren, dass er sie platttrampelte. Zumindest stellte ich es mir so vor. Gut, dass ein Tinker eine gewisse Statur mit sich brachte. Dummerweise zogen wir mit dem Pferd gleichzeitig auch sehr viel Aufmerksamkeit auf uns. Andererseits nicht ganz so viel, wie ich erwartet hätte. Das lag bestimmt daran, dass man hier die Möglichkeit hatte mit einem Schlitten, der von zwei Ponys gezogen wurde, einmal um den Weihnachtsmarkt zu fahren.

„Guck mal, so hätten wir eigentlich herfahren müssen." Silas hatte den Schlitten mit dem braunen und dem fuchsfarbenen Pony, welches zusätzlich eine breite weiße Blesse hatte, ebenfalls entdeckt.

„Ja. Ja …" Das wäre wirklich eine gute Alternative gewesen. Zumindest auf der Straße, nicht durch den hohen Schnee. In diesem Moment entschied ich, mich im kommenden Jahr intensiver mit dem Einfahren zu beschäftigen. Hier im Dorf gab es etliche Menschen, die mit Kutsche und Pferd unterwegs waren. Da konnte ich mir sicherlich Hilfe holen, wenn ich mich denn traute, zu fragen. Andererseits wäre das doch eine gute Challenge für mich. Es gäbe mir einen Grund, das Haus zu verlassen und neben dem Einkaufen zusätzlich Kontakt zu suchen.

But first things first. Zuerst musste ich diesen Tag überstehen. Doch das sah gut aus.

Ich merkte, wie ich mich ganz allmählich entspannte. Victors warmer, starker Körper an meiner Seite strahlte diese vertraute Ruhe aus. Er sah sich interessiert um, genauso wie ihn alle anderen interessiert musterten, ging aber ansonsten ruhig und gelassen neben uns her.

Außerdem war es gar nicht so voll, wie ich befürchtet hatte. Das einengende Gefühl, welches ich erwartet hatte, verflog allmählich. Silas' Augen leuchteten, während er sich voller Begeisterung umsah, und irgendwie schien das auf mich abzufärben.

Mit wilder Freude deutete er auf alles Mögliche. Ich staunte nicht schlecht, die Hütten waren allesamt mit einer ordentlichen Schneehaube bedeckt und an den Dachkanten hingen nicht selten zentimeterlange Eiszapfen. Die hätte man abbrechen und dran lutschen können. Das stellte doch eine interessante Idee für einen Snack auf dem Weihnachtsmarkt dar.

Ich spürte, wie sich bei dem Gedanken ein Grinsen auf meinem Gesicht ausbreitete. Irgendwann war es soweit und die ersten Leute sprachen uns an. Das versetzte mich zunächst in eine Art Schockstarre, doch Silas übernahm das Reden für mich und erklärte dem Mädchen, dass wir mit Victor durch den Schnee hergeritten waren. Die Kleine kicherte und fragte, ob sie ihn einmal streicheln dürfte. Ich nickte nur, als Silas mich fragend ansah. Er trug auf der linken Seite einen Ohrstöpsel des iPods im Ohr, damit er regelmäßig das Glockenläuten der Playlist hörte und ich hoffte, inständig, dass dieser Trick bis zum Ende funktionierte.

Nach einer Panikattacke mitten auf dem Weihnachtsmarkt wäre bloß Silas' Verwandlung zurück in einen Krampus noch schlimmer.

Nein. Ich sollte positiv denken und versuchen, das alles hier zu genießen. Aber ich war nach wie vor furchtbar nervös. Vor allem, weil Silas meine Hand losgelassen hatte, als das Mädchen darum bat, das Pferd streicheln zu dürfen.

Das nervöse Schlucken hörte erst auf, als wir weitergingen und Silas erneut nach meiner Hand griff. In der Zeit dazwischen hatte ich sie in Victors schwarzweißer Mähne vergraben.

„Alles in Ordnung bei dir?", erkundigte er sich, nachdem wir weitergingen.

„Ja, geht schon. Wird besser." Ich schaffte ein kleines Lächeln.

„Ist dir kalt oder heiß? Möchtest du etwas trinken? Nach Essen ist dir gerade bestimmt nicht, oder?"

Ich schüttelte den Kopf. „Lass uns fürs Erste einfach so weitergehen." Ich glaubte nämlich nicht, dass mir Stehenbleiben gerade sehr helfen würde. Lieber bewegte ich mich. Ich hatte schon immer dazu geneigt, bei einer Panikattacke zu versuchen, davor wegzurennen. Zumindest, wenn ich sie kommen spürte. Deswegen war ich auch aus dem Stall geflüchtet. Leider hatte das nicht geholfen. Aber wenn wir anhielten, dann gab es eine Sache weniger, die mich ablenkte.

Je länger wir liefen, desto mehr konnte ich mich für den allgemeinen Zauber erwärmen. Es gab ein großes Zelt, in das man sich setzen konnte und dessen Boden nicht mit einer dicken Schneeschicht bedeckt war, so wie hier draußen, sondern mit Stroh ausgestreut. Allerdings kam es mir so vor, als würde der Schnee den kalten Boden gut isolieren. Nur Victor hatte ab und an etwas Probleme auf dem glatten Untergrund. Hier und da grub er mit seinen Hufen eine ordentliche Kuhle in den Weg unter sich, aber bisher hatte sich noch niemand daran gestört. Ich betete, dass ihm nicht irgendwann einfiel, mitten auf dem Weg einen Haufen zu hinterlassen. Denn ich wüsste gerade nicht, wie ich den beseitigen sollte.

Die Buden waren besetzt mit Leuten aus dem Dorf, ein paar Gesichter erkannte ich von früher. Ich war mir sicher, würde ich näher herangehen, erkannten sie mich unter meiner Mütze bestimmt ebenfalls. Doch mir war nicht danach und so hielt ich Abstand.

Mit den kleinen Buden war es eine sehr heimelige Atmosphäre. Bei einer wurde heiße Schokolade ausgeschenkt, daneben gab es selbstgemachte Crêpes und dann kamen die handgestrickten Wollmützen und Schals.

„Brauchst du nicht eine Mütze oder einen Schal?", fragte ich Silas unvermittelt. Der betrachtete mich überrascht. „Na ja, ich weiß, dass ich bestimmt von Papa irgendwo noch etwas in einem Karton habe, aber ich hab keine Idee, wo ich suchen müsste und dir wird doch in dem Outfit mit der Zeit bestimmt kalt, oder?"

Die Begeisterung über den Ausflug – den ersten seit zwei Jahren unter Menschen –, welche ihn innerlich zum Glühen brachte, würde ihn schließlich nicht ewig warmhalten.

„Aber ich habe kein Geld." Er hob die Schultern. Ich schmunzelte nur.

„Dummerchen, das wäre natürlich ein Weihnachtsgeschenk. Allerdings eines, das du bereits vor Weihnachten auspacken und nutzen darfst. Was hättest du denn gern? Irgendeine Lieblingsfarbe?"

Er schien wegen meiner Worte regelrecht beschämt. „Das musst du nicht tun. Ich komme auch so klar."

Ich hob skeptisch eine Augenbraue. War ich froh, dass ich noch eine Jacke von Papa im Schrank hängen gehabt hatte, welche ich sonst im Winter überzog, wenn ich nur kurz zum Füttern in den

Stall wollte. Und ein paar Schuhe hatte ich auch auftreiben können. Die Sachen hatte er vor seiner Verwandlung in einen Krampus angezogen, sodass er jetzt nicht frieren musste. Sonst hätten wir den Ausflug ohne einen vorherigen Shoppingausflug vergessen können. Ohne seinen dicken Pelz würde ihm trotz der zwei Pullover mit der zu großen Jacke irgendwann kalt werden.

„Ich möchte es aber gern. Nimm es als Weihnachtsgeschenk oder Dankeschön, ist mir egal. Jedenfalls suchst du dir jetzt bitte etwas aus, was dir gefällt." Ich war über meine energische Art und Weise selbst überrascht. Die Diskussion ließ mich meine eigenen Probleme vergessen und tat mir daher richtig gut.

„Also schön", gab Silas sich geschlagen und suchte sich einen rot gemusterten Schal und eine dunkelblaue Skimütze mit weißem Rand aus. Ich bezahlte schüchtern und er zog die Mütze kurz darauf über seine roten Ohrenspitzen.

„Ist doch gleich viel besser, oder?", fragte ich ihn mit einem verschmitzten Grinsen, während ich ihm den Schal umlegte.

„Ja. Aber meine Hand friert irgendwie." Er hielt sie hoch und natürlich war mir sofort klar, worauf er damit anspielte.

„Das können wir ändern. Zumindest mit einer Hand." Ich streckte ihm meine hin und Silas zögerte nicht eine Sekunde. Er verschränkte sogar seine Finger mit meinen. Mein Herz machte daraufhin einen gewaltigen Hüpfer und schlug danach um ein Vielfaches schneller. Was albern war, schließlich waren wir nicht zusammen oder auf einem Date oder so. Und ich war auch nicht ... wobei nein, das stimmte mittlerweile wahrscheinlich nicht mehr.

Andererseits war ich mir nicht sicher, ob meine Gefühle wirklich romantischer Natur waren oder ob ich ihn bloß als meinen Retter in der Not sah. Oder womöglich war das auch nur eine ganz normale Reaktion auf die Nähe und Zuwendung eines anderen Menschen, nachdem ich so lange allein gewesen war. Außerdem hatte ich noch nie mit jemandem Händchen gehalten, außer mit meinen Eltern. Vielleicht lag es auch daran. Meine Eltern hatten mich, als ich noch ganz klein war, beim Laufen in die Mitte genommen und an den Händen nach vorne geschwungen.

171

Das hatte immer riesigen Spaß gemacht!

Ich hatte mich schon häufiger gefragt, wie es sich wohl anfühlen würde mit jemandem Händchen zu halten. Oder wieso das Paare immer taten.

Als Silas vorher meine Hand gehalten hatte, hatte ich mir nichts weiter dabei gedacht. Er hatte mich geführt, gehalten, war mein Anker gewesen, es hatte Sicherheit bedeutet. Doch die verschränkten Finger hatten eine ganz andere Bedeutung. So hielt man nur Händchen, wenn es etwas zu bedeuten hatte, wenn da Gefühle waren.

Ich sah zu Silas hoch, der aber geflissentlich in eine andere Richtung blickte.

„Wollen wir mal da entlang?" Er zeigte in einen Gang, wo wir noch nicht gewesen waren. Ich schaffte gerade so ein Nicken, weil mein Kopf und auch mein Körper momentan mit ganz anderen Dingen beschäftigt waren.

„Okay, dann lass uns gehen." Silas räusperte sich verräterisch und ich war mir sicher, dass es nicht die uns umgebende Kälte war, die seine Wangen gerade rot färbte.

Ich unterdrückte ein Kichern, indem ich mein Gesicht fast bis zur Brille in meinem Schal vergrub und folgte Silas bereitwillig, Victor nach wie vor im Schlepptau.

Ich spürte diese innere Wärme, die sich mit einem schon längst vergessenen Kribbeln in meinem Bauch ausbreitete. Es war, als würde ich Luft holen und mein gesamtes Inneres würde anhand der eingeatmeten Wärme und des Lichts auf die dreifache Größe anschwellen. Der Vergleich hinkte, das war mir klar, aber ich wusste nicht, wie ich es anders beschreiben sollte. Dieses Gefühl machte mich innerlich größer, weiter. Es war das absolute Gegenteil von der Enge, an die ich mich in den vergangenen Jahren so gewöhnt hatte, die mich klein und immer kleiner gemacht hatte. Der ich es zu verdanken hatte, dass mir manchmal sogar das Atmen zu schwer erschien.

Wie lange war es her, dass ich so frei und tief hatte durchatmen können?

Egal, ich würde es genießen, jeden einzelnen Augenblick, jeden Atemzug, und daran festhalten. Ich musste es in meine Erinnerungen einbrennen für den Zeitpunkt, an dem Silas nicht mehr da sein würde, um mir mehr davon zu schenken. Ich musste mich erinnern, wenn ich wieder drohte, in die Einsamkeit abzudriften, und über kurz oder lang musste ich etwas finden, was genau das gleiche Gefühl in mir auslöste.

Doch würde es so etwas überhaupt ein zweites Mal geben?

Von der Seite sah ich Silas aufmerksam an. Der mied immer noch meinen Blick, was das Kribbeln in meinem Bauch intensivierte.

Keine Ahnung. Aber ich wünschte es mir. Denn danach konnte man wirklich süchtig werden.

Am Himmel leuchten hell die Sterne, Glocken läuten in der Ferne

Wir gingen weiter und hielten sogar an, um uns etwas zu Essen zu kaufen, weil ich bei den zahlreichen leckeren Gerüchen zwangsläufig Hunger bekam. Jetzt, wo meine Panik sich endlich verzogen hatte, wurden meine Hände wieder wärmer, mir aber gleichzeitig kälter und mein Magen beschwerte sich. Sobald Silas das Knurren vernahm, entschied er, dass wir beide etwas zu Essen brauchten. Auch wenn es ihm erneut unangenehm war, dass ich wieder diejenige war, die alles bezahlte.

Kauend standen wir neben einem wunderschön geschmückten Weihnachtsbaum.

„Das alles sieht im Dunkeln bestimmt noch tausendmal schöner aus. Ich finde es jetzt schon atemberaubend. Allein der ganze Schnee überall erschafft eine ganz besondere Atmosphäre."

Ich lachte leise, während ich meinen Flammkuchen aß. „Du bist richtig aus dem Häuschen, was? Dabei ist das doch bestimmt nicht dein erster Weihnachtsmarkt."

Er drehte sich zu mir herum und ließ das Brötchen mit dem Steak sinken. „Nein, aber ich komme aus dem Norden, da haben wir keinen Schnee auf dem Weihnachtsmarkt. Nachdem ich hierher gezogen bin, hab ich mich ja Ende November in … du weißt schon … verwandelt und hatte daher keine Gelegenheit hier auf einen Weihnachtsmarkt zu gehen. Außerdem scheint mir der hier auch irgendwie etwas Besonderes zu sein."

Ich konnte nicht verhindern, dass Stolz in meiner Brust aufstieg. „Stimmt. Das ganze Dorf hilft mit, um es zu etwas Besonderem zu machen. Neben dem Schlitten, anstelle des Ponyreitens, gibt es auch ab und zu Veranstaltungen, besonders an den letzten Tagen des Marktes oder am Adventssonntag. Wir hatten klassisch amerikanisch mal einen Weihnachtsmann da, dem man seine Wünsche mitteilen konnte. Engel haben kleine Gaben und Spendenaufforderungen verteilt. Oder als ich noch sehr klein war, lief Sankt Nikolaus plötzlich *persönlich* über den Markt und hat sich mit den Kindern unterhalten. Es *ist* wirklich etwas Besonderes." Ich ließ den Blick schweifen und merkte, wie sehr ich das alles vermisst hatte, jetzt wo ich mich zurückerinnerte, wie schön all diese Dinge gewesen waren. Aber alleine hätte mir all das nur halb so viel Spaß gemacht und mich bloß an meine Eltern erinnert. Es wäre zu schmerzhaft gewesen, ohne sie hierher zurückzukehren, immerhin war ich mit alldem hier aufgewachsen. Auch wenn wir weit draußen wohnten, waren wir doch stets Teil der Gemeinde gewesen. Meine Oma hatte, als es ihr gesundheitlich noch gut ging, sogar einen eigenen Stand mit Stickereien auf dem Markt gehabt.

Wieder einmal drohten meine Gedanken in den Bereich „was wäre wenn" abzudriften und davon musste ich sie dringend abhalten. Zum Glück kam Victor genau in diesem Moment auf die Idee, interessiert an meinem Flammkuchen zu schnuppern, um zu testen, ob das womöglich auch etwas für ihn war.

„Nein, böses Pferd, das ist nichts für dich", schimpfte ich ihn liebevoll aus und brachte mein Essen rasch aus seiner Reichweite. Beleidigt wandte er sich daraufhin dem geschmückten Tannenbaum zu, sodass ich kurz an den Zügeln zog, weil ich Angst hatte, dass er andernfalls den Schmuck herunterschmiss (oder den ganzen Baum umwarf). Wobei der auf dem dicken Schnee bestimmt sanft gelandet wäre.

„Ich würde fast annehmen, dass ihm langweilig ist. Wir essen hier schön gemütlich und er muss uns dabei zusehen." Silas nahm daraufhin einen großen Bissen von seinem Brötchen. Ich wusste ja bereits, dass er einiges verdrücken konnte. Trotzdem staunte ich nicht schlecht, als bestimmt die Hälfte seines Steaks mit Brötchen und Krautsalat in seinem Mund verschwand. Konnte er damit überhaupt noch kauen?

Um mich davon abzuhalten, laut loszulachen, weil er richtige Hamsterbacken bekommen hatte, nahm ich selbst rasch einen großen Bissen und musste Victor abermals von dem Baum wegziehen.

Sobald wir aufgegessen hatten, liefen wir weiter.

„Guck mal Victor, Verwandte von dir. Das passiert, wenn man nicht artig ist." Silas zeigte auf die Holzpferde des kleinen Kinderkarussells, welches in der Mitte des Platzes neben einer riesigen, wunderschön geschmückten Tanne stand.

„Mhm, womöglich liegt auf ihnen ja auch ein Fluch", überlegte ich laut. Silas sah mich daraufhin so geschockt an, dass ich mir sicher war, er habe für ein paar Sekunden ernsthaft daran geglaubt. Dann lachte er.

„Klar. Wahrscheinlich ist einfach alles hier verflucht, meinst du nicht?" Er grinste breit.

„Wäre möglich. Eventuell ist Victor auch gar kein Pferd. Schon mal darüber nachgedacht? Er könnte ein Prinz oder so sein."

Silas schüttelte nur den Kopf. „Theoretisch ist alles möglich. Auch wenn es in Deutschland gar keine Prinzen gibt. Bevor du jetzt probehalber das Pferd küsst, würde ich es begrüßen, wenn wir uns zunächst auf meinen Fluch konzentrieren könnten. Von dem wissen wir wenigstens, dass er existiert, und den würde ich gerne vor allen anderen brechen."

Wir gingen weiter.

„Wenn wir jetzt sowieso hier sind, wollen wir dann noch etwas bezüglich Kirche oder so ausprobieren, um …?" Doch ich unterbrach mich, denn wie aufs Stichwort kam der alte Pfarrer auf uns zu.

Ich überlegte kurz, ob ich Silas darauf aufmerksam machen sollte. Vielleicht würde eine Segnung den Fluch brechen oder etwas anderes in der Richtung? Leider war ich immer noch nicht gut darin, andere einfach so anzusprechen. In diesem speziellen Fall musste ich das zum Glück gar nicht.

„Nora!" Mit einem strahlenden Lächeln, das mich vollkommen überforderte, kam er mit einem Mal die letzten zwei Meter direkt auf mich zu.

„Pfarrer Wilhelm", brachte ich mit leiser Piepsstimme heraus.

„Wie schön, dich hier zu sehen. Es ist ja schon so lange her." Er sah mich ernst über seine tief auf der Nasenspitze sitzenden Brille an. Er hatte schütteres Haar, welches größtenteils bereits ergraut war. Sein Gesicht war gütig und die hellblauen Augen schienen in einen hineingucken zu können. Das letzte Mal, als ich ihn gesehen hatte, war auf der Beerdigung meiner Eltern gewesen. Um das Grab kümmerte sich regelmäßig jemand, weil ich es nach der Beisetzung bisher nicht geschafft hatte hinzugehen. Anfangs hatte sich alles in mir gesträubt, weil es dadurch nur noch realer geworden wäre, und dann war ich überhaupt nicht mehr nach draußen gegangen. Und nachdem ich das endlich wieder konnte, wollte ich nicht hingehen, weil ich Angst hatte, dieser Besuch könnte mich weit zurückwerfen bei meinen Fortschritten.

Daher wunderte es mich ein wenig, dass Pfarrer Wilhelm mich sofort erkannte hatte. Schließlich lief ich ziemlich dick eingepackt durch die Gegend. Er selbst trug einen langen schwarzen Mantel und wirkte etwas in Eile. Umso mehr erstaunte es mich, dass er sich die Zeit nahm, mich zu begrüßen.

„Ich hab dich dank deines Pferdes sofort erkannt." Er klopfte Victor kurz den Hals. „Die Brigitte erzählt doch immer begeistert davon, wie lieb er vor der Bäckerei auf dich wartet. Wie ein Hund. Und wer ist das?" Neugierig musterte der Pfarrer Silas.

„Das ist Silas. Er ist …" Tja, als was sollte ich ihn titulieren?

„Zu Besuch", sprang dieser rasch ein.

„Zu Besuch. Genau", pflichtete ich eilig bei. Das entsprach sogar der Wahrheit.

„Ach, interessant. Kennt ihr euch schon lange?"

„Lange?" Ich blies die Backen auf und sah Silas fragend an. Mir kam es wie eine Ewigkeit vor, in Wahrheit waren das aber erst wenige Tage, oder?

„Lange? Nein. Wir haben uns erst vor Kurzem kennengelernt."

Ich nickte rasch. Das entsprach ebenfalls der Wahrheit und mir war es lieber, wenn wir nicht allzu viel Neues dazudichteten. Da verlor man sonst schnell den Überblick oder verzettelte sich in irgendwelchen Details. Oder zumindest würde es mir hundertprozentig so gehen. Ich war eine ganz schlechte Lügnerin.

„Und wie habt ihr euch kennengelernt?"

Verdammt! Musste er denn so genau nachfragen?

„Kennengelernt?" Wie erklärte man das und blieb dabei möglichst nah bei der Wahrheit? „Ähm, das war so eine Krampussache."

Silas hob die Augenbrauen. Keine Ahnung, ob das nun warnend oder verblüfft sein sollte. Ich hätte als Antwort gern mit den Schultern gezuckt, beherrschte mich jedoch. Das würde schließlich nicht nur er sehen.

„Wirklich? Das ist ja großartig!" Wieso war der Pfarrer denn mit einem Mal so begeistert? Ich hätte mir lieber eine andere Antwort ausdenken sollen. „Um was genau ging es denn da, wenn ich fragen darf?"

Fragen durfte er schon, aber musste ich darauf antworten?

Erneut sah ich Silas an, der konnte doch auch mal wieder was zu der Sache beisteuern.

„Also das hatte damit zu tun …", setzte ich an, als von ihm nichts kam, und warf ihm nochmals einen eindringlichen Blick zu, mir bitte zu helfen. Gleichzeitig war ich mir ziemlich sicher, dass man uns längst durchschaut hatte, was unsere Lügengeschichte anging. Im Fernsehen fiel das immer sofort auf, wenn die so zögerlich antworteten und ihrem Gegenüber unglaubwürdig etwas vorspielten.

„Es ging um …", versuchte Silas mir zu helfen, doch ihm schien ebenfalls nichts Passendes einzufallen.

„Ein Kostüm!", stieß ich schließlich hervor und hätte mich Ohrfeigen können, dass ich nicht schon viel früher darauf gekommen war. Das war die absolut naheliegendste Halbwahrheit aller Zeiten!

„Ein Krampuskostüm?" Der Pfarrer schien immer aufgeregter zu werden. Er war jetzt aber nicht heimlich auf der Jagd nach einem Krampus und freute sich, dass seine Spur sich allmählich verdichtete, oder doch?

Ich schüttelte innerlich den Kopf. Das war vollkommen absurd und kam so definitiv nur in Filmen vor.

„Ähm, ja." Ich warf so unauffällig wie möglich einen Blick zu Silas hinüber. Auch wenn es albern war, überkam mich allmählich ein mulmiges Gefühl. Und dabei hatte ich Silas noch vorschlagen wollen, sich von ihm segnen zu lassen.

„Ist es schon fertig? Das Kostüm meine ich?"

„Äh, ja. Weitestgehend." Ich warf Silas erneut einen Blick zu und auch ihm konnte ich das Unbehagen ansehen. Ich verstand inzwischen gar nichts mehr. Zeit, das zu ändern. „Entschuldigen Sie, Pfarrer Wilhelm, aber wieso interessiert Sie das so?"

„Ach, richtig, das könnt ihr natürlich nicht wissen."

Da wir keine Gedanken lesen können, wohl eher nicht, nein.

„Es ist so, dass ich von einigen Eltern darauf hingewiesen wurde, dass ihre Kinder furchtbare Angst vor dem Perchtenlauf und dem Krampustag haben. Sie verstecken sich im Haus oder in ihren Zimmern und hoffen, dass die Eltern sie nicht reinlassen, wenn sie anklopfen. Aber auch Erwachsene haben sich mir anvertraut, dass sie aus Kindertagen noch immer Probleme damit haben. Manche verreisen deswegen sogar extra zu der Zeit. Der Krampus soll zwar in gewisser Weise eine abschreckende Wirkung haben, dafür wurde er ja konzipiert. Aber selbstverständlich soll das nicht so weit gehen, halbe Traumata auszulösen. Durch die dem Teufel sehr ähnliche Darstellung hatte die Kirche die Figur sogar eine Weile verboten, aber das Ganze gewinnt nun immer mehr an Popularität. Ich finde ebenfalls, dass einige es unter dem Deckmantel der Maske übertreiben. Natürlich gibt es auch die andere Seite, wo Krampusse …" Er stockte und sah uns an, als wäre er überrascht über unsere Anwesenheit. „Wie auch immer. Bei uns hier ist das durch die recht überschaubare Gemeinde nicht so verbreitet, aber wenn auch hier Kinder solche Angst haben, können wir das nicht so belassen. Deswegen haben wir in der Gemeinde überlegt, was man dagegen tun könnte. Es zu verbieten, würde nur das Symptom jedoch nicht das Problem als solches beseitigen. In anderen Gegenden gehen die Perchtenläufe weiter und auch der Krampus nimmt daran teil." Er rieb seine Hände gegeneinander und sein Atem bildete Wolken in der Luft. „Am Ende hatte mein Sohn den entscheidenden Einfall. Wir machen unseren ganz eigenen Krampustag. Er ist ähnlich aufgebaut wie mit dem Nikolaus. Der Krampus geht über den Weihnachtsmarkt und fragt die Kinder, ob sie denn auch brav gewesen sind. Und wenn sie das waren, verteilt er eine Zuckerstange. Wenn er jedoch Zweifel hegt, hakt er nach und zur Not gibt es ein Stück Kohle zur Zuckerstange dazu. Nur als Ermahnung. So könnten die Kinder lernen, dass der Krampus gar nicht so böse ist. Außerdem sollte er in dem Zusammenhang ein wenig Aufklärung leisten und ihnen klar machen, dass sie nur brav zu sein brauchen und dann gar nichts von ihm zu befürchten haben. Das können die Mama und der Papa dann bestätigen. Soweit die Überlegungen dazu", bremste er sich hastig, weil er allzu sehr ins Erzählen gekommen war.

„Das ist ja eine wundervolle Idee. Bewusst das Kindern-Angstmachen rauszunehmen, ohne die Figur als solche zu zerstören, und es durch die Erklärung den Kindern auch deutlicher zu machen." Ich hätte verzückt in die Hände geklatscht, wenn diese nicht Victors Zügel gehalten hätten.

„Wenn du das so sagst, klingt es gleich noch viel besser." Pfarrer Wilhelm lächelte mich glücklich an.

„Und Sie wollen, dass ich mit meinem Kostüm da mitmache?", schlussfolgerte Silas und brachte uns damit wieder auf das eigentliche Thema zu sprechen.

„Ja, wobei nein. Mitmachen würde ja bedeuten, dass noch andere dabei sind. Aber dummerweise hat uns der Sturm diesbezüglich einen Strich durch die Rechnung gemacht. Karl, der eigentlich für die Rolle vorgesehen war, ist bei dem Sturm ein Baum aufs Haus gekracht. Es sind zwar alle unverletzt geblieben, aber der Baum hat leider ziemlichen Schaden angerichtet und natürlich hat er jetzt anderes im Kopf. Außerdem liegt das Kostüm irgendwo unter den Trümmern. Und bei dem Wetter ist es schwierig, am Tag vor Weihnachten jemanden von außerhalb organisiert zu bekommen, der die Rolle übernehmen würde. Deswegen hab ich mich hier gerade umgehört, ob nicht jemand eine Idee hat oder jemanden kennt, der vielleicht jemanden kennt. Für dich wäre es sicherlich auch nicht möglich gewesen, in der kurzen Zeit ein neues Kostüm zu nähen, aber wenn du es schon fast fertig hast …" Der Pfarrer sah Silas mit diesen hellen, blauen Augen an und schien ihn regelrecht zu beschwören.

„Ich soll jetzt also …?" Silas sah hilflos vom Pfarrer zu mir. Aber mich überforderte diese Bitte ebenso.

„Ja. Oder würde das Kostüm auch jemand anderem passen?"

„NEIN!", erklang zeitgleich der Ausruf von Silas und mir. Der Pfarrer schien über unsere heftige Zurückweisung jedoch weder überrascht noch erschrocken. Er schmunzelte lediglich.

„Dann würde ich dich bitten, die Rolle des Krampusses übermorgen zu übernehmen. Es ist eine wirklich gute Sache und du könntest damit einigen Kindern die Angst nehmen." Er sah Silas abwartend an und ich hielt vor Spannung unwillkürlich die Luft an. Ohne dass ich genau sagen konnte, wieso.

Ich erwartete, dass er mich ansehen würde, um herauszufinden, wie er sich entscheiden sollte. Aber das tat er nicht. Er senkte nachdenklich ein Stück den Kopf und verharrte für eine Weile in dieser Position. Irgendwann holte ich tief durch die Nase Luft, da ich diese nicht länger anhalten konnte, ohne dabei blau anzulaufen.

Endlich hob Silas den Kopf, nachdem er ausführlich darüber nachgedacht hatte. Ich nahm an, dass er ablehnen würde, auch wenn ihm das bestimmt schwerfiel. Er hatte ja bereits mehrfach betont, dass sein Kostüm bei näherem Hinsehen einfach viel zu real wirkte. Und ich war zwar gut, aber nicht so gut. Allein seine Beine und dann noch der bewegliche Schwanz. Das Gesicht hätte ein guter Maskenbildner vermutlich hinbekommen können, aber die Beine? Nie und nimmer, nicht so.

Gespannt wartete ich darauf, wie Silas sich aus dieser ungünstigen Lage herausreden würde. Eventuell erwartete ihn zu Weihnachten ja seine Familie oder er musste morgen dringend seinen Flug bekommen oder etwas in der Art. Mögliche Ausreden gab es genug. Doch für welche würde er sich entscheiden?

Für gar keine.

„In Ordnung, ich werde mein Bestes geben."

„Ausgezeichnet!" Pfarrer Wilhelm schlug begeistert in die Hände und ich stand wortwörtlich mit offenem Mund da und konnte es nicht fassen. Es bildete sich bereits eine große weiße Wolke vor meinem Gesicht. Silas fing kurz meinen ungläubigen Blick auf und tippte sich möglichst unauffällig an sein Kinn. Ich klappte den Mund zu, war aber nach wie vor total geschockt. Wie wollte er das schaffen?

Victor neben mir schnaubte vernehmlich und schüttelte dabei leicht den Kopf. Ihn schien das lange Stehen inzwischen zu langweilen, aber ich war gerade außerstande, mich zu bewegen.

„Ich danke dir. Dann sehen wir uns in zwei Tagen. Das sollte zur Fertigstellung reichen, nicht wahr? Um acht Uhr werden wir vorab den Ablauf und weitere wichtige Punkte besprechen. Ich bereite bis dahin alles vor. Du brauchst nichts weiter zu tun, als dein Kostüm mitzubringen." Der Pfarrer streckte ihm seine Hand hin und als Silas sie ergriff, legte er seine andere über sie. Wie ein alter Opa. Gut, er hatte ja auch schon sein Alter. Das sollte mich gerade allerdings nicht beschäftigen. Ich konnte doch unmöglich zulassen, dass Silas hier als Krampus herumlief!

„Möchten Sie das Kostüm vorher noch sehen?", fragte ich nach, da ich mir nicht sicher war, ob das wirklich so eine gute Idee war und wenn er das so echt wirkende „Kostüm" sah, könnte er zu dem Schluss kommen, dass es doch nicht zu der geplanten Aktion passte. Was bestimmt besser wäre.

„Nein, nicht nötig. Wenn du es entworfen hast, habe ich da volles Vertrauen. Meine Enkelin verfolgt dich irgendwo und ist vollkommen begeistert. Also sie folgt dir im Internet. Oder wie auch immer die jungen Leute das heutzutage nennen. So, ich muss noch ein paar Dinge organisieren. Ich hoffe, du hast am 23ten den gesamten Tag Zeit für die Aktion. Und noch einmal vielen Dank." Er schüttelte Silas die Hand, klopfte ihm zusätzlich auf die Schulter und entschwand in wenigen Sekunden unserem Blickfeld. Wir beide blieben zurück, als habe uns gerade ein Tornado durchgewirbelt und mussten das alles erst einmal verdauen.

Ich konnte es noch immer nicht fassen. Wie war es dazu gekommen? Das konnte alles nicht wahr sein. Wir hatten doch bloß auf den Weihnachtsmarkt gehen wollen ohne Aufmerksamkeit auf uns zu ziehen. Ein harmloser Praxistest. Und nun so etwas. Warum hatte ich mich nur auf diesen bescheuerten Ausflug eingelassen?

Schlussendlich setzte ich mich in Bewegung, weil ich das Gefühl hatte, keine weitere Sekunde einfach nur so dastehen zu können. Ich musste mich bewegen, meine Gedanken klären. Das würde so was von absolut schiefgehen. Das konnte nur in die Hose gehen! Wir mussten uns unbedingt etwas überlegen, wie Silas sich davor drücken konnte. Ich durfte nicht zulassen, dass er das tat. Das mit dem Weihnachtsmarkt war riskant genug gewesen, das hier war jedoch eine ganz andere Nummer.

Wir brauchten einen Plan, irgendeine geniale Idee. Ich musste mir was überlegen.

Komm schon, Nora. Lass dir was einfallen!

„Alles nicht so schlimm, das bekommen wir hin. Ich sage ihm einfach, du wärst überraschend abgereist. Oder krank. Krank ist gut! Du bist im Eis eingebrochen und liegst nun mit sehr hohem Fieber im Bett. Du kannst unmöglich –"

„Nora, beruhige dich mal", bremste Silas mich aus und hielt mich am Arm fest, damit ich anhielt. Ich war vor mich hinmurmelnd einfach losmarschiert und hatte weder Victor noch ihm Beachtung geschenkt.

„Du hast recht, ich muss mich beruhigen, einen klaren Kopf bekommen." Ich blieb stehen und versuchte, ruhig und tief durchzuatmen, doch meine Atmung beschleunigte sich stattdessen nur noch mehr.

„Nora. Nora! Ganz ruhig. Sieh mich an und versuch dich zu beruhigen. Es ist alles in Ordnung, okay? Wir sind in Sicherheit, uns geht es gut." Silas hatte meine Hände genommen und drückte sie kräftig, während er mir tief in die Augen sah. Mich auf das Farbenspiel seiner Augen zu konzentrieren half. Endlich fuhr mein Körper, der im Begriff gewesen war, den Notstand auszurufen, wieder runter.

„Sehr gut, viel besser", lobte Silas mich, als sich meine Atmung schließlich normalisierte. Vorsichtig lockerte er seinen Griff. „Du kannst ganz beruhigt sein und musst dir nichts ausdenken. Ich will das wirklich tun." Er lächelte mich schief an, doch ich verstand überhaupt nicht, was er da redete.

Moment, hatte er gerade gesagt, er wollte das tun?

„Aber ... wieso?" Mehr brachte ich nicht heraus. Ich verstand es nicht. Er hatte mir doch vorher einen regelrechten Vortrag gehalten, wieso er ...

„Weil ich die Idee gut finde." Er ließ meine Hände los und kratzte sich verlegen am Hinterkopf, verschob dabei leicht seine Mütze. „Es geht darum, dass die Kinder und auch alle anderen keine Angst vor mir zu haben brauchen, und das ist doch genau das, was ich immer wollte. Selbst wenn es nur für einen Tag ist, will ich es versuchen. Und wenn es gar nicht funktioniert, verschwinde ich einfach im Wald. Oder verwandle mich zurück. Aber ich möchte es versuchen. Und wenn ich dabei Kindern helfen kann, dann umso besser."

Ich sah ihn sprachlos an. Victor neben mir stampfte ungehalten mit dem Huf auf. Dem wurde es echt zu langweilig. Wir sollten uns ohnehin demnächst mal auf den Rückweg machen. Ich wusste nicht, wie spät es genau war, aber es dämmerte bereits und ich wollte nicht in der Dunkelheit zurückreiten, auch wenn ich vorsichtshalber eine Lampe mitgenommen hatte.

„Komm, wir sollten gehen, es wird dunkel." Silas zog sich den Kopfhörer aus dem Ohr und hob mich auf Victor. Ich schaffte es nur gerade so, mich am Sattel festzuhalten und das rechte Bein rüberzuschwingen. Ohne die Füße in die Steigbügel zu schieben, saß ich da, während Silas Victor an den Zügeln in Richtung Ausgang führte.

Das war er also gewesen, unser Ausflug auf den Weihnachtsmarkt. Silas' Praxistest. Wobei ich das Gefühl nicht loswurde, dass der echte Praxistest erst noch auf uns wartete.

Der Kuss der einzig wahren Liebe

Der Rückweg verlief weitestgehend schweigend. Ich musste immer noch die Tatsache verdauen, dass Silas diese Sache tatsächlich freiwillig tun wollte! Der wiederum war voll und ganz mit unserem Rückweg beschäftigt. Im Wald war es nämlich bereits ziemlich dunkel, trotz meiner Lampe, die aber wenigstens den Weg vor uns ausleuchtete. Dass wir bei diesen Lichtverhältnissen genauso gut die Straße hätten nehmen können, verkniff ich mir zu erwähnen. Silas hatte die Gestalt des Krampusses angenommen, kurz nachdem wir zwischen den Bäumen verschwunden waren.

Als es aber so schien, als würde Silas sich in dem dunklen Wald nicht mehr zurechtfinden, durchbrach ich die Stille. „Von hier aus dürfte Victor den Weg auch alleine finden. Wir sind ja häufig hier draußen unterwegs und bisher hat er mich immer sicher nach Hause gebracht."

Silas hatte mich angesehen und dann Victor, und schließlich mit den Schultern gezuckt. Also hatte Victor die Führung übernehmen dürfen. Und er hatte mich nicht enttäuscht.

Zielsicher war er durch den Schnee gepflügt und als wir den Wald verließen, tauchte der Mond die Szenerie vor uns in sein Licht. Der schien sich vorher die ganze Zeit hinter einer Wolke versteckt zu haben, doch jetzt erhellte er unseren Weg so gut, dass ich die Lampe ausschaltete. Der Schnee reflektierte das Licht und ich kam mir mit einem Mal vor wie in einem Schwarzweißfilm. Wobei mir der Mond dort oben irgendwie leicht rötlich vorkam. Victor störte sich jedenfalls nicht daran und lief seinen Spuren vom Nachmittag folgend auf den See und unser Haus zu.

Silas hatte sich ebenfalls von der traumhaften Landschaft losreißen können und holte uns rasch wieder ein. Vor der Brücke hielt ich Victor an, um abzusteigen. Über den verschneiten Untergrund wollte ich ihn sicherheitshalber drüberführen. Zwar hatte er auf dem Hinweg keine Probleme damit gehabt, aber ich ging lieber auf Nummer sicher.

„Sag mal, hast du Schlittschuhe?"

„Wie?" Es war das Erste, was Silas seit dem Weihnachtsmarkt sagte, und dann so vollkommen aus dem Zusammenhang gerissen.

„Schlittschuhe. Ob du welche hast?" Silas sah auf den zugefrorenen See hinaus, dessen Oberfläche der Sturm wunderbar frei gefegt hatte. Der nachträglich gefallene Schnee schien sich bereits mit dem Untergrund vereint zu haben.

„Ja, ähm, irgendwo schon." Jetzt hatte ich endlich verstanden, wie er so plötzlich darauf kam. Da der See im Winter fast jedes Jahr zugefroren war, waren meine Eltern und ich häufig auf ihm Schlittschuh gelaufen. Zu diesem Zweck waren auch immer mal andere Dorfbewohner zu uns rausgekommen. Doch seit dem Tod meiner Eltern hatte ich niemanden mehr hier laufen sehen. Warum eigentlich nicht? Verzichteten sie meinetwegen darauf?

„Sehr gut", riss Silas mich plötzlich aus meinen Gedanken. „Dann werden wir jetzt noch eine Runde drehen."

„Jetzt?" Meine Stimme war bestimmt ein oder zwei, wenn nicht sogar drei Oktaven höher als sonst. Wie kam er denn mit einem Mal auf diese Idee? Es war dunkel – also es war spät – und außerdem müsste erst mal jemand das Eis prüfen. Nicht, dass wir nachher wirklich im See einbrachen.

„Ich gehe das Eis prüfen und du die Schlittschuhe holen. Wenn ich einbreche, ist das nicht so schlimm mit meinem dicken Fell. Ich kann mich zum Trocknen ja einfach verwandeln."

„Wir können das doch auch morgen machen. Und überhaupt, was wenn du einbrichst, während ich drinnen bin, und du nicht alleine wieder rauskommst?" Außerdem war ich mir ziemlich sicher, dass er nach der Verwandlung genauso klitschnass war wie als Krampus, dem Zustand seiner damaligen Kleidung nach zu urteilen.

„Ich binde mir ein Seil um.“

„Jetzt wird es aber langsam albern!“

„Beruhig dich wieder. Ich hab auf dem Weihnachtsmarkt gehört, dass durch den Schneesturm und die andauernde Kälte etliche Seen freigegeben worden sind. Da wird der hier auch keine Ausnahme darstellen. Ich will nur auf Nummer sicher gehen. Außerdem musst du sowieso rein, Victor wegbringen und die Schlittschuhe suchen. Da kann ich doch schon mal probieren, wie es sich mit diesen Füßen auf dem Eis laufen lässt.“ Er hob verdeutlichend einen der Ziegenhufe hoch. Die haarigen Beine waren mal wieder bestückt mit lauter Schneeklumpen.

Ich war immer noch nicht vollends überzeugt. Zumal ich nicht verstand, wieso er so plötzlich aufs Eis wollte und vor allem warum ausgerechnet jetzt. Egal, mir wurde es hier allmählich zu kalt. Die Landschaft mochte ja ganz schön sein, aber Victor war bestimmt müde und hatte Hunger. Es wurde Zeit, ihn abzusatteln und wegzubringen. Wie Silas sagte.

„Ich bringe Victor erst mal in seine Box“, meinte ich daher kurzangebunden und lief los.

„Wie fandest du den heutigen Ausflug?“

Schon wieder ein Themenwechsel? Ich blinzelte verwirrt und sah zu Silas hinüber, der neben uns herlief.

„Ähm, schön. Ja, es hat Spaß gemacht. Auch wenn-“ Doch da unterbrach er mich bereits.

„Genau, es hat Spaß gemacht und eben das ist das Entscheidende.“

Ich führte Victor in den Stall, wo wir freudig von Sokrates begrüßt wurden, und stellte ihn an die Putzstelle, wo sein Halfter an der Wand hing.

„Wie meinst du das?“, hakte ich nach, während ich Victor die Trense vom Kopf zog. Dabei bemerkte ich, dass seine Tasthaare gefroren waren. Sein Atem musste bei den kalten Temperaturen daran kondensiert und im Anschluss gefroren sein.

„Ich meine, dass du draußen positive Erfahrungen sammeln musst, wie die Ausritte mit Victor. Es muss dir Spaß machen, sodass es dir keine Angst mehr macht. Und deswegen werden wir jetzt im Mondschein auf dem See eine Runde Schlittschuhlaufen und dabei den funkelnden Schnee und die verzauberte Landschaft bewundern." Meine Güte, war er plötzlich etwa unter die Philosophen gegangen?

Ich halfterte Victor auf und hängte die Trense zur Seite. Das Gebiss musste ich nachher sauberwaschen. Zum Glück waren im Stall alle Leitungen beheizt, sodass mir das Wasser hier nicht einfror. Auch die Tränken in den Boxen waren beheizt. Im Winter jeden Tag Wasserschleppen wäre viel zu aufwendig. Außerdem würde Sokrates damit regelmäßig Schweinkram veranstalten und seine gesamte Box unter Wasser setzen.

„Ach so, und du meinst, wenn ich die ganze Zeit Angst habe, dass wir im Eis einbrechen, dann würde mir das helfen?", scherzte ich, während ich Victors Sattel von seinem Rücken wuchtete und in die Sattelkammer trug. Silas folgte mir.

„Wir können auch einen Schneemann bauen oder eine Schneeballschlacht machen."

„Und wieso geht das nicht morgen, wenn es hell ist?" Warum musste das ausgerechnet jetzt sein?

„Hast du draußen mal richtig hingeguckt?"

Ich war gerade dabei, Victor sein Belohnungsmüsli fertig zu machen, als ich verblüfft zu Silas hochsah. „Möchtest du jetzt unfreundlich werden, oder was?"

„Nein", antwortete er mit einem unterdrückten Knurren in der tiefen Stimme, ehe er seufzte und sich seine langen, zottigen Haare zerstrubbelte. Ich sah sogar kurz das Rot in seinen schwarzen Augen aufblitzen. Er war also wütend. Oder was auch immer dieses Leuchten zu bedeuten hatte. Gut, dass er mir in dieser Gestalt mittlerweile keine Angst mehr machte.

„Nora, komm schon. Das wird ganz toll, versprochen. Lass es uns versuchen. Der Weihnachtsmarkt war doch auch wunderschön." Silas sah sichtlich verzweifelt aus und klang mittlerweile fast flehend.

Ich ging zu Victor hinüber, gab ihm sein Futter – was mir sogleich einen Rüffel von Sokrates einbrachte – und begann, ihn mit ruhigen Bewegungen zu bürsten, damit ich selber wieder etwas runterkam.

Denn je mehr Silas versuchte, mich davon zu überzeugen, dass das eine klasse Idee war, desto mehr sträubte sich alles in mir. Ich mochte es nicht, zu irgendetwas überredet oder von etwas überzeugt zu werden. Dann bekam ich erst recht Probleme damit. Ich musste das neutral und sachlich betrachten, um danach zu entscheiden, ob ich das machen wollte oder nicht.

„Also gut, ich werde es versuchen. Aber wenn ich reinwill, dann gehe ich rein, und wenn mir das auf dem Eis zu gefährlich wird, dann gehe ich runter. Ich will kein, *komm schon, das ist doch nicht so schlimm* oder *stell dich nicht so an.* Haben wir uns da verstanden?" All diese Worte würden mein Selbstbewusstsein nämlich schwer treffen. Sobald er meine für mich sehr realen Ängste herunterspielte, würde es das noch recht wackelige Vertrauen in Silas – welches übrigens der einzige Grund war, weswegen ich doch zustimmte, obwohl ich dabei ein ganz blödes Gefühl hatte – zerstören.

„Wunderbar! Dann gehe ich rasch das Eis prüfen, damit du dir keine Sorgen zu machen brauchst!", verkündete Silas, der bereits auf halbem Weg nach draußen war.

„Ich muss aber noch die Pferde füttern!", rief ich ihm hinterher, doch das ging im Knallen der Stalltür unter. Ich schüttelte den Kopf. Woher nahm er bloß diese überschäumende Energie? Nachdem Victor seine Schüssel bis auf den letzten Rest sauber geleckt hatte, brachte ich ihn in seine Box. Die Heunetze hatte ich bereits aufgehängt. Sokrates wäre sonst irgendwann seiner Box entsprungen, so übel nahm er es mir, dass Victor etwas zu fressen bekommen hatte und er nicht.

Nachdem die beiden Pferde versorgt waren, ging ich ins Haus und musste erst einmal scharf nachdenken, wo ich die Schlittschuhe gelassen haben könnte.

Schließlich fand ich sie unten im Keller in einer Ecke und zusätzlich etwas, was Silas vielleicht freuen würde.

Mit den Schlittschuhen in der Hand und mit Schal, Mütze und Handschuhen versehen, ging ich nach draußen, wo ich eilig zum See lief.

„Da bist du ja!" Silas kam freudig auf mich zu. Und zwar von der Mitte des Sees aus. Na, wenn das Eis ihn in seiner zwei Meter hohen Erscheinung trug, sollte mein Gewicht eigentlich kein Problem sein.

Ehrlich gesagt, hatte ich mir Gedanken gemacht, dass ich, wenn wieder Wolken aufgezogen sein sollten, mit Taschenlampe draußen herumlaufen müsste. Doch ein Blick zum Himmel zeigte mir, dass dieser vollkommen wolkenfrei war und der Mond ungehindert sein Licht auf uns herabscheinen lassen konnte. Abertausende Sterne funkelten am Himmel und mitten unter ihnen ein nicht ganz voller Mond.

„Atemberaubend schön, nicht wahr?" Silas hatte mich erreicht und betrachtete mit mir das Funkeln der Sterne. „Der Nachthimmel war lange Zeit das einzig Schöne, was ich hier draußen wirklich genießen konnte. Früher konnte ich nie so viele Sterne am Himmel zählen. Ich hab zwar davon gehört, dass die beleuchteten Städte verhindern, dass man sie sieht, aber ich hätte nie gedacht, was einem da wirklich entgeht." Er atmete langgezogen aus und eine weiße Wolke zeigte sich in der klirrenden Kälte. Was mich auch sofort wieder daran erinnerte, dass ich mich bewegen musste, wenn ich nicht zu Eis erstarren wollte.

„Guck mal, ich hab dir eine Überraschung mitgebracht." Ich hielt ihm ein paar Schlittschuhe hin. „Die sind von Papa. Ich weiß nicht, ob du damit laufen kannst, aber da seine Winterschuhe dir mit einem Paar zusätzlicher dicker Socken gepasst haben, dachte ich, müssten die eigentlich gehen. Weißt du, dann könntest du richtig mit mir Schlittschuhlaufen."

Weil er so überhaupt keine Reaktion zeigte, hatte ich viel mehr geredet, als ich dazu eigentlich hatte sagen wollen. Und ich hätte bestimmt noch ewig so weitergemacht, wenn ich mir nicht im letzten Moment auf die Zunge gebissen hätte. Ich kam mir sowieso schon leicht bescheuert vor, wie ich da so mit ausgestrecktem Arm und den baumelnden Schlittschuhen stand – die übrigens ganz schön Gewicht hatten – und einfach nichts passierte.

„Ist das denn wirklich in Ordnung für dich?", brachte er schließlich leise heraus.

Ich blinzelte verständnislos, weil ich seine Frage nicht richtig einordnen konnte.

„Ähm, dass du mit mir Schlittschuh läufst und dich hoffentlich genauso zum Affen machst, wie ich? Oder …"

„Es sind immerhin die von deinem Vater."

Ich hob die Augenbrauen.

„Du trägst bereits seine Sachen, warum sollte es mich bei den Schlittschuhen plötzlich stören?"

Silas machte irgendwie einen beschämten Eindruck, was bei den Lichtverhältnissen und seinen leicht unmenschlichen Gesichtszügen allerdings nicht ganz so einfach zu entschlüsseln war.

„Ja, und dafür muss ich mich auch noch …"

„Hör auf!", unterbrach ich ihn schärfer, als es normalerweise meine Art war, aber ich wollte diese Worte nicht hören. Ich wollte nicht darüber reden. Ich wollte nicht, dass er peinlich berührt war, und ich wollte nicht, dass er mich bemitleidete.

Ich hatte die Zeit mit ihm so sehr genossen, weil er mich von all dem ablenkte, mich aus meiner Einsamkeit und selbstauferlegten Isolation riss. Wenn er mich jetzt aber am laufenden Band daran erinnerte, nur weil er inzwischen Bescheid wusste, dann würde das nicht mehr funktionieren.

Mein Lächeln verrutschte etwas, als ich meinen harschen Tonfall zu überspielen versuchte. „Die Sachen liegen nur rum, weil ich mich nicht überwinden konnte, sie wegzuschmeißen. Es ist doch gut, wenn sie noch einen Sinn und Zweck erfüllen. Und deswegen spricht überhaupt nichts dagegen, dass du die hier jetzt anziehst. Am besten, bevor mir der Arm abfällt." Verdeutlichend wackelte ich mit den Schlittschuhen in der Hand und endlich nahm er sie entgegen.

„Danke."

Ich nickte nur und ging auf den See zu. „So, du meinst also, dass der uns beide trägt?"

„Ja, ich bin ordentlich drauf herumgesprungen, um es zu testen."

Ich wusste nicht, ob ich ihm das so glauben sollte, aber stellten wir das mal nicht infrage.

„Dann würde ich sagen, Schlittschuhe an und los geht's. Ich hab den iPod mitgebracht." Ich hielt das alte Ding mit den Kopfhörern in die Höhe.

„Danke."

„Ist die Verwandlung denn immer noch schmerzhaft?", wagte ich es schließlich, zu fragen. Es war mir wichtig, zu wissen, ob ich ihm womöglich zu viel zumutete und er das bloß nicht sagen mochte.

„Nein. Ich glaube, es wird jedes Mal leichter", gab Silas zurück und wickelte das Kabel der Ohrhörer ab.

„Vielleicht liegt die Lösung ja darin, dass du dich so oft verwandeln musst, bis du dich am Ende nicht mehr zurückverwandelst."

„Du willst jetzt aber keinen Marathon im Verwandeln mit mir starten, oder?"

Ich hob die Schultern. „War nur so ein Gedanke."

„Ja, sollten wir im Hinterkopf behalten." Silas drückte Play und das vertraute Läuten der Glocken erklang. Ich war mir sicher, sollte der Fluch irgendwann gebrochen sein, würde er für den Rest seines Lebens kein Glockenläuten mehr hören können.

Die Verwandlung begann und weil ich mir dumm dabei vorkam, danebenzustehen und ihm zuzusehen, wie er sich quälte, entschied ich, schon mal meine Schuhe aufzuschnüren, damit ich in die Schlittschuhe wechseln konnte.

Ich ging zu der Bank, die Papa an den See gestellt hatte, als Mama meinte, sie könnte ewig auf den See blicken, das Stehen wäre ihr auf Dauer nur zu anstrengend. Er hatte sogar eine Inschrift hineingeschnitzt.

In Liebe.

Lachend hatte er gemeint, das würde sich sowohl auf Mama als auch auf mich beziehen und auf alle anderen, die mit Liebe im Herzen auf den See blickten.

Ich hatte lange nicht mehr auf dieser Bank gesessen.

Damals, nach dem Unfall und nach der Beerdigung, hatte ich sehr, sehr lange dort gesessen und auf den See gestarrt, ohne ein Auge für seine Schönheit zu haben. Alles war mir schwarz vorgekommen, ich hatte keinen Blick dafür gehabt.

Irgendwann war ich eingehüllt von diesem betäubenden Gefühl und der Blicklosigkeit aufgestanden und ins Haus gegangen und hatte es für sehr, sehr lange Zeit nicht mehr verlassen.

Deswegen kostete es mich im ersten Moment ein wenig Überwindung, mich auf diese Bank zu setzen, ohne dass mich die Erinnerungen überrollten. An meine Eltern, an diesen schrecklichen Tag. Zuerst musste ich den Schnee von der Bank schieben. Ein Teil war festgefroren, aber das war egal. Ich war ja dick angezogen. Zögernd legte ich die Inschrift frei und fuhr mit dem behandschuhten Finger über die Buchstaben.

Ich spürte das vertraute Ziehen, das Stechen und ein Brennen in den Augen. Aber es war nicht so schlimm wie erwartet. Ich konnte es aushalten und musste es nicht wegschieben, um mich zu schützen. Ich hatte gelernt, dass es nicht gut war, den Schmerz immer nur zu verdrängen, denn der Körper fand andere Möglichkeiten, ihn zu äußern. Doch obwohl ich das wusste, machte es mir noch immer Angst, wenn ich tatsächlich vor dieser riesigen Tür stand. Es brauchte Überwindung, sie zu öffnen.

Doch dieses Mal hatte ich es heile überstanden. Erschöpft ließ ich mich auf der Bank nieder, streifte den ersten Schuh ab und schlüpfte im Anschluss in den Schlittschuh.

„Dann wollen wir mal." Sobald Silas nach seiner Verwandlung zu Atem gekommen war, nahm er neben mir Platz. Da ich so in Gedanken versunken war, erschreckte ich mich im ersten Moment, beruhigte mich jedoch rasch wieder. Mit leichter Verzögerung schnürte ich meinen Schlittschuh und widmete mich dem zweiten. Silas war so schnell, dass er sogar vor mir fertig war.

„Jetzt bin ich gespannt. Ich glaube, das letzte Mal bin ich als Kind auf dem Eis gewesen." Er erhob sich schwankend und ich stellte mich ebenfalls auf die Kufen.

„Darf ich um diesen Tanz bitten?", Silas streckte mir seine Hand hin und verbeugte sich. Allerdings verlor er dabei den Halt und wäre beinahe auf mich draufgefallen. Ich konnte ihm auf wackeligen Beinen gerade noch ausweichen und er fing sich mit den Händen an der Bank ab.

„Ich denke, ich verzichte, danke. Das ist mir zu unsicher, allein bin ich wahrscheinlich besser dran."

„Oh, das wirst du noch bereuen, glaube mir." Er hob drohend den Zeigefinger, hatte jedoch sichtliche Probleme sich wieder richtig hinzustellen. Merkwürdig, dabei kam er mit diesen komisch gebogenen Beinen doch sehr gut zurecht und die sahen wie schwierig zu balancierende Stelzen aus.

„Na, ich halte weiter daran fest, dass du mich nur mit dir in die Tiefe ziehen würdest", meinte ich mit einem Grinsen und kämpfte mich das kleine Stück durch den Schnee bis zum Eis. Das war gar nicht so leicht, weil ich so tief einsank. Dann stand ich an der Kante zum See und hatte ein echtes Problem. Ich konnte mich nirgends festhalten, um vorsichtig einen Fuß nach dem anderen aufs Eis zu setzen und leider war ich mir sicher, dass meine Füße mir sofort wegrutschen würden, sollte ich es ohne Hilfe probieren. Mist. Daran hatte ich überhaupt nicht gedacht.

Sollte ich es trotzdem versuchen? Wenn ich wegrutschte und mit dem Po auf dem Eis landete, musste ich ja auch irgendwie wieder hochkommen. Außerdem liefen Leute doch häufiger Schlittschuh auf einer freien Fläche. Wie kamen die eigentlich aufs Eis? Ach, richtig. Diese Leute waren wahrscheinlich nicht allein unterwegs und konnten sich gegenseitig aufs Eis helfen.

Toll!

„Ich hab dir doch gesagt, dass du es noch bereuen wirst." Mit einem breiten Grinsen trat Silas neben mich.

„Bereuen würde ich das nicht nennen", wiegelte ich ab, obwohl ich mir insgeheim durchaus in den Allerwertesten biss.

„Na, komm. Ich helfe dir, sonst stehen wir hier bis es hell ist und das am Ende womöglich sogar als Eisstatue."

Es widerstrebte mir zwar, aber ich wusste keine andere Lösung.

Und so streckte ich ihm meine Hand hin und Silas half mir aufs Eis. Das funktionierte sogar ziemlich gut. Als er dann jedoch mich als Stütze nutzen wollte, wurde mir bammelig. Ich stellte mich breitbeinig hin und knickte die Füße etwas nach innen. So schafften wir es irgendwie beide aufs Eis.

„So, dann kommt jetzt ja der leichte Part oder war der das gerade?"
Er zwinkerte mir zu und eigentlich wollte ich seine Hände, die nicht
wie meine in Handschuhen steckten, weil er vor der Verwandlung
keine getragen hatte, loslassen, aber er hielt sie fest.

Silas stieß sich vorsichtig mit einem Fuß ab und zog mich mit sich.
Wir brauchten eine Weile, bis wir den Dreh raushatten und einen
gemeinsamen Rhythmus fanden, der funktionierte. Doch dann glit-
ten wir uns, an den Händen haltend, nebeneinander übers Eis. Der
Mond schien dabei auf uns herab und all das hier kam mir vor wie
ein Traum.

Das Ganze war ja auch vollkommen absurd! Wo ich noch vor nicht
allzu langer Zeit so gut wie nie das Haus verlassen und im Grunde
keine nennenswerten Sozialkontakte gehabt hatte (zumindest nicht
in der echten Welt), sollte ich nun hier mit einem gut aussehenden
jungen Mann Hand in Hand im Schein des Mondes Schlittschuhlaufen?

Das klang wirklich nach einem Traum und nicht nach der Realität.

Wir hatten den See mittlerweile fast einmal komplett umrundet
und kamen zu einer Ecke, an der der Sturm Unmengen an Schnee
aufgetürmt hatte. Das Gebilde am Ufer erinnerte mich an den Moment, indem Bambi durch den Schnee brach und mitten auf einem
zugefrorenen See landete. Und Klopfer half ihm immer wieder fleißig auf die Beine. Gut, dass ich mich nicht ganz so ungeschickt an-
stellte.

Silas hielt an und zwang mich dadurch, ebenfalls anzuhalten. Als
ich sein Gesicht betrachtete, hatte ich das Gefühl, er habe gerade ein
Einhorn im Wald entdeckt.

„Was guckst du denn so?", neckte ich ihn, weil das so ein unge-
wohnter Anblick war.

„Siehst du es denn nicht?" Für einem Moment wollte ich fragen:
Was? Das Einhorn?

„Es ist alles so wundervoll. Schau dir den Schnee mal genauer an.
Er funkelt im Licht des Mondes. Es ist so wunderschön. Dazu die
Sterne dort oben, die so zahlreich sind, dass man sie gar nicht zählen
kann. All die fernen Galaxien und Milchstraßen, die man sehen

kann, obwohl sie sooo unglaublich weit entfernt sind. Der Mond, auf dem Jemand mit einer Rakete gelandet ist. Ich meine, das ist doch der Wahnsinn! Wobei man gar nicht so weit wegzugehen brauch, um schöne Dinge zu sehen oder wunderschöne Momente zu haben." Er sah mir wieder in die Augen und ich glaubte für einen Augenblick, auch in seinen abertausende von Sternen zu erblicken. Dazu den glitzernden Schnee, den verschneiten Wald und ein Funkeln, welches in meinen Augen für so lange Zeit gefehlt hatte.

Trotzdem wurde ich das Gefühl nicht los, eine Art Experiment zu sein, ein Projekt, dem er sich angenommen hatte.

„Warum tust du das?", entschlüpfte die Frage ungewollt meinen Lippen. Oh, Verdammt! Ich hatte das gar nicht laut sagen wollen. Ich wollte keine Ausflüchte oder gar den schlechten Versuch einer Begründung hören. Ich wollte diesen Moment genießen und dabei nicht über die Hintergründe nachdenken.

„Ich will, dass du ein Auge für die Schönheit um dich herum bekommst. Gar nicht unbedingt, um dir zu zeigen, was du verpasst, sondern einfach nur, weil es da ist. Man muss manchmal etwas genauer hinsehen, aber fast überall gibt es schöne Dinge und nicht nur Schmerz oder Dunkelheit. Ich weiß das, weil ich die letzten zwei Jahre fast an meinem Schicksal verzweifelt wäre. Aber da draußen, ganz allein, hab ich so viele Dinge gesehen, die ich sonst nie zu Gesicht bekommen hätte. Und es waren eben auch schöne Sachen. Und irgendwann habe ich angefangen, mich mehr darauf zu konzentrieren und vielleicht habe ich so dich und dein Haus gefunden." Er lächelte mir zu.

„Apropos Haus, ich bekomme langsam Hunger, wollen wir zurück?" Silas ließ sich zögernd von mir mitziehen und gemeinsam fuhren wir zurück zu der Bank am Ufer. Als wir dort ankamen, bremste er mich allerdings aus und dieses Mal so unvermittelt, dass ich mich mitten in seine Arme drehte. Wobei er da mit Sicherheit nachgeholfen hatte.

„Und?"

„Und was?", brachte ich atemlos heraus. Was nicht vom Schlittschuhlaufen kam, sondern von dieser ungewohnten Situation.

„Und? Hat es dir Spaß gemacht? Hat es sich gelohnt?" Ach so, das meinte er. „Ja, hat es. Und es war wirklich ein Erlebnis bei Mondenschein nachts auf dem See Schlittschuh zu laufen", gab ich ehrlich zu. „Wenn du so weitermachst, werde ich noch anfangen, draußen zu übernachten und gar nicht mehr reingehen. Dann hätte ich kein Problem mehr damit, das Haus zu verlassen."

„Wenn das so ist, werde ich mal fleißig weitermachen."

Bildete ich mir das nur ein oder war sein Gesicht nun näher als gerade eben noch? Und hatte er nicht auch leiser gesprochen? Und die Art und Weise, wie er sprach, hatte sich ebenfalls geändert, oder nicht?

„Weißt du, was ich mir überlegt habe?" Silas' braungrüne Augen trafen meine und mein Herz reagierte sofort auf diesen intensiven Blickkontakt. Meine Güte, mittlerweile raubten mir nicht mehr meine Panikattacken die Luft, sondern diese aufkeimenden Gefühle, die immer stärker zu werden schienen. Es gab hunderte von Gründen, wieso ich das dringend aufhalten sollte. Es war töricht, sich da so reinzusteigern.

Ich war jedoch so lange auf Nummer sicher gegangen, dass sich alles in mir dagegen sträubte, auch nur eine kleine Empfindung hiervon zu verpassen oder mich gar vollends gegen diese Gefühle zu sträuben. Das konnte ich nicht. Ich musste es atmen, schmecken und in jede Zelle einbrennen. Es war fast wie eine Droge. Eine Droge, die mich wie auf Wolken schweben ließ, wodurch ich für einen kurzen Moment meine anderen Probleme vollkommen vergaß.

„Nein", antwortete ich schließlich auf Silas' Frage. Natürlich viel zu spät und mit ziemlicher Verzögerung. Doch er sagte nichts dazu.

„Dieses Allheilmittel, welches im Märchen jeden Fluch brechen konnte. Sollten wir das nicht auch mal ausprobieren, ehe wir uns weitere Gedanken bezüglich der Rückverwandlung machen?"

Oh, Mist! Richtig, der Fluch! Ich hatte vollkommen vergessen, mir darüber Gedanken zu machen. Wir mussten dem auf jeden Fall weiter auf den Grund gehen. Das durfte ich nicht vergessen. Doch der Gedanke daran ließ sich irgendwie nur schwer festhalten. Silas hielt nach wie vor meinen Blick mit seinem gefangen, was dafür sorgte, dass die Zeit um mich herum sich seltsam ausdehnte und wieder zusammenzog. Weswegen ich darüber hinaus vollkommen mein Zeitgefühl verlor. Es war total abgedreht. War das noch normal oder stimmte irgendetwas nicht mit mir?

„Und? Was ist das?", hauchte ich, ehe Silas näher an mich herantrat und mir damit drohte, nicht nur mein Zeitgefühl sondern auch den Atem zu rauben.

Er neigte leicht den Kopf und seine Lider senkten sich ein kleines Stück, ehe sie sich wieder hoben und wir uns erneut in die Augen sahen. Nur dass ich mittlerweile seinen warmen Atem auf meiner Haut spüren konnte, was dafür sorgte, dass mein eigener immer weiter ins Stocken kam. Wenn er nicht bald damit aufhörte, würde ich irgendwann noch hyperventilieren.

„Ein Kuss", hauchte er mir sanft auf den Mund.

Oh, mein Gott! Das hier war ja schon fast einer. Ich schaffte es nicht mehr, richtig zu atmen.

Ich schielte leicht nach unten, um seine Lippen betrachten zu können, dafür war er aber eigentlich bereits zu nah.

Mein Gehirn arbeitete nur noch das Nötigste und brauchte daher ungewöhnlich lange, um das Gesagte zu verarbeiten.

„Du meinst wie bei Elsa? Das eingefrorene Herz, welches nur von einem Akt der wahren Liebe wieder aufgetaut werden konnte?" Meine Güte, das waren viel zu viele Worte. Meine Atemluft reichte dafür nur ganz knapp. Ich merkte bereits, wie sich mein Blickfeld von außen schwarz färbte. Aber ich spürte nicht die vertraute aufsteigende Panik, wie ich es normalerweise gewohnt war. Außerdem hatte ich nicht mehr genug Platz in meinem Kopf, um mir neben der Sache mit dem Kuss noch andere Gedanken zu machen.

Moment mal. Kuss? Kuss?!

Ich hatte doch noch nie jemanden geküsst!

Okay, jetzt kam die aufsteigende Panik. Aber aus einem vollkommen anderen Grund.

Ein Kuss. Er wollte mich küssen! Nein, das ging nicht. Ich wusste überhaupt nicht, wie das funktionierte! Gut, die Lippen kurz aufeinanderlegen, das konnte nicht so schwer sein. Allerdings bezweifelte ich, dass er solch einen einfachen und ... wie hieß das noch? Ach, richtig: keuschen Kuss meinte. Schließlich waren wir im 21. Jahrhundert und da küsste man bekanntermaßen anders.

Nur, dass ich nicht die geringste Ahnung hatte, wie man das tat oder was man dabei machen musste. Ich hatte mich damit bisher nicht auseinandergesetzt. Es hatte einfach keinen Grund gegeben. Niemanden, den ich hätte küssen wollen oder können.

Ich erinnerte mich in diesem Moment lediglich an den Bericht über das Paar, welches sich vor der Hochzeit nicht ein Mal geküsst hatte und auch sonst niemanden. Deren erster Kuss war vollkommen aus dem Ruder gelaufen mit herausgestreckten Zungen und merkwürdigen Verrenkungen und das vor laufender Kamera. So wollte ich unter gar keinen Umständen aussehen. Und um das zu verhindern, musste ich Silas dringend von dieser fixen Idee mit dem Kuss abbringen.

Doch ehe ich diesbezüglich protestieren oder ausweichen konnte, hatte Silas die kleine Lücke, die unsere Lippen voneinander trennte, überbrückt. Oder womöglich hatten sie sich auch einfach wie zwei Magnete gegenseitig angezogen. Ich wusste es nicht.

Mein Kopf und Denken setzten vollkommen aus, ich bekam so gut wie gar nichts mehr mit. Obwohl ich eigentlich wie elektrisiert sein sollte und alles tausendmal intensiver spüren müsste. Denn war das nicht normalerweise so? Wurde das in Filmen und Büchern nicht ständig so beschrieben?

Mein Herz wummerte viel zu laut in meinen Ohren und so schnell, dass mir schwindelig wurde, weswegen ich den Kuss einfach nur rasch beenden wollte. Deswegen drückte ich Silas bestimmt von mir. Ich versuchte es möglichst sanft und ohne meine Panik allzu offen zu zeigen.

Ich traute mich jedoch nicht, ihm danach in die Augen zu sehen, und starrte lieber nach unten. Jetzt spürte ich auch noch, wie ich feuerrot anlief. Ich wollte gerade einfach nur weg, das war ja oberpeinlich. Außerdem hatte diese Sache mit Sicherheit alles zwischen uns kaputt gemacht.

Ich spürte bereits das leise Zittern, welches in meine Glieder kroch, und das hatte rein gar nichts mit der Kälte um mich herum zu tun.

„Mhm, scheint nicht funktioniert zu haben." Bei Silas unverfänglichen Worten, wagte ich es zögerlich, aufzuschauen. „Oder hast du ein besonderes Licht oder ähnliches gesehen? Ich fühle mich nämlich nicht anders."

Ich brauchte ein paar Atemzüge, um mich zu sammeln und ein unbeschwertes Lächeln aufzusetzen, das vermutlich trotzdem nicht sonderlich überzeugend wirkte.

„Vielleicht muss ich dich küssen, während du noch in Krampusgestalt bist. So wie beim Froschkönig würdest du dich dann wieder zurück in einen Menschen verwandeln."

„Keine schlechte Idee, auf jeden Fall würde man dann sofort sehen, ob es funktioniert hat. Wollen wir dann also noch-"

„Nein. Lass uns zuerst den dreiundzwanzigsten hinter uns bringen. Danach können wir die Kussexperimente fortsetzen." Eigentlich legte ich da überhaupt keinen Wert drauf und hoffte, dass uns bis dahin etwas Besseres einfiel. „Es ist besser, wenn es nicht funktioniert hat, ansonsten ist dein ganzer Auftritt übermorgen dahin; ohne dein *Krampuskostüm.*"

Ich versuchte tapfer, mir nichts anmerken zu lassen, aber das war gar nicht so leicht. Nicht nur, dass es mein erster Kuss gewesen war und ich mich mit alldem hier vollkommen überfordert fühlte. Ich …

Ja, ich war es gewesen, die den Kuss beendet hatte. Trotzdem verletzte mich die Art, wie er danach reagiert hatte. Auch wenn das auf den ersten Blick albern zu sein schien. Es war halt mein erster Kuss gewesen (klar, das hatte er nicht gewusst) und er hatte ihn scheinbar bloß dafür genutzt, um herauszufinden, ob dieser ihn zurückverwandelte. Mehr war da nicht gewesen. Nicht der Hauch von romantischen Gefühlen. Das Stechen in meiner Brust wurde stärker.

„Übrigens, das Kostüm. Da bräuchte ich noch deine Hilfe."

„So?" Ich hob überrascht die Augenbrauen. „Wofür?"

Ein Tännlein
aus dem Walde

22. Dezember, noch 2 Tage bis Weihnachten

Als ich an diesem Morgen aufwachte und nach unten ging, erwartete mich ein bereits gedeckter Tisch und ein leicht beschämt dreinblickender Silas.

„Ich wollte mich noch mal bedanken und dir etwas Gutes tun. Du hast mich ja nicht nur bei dir aufgenommen, sondern musst jetzt auch noch für mich arbeiten."

Richtig, seine Bitte von gestern. Da sein „Kostüm" so täuschend echt aussah, hatte er mich gebeten, ihm etwas anzufertigen oder zu schneidern, womit das ein wenig kaschiert werden konnte. Wenn ich ehrlich war, war das eine ziemlich kluge Idee, denn er würde in seiner Gestalt echt auffallen. Allerdings musste ich das Ganze bis übermorgen fertig bekommen, daher durfte es nicht allzu aufwendig sein. Ich konnte auch nur Material verwenden, welches ich schon besaß, denn für Bestellungen fehlte die Zeit. Es musste alles schnell gehen und irgendwie mit seinem bereits vorhandenen Aussehen harmonieren. Denn für ein komplettes Krampuskostüm, welches er normal als Mensch hätte tragen können, reichte die Zeit bei Weitem nicht. Das hatte Pfarrer Wilhelm ja bereits angemerkt. Allein schon die „Anpassungen" dürften mich ziemlich in Anspruch nehmen. Daher freute ich mich riesig über seine nette Geste.

„Danke."

„Ich hätte ja frische Brötchen besorgt, das Problem ist nur, dass ich kein Geld habe." Er drehte seine Hosentaschen nach außen, um dies zu verdeutlichen. „Und ich mochte nicht einfach bei dir nach Geld suchen. Deswegen ist es etwas bescheiden ausgefallen."

„Das macht gar nichts, der Gedanke zählt. Komm, lass uns frühstücken." Ich deutete einladend auf den Stuhl. Er nickte und setzte sich.

„Ich hab Tee aufgebrüht." Hastig erhob er sich wieder und schenkte mir ein. Es roch wunderbar nach Weihnachten.

„Genau das Passende zu dieser Jahreszeit." Ich schmunzelte.

„Richtig und da wäre noch etwas, worüber ich mit dir sprechen wollte."

Dieser Unterton gefiel mir gar nicht und richtig, es war nichts, was ich gern hören wollte.

„Du bist verrückt", stieß ich aus, als er mir seinen Vorschlag unterbreitete.

„Nein, bin ich nicht. Mir ist aufgefallen, dass es bei dir höchst unweihnachtlich aussieht, und daran sollten wir dringend etwas ändern, schließlich sind es nur noch zwei Tage bis Weihnachten. Also höchste Zeit!"

Silas schien voller Tatendrang. Ich war nicht mal richtig wach und er hatte bereits den halben Tag verplant. Es war wirklich schön, dass er wieder so euphorisch war, wenn ich nur nicht die Leidtragende dabei gewesen wäre.

„Es kommt hier überhaupt keine Weihnachtsstimmung auf und die soll ich morgen doch verbreiten."

Aber nicht bei mir, hätte ich beinahe geantwortet. Stattdessen ließ ich den Blick einmal über die Einrichtung schweifen.

„Ja, gut. Ich hab bloß ein paar Kerzen stehen. Mir fehlte halt die Zeit und die Muße, um es richtig zu schmücken." Es war nicht so, dass ich Weihnachten nicht mochte oder etwas in der Art. Es gab für mich nur keinen richtigen Grund, den Tag zu feiern. Ich hatte meine Follower, denen ich ein fröhliches Weihnachtsfest wünschte, und meine beiden Pferde, die an Heilig Abend eine Schüssel Mash mit Möhren und Apfel bekamen. Das war's.

Wozu einen Baum aufstellen, wenn eh keine Geschenke drunterlagen und er mich bloß daran erinnerte, dass ich Weihnachten alleine war?

„Seit ich hier bin, hast du doch endlich Zeit für andere Sachen."

„Na ja." Ganz Unrecht hatte er nicht, das lag allerdings daran, dass ich wegen ihm nicht zum Arbeiten kam und weniger daran, dass der Tag plötzlich mehr Stunden besaß als vorher.

Ich zögerte weiter.

Allerdings aus einem anderen Grund.

Wenn er so weitermachte, würde ich nie mit seinem Kostüm fertig werden. Ich hatte gestern Abend in seiner Krampusgestalt Maß genommen, damit ich wusste, wie lang ich die Hosenbeine nähen musste. Er würde von mir einfach eine weite Hose angefertigt bekommen, die er über seine auffälligen Beine ziehen konnte. Die waren das Einzige, was sich überhaupt nicht mit sehr guter Maskenbildnerei und perfekten Nähfähigkeiten erklären ließ. Das Gesicht könnte eine Maske sein (eine herausragende in der Machart selbstverständlich!) und die Hörner von einem Tier stammen. Über die Hände wollte ich ihm Handschuhe ziehen, aus denen die Krallen heraussahen, mit Fell auf dem Handrücken. Das machte die Hände weniger echt. Der Rest seines Körpers war von jeder Menge langem, zotteligem Fell bedeckt, was durchaus als Kostüm durchgehen konnte.

Ich musste nur gucken, wie ich mit den vorhandenen Materialien einen nicht allzu auffälligen Übergang zwischen Oberkörper und Hose hinbekam. Das war gar nicht so leicht und ich brauchte Silas immer wieder in seiner Krampusgestalt, um vergleichen zu können. Gestern hatte ich mich als Erstes an die Handschuhe gesetzt. Die gingen am schnellsten und wenn ich es versaute, dann war es nicht allzu aufwendig, neu anzufangen. Aber es fehlte noch die komplette Hose mit Schwanz. Andererseits bedeutete sein Vorschlag, mehr Zeit mit ihm zu verbringen, solange er hier war. Die Gelegenheit sollte ich definitiv nutzen.

Ich hatte gestern Abend beim Nähen ziemlich ausführlich über unseren Kuss nachgedacht. Und mir war klar geworden, dass ich mal wieder so in meiner Gedankenwelt vertieft gewesen war, dass ich gefühlsmäßig überhaupt nichts hatte mitnehmen können. Hatte der Kuss Gefühle in mir ausgelöst? Hatte er sich gut angefühlt? War er schön gewesen?

Nichts davon konnte ich wirklich beantworten. Alles war irgendwie verschwommen. Deswegen würde ich es eigentlich gern noch einmal probieren, solange er hier war. Schließlich könnte es jederzeit sein, dass er entschied, weiterzuziehen. Oder es passierte morgen auf dem Weihnachtsmarkt irgendetwas, was unsere gemeinsame Zeit jäh beendete.

„Meinetwegen. Aber das mit dem Baum halte ich trotzdem für eine schwachsinnige Idee."

„Quatsch, das ist eine ganz großartige Idee!" Silas strahlte mich begeistert an und ich musste wild mit dem Kopf schütteln, damit er mein Lächeln nicht bemerkte.

„Überhaupt nicht. Wo willst du denn jetzt noch einen Baum herbekommen? Oder besser gesagt, wie sollen wir ihn transportieren? Im Bus?" Na, das würde höchstwahrscheinlich sogar funktionieren. Ich sollte ihn lieber nicht auf dumme Ideen bringen. „Victor ist nicht eingefahren, ich weiß nicht, ob er da lieb mitmachen würde, auch wenn er sonst alles macht. Außerdem fehlt die Ausrüstung. Sokrates ist zwar eingefahren und ich bin mit ihm auch regelmäßig unterwegs, aber der schafft das bei dem hohen Schnee definitiv nicht."

„Nora, ganz ruhig. Hast du schon mal nach draußen gesehen?"

Wie? War der Schnee etwa weg?

Ich stand tatsächlich auf, um das zu überprüfen, weil ich von meinem Sitzplatz aus nicht nach draußen sehen konnte. Er von seinem hingegen schon.

„Es ist immer noch weiß", stellte ich nach einem Blick durch die große Fensterfront fest und runzelte irritiert die Stirn. Was sollte mir das nun sagen?

„Ja, es ist weiß draußen, da liegt jede Menge Schnee. Perfekt, für einen Waldspaziergang. Hey, du hast die Weihnachtsbäume doch quasi vor der Tür stehen und die kleine Strecke sollten wir zu zweit ja wohl schaffen. Wir nehmen uns einen Schlitten mit und dann klappt das schon."

Seinen Enthusiasmus konnte ich schlicht nicht teilen. Trotzdem gab ich mich letztendlich geschlagen, nützte ja nichts.

„Also schön. Wenn das Kostüm für dein *Kostüm* am Ende dann aber sehr stümperhaft aussieht, kann ich nichts dafür. Schließlich hast du mich von der Arbeit abgehalten."

Zwar hätte ich gerne zuerst die Arbeit fertig gehabt und danach den Spaß genossen, ich vermutete jedoch, dass es dann bereits dunkel war. Und im Dunkeln im Wald nach einem passenden Weihnachtsbaum zu suchen, erschien mir wenig sinnig. Das war Silas ebenfalls klar, weswegen er mich nach dem Frühstück direkt nach draußen scheuchte, damit wir alles erledigt bekamen.

Also schön, ich war auf dem Weihnachtsmarkt gewesen, da war der Gang vor die Tür doch ein Klacks. Trotzdem fühlte ich mich wohler, wenn ich mich im Haus oder im Stall aufhielt. Doch das ließ Silas nicht zu und so trat ich dick eingemummelt aus der Haustür. Die kalte Luft biss mir sogleich in die Wangen und als ich hoch zum Himmel sah, war von dem sternenklaren Nachthimmel nichts zurückgeblieben. Dicke Wolken hingen am Firmament und schienen jeden Moment auf uns herabfallen zu wollen. Na, das gab später bestimmt noch mehr Schnee.

„So, ich bin fertig." Silas kam in seiner Krampusgestalt auf mich zu, bewaffnet mit einer Axt. Neben mir stand mein Kinderschlitten, der die vergangenen Jahre im Keller in einer Ecke gestanden hatte.

„Jetzt siehst du richtig gruselig aus." Ich musste grinsen. Silas hingegen musterte mich bloß irritiert.

„Na, mit der Axt über der Schulter", klärte ich ihn auf.

„Ach so, ja. Gut, dass du keine Angst vor mir hast." Er zeigte seine spitzen Zähne.

„Na, da hast du aber Glück. Wie hast du dir das also vorgestellt?"

„Wir gehen in die Richtung, denn da stehen die Bäume und dann suchst du dir den schönsten aus. Denk aber bitte daran, dass wir vor Einbruch der Dunkelheit zurück sein müssen", ich schnaubte, es war noch nicht mal Mittag, „und auch noch andere Dinge zu tun sind."

Ich verkniff es mir, zu erwähnen, dass das alles hier auf seinem Mist gewachsen war. Es wäre eine unnötige Diskussion, die zu keinem brauchbaren Ergebnis führen würde.

Also stapfte ich los, wählte dabei den Weg, den ich gestern mit Victor gegangen war, um in unseren Spuren laufen zu können, und zog den Schlitten hinter mir her. Der hinterließ auf den ersten Metern noch braune Rostflecken, dann waren die Kufen wieder sauber „gewaschen" und er flutschte hinter mir her.

Als wir im Wald ankamen, fiel mir das erste Mal auf, dass hier gar nicht so viele Tannen standen. Und wenn, dann waren die zehn Meter oder höher. Na, das konnte ja lustig werden.

Silas lief vorweg und ich hinterher – dadurch konnte ich in seinen Spuren gehen, was mir das Vorankommen leichter machte. Währenddessen sah ich mich suchend um, ob irgendwo ein Bäumlein stand, das mich nicht um drei Weihnachtsbäume überragte.

Es brauchte seine Zeit, aber endlich entdeckte ich unter einer dicken Schneehaube eines.

„Der hier sieht hübsch aus." Ich stellte mich neben ihn und rüttelte etwas an den Ästen, damit der Schnee herunterfiel und ich ihn besser betrachten konnte.

„Findest du? Ist der nicht zu groß?" Silas betrachtete skeptisch meine Auswahl.

„Wir sind hier inmitten eines Waldes, sind da nicht alle Bäume zu groß?", konterte ich. „Außerdem kann man den Stamm ja entsprechend unten absägen."

Oder wahlweise mit der Axt abkloppen, fügte ich im Stillen hinzu, als Silas nachdenklich die Axt auf seiner Schulter hüpfen ließ.

„Aber das wäre doch schade. Ich denke, wir gucken erst noch ein bisschen weiter."

Gut, ich erinnerte ihn jetzt mal nicht daran, dass er *mir* gesagt hatte, dass wir nicht ewig Zeit hätten. Sowieso war das alles seine gottverdammte Idee, die Unmengen an Zeit schluckte und nun zog er das Ganze auch noch zusätzlich in die Länge. Wenn der Kerl sich später über irgendetwas an seinem Kostüm beschwerte, dann konnte der was erleben, aber richtig!

Das nahm ich mir zumindest vor. Ansonsten sagte ich nichts und folgte ihm gehorsam durch den hohen Schnee weiter in den Wald hinein.

Gab es eigentlich irgendein Märchen, wo das dumme Mädchen dem bösen Wolf (?) achtlos in den Wald folgte? Das war doch bei Rotkäppchen so gewesen, oder war der unabhängig von ihr zur Oma gegangen? Ach, egal.

Jedenfalls kam ich mir gerade so vor wie eine dumme Gans, die sorglos dem Krampus immer tiefer in den Wald nachlief.

Ach, richtig! Bei Hänsel und Gretel hatte der Vater die Kinder doch in den Wald geführt, um sie dort alleine zurückzulassen, weil er, beziehungsweise die Stiefmutter (Stiefmütter kamen in Märchen echt nie gut weg), die Kinder loswerden wollte.

Ich konnte nur hoffen, dass Silas nicht hinter meinem Haus her war und mich dafür in den Wald führte, um mich hier irgendwo allein zurückzulassen. Na ja, wenigstens hätte ich dann meine deutlich sichtbaren Fußabdrücke, die mir anstelle der Brotkrumen helfen würden.

Schluss! Ich sollte mich lieber auf die Weihnachtsbaumsuche konzentrieren, wenn wir nicht irgendwann beide im dunklen Wald festsitzen wollten.

Es brauchte noch vier weitere Bäume bis Silas mit „meiner" Wahl endlich zufrieden war. Und da sage einer, Frauen wären wählerisch.

Nachdem wir umgedreht waren und auch auf dem Rückweg, der etwas weiter abseits geführt hatte, keinen besseren Baum hatten finden können, war es endgültig entschieden.

„Hab ich doch gleich gesagt", konnte ich mir nicht verkneifen, als wir zum zweiten Mal vor dem Tännlein standen.

„Tja so konnten wir uns diesbezüglich jetzt ganz sicher sein. Dann wollen wir den Guten mal fällen."

Das „Gute" an der von Silas zuvor bemängelten Größe war die Tatsache, dass er sich zum Axtschlagen nicht bücken musste. Er konnte sozusagen auf Augenhöhe fällen.

Da ich mir nicht sicher sein konnte, wie gut er in so etwas war, räumte ich lieber einen großzügigen Sicherheitsabstand ein.

Vor dem ersten Schlag entfernte Silas zunächst mühsam ein paar Äste, damit seine Schlagstelle schön frei lag, danach legte er los. Der

Baum erzitterte unter seinem ersten Schlag und eine Menge Schnee fiel von der Tanne. Leider genau auf ihn drauf.

Während er sich verblüfft schüttelte, musste ich mir das Lachen hart verkneifen und drehte mich mit den Händen vorm Mund hüpfend auf der Stelle. Am liebsten hätte ich schreiend vor Lachen auf den Boden gehämmert. Nein, dieser Blick!

Dank seiner Krampusgestalt konnte ihm der Schnee wenigstens nicht in die Jacke rutschen. So war die Sache mit einmal kräftig Schütteln erledigt und Silas war wieder schneefrei. Zumindest bis zum nächsten Schlag, denn der Baum hatte noch reichlich Schneereserven. Dieses Mal ertrug Silas den Schneeschauer jedoch stoisch und schlug zwei weitere Male zu, ehe der Baum sich neigte und das letzte Stück an einem langen Splitter abbrach.

Ich fühlte mich damit in meiner Annahme, er wäre in seiner Krampusgestalt stärker als ein normaler Mensch, bestätigt.

„Geschafft. Dann mal rauf auf den Schlitten mit ihm und ab nach Hause."

Der sagte das so, als wäre das ganz einfach. Das bezweifelte ich jedoch, denn die Tanne war immer noch ziemlich monströs.

„Hack lieber noch ein Stück unten ab und auch ein paar Äste. Ich weiß gar nicht, wie wir den auf den Schlitten bekommen sollen. Das ist immerhin ein Kinderschlitten. Du ziehst", fügte ich rasch hinzu, damit er nicht auf komische Gedanken kam.

„Meinetwegen." Silas hob die Axt, als wolle er damit jemanden enthaupten und ich war mir nicht sicher, ob sein *meinetwegen* sich auf das Abschlagen oder aufs Ziehen bezog.

Das Beil sauste nieder und wie bei einer Enthauptung, schlug er ein Stück des Stammes relativ sauber ab, während ich den Schlitten neben dem Baum parkte.

„Wir legen den Stamm nach vorne und du musst dann hinten die Spitze halten, wenn ich ziehe", wies er mich an. Ich hatte zwar zusätzlich ein paar Bänder und Gurte eingepackt, aber den buschigen Baum mit dem ganzen Schnee auf dem kleinen Schlitten festzuzurren, stellte eine wahre Herausforderung dar. Wahrscheinlich brauchten wir dafür am Ende länger als für die gesamte Suche.

Wenigstens war mir nicht mehr kalt, als wir uns endlich auf den Rückweg machten. Welcher jedoch die nächste Mammutaufgabe darstellte. Ich dankte im Stillen dem Himmel, dass nicht ich diejenige war, die den Schlitten ziehen musste. Der sank wegen des zusätzlichen Gewichts nämlich etliche Zentimeter im hohen Schnee ein. Da konnte ich hinten an der Spitze noch so viel heben.

Gut, dass es nicht weit bis nach Hause war, aber immer noch weit genug, dass ich ächzend auf die vor uns liegende Strecke blickte, nachdem wir den Wald endlich hinter uns hatten. Das konnte ja lustig werden.

Silas kam ganz schön ins Schnaufen. Ich war mir ziemlich sicher, dass er sich das nur nicht anmerken lassen wollte und deswegen darauf verzichtete, eine Pause einzulegen oder sich in irgendeiner Art zu beschweren. Mir entging jedoch nicht, dass er merklich langsamer wurde. Ich konnte allerdings nichts tun, um es ihm leichter zu machen. Denn ich würde den Schlitten mit dem Baum wahrscheinlich keine zwei Meter durch den hohen Schnee gezogen bekommen. Und er wäre sicherlich zu stolz, um meinen Vorschlag für eine Pause anzunehmen. Dann musste er da jetzt eben durch, inzwischen war es zum Glück nicht mehr weit. Die Brücke würde ihm leichter fallen und danach waren wir quasi schon da.

Nachdem wir den Baum irgendwie vom Schlitten befreit und in den Stall getragen hatten, wirkte Silas bereits wieder frisch und munter.

„So, klassischerweise soll der Baum sich ja erst einmal etwas akklimatisieren, bevor man ihn in die warme Stube bringt. Ich würde sagen, das hübsche Bäumchen macht es sich für ein paar Stunden im Stall gemütlich und wir beschäftigen uns mit der nächsten Tagesordnung."

„Der nächsten Tagesordnung?", fragte ich schwer schnaufend. Ich hatte mich noch nicht mal von der ersten erholt und er plante bereits den nächsten Streich?

Wann war das hier zu einer Art Bootcamp mutiert? Hatte er die Tage bis Weihnachten (waren ja eh nur noch zwei) bereits komplett durchgeplant? Aber wieso? Wollte er mich damit etwa heilen? So etwas ließ sich nicht einfach per Handauflegen wegwünschen. Ich hatte immerhin schon ein ganzes Jahr mit Victor daran gearbeitet, damit mir das Rausgehen weniger Probleme bereitete. Das alles hier baute also lediglich auf unserer guten Vorarbeit auf.

„Genau. Wir müssen immerhin noch einen Schneemann bauen."

„Und das muss noch vor dem Mittagessen sein?", startete ich einen kläglichen Versuch, eine kleine Schonfrist und etwas Aufschub zu bekommen.

Silas sah auf die Uhr, die im Stall an der Wand hing, und zu der auch ich hochgeblickt hatte. „Nein, du hast recht. Wir sollten erst mal etwas essen und dann frisch gestärkt ans Werk gehen."

„Na, Gott sei Dank!", stöhnte ich vernehmlich und begann damit, mich meiner dicken Kleidung zu entledigen. Ich musste mich wahrscheinlich sowieso erst mal umziehen, da ich das unangenehme Gefühl hatte, ziemlich durchgeschwitzt zu sein und bei den Temperaturen draußen konnte man sich da schnell was wegholen. Mal abgesehen davon, dass mir das peinlich war. Also verschwand ich hastig nach oben und widmete mich erst danach dem Essen.

Die Zeit beim Essen nutzte ich, um mit Silas meine Ideen zu seinem Kostüm zu besprechen. Ich hatte bereits ein paar sehr gute. Nach dem Essen wollte ich schauen, ob ich alles Notwendige dafür im Haus hatte, doch Silas hatte mal wieder andere Pläne.

Nach dem Mittagessen scheuchte er mich sofort nach draußen. Angeblich um den Kopf freizubekommen. So etwas war seiner Meinung nach wichtig. Ich hatte zwar ständig bloß die Uhr im Auge, ließ mich aber trotzdem wieder einmal von ihm überzeugen.

Irgendwie fiel es mir da bereits viel leichter, die Schwelle der Haustür zu übertreten. Und wir hatten echt unglaublich viel Spaß draußen im Schnee. Silas nahm dafür seine menschliche Gestalt an und packte sich ordentlich dick ein.

Er baute einen Schneemann und ich die passende Schneefrau dazu. Wir verzweifelten etwas, als wir uns daran versuchten, dass die beiden sich an den Händen hielten. Andauernd brachen uns die Arme ab, sodass Silas am Ende einfach einen langen Stock besorgte, den er beiden „in den Bauch rammte", wodurch sie dann miteinander verbunden waren. Ich hielt das für eine ziemlich brutale Methode, doch ich hatte kaum Zeit, meine Kritik zu äußern, da flogen mir bereits die ersten Schneebälle um die Ohren. Hastig suchte ich hinter einer Schneewehe Deckung und begann, den Schnee um mich herum zu Kugeln zusammenzudrücken. Dummerweise war ich richtig mies im Zielen. Die Schneebälle flogen zwar weit genug, aber auch weit genug an Silas vorbei, der sich darüber königlich amüsierte und dabei selbst nicht gerade wenige Treffer landete. Warum waren Jungs in so etwas nur häufig so viel besser?

Ich maulte herum, bis ich ihn endlich auch mal erwischte. Leider blieb das so ziemlich mein einziger Treffer, sodass ich irgendwann zum direkten Angriff überging. In Form eines Überraschungsangriffs rannte ich auf ihn zu und versuchte, ihm eine Handvoll Schnee ins Gesicht zu drücken. Er floh und so jagten wir uns eine Weile über die freie Fläche. Am Ende kugelten wir ineinander verschlungen durch den Schnee.

Zum Schluss waren wir beide über und über mit dem weißen Puderzeug bedeckt und als wir versuchten, wieder zu Atem zu kommen, lagen wir gute dreißig Zentimeter tief im Schnee versunken neben- und aufeinander. Weil Silas rückwärts in eine Schneewehe gekippt war und ich mit ihm, da er mich dabei fest umklammert gehalten hatte. Wir lachten und dann sahen wir uns an. Ich hatte das Gefühl, dass da wieder dieser besondere Moment zwischen uns war, und ich nahm mir fest vor, dieses Mal den ersten Schritt zu tun. Also näherte ich mich vorsichtig seinem Gesicht. Er hielt ganz still, wich nicht aus und ich war mir sicher, er wusste, was ich vorhatte.

Keine Ahnung, ob ich es wirklich durchgezogen und mich getraut hätte, ihn zu küssen. Der Schnee machte mir vorher einen Strich durch die Rechnung. In dem Moment, in dem unsere Gesichter nur noch wenige Millimeter, voneinander entfernt waren, brach über meinem Kopf der Schnee ab und klatschte auf mich herunter. Ich prustete unwillkürlich und pustete Silas damit jede Menge davon ins Gesicht.

Der sprang erschrocken auf. Oder wollte das zumindest. Doch ich hatte ihn irgendwie halb umklammert, ein Bein über seinem, sodass er wieder zurückfiel und dieses Mal ziemlich frontal mit dem Gesicht im Schnee landete. Daraufhin fiel noch mehr von dem kalten Zeug auf mich hinunter.

„Jetzt reicht's!", rief Silas entschieden und setzte sich vorsichtig auf. „Ich hab tonnenweise Schnee in meiner Jacke", schimpfte er und versuchte, etwas davon herauszuholen. Mit mäßigem Erfolg.

„Sei kein Weichei, das hab ich auch", hielt ich dagegen und spürte in dem Moment, wie der bereits geschmolzene Schnee meinen Rücken hinabrann.

„Wenn du so altklug daherreden kannst, aber definitiv nicht genug!" Und schon warf er sich mit einer Handvoll Schnee auf mich und wollte ihn mir hinten in die Jacke stopfen. Ich kreischte und versuchte, mich mit Schneeattacken meinerseits zu wehren.

So tobten wir bestimmt noch eine halbe Stunde durch die weiße Wunderlandschaft, die danach eher an ein Schlachtfeld erinnerte (nur ohne Blut), bis wir beide bis auf die Knochen durchgefroren waren.

„Also ich brauche jetzt ein heißes Bad", entschied ich zähneklappernd. Meine Finger leuchteten feuerrot und vom Gefühl her war meine gesamte Kleidung nass.

„Oder eine heiße Dusche", stimmte Silas mir zu.

„Die wird nicht reichen. Ich muss meine gefrorenen Glieder mindestens für eine halbe Stunde in heißes Wasser einlegen, bis sie wieder aufgetaut sind." Während ich sprach, schlurfte ich Richtung Haustür. Dabei entging mir nicht, dass der Schnee auch einen Weg in meine Schuhe gefunden und da ebenfalls seine Ursprungsform als Wasser angenommen hatte. Die mussten später unbedingt vor den Kamin. Oh, Mist! Hoffentlich brannte der noch!

„Und was soll ich solange machen?" Silas holte mich mühelos ein. Gedanklich schien er mich jedoch bereits überholt zu haben. Ich brauchte noch ein Weilchen, bis seine Worte für mich Sinn ergaben.

„Heißen Tee trinken und vor dem Kamin trocknen", schlug ich vor, bevor mir etwas Falsches über die Lippen schlüpfte. Zum Beispiel, dass er sich ja zu mir in die Wanne setzen konnte. Denn so weit, mich irgendjemandem nackt zu präsentieren, war ich lange nicht. Ich wäre vor Scham gestorben, vermutlich hätte ich meinen

Bikini rausgesucht, den ich vor x Jahren das letzte Mal angehabt hatte. Das wäre dann wahrscheinlich noch peinlicher gewesen.

Beinahe hätte ich angefangen zu kichern, weil dieser Gedanken so absolut absurd war. Es gab keinen Grund, wieso er überhaupt mit mir in eine Wanne steigen sollte. Da konnte ihm noch so kalt sein. Außerdem hielt ich die Variante, dass ich beschämt von möglichst viel Schaum bedeckt in der Wanne saß, während er vollkommen nackt unter der Dusche stand, für realistischer.

Energisch schüttelte ich den Kopf. Das reichte jetzt wirklich! Ich musste mit diesen Tagträumen aufhören, dringend.

„Ich finde die Idee, dass du mich erst heiß duschen lässt und dann dein halbstündiges Bad nimmst, wesentlich ansprechender."

Da hatten wir die Variante mit Baden und Duschen. Ich biss mir tatsächlich kurz auf die Zunge – oder eher auf die Innenseite meiner Wange – damit die Worte, dass wir es gleichzeitig tun konnten, nicht meinen Mund verließen. Ich musste mich beherrschen.

„Na, meinetwegen", gab ich mich stattdessen großzügig und unterdrückte alle weiteren Gedanken an ein gemeinsames Bad oder andere Varianten dessen.

Während Silas also schnell unter die Dusche sprang, schälte ich mich aus den feuchten Sachen und sah nach dem Ofen. Männer waren wirklich schneller im Bad als Frauen, denn er trat frisch geduscht aus dem Badezimmer, bevor ich mit meinen anderen Aufgaben fertig war.

„Wo ist denn dein Baumständer?"

Weihnachtsbaumaufstellen lautete der nächste Punkt auf Silas' Tagesordnung. Ich wusste, dass Widerspruch zwecklos war, doch die Zeit saß mir im Nacken. Ach, was soll's. So lange konnte das ja nicht dauern.

„Ich gehe nur schnell duschen, dann hole ich ihn dir."

Keine Viertelstunde später stand ich mit dem alten Ding in der Hand im Stall. Zum Glück hatte ich die gesamte Weihnachtsdeko und alles, was dazugehörte, gemeinsam in einer Ecke im Keller gelagert. Silas trug gerade den letzten Karton nach oben.

„Ich hab wirklich noch nie – noch nie! – Laubblätter aus einem Weihnachtsbaum pflücken müssen", beschwerte ich mich, während ich fleißig weitersammelte. Wenigstens war mir dieser Umstand aufgefallen, solange wir uns im Stall befanden. Der Baum hatte mittlerweile seinen Ständer am Fuß, während ich um ihn herumlief und mich bemühte, alles abzusammeln, was ich später nicht in meinem Wohnzimmer haben wollte.

„Du hast ja auch noch nie einen Baum in der freien Wildbahn gefällt, oder?"

„Um ehrlich zu sein, hatte ich Papa mal dazu überredet. Ich wollte unbedingt in den Wald gehen und dort den allerschönsten Weihnachtsbaum finden. Erst als es bereits dunkel geworden ist, sind wir, mit Taschenlampe bewaffnet, zurückgekommen, weil ich so lange brauchte, bis ich den perfekten Baum gefunden hatte. Papa hat aber überhaupt nicht gedrängelt und mich ganz in Ruhe weitersuchen lassen. Er hat mich nur manchmal ausgebremst, wenn ich noch weiter weglaufen wollte, weil wir den Weg ja auch wieder zurückmussten, und bestimmt hatte er auch Sorge, wir könnten uns verlaufen." Ich lächelte bei dieser Erinnerung glücklich, während der so vertraute Stich überraschend ausblieb. Das verwunderte mich kurz, doch dann grinste ich bloß breiter. Vielleicht begann ja auch diese Wunde endlich zu heilen. Wer wusste, vielleicht war Silas ja zu mir geschickt worden als eine Art verkleideter Engel oder so. Ich war mittlerweile jedenfalls fest davon überzeugt, dass es einen Grund geben musste, wieso er ausgerechnet bei mir gelandet war und dann nicht mehr hatte gehen können.

Und keine zehn Minuten später war ich mir sicher, dass er nur hier war, um mich in den Wahnsinn zu treiben. Silas bestand darauf, dass wir den Baum gemeinsam schmückten, was mich in meinem Zeitplan zusätzlich zurückwarf. Außerdem forderte er von mir, dass ich eine Weihnachts-CD raussuchte oder anderweitig für passende Musik sorgte. Dazu hatte er die Deckenlampe ausgeschaltet, Kerzen angezündet und die Lichterkette des Baums eingeschaltet. Das waren, neben dem Feuer im Kamin, die einzigen Lichtquellen. Was das Schmücken ein klein wenig erschwerte. Auch wenn ich zugeben musste, dass der Baum dadurch an Glanz gewann und es für die Weihnachtsstimmung genau das Richtige war.

Nur weigerte Silas sich leider, das Licht nach dem Schmücken wieder anzumachen, und so musste ich sein Kostüm und alles Nötige dafür bei sehr dürftigen Lichtverhältnissen erledigen. Als Rache spannte ich ihn für einfache Arbeiten, wie den Stoff an den markierten Stellen zu zerschneiden, ein.

Trotzdem war ich um Mitternacht noch lange nicht fertig, was eine Nachtschicht bedeutete. Juchhu! Na ja, ich arbeitete sonst ja auch bis spät in die Nacht. Also war ich es gewohnt.

Seid ihr heuer brav gewesen? Sonst kriegt ihr's mit dem Krampusbesen!

23. Dezember, noch 1 Tag bis Weihnachten

Ich musste sagen, ich war zwar todmüde, total erschöpft, mir taten Hände, Arme und Schultern, sowie der Rücken weh, und am liebsten wäre ich tot ins Bett gefallen, aber dennoch durchflutete mich der pure Stolz, als ich das fertige Kostüm an Silas sah.

An seinem Gesicht hatten wir nicht großartig etwas geändert. Ich hoffte, dass die Leute einfach annahmen, dass da jemand mit einem Mordstalent im Bereich Maskenbildnerei zugange gewesen war. Und da bei den Krampuskostümen ohnehin immer echte Hörner verwendet wurden, hatte ich auch die in Ruhe gelassen. Genauso wie das Fell an seinem Oberkörper und die Krallen. Ich hatte mich auf seine Hände, Beine und den Schwanz konzentriert und dafür eine Art Hosenanzug genäht und einen unechten Schwanz daran befestigt. Den Echten steckte er in die Hose – wobei man das so definitiv nicht laut sagen sollte, was mich bei meinen Anweisungen einige Malen zum Kichern, ihn zum Schmunzeln und mich dadurch zum Lachen gebracht hatte.

Die Hosenbeine waren zusätzlich noch etwas ausgepolstert, sodass man Silas' Ziegenbeine darunter lediglich erahnen konnte, wenn man wusste, wie sie aussahen. Zudem hatte ich ihm mehrfach eingebläut, dass er unbedingt darauf verzichten musste, sich hinzuknien, weil das die Illusion kaputt gemacht hätte. Auch wenn es besonders für Kinder schöner wäre, wenn er in die Knie ging, anstatt sich „bedrohlich" über sie zu beugen, blieb uns in dem Fall nichts anderes übrig, als den Kompromiss zu machen. Andernfalls würde sofort auffallen, dass seine Knie in die falsche Richtung zeigten. Auch beim Laufen sollte er darauf achten, sich eher betont schwerfällig zu bewegen und die Beine nicht zu sehr zu knicken. Um das zusätzlich zu kaschieren, hatte ich extra viele, lange Haarstreifen befestigt, die ihm beim Laufen um die Beine wehten, aber auch hier galt, die Täuschung war nicht perfekt.

Trotzdem war ich überaus zufrieden mit meiner Hose und konnte mir selbst nur immer wieder auf die Schulter klopfen.

Silas hielt mit seinem Lob ebenfalls nicht hinterm Berg und betonte die geniale Idee und deren Umsetzung. Das sorgte dafür, dass ich merkte, wie ich im Laufe der Zeit rot anlief, weswegen ich ihn bat, damit aufzuhören. Auch wenn es mich wirklich von Herzen freute, so sehr gelobt und wertgeschätzt zu werden.

„Du bist echt ein Genie und eine richtige Lebensretterin. Trotzdem sollte ich vermutlich besser nicht damit zum Weihnachtsmarkt laufen, oder?" Es war sieben Uhr morgens, ich hatte, wenn es hochkam, vier Stunden geschlafen, aber ich hätte vor lauter Aufregung ohnehin kaum ein Auge zugetan.

„Wir rufen uns ein Taxi. Vorausgesetzt, dass du dich damit vernünftig hinsetzen kannst. Das üben wir erst einmal auf dem Sofa. Wenn das nicht geht, bleibt immer noch der Bus. Dann stehst du einfach während der Fahrt." Ich schloss meine letzten Änderungen ab und rieb mir die müden Augen hinter der Brille. Sie juckten und mein Kopf dröhnte. Aber ich wusste, dass das sofort besser werden würde, sobald wir uns auf den Weg machten. Dann war ich sicherlich hellwach.

„Okay, das ist fertig. Probier mal, dich hinzusetzen." Ich zeigte aufs Sofa, Silas folgte meiner Aufforderung und ließ sich langsam nieder.

Am Ende fuhren wir mit dem Bus. Das war schlicht einfacher. Ich hatte die Zeiten rausgesucht und wir waren zur Bushaltestelle gelaufen. Dort hatte Silas sich die Hose angezogen (da es noch dunkel war, war das kein Problem gewesen). Bis der Bus kam, hatte alles an

Ort und Stelle gesessen und der Busfahrer hatte uns lediglich einen skeptischen Blick zugeworfen. Als Silas ihn jedoch höflich grüßte, während er etwas umständlich einstieg, hatte dieser ebenfalls höflich zurückgegrüßt. Ich hatte für uns beide bezahlt und während der Fahrt neben Silas gestanden. So früh war der Bus zum Glück fast leer und wir hatten nur wenige, neugierige Blicke kassiert.

Das letzte Stück bis zum Weihnachtsmarkt hatte noch mal eine kleine Herausforderung dargestellt, weil Silas zuvor kaum das Laufen im Kostüm geübt hatte.

„Ich hoffe, ich muss keine allzu weiten Strecken laufen heute. Das packe ich sonst nicht." Es sah wirklich etwas lustig aus, wie er versuchte, mit so wenig Beinaktion wie möglich vorwärtszukommen. Aber eine andere Lösung war mir auf die Schnelle nicht eingefallen.

„Du packst das schon", aufmunternd klopfte ich ihm auf die Schulter. Dass ich dermaßen übermüdet war, hätte mir für das Kommende eigentlich Probleme bereiten müssen, weil ich körperlich nicht fit war. Tatsächlich lenkte die Sorge um Silas mich jedoch so ab, dass ich weder im Bus, noch jetzt irgendwelche Beschwerden hatte.

Silas hatte mir sogar angeboten, dass ich daheimblieb oder zumindest ein paar Stunden Schlaf nachholte und erst dann nachkam. Aber dachte der echt, ich könnte ihn ruhigen Gewissens alleine losziehen lassen? Und das in dem Outfit? Oder dass ich selig schlafen würde, während ich nicht wusste, was mit ihm war und ob unser Täuschungsmanöver funktionierte? Da kannte er mich aber schlecht. Zur Not würde ich halt mal zum Kaffee greifen, auch wenn ich den sonst mied. Von dem Koffein bekam ich schnell Herzrasen und das war so etwas wie eine Einladung für Panikattacken. Trotzdem könnte es sein, dass ich heute womöglich eine Ausnahme machte. Ansonsten half nur jede Menge heißer Glühwein zum Aufputschen.

Als wir ankamen, wurde es langsam hell, sodass wir zumindest gut erkannten, wo wir hinmussten. Der Weihnachtsmarkt öffnete um 10 Uhr, was bedeutete, dass wir gut eine Stunde für die Einführung von Pfarrer Wilhelm hatten. Der tauchte jedoch gar nicht auf. Stattdessen stellte sich uns eine Elisabeth vor, die uns alles erklärte. Geplant war, dass Silas vormittags über den Weihnachtsmarkt lief und die Kinder ansprach, ihnen eine Zuckerstange anbot und sie nach ihren Wünschen fragte oder anders mit ihnen ins Gespräch kam. Wichtig war dabei bloß, dass sie keine Angst vor ihm hatten und ihn mit etwas Positivem verknüpften.

Silas bekam dafür einen mittelgroßen Jutesack, indem sich Zuckerstangen befanden. Den Sack konnte er sich über die Schulter werfen oder über dem Arm tragen. Außerdem sollte er bei Gelegenheit die Aufgabe des Krampusses erklären. Nämlich bei unartigen Kindern vorbeizukommen, um daran zu erinnern, wie man sich richtig benahm. Der Nikolaus besaß schließlich auch eine Rute, wenn die Kinder nicht artig waren.

Na ja, es war schwierig, wenn die Aktion dazu diente, dass die Kinder eigentlich keine Angst vor dem Krampus haben sollten, er aber gleichzeitig die ursprüngliche Funktion beibehalten sollte. Wobei es beim Nikolaus und der Rute ja auch funktionierte. Der Krampus sah halt nur nicht wie ein gütiger alter Mann aus und verteilte normalerweise keine Süßigkeiten. Ich konnte sehen, wie Silas Zweifel überkamen, ob das funktionieren würde. Ich versuchte, mir nicht anmerken zu lassen, dass es mir da ähnlich ging.

Am frühen Nachmittag würde der Weihnachtsmann vorbeikommen und die Kinder konnten sich anstellen, um ihm von ihren Wünschen zu erzählen. Während der Zeit sollte Silas quasi die Aufgabe einer Elfe übernehmen. Wie in den amerikanischen Filmen führte er die Kinder zum Weihnachtsmann, setzte sie gegebenenfalls auf seinen Schoß und begleitete sie danach wieder weg. Das würde den Krampus zusätzlich als Unterstützer des Weihnachtsmannes etablieren. Zumindest sah so der Plan aus. Na, da gingen sie ja mit ziemlich viel Optimismus an die Sache ran. Wenn ich mir Silas so ansah und versuchte, das mit Kinderaugen zu tun, dann sah er leider einfach extrem gruselig aus. Ich hatte ihm mit meinem Kostüm nun mal nichts von seinem schaurigen Äußeren nehmen können, schließlich war das nicht beabsichtigt gewesen. Was ich aber vielleicht hätte tun sollen.

Jetzt war es zu spät. Am Ende erklärte Elisabeth uns noch, wo wir zur Toilette gehen konnten, dass Silas überall kostenlos etwas zu essen und zu trinken bekam – das war so abgesprochen – und einige andere organisatorische Dinge. Und schon war die Stunde um, bei der ich mich anfangs noch gefragt hatte, was wir in der Zeit alles besprechen wollten.

Pünktlich um 10 Uhr wurden wir auf die Menschen losgelassen. Auf die wenigen Menschen. Elisabeth hatte uns vorgeschlagen, anfangs einfach mal zu jedem Stand zu gehen und uns kurz vorzustellen. Dann bekam man die Zeit mit weniger Besuchern gut rum. Bei den ersten Ständen begleitete sie uns, sie hatte jedoch noch andere Dinge zu tun und verabschiedete sich daher alsbald.

Wir verfolgten den Plan weiter und stellten uns überall kurz vor. Mit einigen kam man sogar kurz ins Gespräch und als wir einmal bei allen *Hallo* gesagt hatten, war der Markt bereits etwas besser besucht, und ich entdeckte schon unser erstes Opfer ... äh, Projekt. Kind. Das erste Kind! Ich entdeckte das erste Kind!

„Guck mal da", machte ich Silas auf ein kleines Mädchen aufmerksam, deren riesige blaue Augen ihn anstarrten. Unter ihrer roten Mütze lockte sich blondes Haar und in ihrem rosanen Schneeanzug sah sie einfach nur zum Anbeißen niedlich aus. Laufende Zuckerwatte. Zuckerschock auf ganzer Linie.

„Mit der könnten wir doch anfangen, die sieht aus, als ob sie dich interessant findet."

Silas zuckte mit den Schultern, als wolle er sagen: *Die ist so gut wie jede andere, warum nicht?*

Also bitte, ein bisschen mehr Enthusiasmus, schließlich hatte er das hier machen wollen und ich hatte mir dafür die halbe Nacht um die Ohren geschlagen. Deswegen stieß ich ihm ermahnend meinen Ellenbogen in die Seite und schob ihn vor mir her. Er kramte währenddessen in seinem Beutel.

„Möchtest du eine Zuckerstange?" Silas beugte sich etwas vor. Leider hatten wir bei unserem Täuschungsmanöver – bei dem er in der Hose stehen und sogar laufen, aber nicht knien konnte – nicht bedacht, dass er in seiner Krampusgestalt ohnehin schon sehr groß war. Ohne sich hinhocken zu können, gab es keine Möglichkeit, sich auf Augenhöhe zu den Kindern zu begeben. Durch das nach vorne beugen erschien er von oben jedoch sehr bedrohlich. Das musste das Mädchen auch so empfinden, denn es versteckte sich verschreckt hinter den Beinen ihrer Mutter.

„Mist, ich hatte ganz vergessen, dass ich ja eigentlich nicht so gut mit Kindern kann", flüsterte Silas mir zu und ich erinnerte mich an die Geschichte, durch die er zum Krampus geworden war. Toll, das hätte ihm echt mal früher einfallen können. Schließlich ging es hierbei fast nur um Kinder!

„Hallo", grüßte ich die Mutter freundlich und trat näher, Silas folgte mir vorsichtig. „Hat sie Angst vor Krampussen?" Einfach mal die Lage checken. Vielleicht fand die Kleine Silas ja bloß komisch, weil sie noch nie so jemanden gesehen hatte. Oder war generell ängstlich Fremden gegenüber.

„Nein, sie kennt den Krampus noch nicht wirklich", erwiderte die Mutter freundlich. „Ich hab gehört, Sie machen heute eine Aktion dazu?"

„Ja, genau!" Ich strahlte sie an und merkte, wie ich bei ihrer freundlichen Art ruhiger wurde. Fremde Menschen anzusprechen war jetzt nicht unbedingt etwas, in dem ich gut war. Ich hatte es bloß gemacht, weil ich Silas irgendwie helfen wollte und im ersten Moment tatsächlich nicht weiter darüber nachgedacht, was ich tun sollte, falls sie uns beschimpfte, weil wir ihrer Tochter Angst machten oder so.

„Wir machen heute einen *freundlicher Krampus* Tag, weil es wohl viele Kinder gibt, die da schlechte Erfahrungen gemacht haben, und damit möchten wir dem etwas entgegenwirken." Na ja, *wir* stimmte nicht so richtig. *Wir* waren da ja eigentlich nur irgendwie hineingeschliddert.

„Eine schöne Idee." Allerdings nur wenn es funktionierte. Im Grunde hatte ich gehofft, dass die Mutter mir bei dem Ganzen irgendwie helfen würde. Doch da kam leider nichts.

„Wie heißt sie denn?", fragte ich, damit wir uns nicht schweigend gegenüberstanden.

„Sophia."

„Guck mal, Sophia. Das ist der Krampus. Der ist heute hier, um wie der Nikolaus Süßigkeiten an die Kinder zu verteilen." Ich deutete auf Silas. Der trat vor und streckte ihr erneut eine Zuckerstange hin, als sie an den Beinen ihrer Mutter vorbeilugte. Doch bei seinem Anblick vergrub sie ihr Gesicht sofort wieder im Stoff der Hose.

Silas sah sich hilfesuchend zu mir um. Da ich ihn inzwischen ziemlich gut kannte, entging mir die aufsteigende Panik in seinen Augen nicht. Wenn ich das Mädchen nicht dazu bekam, dass es sich Silas gegenüber öffnete und keine Angst mehr hatte, würden sich seine schlimmsten Befürchtungen bewahrheiten. Das wäre höchstwahrscheinlich das Ende der heutigen Krampusattraktion. Mir musste irgendetwas einfallen, womit ich das Eis brechen und die Kleine davon überzeugen konnte, dass das hier ein ganz netter Kerl war. Wenn ich bloß ein Kind in ihrem Alter zur Hand hätte, welches das übernehmen könnte. Das würde sicherlich helfen. Doch was machte ich denn jetzt ohne?

Wie konnte ich ihr mit meiner Art klar machen, dass dieser große Zottelbär bloß etwas gruselig aussah, einem aber ganz bestimmt nichts tat?

Vielleicht hätten wir ihm eine rote Zipfelmütze aufsetzen oder ein rosa Schleifchen ins Haar binden sollen?

Ah, da fiel mir ein, mit was ich ihn immer verglichen hatte. Ich kniete mich neben das kleine Mädchen, welches sich nach wie vor hinter dem Bein ihrer Mutter versteckte. Sie musste ungefähr fünf Jahre alt sein.

„Kennst du den Film oder das Märchen von *Die Schöne und das Biest?*"

Das kleine Mädchen sah fragend zu ihrer Mutter hoch, die den Kopf schüttelte. Okay, vielleicht war sie da noch zu klein für. Ich hatte keine Ahnung, wann ich die ganzen Disneyfilme zum ersten Mal gesehen habe. War ja auch egal.

„Da geht es um einen Prinzen, der in ein gruseliges Monster verwandelt wurde, vor dem alle Angst haben. Bis auf ein Mädchen, das eine Weile bei ihm auf dem Schloss lebt und ihn so besser kennenlernt. Sie sieht den Prinzen unter dem zotteligen Fell und verliebt sich in ihn. Diese Liebe wiederum bricht den Fluch und das Biest wird wieder zu einem Prinzen." Das war jetzt extrem vereinfacht dargestellt, aber es sollte ja bloß dazu dienen, dass die Kleine keine Angst mehr vor diesem zotteligen Monster hat, und Prinzen und Prinzessinnen zogen doch eigentlich immer, oder?

„Ist er dann auch ein Prinz?" Sie zeigte mit dem Finger am Bein ihrer Mutter vorbei auf Silas, der abwartend dastand.

„Tja." Ich drehte mich zu ihm herum. Wenn er einer wäre, hätte er sich doch eigentlich bei unserem Kuss in sein Prinzen-Ich verwandeln müssen, oder?

Ich wandte mich wieder dem Mädchen zu. „Wer weiß. Vielleicht. Und wenn du ihm eine Chance gibst, zeigt er dir ja eventuell sein Schloss."

Sie wirkte noch nicht ganz überzeugt, ihre kleinen Finger vergrub sie weiterhin in der Hose ihrer Mutter.

„Mademoiselle." Silas legte einen Arm vor den Bauch und neigte den Oberkörper gerade nach vorne. Seine langen Haare fielen ihm dabei rechts und links herunter und seine gebogenen Hörner zeigten hoch in den Himmel. Er richtete sich wieder auf und streckte ihr eine Hand hin. Dabei versuchte er so zu lächeln, dass seine spitzen Zähne möglichst nicht zu sehen waren. Was wiederum mich fast laut zum Lachen brachte.

Die Kleine sah unsicher von mir zu ihrer Mutter. Da wir beide aufmunternd nickten, ging sie schließlich schüchtern und zögerlich auf Silas zu. Seine Hand war fast etwas zu hoch, als dass sie sie ergreifen konnte, aber er konnte nicht viel weiter runter. Er war einfach zu groß.

Da hatte ich plötzlich noch eine Idee. Wenn der Prophet nicht zum Berg kommt, muss der Berg eben …

„Willst du mal auf seinem Rücken reiten? Dann bist du die Größte überhaupt und kannst alle überblicken. Außerdem zeigt das den anderen Kindern, dass du das Biest gezähmt hast", flüsterte ich ihr zu und zwinkerte verschwörerisch.

„Wirklich?" Mit großen Kinderaugen sah sie mich an.

„Ja." Ich nickte kräftig und nachdem sie sich bei ihrer Mutter rückversichert hatte, dass das in Ordnung ging, stellte sie sich neben ihn. Silas konnte natürlich nach wie vor nicht in die Knie gehen, da der falsche Knick sonst aufgefallen wäre. Was ich Esel in dem Moment total vergessen hatte. Zum Glück erinnerte Silas mich unauffällig daran, indem er mich aufforderte, sie auf seinen Rücken zu heben.

Das Mädchen ging sogar noch eine Spur weiter und kraxelte bis auf seine Schultern hoch. Dazu krallte sie ihre kleinen Finger in sein langes Rückenfell. Meine Hand sicherheitshalber immer an ihrem Po, war ich froh, dass Silas nichts sagte, obwohl ich sehen konnte, dass sie mit ihren kleinen Fingern zwischenzeitlich in seinen Haaren hing und zog. Sobald sie saß, hielt Silas ihre Beine vorne fest und drehte sich langsam mit ihr im Kreis, während ihre Hände seine Hörner umklammerten.

„Und? Kannst du alles sehen? Auch den Weihnachtsmann und seine Rentiere?"

„Die sind doch noch gar nicht unterwegs. Morgen ist doch erst Weihnachten", erinnerte sie ihn lachend und streckte sich dabei so hoch sie konnte.

Wunderbar, das erste Kind schienen wir überzeugt zu haben. Als Silas ein bisschen auf der Stelle hüpfte, quietschte sie vergnügt und umklammerte fest seine gewaltigen Hörner. Danach war der Bann gebrochen.

Ich half der Kleinen in die Arme ihrer Mutter, als sie lieber wieder runter wollte. Die Mutter bedankte sich vielmals bei Silas und mir und ihre Tochter brabbelte die ganze Zeit begeistert. Wir hatten kaum Zeit, uns vernünftig von den beiden zu verabschieden, da standen bereits die nächsten Kinder an, die ebenfalls auf Silas' Schultern gehoben werden wollten.

Ich lächelte entschuldigend, doch Silas schien das nichts auszumachen.

„Besser, als wenn sie weiter Angst vor mir haben."

Leider war der Umstand, dass Silas sich nicht hinknien konnte, eine echte Behinderung, denn die Kinder wurden gefühlt jedes Mal größer und schwerer. Nach dem Zehnten entschieden wir, dass wir beide eine Pause brauchten und vertrösteten die Kinder auf später. Zwar waren sie enttäuscht, aber sie machten es sich stattdessen zur Aufgabe, Silas wie eine kleine Horde Elfen über den Platz zu begleiten und ihn überall lautstark anzukündigen. Ab und an hoben wir dann wieder eines auf seine Schultern, mit dem er eine Weile lief oder es entschied, wo sie entlanggehen sollten.

Ich war mir sicher, dass wir beide heute Abend so müde sein würden, dass wir stehend einschlafen konnten.

Schließlich forderte ich eine Pause, denn ich hatte einen Bärenhunger. Silas knurrte ebenfalls der Magen. Dummerweise hatten wir uns gar keine Gedanken gemacht, ob er vor den Leuten etwas essen und trinken sollte oder nicht. Andererseits bei seinem Gesicht nahm sowieso keiner an, dass das eine Hohlformmaske war, sondern eher eine Maske aus Kaltschaum oder Latex. Die wurde klassischerweise aufs Gesicht geklebt. Die Klebestellen beziehungsweise der Rand wird dann mit einer Perücke verdeckt. Genau so könnte man es auch hier gemacht haben. Das würde die gute Beweglichkeit erklären.

Wenn Silas sich nicht allzu auffällig beim Essen zeigte und zum Trinken vielleicht einen Strohhalm nutzte, sollte es eigentlich kein Problem sein. Viel schwieriger war, dass die Kinder inzwischen einen richtigen Narren an ihm gefressen hatten, weswegen wir gar nicht die Ruhe und Zeit zum Essen und Trinken bekamen. Sobald Silas den letzten Bissen im Mund hatte, zogen sie ihn bereits weiter.

Entschuldigend sah er mich an. Ich winkte ab und deutete auf meinen Lachs. Ich würde hierbleiben und fertig essen, er konnte ja schon weiterziehen.

Sobald ich soweit war, machte ich mich auf die Suche, denn Silas und die Kinder waren längst aus meinem Blickfeld verschwunden. Als ich sie fand, spielten sie gerade Fangen. Silas lief in gebückter Haltung und mit merkwürdigen Beinbewegungen hinter ihnen her und hatte natürlich nicht die geringste Chance, sie zu fangen. Ich stand am Rand und beobachtete das Treiben eine Weile schmunzelnd.

„Er macht das wirklich ausgesprochen gut."

Ich zuckte leicht zusammen, als Pfarrer Wilhelm mit einem Mal neben mir auftauchte. Ich sah von ihm zu Silas hinüber, auf dessen Gestalt die Aufmerksamkeit des Pfarrers lag.

„Ja. Die Kinder haben gar keine Angst und verraten ihm sogar ihre Wünsche zu Weihnachten." Ich lächelte. Silas hatte sich gestern Abend, als es mit dem Kostüm langsam etwas eng zu werden drohte und er nach dem Schmücken selbst nichts mehr zu tun gehabt hatte, total verrückt gemacht. Daran hatte ich gemerkt, dass das Schmücken vermutlich bloß eine Ablenkung gewesen war. Eine Beschäftigung, damit seine Gedanken sich nicht im Kreis drehten.

Während ich wie eine Verrückte am Nähen gewesen war, hatte ich ihm ständig zusichern müssen, dass bestimmt alles ganz toll werden würde. Dass die Kinder schnell merken würden, dass er zwar gruselig aussah, im Inneren aber ein ganz supernetter Kerl war. Und so war es ja auch gekommen.

„Sehr schön, dann hat ja alles wie geplant funktioniert." Der Pfarrer lächelte und wandte sich mir zu. „Ein wirklich schönes Kostüm. Für nächstes Jahr solltest du es ihm aber vielleicht fertig nähen. Denn womöglich möchte er ja auch im kommenden Jahr den netten Krampus spielen." Ich musterte ihn verwundert.

„Aber es ist doch fertig." Ich sah zu Silas hinüber und verstand nicht, was er damit meinte. Sah irgendetwas an der Hose denn unfertig aus? Silas hatte sogar einen unechten Schwanz bekommen. Die Hose war ein wenig zu lang, weil ich keine Alternative für seine Ziegenhufe gehabt hatte. Die durfte man unter keinen Umständen erkennen und Schuhe drüberzuziehen hatte überhaupt nicht funktioniert. Er hatte sie nach ein paar Schritten ständig verloren oder war wie ein Clown mit übergroßen Schuhen durch die Gegend gelaufen. Hatte er das eventuell gemeint?

Ich wandte mich wieder dem Pfarrer zu, doch der war weg.

Hastig sah ich mich um, konnte ihn jedoch nirgends entdecken. Wieso war er denn ohne ein Wort verschwunden? Sehr merkwürdig.

In dem Moment entdeckte Silas mich und kam zu mir herüber.

„Na, fertig gegessen?", wollte er mit einem Grinsen wissen.

„Ja, war lecker. Und du? Ich sehe, du warst fleißig und hast gesammelt?" Ich sah die Kinder an, die sich begeistert und mit strahlenden Augen um ihn versammelten. Das konnte auch echt nur hier in so einem kleinen Dorf passieren, dass die Eltern in der Zeit scheinbar etwas anderes erledigten. Denn den Kindern folgte nicht mit zehn Metern Sicherheitsabstand eine Horde Eltern. Das hätte auch wirklich sehr komisch ausgesehen. Bei der Vorstellung musste ich breit grinsen.

„Ja, ich habe Rattenfänger von Hameln gespielt." Er grinste ebenfalls und zeigte ganz unverblümt seine spitzen Zähne, und keines der Kinder hielt sich verängstigt die Augen zu oder lief schreiend davon. Es machte tatsächlich den Eindruck, als habe er sie verzaubert, in ihm nicht länger das Monster zu sehen sondern den Prinzen.

„Sag mal, wie spät ist es eigentlich? Ich muss ja noch zum Weihnachtsmann."

Ich sah auf meine Uhr, während die Kinder mit großen Augen wiederholten: „Weihnachtsmann?"

Woraufhin Silas ihnen erklärte, was für später geplant war. Dabei hielten sich einige an seiner Hose fest oder griffen nach seinen Händen und zogen ihn, soweit es ging, zu sich hinunter. Dadurch wirkte er überhaupt nicht mehr wie das große böse Monster, sondern eher wie ein Kletterbaum für Kinder. Da gab es doch bestimmt in irgendeinem Film eine Figur, mit der ich ihn vergleichen konnte, oder?

Na ja, jetzt gerade fiel sie mir nicht ein, auch egal. Jedenfalls freute es mich riesig, dass die Kinder nicht mal vor den langen Krallen zurückschreckten. Die hatte ich gewagt, daheim ein wenig abzufeilen, soweit es möglich gewesen war zumindest. Weil ich mir Sorgen gemacht hatte, er könne damit jemanden unabsichtlich kratzen. Am liebsten hätte ich sie ganz eingekürzt, das jedoch nicht gewagt, weil ich nicht wusste, ob sie dann nicht aus lauter Rache nachwuchsen. Wie der Bart bei Scott Calvin. Da hatten wir doch wieder einen passenden Filmvergleich. Wenigstens hatte Silas keinen Nilpferdbauch.

„Wir haben noch etwas über eine halbe Stunde, können aber ja schon mal langsam hingehen."

„Ja!", erklangen begeisterte Kinderstimmen im Chor rund um uns herum. Wir sahen uns an, lachten und zogen dann mit der Rasselbande los.

Beim Weihnachtsmann sprachen wir vorher sicherheitshalber alles noch einmal ab und entschieden uns, dass Silas die Kinder begrüßte, zum Weihnachtsmann brachte und ich sie danach verabschiedete, damit es etwas schneller ging, als wenn er beides übernahm. Denn aufgrund unseres kleinen „Rattenschwanzes" waren viel mehr Kinder da, als gedacht.

Worüber ich besonders schmunzeln musste, war, dass einige Kinder nach dem Weihnachtsmann doch noch mal zu Silas hinüberliefen oder ihm gleich zu Anfang ihre Wünsche zuflüsterten. Ein paar sagten ihm auch, dass sie warten würden, bis er fertig war, oder fragten ihn, ob sie nachher auf seinem Rücken reiten dürften. Dass er sich nicht richtig zu ihnen herunterbeugen konnte, störte die Kinder nicht weiter. Wir hatten uns auf die offizielle Ausrede geeinigt, dass er Stelzen trug und wegen des Gleichgewichts damit nicht so gut in die Hocke gehen konnte. Die Erklärung war aber eher für die Erwachsenen und größeren Kinder, von denen immer wieder welche dazukamen. Die kleinen Kinder nahmen es als gegeben hin und ihnen kam das meist nicht einmal komisch vor. Das war halt einfach so. Sie fragten Silas ganz andere Sachen.

Zum Beispiel kam immer wieder die Frage auf, ob Silas dem Weihnachtsmann morgen helfen würde, die Geschenke zu verteilen, ob er mit im Schlitten fahren würde, ob er durch den Kamin passte und so weiter. Also vieles, was sie sonst eher den Weihnachtsmann gefragt hätten. Oftmals überließ Silas es deshalb ihm, die Fragen zu beantworten, manchmal sprang ich ein, wenn beide etwas überfragt waren.

Da es so viele Kinder waren, mussten wir viel länger machen, als ursprünglich eingeplant. Es war bereits dunkel, als wir mit unserer Kinderschar den Gang über den Weihnachtsmarkt fortsetzten. Selbstverständlich musste Silas die Kinder wieder auf den Schultern tragen. Da wir mit der Zeit beide ziemlich erschöpft waren, suchte ich nur noch die Kleinsten heraus. Es gab zwar hier und da Protest, aber die meisten von ihnen wurden sowieso langsam eingesammelt.

Am laufenden Band sprachen mich Leute an, die ich von früher kannte oder die mit meinen Eltern befreundet gewesen waren. Ich hatte komplett vergessen, wie gut die Menschen einander hier kannten.

Kurz bevor der Weihnachtsmarkt um 19 Uhr zumachte, suchten wir uns unser Abendbrot aus und ließen uns noch ein paar Berliner und Teigtaschen einpacken. Für mich durften die gebrannten Mandeln nicht fehlen und Silas überreichte mir feierlich einen roten Liebesapfel, dessen Bedeutung ich jedoch nicht ganz einzuschätzen wusste.

„Für die Frau an meiner Seite", hatte er gesagt und ich war deswegen leicht rot angelaufen, der Hitze meiner Wangen nach zu schließen.

Als so langsam alles dichtgemacht wurde und wir uns hier und da bereits verabschiedeten, tauchte mit einem Mal Pfarrer Wilhelm auf. Ich erschrak so heftig, dass ich fast die Berliner fallengelassen hätte.

„So schreckhaft? Ich bin doch kein Geist", scherzte er belustigt und seine blassblauen Augen funkelten.

„Ach, nicht? Bei Ihrem geisterhaften Auftauchen könnte man das fast meinen. Sind Sie sicher, dass Sie nicht der Geist der gegenwärtigen Weihnacht sind oder so?" Mein Herz beruhigte sich nur langsam. Wieso hatte er nur diese Angewohnheit, lautlos aufzutauchen und genauso plötzlich wieder zu verschwinden?

„Ja, ich bin mir ziemlich sicher, dass ich kein Geist bin." Er schmunzelte noch immer. „Ich wollte euch lediglich dazu gratulieren, wie gut das heute geklappt hat. Ihr habt wirklich ausgezeichnete Arbeit geleistet!"

Er schlug uns kräftig auf den Rücken und ich sah Silas' schmerzverzerrt das Gesicht verziehen. Ja, der würde wegen der vielen Kinder morgen sicherlich Muskelkater und Rückenschmerzen haben. Ich würde allerdings kaum besser dabei wegkommen und vermutlich das Auftreten einer alten Oma haben, wenn ich mich morgen aus dem Bett quälte. Meine Arme und Schultern taten vom schweren Heben jetzt schon weh.

„Dankeschön. Es hat sehr viel Spaß gemacht!", erwiderte Silas und er sah wirklich glücklich aus. Dafür, dass er eigentlich nicht gut mit Kindern konnte, hatte er das ausgesprochen gut gemacht.

„Sehr schön, sehr schön. Das freut mich. Hättest du nicht Lust, das Ganze im nächsten Jahr zu wiederholen? Dann vielleicht für mehrere Tage, dafür aber nicht so lange, sondern nur zu bestimmten Zeiten?"

„Also ich ..." Silas sah mich an, aber ich konnte ihm da nicht helfen. Klar, wir hofften beide, dass der Fluch für ihn im kommenden Jahr nicht mehr existierte. Ich wusste jedoch nicht, ob er, selbst wenn das nicht der Fall war, noch bei mir wohnte oder dafür wieder herkommen würde. Er hatte anfangs so oft davon gesprochen, gehen zu wollen (obwohl es nichts gab, wohin er hätte gehen können), aber nie davon, länger hierzubleiben. Ich hatte keine Ahnung, wie sein Plan für die Zukunft aussah. Er wahrscheinlich ebenso wenig.

„Ich überlege es mir", meinte er schließlich an Pfarrer Wilhelm gewandt. Der nickte.

„Also gut, du kannst dich gerne jederzeit bei mir melden. Ich hoffe, dass der heutige Tag auch bei dir die Sicht auf deine Rolle als ... Krampus etwas verändert hat." Er tippte mit seinem Zeigefinger gegen Silas' haarige Brust.

„Wie ...?" Dieser schien verwirrt. Ich war mir ebenfalls nicht sicher, ob ich das hier alles ganz richtig verstand.

„Na ja, vielleicht haben heute ja nicht nur die Kinder etwas gelernt", meinte er rätselhaft, was uns auch nicht weiterbrachte. Er warf uns noch ein geheimnisvolles Lächeln zu – wenn er eine Halbmondbrille getragen hätte und einen langen weißen Bart, hätte man ihn glatt für Dumbledore halten können, der hatte doch häufig ebenso geheimnisvoll gelächelt, geschmunzelt oder Harry bedeutungsvolle Blicke zugeworfen. So, genau *so,* stellte ich mir das vor –, drehte sich um und verschwand. Wieder einmal ohne uns die Chance zu geben, ihn irgendwie aufzuhalten.

„Weißt du, was er damit gemeint haben könnte?", wandte Silas sich nach einer Weile, die wir einfach nur schweigend dem verschwundenen Pfarrer hinterher gestarrt hatten, an mich.

Ich hob die Schultern. „Ich bin mir nicht sicher. Vielleicht, dass der Krampus nicht diese böse Gestalt ist, vor der Kinder Angst haben müssen? Oder eher, dass es nicht diese böse Gestalt sein muss? Dass das Äußere nicht zählt? Irgendwie so etwas?"

„Ja, wahrscheinlich etwas in der Richtung." Silas wirkte nachdenklich und ich wollte ihn ungern aus seinen Grübeleien reißen, aber mir wurde kalt.

„Wollen wir mit dem Bus zurückfahren? Oder willst du dich verwandeln und wir nehmen ein Taxi?" Jetzt musste er ja nicht länger so herumlaufen.

„Lass uns gucken, wie der Bus fährt und sonst nehmen wir ein Taxi. Aber ich glaube, verwandeln tue ich mich vorher auf jeden Fall. Die Hose ist vom Schnee mittlerweile ganz feucht und das Laufen darin ist echt anstrengend gewesen. Ich freue mich, wenn ich wieder vernünftige Beine habe."

„Okay, dann geh du am besten noch mal auf die Toilette, bevor die hier alles dichtmachen."

„Aber ich muss … Ach so, ja klar." Silas reichte mir seine Apfeltaschen, die ich hastig auf meiner Handfläche ausbalancierte, und lief los.

Ich hätte mich am liebsten irgendwo auf einen Stuhl gesetzt. Weil gerade keiner in der Nähe war, suchte ich mir einen. Doch da kam Silas schon wieder zurück.

„Mhm? Willst du doch so bleiben?"

„Nein, ich hab nur den iPod nicht dabei, hast du?"

„Ach so, äh …" Ich musste kurz überlegen. „Ne, den hab ich vergessen, aber warte …" Ich übergab die eingepackte Backware an ihn und kramte mein Handy hervor. „Ich such dir rasch die Playlist bei YouTube heraus. Ich mache den Ton aus, dann kannst du den einfach wieder hochfahren, wenn du soweit bist."

Es war mir nämlich lieber, wenn er nicht mit den langen Krallen auf dem Bildschirm herumtastete und so konnte das Video nicht aus

Versehen zu früh starten. Ich hoffte, er bekam das mit der Verwandlung hin.

Mit etwas Aufwand tauschten wir die Sachen hin und her und Silas lief zum zweiten Mal los.

Wenig später kam er in seiner menschlichen Form mit der Hose im Arm zurück und wir gingen zur Bushaltestelle. Tatsächlich hatten wir Glück und mussten nur etwa zehn Minuten warten. Im Bus rutschte mein Kopf auf seine Schulter und er lehnte seinen an die kalte Fensterscheibe. Dummerweise verpassten wir so unsere Haltestelle, weil wir beide etwas weggenickt waren. Aber da der Busfahrer wusste, wo ich rausmusste, hielt er freundlicherweise trotzdem und rief uns zu, dass wir aufwachen sollten.

Mit einem Danke auf den Lippen kletterten wir müde aus dem Bus. Draußen machte uns die eisige Luft schnell richtig wach und wir liefen hastig nach Hause. Es schneite, was es den ganzen Tag nicht getan hatte, und daheim sah ich gleich als Erstes nach Sokrates und Victor. Die beiden hatten heute den ganzen Tag drinnen bleiben müssen, weil ich sie nicht unbeaufsichtigt hatte draußen lassen wollen. Aber sie waren mit zwei Heunetzen gut versorgt gewesen und bekamen jetzt nur rasch Nachschub.

Weil Silas und ich beide hundemüde waren, verschoben wir sowohl das Ausmisten als auch die Berliner auf morgen und gingen direkt nach oben. Ich fühlte mich dabei schon fast so, als würde ich schlafwandeln und erinnerte mich kaum noch, wie ich ins Bett gekommen war.

Bei dem Gedanken, dass am nächsten Tag bereits Weihnachten war, schlief ich mit einem Lächeln auf den Lippen ein.

Wer hat in meinem Bettchen geschlafen?

24. Dezember, Weihnachten

Als ich am nächsten Morgen allmählich erwachte, kuschelte ich mich tiefer in die Kissen. Ich war noch total müde, was nach dem arbeitsreichen Tag gestern kein Wunder war.

Neben mir spürte ich eine angenehme Wärme und drängte mich ihr entgegen. Oberhalb der Bettdecke war es so kalt, dass es mich automatisch zu dieser wohligen Wärme zog. Ich brummelte glücklich, ohne die Augen zu öffnen, drückte meinen Kopf noch ein bisschen mehr ins Kissen und rollte mich zu einer Kugel zusammen. Warm, weich, müde.

Kurz darauf döste ich wieder ein.

Das nächste Mal wachte ich auf, weil irgendetwas Schweres auf meinem Brustkorb lag. Verschlafen bewegte ich mich und hob den Arm, der darunter eingeklemmt war. Orientierungslos öffnete ich die Augen und blinzelte, doch das Licht ließ nicht viel erkennen. Trotzdem brauchte ich nicht lange, um zu wissen, was da auf mir lag, als ich den Kopf nach rechts drehte.

Vor lauter Überraschung schrie ich, was vollkommen unnötig gewesen wäre. Aber wenigstens war er dadurch sofort wach.

„Nora. Was soll das? Mir klingeln die Ohren." Silas schüttelte unwillig den Kopf und blinzelte mich aus verschlafenen grünbraunen Augen an.

„Was das soll? Na, ich hab mich eben erschreckt, wenn plötzlich jemand im Bett neben mir liegt", fuhr ich ihn an und raffte die Bettdecke um mich. Was total albern war, nur verhielt es sich dabei wie bei einem Reflex. Ungeschickt angelte ich nach meiner Brille auf dem Nachttisch. Dass ich ihn überhaupt erkannt hatte, war ein halbes Wunder mit den verschwommenen Formen vor meinen Augen. Seine Stimme war allerdings ein klares Indiz gewesen.

Silas gähnte erst einmal ausgiebig und stemmte sich ein Stück hoch. Er sah sich im Raum um und schließlich mich an. Langsam schien er zu begreifen, wo er war und was hier los war.

„Sorry, ich hab gestern unten noch fleißig dekoriert, damit du heute in einem weihnachtlichen Ambiente feiern kannst. Danach wollte ich nur kurz nach dir sehen und irgendwie …" Er hob hilflos die Schultern.

„Was soll das heißen?", wollte ich wissen und machte die Bewegung nach. „Du bist gestolpert, da hingefallen und dann einfach liegengeblieben und vor Erschöpfung eingeschlafen?"

Er grinste bei meinen Worten. Ich selbst hätte fast gelacht, als ich mir den Ablauf bildlich vorstellte. Aber ich musste ernst bleiben, daher verscheuchte ich die lustigen Bilder rasch aus meinem Kopf.

„Ja, so ungefähr. Oder nein, genau so hat es sich zugetragen." Sein Grinsen wurde eine Spur breiter und ich erlag beinahe dem zauberhaften Anblick vor mir, wie er mit verstrubbelten Haaren und müde blinzelnd auf einen Arm gestützt in meinem Bett lag. Wieso sah er mit einem Mal so sexy aus? Das war doch absurd!

Ich schnaubte und glaubte ihm kein einziges Wort. Aber Moment, was hatte er da gerade gesagt?

„Du hast geschmückt?" Wann hatte er das bitteschön getan? Und war nicht bereits alles geschmückt gewesen?

„Mhm? Ja. Vorgestern hast du mich ja nicht richtig dazukommen lassen, weil du andauernd Maß nehmen und noch mal was aus- oder anprobieren wolltest. Und gestern waren wir den ganzen Tag weg. Aber ich wollte heute richtig mit dir Weihnachten feiern und dazu gehört eben auch ein schön geschmücktes Haus. Deswegen hab ich alles verwendet, was in den Kartons war."

Ich versuchte, mich zu erinnern, was wir an Weihnachtsdeko gehabt hatten, schaffte es jedoch nur schwerlich.

„Okay." Da war allerdings noch etwas, was mich irritierte. Nur was? Ich betrachtete ihn nachdenklich, während er sich zurück in die Kissen sinken ließ.

„Dann wäre das ja geklärt. Ich bin echt noch tierisch müde wegen gestern, deswegen lass mich ein bisschen länger liegen bleiben, ja?"

Ich blickte auf sein schlafendes Gesicht (gut, er schlief wahrscheinlich nicht, aber es sah so aus) und mit einem Mal fiel es mir wie Schuppen aus den Haaren. Ich rüttelte kräftig an seiner Schulter, bis er die Augen wieder aufschlug.

„Was denn? Wenn es dich stört, steh doch einfach auf."

„Nein, das ist es nicht. Wenn du rein zufällig hier geschlafen hast und dich nicht erst vor ein paar Minuten ins Bett gelegt hast, wieso …?"

Silas sah mich verständnislos an. Er schien nicht zu begreifen, worauf ich hinauswollte.

„Na." Ich wedelte in seine Richtung. Das sorgte allerdings auch nicht für die gewünschte Erleuchtung. „Du bist ein Mensch!", platzte es daraufhin aus mir heraus.

„Ich bin …" Jetzt schien er es endlich gerafft zu haben und sprang aus dem Bett. Er drehte sich im Kreis und sah an sich herunter, sogar auf seinen Hintern, als erwarte er, dass da der Schwanz des Krampusses zu sehen wäre. Im Anschluss blieb er stehen und musterte mich.

„Das ist tatsächlich ungewöhnlich. Vielleicht hält das Glockenläuten jetzt länger an?"

Ich betrachtete ihn skeptisch. Das konnte ich mir irgendwie nicht vorstellen.

„Was sollte sich denn geändert haben?"

Silas hob die Schultern. „Keine Ahnung. Eventuell, dass mich gestern so viele in dieser Gestalt gesehen haben?"

„Glaubst du echt, dass das Einfluss darauf hat?"

Abermals hob er die Schultern. „Sonst war doch gestern nichts anders als die anderen Tage, oder?"

Ich dachte angestrengt nach, mir wollte jedoch nichts einfallen. Dafür erschien kurz das Bild des Pfarrers vor meinem geistigen Auge. Hatte er nicht irgendetwas Seltsames gesagt, was mir merkwürdig vorgekommen war? Aber was? Außer die Sache mit dem Kostüm?

„Na, warten wir einfach ab, wie lange das anhält und feiern erst einmal in Ruhe Weihnachten." Ein herrliches Lächeln breitete sich auf seinem Gesicht aus. Ich schüttelte den Kopf, fand jedoch, dass sein Vorschlag keine schlechte Idee war. Außerdem erinnerte ich mich, dass er gesagt hatte, er habe unten geschmückt. Bei seinem breiten Grinsen erwartete ich unten mindestens einen amerikanischen Traum eines Weihnachtsfestes.

„Dann werde ich jetzt erst mal duschen gehen. Du könntest ja schon mal die Pferde füttern. Willst du danach auch duschen? Dann lege ich dir Sachen raus." Dabei wurde mir bewusst, dass wir gestern Klamotten für ihn hätten kaufen können. Irgendetwas, was nicht von meinem Vater und eine halbe Nummer zu groß war oder mit einem Gürtel getragen werden musste. Aber ich bezweifelte, dass er es zugelassen hätte, dass ich die Dinge bezahlte. Er selbst hatte ja kein Geld. War er eigentlich für Tod erklärt worden oder einfach nur verschwunden beziehungsweise als vermisst gemeldet? Und würde er zurück in sein altes Leben gehen, sobald dieser Fluch gebrochen war? Wir mussten heute dringend über all diese Dinge sprechen, denn ich wollte mich gern darauf vorbereiten. Obwohl ich nicht annahm, dass ich das konnte. Nichts würde mich darauf vorbereiten, von jetzt auf gleich wieder allein in diesem Haus zu sein.

Ich erinnerte mich noch sehr gut, wie groß es mir nach dem Tod meiner Eltern mit einem Mal vorgekommen war. Und wie ich von absoluter Lethargie zu einem wahren Putzrausch gewechselt war. Es hatte Zeiten gegeben, da hatte ich wie ferngesteuert drei Stunden am Stück die Sachen meiner Eltern in Kartons gepackt. Dann hatte ich am nächsten oder übernächsten Tag eben diese Dinge wieder ausgepackt und zwischendurch war ich einfach heulend zusammengebrochen oder hatte es morgens nicht einmal aus dem Bett geschafft. Und die ganze Zeit über war ich allein gewesen. Ja, anfangs hatte es noch mal nette oder vorsichtige Nachfragen, sogar den ein oder anderen Besuch gegeben, aber ich hatte sie alle entweder ignoriert, bis sie aufgaben, oder vergrault. Ich hatte niemanden um mich haben können, keinen Außenstehenden, der meinen Schmerz nicht gerade selbst fühlte. In dieser Situation einen Bruder oder eine Schwester an der Seite zu haben, wäre ein wahrer Segen gewesen. Einfach jemanden, mit dem ich den Schmerz und das Leid hätte teilen können. Oder jemanden, der mich ertrug und mir dabei half, mich wieder aufzurichten. Sich gegenseitig wieder aufrichten, Aufgaben teilen, die Dinge gemeinsam angehen.

So jedoch hatte ich es aus eigener Kraft schaffen müssen. Alles. Hatte gekämpft, aufgegeben und letztendlich doch wieder weitergemacht. Hatte mich das stärker gemacht? Ich wusste es nicht. Vielleicht hatte ich mich dadurch besser kennengelernt, aber ich war auch viel kaputter, als ich es andernfalls wohl geworden wäre.

Wenn Silas mich jetzt also wieder allein ließ, musste ich aufpassen, nicht erneut in dieses Loch zu fallen, das nach wie vor da war. Sobald ich mich umdrehte und zurückblickte, stand ich erneut an seinem Rand, den Abgrund direkt vor mir.

Wenigstens hatte ich jetzt Victor und Sokrates an meiner Seite, die auf meine Hilfe angewiesen waren. Ich mochte ja ein oder zwei Tage auf Nahrung verzichten und mit den Folgen leben können. Aber die beiden konnten das nicht. Also musste ich aufstehen, um mich um sie zu kümmern. Jeden verdammten Tag.

„Ich denke, eine Dusche wäre schön. Und falls du doch irgendwo eine Zahnbürste ...?“

Silas riss mich aus meinen tristen Gedanken und erinnerte mich daran, dass ich bereits wieder zu sehr vorpreschte und mich in Szenarien verlor, welche noch gar nicht eingetreten waren und von denen niemand wusste, ob sie überhaupt so eintreten würden.

„Natürlich, ich hab bestimmt irgendwo eine Neue.“ Jetzt plötzlich also doch. Ich erinnerte mich, dass er, wo ich ihn anfangs gefragt hatte, keine hatte haben wollen.

Ungelenk krabbelte ich aus dem Bett. Silas eilte bereits zur Tür.

„Sag einfach Bescheid, wenn du im Bad fertig bist“, rief er mir aus dem Flur zu und schon war er weg.

Was war das denn gewesen? War es ihm mit einem Mal peinlich, mich im Schlafanzug zu sehen? Aber im Bett neben mir schlafen ging in Ordnung?

Verstehe einer die Männer.

Ich ging duschen, zog mir gemütliche Sachen an und rief im Anschluss die Treppe runter, dass das Bad frei war. Erhielt jedoch keine Antwort. Vielleicht war er ja noch bei den Pferden.

Um sicherzugehen, lief ich die Treppe hinunter und blieb auf der letzten Stufe mit offenem Mund stehen. Silas stand vor mir und strahlte wie ein Honigkuchenpferd.

„Was zum …?"

„Ich wollte unbedingt dein Gesicht sehen", verkündete er mit leuchtenden Augen.

Meine Güte! Was war denn hier passiert? Die Sachen waren ganz bestimmt nicht in den Kartons gewesen.

Leuchtende Sterne hingen von der Decke. Lichterketten schlängelten sich zwischen der Dekoration auf den Tischen und der Baum schien mehr als das Doppelte an Deko zugelegt zu haben.

Wahrscheinlich zierte draußen auch noch ein Kranz die Haustür. Zudem entdeckte ich ein Adventsgesteck, welches vorher nicht dagewesen war, mit vier brennenden Kerzen. Dazu überall frische Tannenzweige, welche Silas in die Deko eingebaut hatte und die neben dem Baum ihren herrlichen Geruch im Raum verbreiteten.

„Wenn es später dunkel ist, können wir die Kerzen anzünden, dann sieht es noch besser aus." Er wandte sich der Dekoration zu. Ich erkannte einiges wieder, aber das meiste hatte ich noch nie gesehen. Da war ich mir sicher. Wo hatte er das ausgegraben?

Es gab kleine Wichtel, die auf den Regalen saßen oder neben dem Fernseher standen. Mein Schreibtisch hatte er zum Glück unordentlich und von Deko befreit belassen, andernfalls hätte er sich wahrscheinlich was von mir anhören müssen, aber so war ich einfach nur sprachlos vor Staunen.

Schließlich schaffte ich es weiter in den Raum und irgendwie fand ich auch meine Stimme wieder. „Hast du kleine Wichtel gehabt, die das alles für dich gemacht haben, oder wie …?"

„Wichtel? Ja, könnte man so sagen. Gefällt es dir?"

„Es ist …" Ich trat in die Mitte des Raumes und drehte mich einmal im Kreis. „Unglaublich."

Mein Zuhause strahlte mit einem Mal eine ganz andere Atmosphäre aus. Ich selbst verspürte eine gewisse Geborgenheit und einfach nur ... Glück.

Eine wohlige Wärme durchströmte mich und ich hatte das Bedürfnis, mich unter eine Decke zu kuscheln mit einer heißen Tasse Kakao in der Hand, auf dem Sofa sitzend, Kekse essend einen Weihnachtsfilm zu gucken.

Wie hatte er es geschafft, bloß mit etwas Weihnachtsdeko all diese Empfindungen in mir zu wecken?

„Heute ist wirklich Weihnachten", entwich es mir, weil es mich mit einem Mal wie ein Schlag traf. Die vergangenen Jahre war Weihnachten mehr oder weniger unbemerkt an mir vorübergezogen, und auch mit Silas im Haus hätte sich dieser Tag vermutlich kaum von den anderen unterschieden, nicht ohne sein Engagement. Er hatte dafür gesorgt, dass dieser Tag etwas Besonderes wurde!

„Ich freue mich, dass es dir gefällt und sich die Arbeit gelohnt hat."

„Und das hast du alles gestern Abend noch gemacht? Nachdem du den ganzen Tag auf dem Weihnachtsmarkt gearbeitet hast?" Ich war ja schon fast im Stehen eingeschlafen, wie musste es ihm da erst ergangen sein? Und trotzdem hatte er das alles hier getan? Das musste die halbe Nacht gedauert haben!

„Ja, ich war noch so aufgekratzt, dass mir erst bewusst wurde, wie müde ich bin, nachdem ich hiermit fertig war. Deswegen bin ich dann wohl auch in deinem Bett eingeschlafen." Er wich meinem Blick aus. „Ich gehe mal schnell duschen. Frühstück hab ich soweit fertig gemacht. Ich hoffe, es schmeckt dir."

Das würde es, ganz bestimmt!

Silas flitzte die Treppe nach oben und ich sah mir noch einmal im Detail seine Dekokünste an. Dabei entdeckte ich neben den Tannenzweigen auch einige Tannenzapfen, die er bestimmt draußen gesammelt hatte. Wo hatte er nur all die Zeit und Energie hergenommen? Und das alles nur für mich?

Bibbidi,
Bibbidi Babbidi,
Bibbidi Babbidibu

Wir waren so spät aufgewacht, dass aus dem Frühstück eher eine Art Brunch wurde. Am frühen Nachmittag aßen wir gemütlich die Berliner von gestern und verbrachten den Tag damit, auf dem Sofa die klassischen Weihnachtsfilme zu gucken und einen großen Schneespaziergang zu machen. Wir liefen sogar noch einmal Schlittschuh auf dem See. Allerdings kam es zu keinem weiteren Kuss. Wenigstens schaffte ich es, dabei die alles entscheidende Frage zu stellen.

„Was sind deine Pläne für nach Weihnachten?" Wir liefen gerade Hand in Hand auf dem Eis und Silas sah überrascht zu mir herüber.

„Wie meinst du das?"

Es erschien mir so, als wolle er mich dazu zwingen, konkreter zu werden. Ihm zu verraten, wie ich es gerne hätte.

„Na ja, bisher bist du noch in deiner menschlichen Form. Du bist nicht wieder zum Krampus geworden, obwohl die ganze Zeit keine Glocken geläutet haben. Was, wenn der Fluch also wirklich gebrochen ist?"

Silas' Gesicht wurde ausdruckslos und er wandte den Blick nach vorn. „Solange ich mir da nicht sicher sein kann, würde ich gerne erst einmal bei dir ... bleiben?" Er warf mir einen kurzen, unsicheren Blick zu, als wäre es ihm peinlich, das zu fragen.

„Okay, aber was, wenn er doch gebrochen ist?", bohrte ich nach. Es freute mich, dass er länger bleiben wollte. Jedoch wurde ich das

Gefühl nicht los, dass das alles zu übervorsichtig war. Was sonst sollte der Grund dafür sein, dass er bisher nicht wieder die Gestalt des Krampusses angenommen hatte? Der Fluch war gebrochen. Ganz sicher. Es hielt ihn also nichts mehr hier.

„Nora, wirklich. Ich ... kann darüber nicht richtig nachdenken. Was, wenn ich mich der Hoffnung hingebe und am Ende ist doch wieder alles beim Alten?"

Ich öffnete bereits den Mund, um etwas zu erwidern, schloss ihn dann aber, ohne ein Wort gesagt zu haben. Betreten blickte ich aufs Eis und auf die Linien, die wir hineingemalt hatten. Ich verstand es; irgendwie. Es war, wie etwas nicht zu träumen wagen. Denn sollte es ein Traum bleiben, wurde man die Bilder und Gefühle, die dieser in einem wachgerufen hatte, nie wieder los.

Damals, wo alles noch ganz frisch gewesen war, hatte ich geträumt, dass es meinen Eltern gut ging und dass sie gestorben waren, wäre bloß ein Traum gewesen. Ich war glücklich, erleichtert und einfach nur froh gewesen. Doch dann war ich aufgewacht. Sobald ich realisierte, dass ich nicht in meinem Zimmer lag, sondern im Bett meiner Eltern und warum das so war, hatte mich der Schmerz beinahe zerstört. Die Hoffnung, dass ihr Tod bloß ein Albtraum gewesen war, der vorüberging, und sie noch da waren, hatte die Realität bloß schlimmer gemacht. Wenn ich doch nie diesen kurzen Moment des Glücks gehabt hätte.

Danach hatte ich mich endgültig eingeigelt und nichts und niemanden mehr ertragen können, denn niemand konnte mir meine Eltern zurückbringen, auch kein Traum.

Deswegen ließ ich Silas in Ruhe und bestand nicht weiter darauf, dass er nach Hause gehen sollte, weil der Fluch meiner Meinung nach gebrochen war. Außerdem wollte ich ja, dass er blieb.

Wir drehten noch ein paar Runden auf dem Eis und gingen anschließend schweigend zurück ins Haus. Ich bereute es, dieses Thema überhaupt angesprochen zu haben, denn jetzt war die Stimmung irgendwie im Keller.

„Was essen wir eigentlich heute zu Weihnachten?" Ich hatte für mich allein nichts Besonderes vorbereitet und war bei dem ganzen

Chaos die letzten Tage nicht zum Einkaufen oder Bestellen gekommen. Um ehrlich zu sein, hatte ich gar nicht darüber nachgedacht, ob oder wie ich mit Silas Weihnachten feiern würde. Das hätte ich anfangs schließlich nie zu träumen gewagt.

„Ach so, ähm." Silas wirkte von der Frage mit einem Mal mehr als überfordert. Dass er sich heute Morgen ums Frühstück gekümmert hatte – auch wenn es an mir gewesen war, das Rührei zuzubereiten – , war wohl schon das höchste der Gefühle, welche er dem Zubereiten von Essen entgegenbringen konnte.

„Einkaufen brauchen wir heute auch nicht mehr." Ich warf einen Blick auf die Uhr, bis ich da war, hatten die Geschäfte zu. „Tja, dann muss ich wohl mal schauen, was so da ist, auch für die kommenden Tage."

Ich ärgerte mich, dass ich gestern nicht zumindest ein paar Dinge besorgt hatte, wo wir ohnehin im Dorf gewesen waren oder bei unserem ersten Besuch auf dem Weihnachtsmarkt. So ein blöder Mist! Hatte ich nicht noch zu mir gesagt, dass ich nach dem Schneesturm dringend ein paar Dinge bestellen oder einkaufen musste? Diese ganze Krampusgeschichte hatte mich das vollkommen vergessen lassen und jetzt hatten wir den Salat.

„Das dürfte schwierig werden." Mein Fazit fiel nicht gerade gut aus, zumal es ja für uns beide reichen musste und das für mehrere Tage. Silas' Magen grummelte wie ein hungriges Löwenjunge, aber das füllte meine Vorräte leider auch nicht auf und wo nichts war, konnte ich nun mal auch nichts herzaubern.

In dem Moment der Erkenntnis, dass wir an Weihnachten den Gürtel wohl ein oder zwei Löcher enger schnallen mussten, anstatt weiter, klingelte es an der Tür.

Ich runzelte die Stirn. Zwar kam an Heilig Abend noch die Post, aber dafür war es eigentlich schon zu spät.

Zögerlich ging ich zur Tür, Silas folgte mir neugierig. Als ich die Haustür öffnete, öffnete sich zeitgleich auch mein Mund: vor Staunen. Denn vor meinem Haus stand Pfarrer Wilhelm. Aber nicht einfach nur der Pfarrer, sondern der Pfarrer mit einem riesigen Korb über dem Arm und unverkennbar einer Torte in Händen.

Ich brachte vor lauter Überraschung kein Wort heraus. Nicht einmal ein *Hallo* zur Begrüßung.

„Der Weihnachtsmann ist da", verkündete Pfarrer Wilhelm mit einem breiten Grinsen, was seine blassblauen Augen aufblitzen ließ. „Ich habe euch was mitgebracht."

Das sah ich.

Als er seine Füße abputzte und Anstalten machten, hereinzukommen, musste Silas mich hinten am Pullover zur Seite ziehen, damit ich ihm nicht länger im Weg stand.

„Ich glaube, zur Küche ging es hier entlang, richtig?" Immer noch mit leicht geöffnetem Mund folgte ich dem Pfarrer. Er wuchtete den vollbeladenen Korb auf den Tisch und sah sich um.

„Das habt ihr wirklich zauberhaft geschmückt und dekoriert. Alle Achtung", lobte er überschwänglich, ehe er sich ans Auspacken machte.

„Neben der Weihnachtstorte habe ich auch noch Rotkohl, Kartoffeln, Soße und Gans." Er holte nacheinander die einzelnen Dosen hervor.

„Es wäre wunderbar, wenn du das zum Warmmachen für euch direkt umfüllen würdest, dann nehme ich die Tupperdosen nämlich direkt wieder mit."

Ich schaffte es immer noch nicht, irgendetwas zu sagen, und machte mich stattdessen hastig an die Arbeit. Dafür musste ich mir erst einmal überlegen, wie ich jetzt am besten vorging. Was machte am meisten Sinn? Töpfe? Schüsseln?

Während ich beschäftigt in der Küche umherwuselte, stellte sich Silas neben den Pfarrer und sie sprachen kurz miteinander. Wie gut, dass Silas gerade nicht in seiner Krampusgestalt herumlief.

„Ich würde mir übrigens gut überlegen, wie die Vorsätze fürs nächste Jahr aussehen. Wenn ich richtigliege, sollte sich da einiges ändern."

„Wie bitte?", erkundigte ich mich, weil ich seine Worte nicht richtig verstanden hatte.

„Hast du alles oder brauchst du noch Hilfe, Nora?" Pfarrer Wilhelm trat neben mich und ich wusste, dass er das eben definitiv nicht zu Silas gesagt hatte. Ich runzelte die Stirn, ließ mir sonst aber nichts anmerken.

„Nein, ich denke, ich habe alles umgefüllt. Vielen Dank! Das war wirklich eine riesige Überraschung." Endlich funktionierte meine Stimme wieder. Der Geruch des köstlichen Essens musste sie geweckt haben.

„Das ist doch das Mindeste, was ich tun konnte, nachdem Silas gestern einen so grandiosen Krampus dargeboten hat und dafür nicht einmal eine Bezahlung wollte. Ich war mir nicht sicher, wie euer Weihnachtsessen ausfällt. Das war einfach ein spontaner Einfall."

„Ein wunderbar passender. Ich hatte nämlich wirklich nicht viel zur Auswahl." Beschämt blickte ich zu Boden.

„Verständlich, du hattest die vergangenen Tage ja auch ganz andere Dinge im Sinn. So ist das eben, wenn man überraschend zu Weihnachten Besuch bekommt, nicht wahr?"

Ich betrachtete ihn für einen Moment irritiert. Hatte ich ihm gesagt, dass Silas überraschend gekommen war? Dummerweise konnte ich mich an meine genauen Worte nicht mehr erinnern. Vermutlich hatte ich das.

„Nun, denn. Ich muss wieder zurück zu meiner Familie. Die Enkelkinder warten bestimmt schon ganz sehnsüchtig auf ihre Geschenke. Bei uns bereitet das Christkind nämlich gerade alles vor." Er zwinkerte uns zu und räumte die leeren Dosen in seinen Korb.

„Also dann, ich wünsche euch noch ein wunderbares Weihnachtsfest und Gott sei mit euch." Er verabschiedete sich und ich konnte nicht fassen, was da soeben passiert war. So langsam kam mir das hier wie ein großer, wunderschöner Traum vor. Das alles konnte unmöglich der Wirklichkeit entsprechen.

„Warten Sie. Ich bringe Sie noch zur Tür." Silas nahm den Korb und ging dem Pfarrer voraus in Richtung Haustür. Ich stand für eine kleine Weile einfach nur da, ehe mir in den Sinn kam, dass ich mal nach dem guten Geschirr suchen könnte, welches wir damals immer an Weihnachten benutzt haben. Es dauerte eine Weile, bis ich es fand. Dabei fiel mir auf, dass Silas noch nicht zurück war. Ich entschied, schnell den Tisch zu decken, und sollte er bis dahin nicht zurück sein, nachzusehen. Gerade als ich mit dem Eindecken des Bestecks fertig war, betrat Silas die Küche.

„Na, das nenne ich mal eine gelungene Überraschung", durchbrach er die Stille der vergangenen Minuten.

„Das stimmt. Hat der Pfarrer noch irgendetwas gesagt? Du warst ziemlich lange weg?" Ich musterte ihn eingehend. Pfarrer Wilhelm hatte schließlich auch mir gegenüber ein paar Mal höchstseltsame Andeutungen gemacht. Oder Dinge gesagt, bei denen ich nicht verstand, was hinter seinen Worten steckte. Womöglich war er Silas gegenüber etwas deutlicher geworden?

„Ach so, er hatte mir noch von einigen Kindern und Eltern erzählt, die ihm von dem Krampustag berichtet haben. Wie sie ihn fanden und dass es nächstes Jahr unbedingt noch so einen Tag geben solle. Das hat mich echt riesig gefreut. Ich hätte nie gedacht, dass ich mit meiner Erscheinung mal irgendjemanden glücklich machen könnte." Er ging zu den Töpfen hinüber und hielt schnuppernd seine Nase darüber. „Das riecht echt gut! Was meinst du, wann können wir essen?"

„Ich muss es ja nur aufwärmen, das sollte nicht allzu lange dauern." Eilig machte ich mich ans Werk, denn auch ich hatte Hunger. Silas kämpfte in der Zwischenzeit mit der alten Musikanlage, die ich selbst eigentlich gar nicht mehr nutzte, um eine Weihnachts-CD abzuspielen.

Keine halbe Stunde später saßen wir begleitet von süßen Tönen und weihnachtlichen Klängen am Tisch und genossen das köstliche Weihnachtsessen. Es schmeckte himmlisch und ich ärgerte mich, mich nicht richtig bedankt zu haben, weil ich von der ganzen Aktion viel zu überrumpelt gewesen war. Vielleicht sollte ich erwägen, wieder etwas regelmäßiger in die Kirche zu gehen? Das wäre zudem ein weiterer Grund, das Haus zu verlassen.

„Ich bin pappsatt", verkündete Silas schließlich nach seinem dritten Nachschlag.

„Das wundert mich nicht. Ich hoffe nur, dass der Rest wenigstens für morgen reicht. Da wirst du dich allerdings etwas zurückhalten müssen", tadelte ich ihn. Ich selbst hatte auch sehr gut und reichlich gegessen, aber nicht annähernd so viel wie Silas.

„Entschuldige, ich hab einfach nicht aufhören können." Er tätschelte sich den Bauch und trank sein Weinglas leer.

Kurz dachte ich darüber nach, dass er vielleicht nicht ganz so viel gegessen hätte, wenn er mit den langen Krampusklauen das Besteck hätte bedienen müssen. Aber das sprach ich nicht laut aus. Es war ja schön, wenn er so glücklich und zufrieden war und es ihm geschmeckt hatte. Nicht nur ich, auch er hatte die vergangenen Jahre auf das Weihnachtsessen verzichtet.

„Wirklich ein wunderbares Weihnachtsgeschenk", meinte ich glücklich, nachdem ich mit Silas' Hilfe den Tisch abgeräumt und das Geschirr in die Spülmaschine gestellt hatte.

„Es tut mir leid, dass ich kein richtiges Geschenk für dich habe." Silas sah leicht zerknirscht drein. Ups, das hatte ich damit doch gar nicht sagen wollen!

„Bist du verrückt? Ich muss Weihnachten nicht alleine feiern und zudem hatten wir ein köstliches Weihnachtsessen. Das ist doch ein absolut großartiges Weihnachtsgeschenk." Ich strahlte ihn an, denn ich meinte das genau so. Was er mir außerdem zu Weihnachten schenken könnte, behielt ich lieber für mich, schließlich hatte er auf die Frage zuvor mit eher schlechter Laune reagiert, also wollte ich es kein zweites Mal zur Sprache bringen.

„Reicht dir das wirklich?" Er wirkte erleichtert und gleichzeitig verunsichert.

„An Weihnachten geht es doch nicht ums Nehmen oder um teure Geschenke. Das Beisammensein mit anderen, die ..." ... man liebt, wäre mir beinahe herausgerutscht. „Mit Freunden und der Familie", rettete ich mich mit einem schiefen Lächeln. „Das ist es, was wirklich zählt. Eine schöne Zeit ohne den alltäglichen Stress um einen herum zu verbringen. Die Wärme zu genießen, die uns diese Gefühle schenken. Na ja, und für die Kinder geht es wahrscheinlich auch um die zahlreichen Geschenke, die sie von allen bekommen."

Bei dieser Ergänzung grinste Silas. „Dann würde ich sagen, genießen wir doch noch für eine Weile die Wärme dieser Gefühle."

Er setzte sich aufs Sofa, breitete die Decke aus und hielt sie auffordernd hoch, sodass ich mich direkt an ihn kuscheln konnte. Ich wagte kaum, zu atmen. Dass er diese spezielle Nähe zuließ, wo er mich beim Schlittschuhlaufen regelrecht abgewimmelt hatte, hätte ich nie und nimmer erwartet.

„Warm genug?", erkundigte er sich mit einem verschmitzten Grinsen, woraufhin ich es wagte, mich tatsächlich noch etwas enger an ihn zu drücken.

„Angenehm warm", murmelte ich, obwohl mir in Wahrheit ziemlich heiß war. Mein Herz schlug viel zu schnell und ich war zu angespannt, um die Situation voll und ganz zu genießen.

„Sehr gut. Dann lass uns mal im Fernsehen gucken, welchen herzerwärmenden Weihnachtsfilm wir da finden." Er beugte sich vor und griff nach der Fernbedienung.

Als *Der Kleine Lord* zu Ende war und Silas durch das Fernsehprogramm zappte, warf ich einen müden Blick nach draußen. Und plötzlich war ich hellwach. Ich befreite mich von der Decke, die über uns lag, und nahm die Beine vom Sofa.

„Silas, guck mal. Der Mond hat irgendwie die Farbe gewechselt." Ich stand auf und ging näher ans Fenster. Der Mond, der hell und voll am Himmel thronte, war nicht weiß und grau, sondern orange und braun, fast rot. Das war doch ... aber ...

„Ist das eine Mondfinsternis?", sprach ich meine Gedanken laut aus, als Silas sich neben mich an die große Fensterfront stellte.

„Sieht so aus", murmelte er leise.

„Aber war denn eine angekündigt? Das hätte ich doch gehört, oder nicht?" War ich wirklich so weg von allem, was da draußen passierte, dass ich davon gar nichts mitbekommen hatte? Ich hielt das durchaus für möglich. Deswegen zückte ich mein Handy und schaute nach.

„Nee, warte mal. Von Mondfinsternis steht hier nichts. Silas?" Ich schaute von meinem Handy auf.

Silas stand nach wie vor unbewegt da und starrte wie hypnotisiert auf den roten Mond.

„Dieses Phänomen wird auch Blutmond genannt und in der Nacht, als ich mich verwandelte, als der Fluch, oder wie auch immer man es nennen mag, mich traf, hab ich genau so einen gesehen." Endlich wandte er den Blick mir zu. Seine Augen waren groß und irgendwie sah er sehr blass aus.

„Und das heißt …?" Mir fehlten gerade die Zusammenhänge. Seine Reaktion beunruhigte mich zu sehr. War das nun ein gutes oder schlechtes Zeichen?

„Ich … also da ich bisher ohne Glockenläuten die ganze Zeit so rumlaufe", er hob verdeutlichend die Arme, „würde ich sagen, es könnte wirklich sein. Nein, es muss so sein, dass der Fluch …"

Er sprach nicht weiter, aber wir mussten es laut sagen.

„Gebrochen ist?", führte ich den Satz daher für ihn fort, setzte an sein Ende jedoch ein Fragezeichen. Konnte das denn wirklich sein? Einfach so?

„Ich glaube schon." Silas drehte sich nun vollends zu mir um und blickte mich überfordert an.

Ich wartete auf eine Reaktion, aber es kam keine. Wahrscheinlich musste er das erst einmal richtig verarbeiten, dass es endgültig vorbei war.

Irgendwann hielt ich es nicht länger aus und fiel ihm einfach laut juchzend um den Hals. „Geschafft, geschafft!", rief ich dabei und hoffte, dass er in den Jubel mit einfallen würde. Andernfalls würde das hier sehr schnell sehr peinlich werden.

Nach kurzer Erstarrung umschlossen mich Silas' Arme und er wirbelte mit mir im Kreis. Wir schrien beide und drohten sogar, zusammen umzufallen. Als er mich losließ, fassten wir uns an den Händen, sprang auf und ab und führten danach einen kleinen Tanz auf. Zum Schluss hob er mich hoch und als wir fertig waren, standen wir uns vollkommen außer Atem gegenüber und irgendwie wusste keiner von uns beiden mehr, was er nun als Nächstes tun sollte.

„Und was machst du jetzt?", fragte ich ihn schließlich, nachdem der erste Freudentaumel vorüber war und mein Kopf sich mit dem, was nun folgen würde, befasste.

Das war eine durchaus berechtigte Frage. Dass er vorher hiergeblieben war, weil ich ihn mehr oder weniger dazu genötigt hatte, war nicht länger erforderlich. Wenn der Fluch gebrochen war, konnte er gehen, wohin er wollte. Wieder zurück in sein altes Leben, sein Zuhause.

„Ich …"

Ich sah ihn hoffnungsvoll an. Es war sicherlich in meinem Blick zu sehen, wie sehr ich mir wünschte, dass er weiterhin an meiner Seite blieb. Aber das konnte ich nicht von ihm verlangen. Er musste diese Entscheidung alleine fällen. Es war sein Leben, seine Entscheidung.

„Ich muss darüber nachdenken. Können wir das auf nach Weihnachten verschieben und für heute vergessen?" Sein Lächeln wirkte gequält und auch mir fiel es schwer, es zu erwidern. „Lass uns heute einfach feiern, dass der Fluch gebrochen ist und Weihnachten genießen. Okay?"

„In Ordnung." Ich nickte, obwohl ich mir nicht sicher war, dass uns das gelingen würde.

„Dann würde ich sagen, probieren wir endlich die lecker aussehende Torte, die der Pfarrer mitgebracht hat."

Vielleicht brauchen Segen eine längere Zeit zu ihrer Erfüllung als Flüche

An diesem Tag erwachte ich ungewöhnlich früh. Das wusste ich, weil mein Zimmer in vollkommener Dunkelheit dalag. Irgendetwas musste mich geweckt haben, jedoch konnte ich den Grund nicht ausmachen.

Fest rechnete ich damit, dass Silas wieder neben mir liegen würde. Dabei konnte ich nicht einmal sagen, wie ich auf diesen Gedanken kam oder wieso ich mir da so sicher war. Ich hatte mich jedenfalls geirrt, den Platz neben mir im Bett zierte gähnende Leere.

Das sorgte dafür, dass mir sofort eiskalt wurde, weil ich Angst hatte, dass er verschwunden war. Aber nein. Er hatte kein Geld und auch sonst nichts. Er konnte nicht einfach so verschwinden.

Ich versuchte, mich selbst zu beruhigen und nicht sofort überall nach ihm zu suchen. Er schlief vermutlich noch. Ich bräuchte bloß kurz nachzusehen, ob …

Nein!

Energisch hielt ich mich davon ab. In erster Linie, weil ich Angst davor hatte, dass das Bett tatsächlich leer sein könnte. Denn was sollte ich tun, wenn er, jetzt wo der Fluch endlich gebrochen war, einfach so gegangen war?

Nachdem ich das Licht angeknipst hatte, warf ich ängstlich einen Blick auf den Nachttisch. Doch da lag zum Glück kein Abschiedsbrief. Auch nachdem ich meine Brille aufgesetzt hatte, konnte ich keinen entdecken. Das war ein gutes Zeichen, oder?

Ich entschied, erst einmal duschen zu gehen. Ich konnte ohnehin nicht wieder einschlafen. Stattdessen könnte ich uns ein wunderschönes, weihnachtliches Frühstück zubereiten. Energisch schwang ich die Beine aus dem Bett.

Leider schaffte es die warme Dusche nicht, das beklemmende Gefühl in meiner Brust zu beseitigen. Ich hatte den Eindruck, immer schlechter Luft zu bekommen. Als würde jemand kontinuierlich ein Seil um meine Brust engerziehen. Oder als trüge ich ein Korsett, bei dem jemand alle paar Minuten nachschnürte. Es war mir überhaupt nicht mehr möglich, tief Luft zu holen. Selbst wenn ich es bewusst versuchte, weitete sich mein Brustkorb nicht richtig. Ich kannte das. Das passierte jedes Mal, wenn ich auf etwas Unangenehmes wartete oder etwas Unangenehmes vor mir herschob. Dieses Gefühl würde erst weggehen, nachdem ich es hinter mich gebracht hatte. Das bedeutete, ich musste mich vergewissern, dass Silas nicht heimlich verschwunden war.

Rasch föhnte ich mir die Haare, zog mich an und ging zu Silas' Tür hinüber. Dort stand ich für ein paar Sekunden, holte mehrmals tief Luft (oder versuchte es zumindest) und hatte keine Ahnung, was ich sagen sollte, wenn er da war und bemerkte, wie ich ins Zimmer kam. Na ja, wahrscheinlich die Wahrheit, dass ich Angst gehabt hatte, er wäre gegangen. Dann konnte er mich beruhigen und mir hoffentlich endlich sagen, dass er nicht vorhatte, mich je wieder zu verlassen.

Ehe sich bei dem Gedanken meine unterdrückten Tränen Bahn brachen, drückte ich vorsichtig den Türgriff nach unten und schob die Tür einen kleinen Spalt auf. Selbst bei den nach wie vor schlechten Lichtverhältnissen sah ich auf den ersten Blick, dass das Bett leer war und kein Silas darauf wartete, von mir eine Erklärung zu bekommen.

Ich schob die Tür daraufhin ganz auf und betrat das Zimmer.

Vielleicht hatte ihn ja die Dusche geweckt und er war bereits nach unten gegangen? Das Bett war ordentlich gemacht, was in mir ein ungutes Gefühl auslöste. Hatte er sein Bett zuvor schon mal gemacht? War das nicht etwas, was man tun würde, wenn man plante, zu gehen? Aber auch hier fehlte der Abschiedsbrief, was mich weiter hoffen ließ.

Wenn es keinen Abschiedsbrief gab, musste Silas ja irgendwo im Haus sein. Ich sollte mal unten nachgucken. Womöglich hatte er wieder irgendeine Überraschung geplant oder so.

Als ich die Treppe herunterkam, war es nach wie vor dunkel draußen und so fiel mir sofort auf, dass der Weihnachtsbaum leuchtete. Ich war mir jedoch ganz sicher, dass ich ihn gestern Abend ausgemacht hatte. War Silas das gewesen? Bestimmt, oder?

„Silas?", rief ich leise, in der Hoffnung, er würde mir antworten, doch es blieb still. Mich überkam eine Gänsehaut. Wieso fand ich mein eigenes Haus plötzlich gruselig?

Womöglich war er ja bei den Pferden? Die brauchten schließlich etwas zu Fressen.

Ich zog mir meine dicke Jacke und die Gummistiefel an und ging in den Stall.

Victor und Sokrates kauten tatsächlich genüsslich, aber auch hier kein Silas. Als ich ihn zum zweiten Mal rief, bekam ich wieder keine Antwort.

Mittlerweile breitete sich leise Panik in mir aus. Silas hatte gestern so lange mit dem Pfarrer gesprochen. War es dabei womöglich darum gegangen, dass er wissen wollte, wie er am besten von hier wegkam? Hatte er sich abholen lassen? War zu seinen Eltern gefahren?

Er war nirgends zu sehen, also blieb nur die Erklärung, dass er tatsächlich gegangen war. Ich öffnete die Stalltür nach draußen. Es hatte gestern geschneit und wir waren den ganzen Tag drinnen gewesen. Wenn es in der Nacht nicht geschneit hatte und er …

Das Licht fiel nach draußen und da waren sie. Die Fußabdrücke.

Fassungslos starrte ich darauf. Im ersten Moment hatte ich Hufe erwartet, doch da waren die Abdrücke von Schuhen. Natürlich. Er war jetzt ja wieder ein Mensch. Und er war gegangen.

Ich konnte es nicht glauben, ganz ohne irgendein Wort des Abschieds, ohne mich vorzuwarnen. Ohne mir die Gelegenheit zu geben, es ihm auszureden oder mich wenigstens zu verabschieden. Genauso wie meine Eltern. Ohne Vorwarnung war er einfach weg.

Ich schaffte es gerade noch, die Tür wieder zu schließen, dann brach ich heulend auf dem Boden zusammen.

Ich konnte mich nicht mehr erinnern, wie lange ich dort hockte, ich erinnerte mich nur an den Schmerz, der mich zu verschlingen drohte. Diesen besonderen Schmerz kannte ich nur zu gut. Damals, als mich die Erkenntnis getroffen hatte, dass meine Eltern wirklich tot waren, hatte es sich genauso angefühlt. Ich hatte geschrien, bis ich keine Stimme mehr besaß, doch den Schmerz in meinem Inneren war ich dadurch nicht losgeworden. Verzweifelt hatte ich versucht, die Wut in mir rauszulassen, indem ich meine Fäuste benutzte. Es war sogar irgendetwas zu Bruch gegangen, wenn ich mich richtig erinnerte. Doch selbst das hatte nichts geändert, nicht geholfen. Alles war sinnlos gewesen.

Ich weinte, heulte, schluchzte, verzweifelte, ärgerte und hasste und am Ende hörte all das auf. Mit einem Mal saß ich einfach nur noch da und fühlte mich leer. Es kamen keine Tränen mehr. Sie halfen sowieso nicht, das hatte ich damals bereits erkennen müssen. Ich fühlte nichts mehr. Es war, als wäre die Tür zugeschlagen, aus der mir zuvor all die Tränen und die Gefühle entgegengeschwemmt worden waren.

Ich erhob mich, sah kurz nach Victor und Sokrates, die, von meinem Gefühlsausbruch unberührt, weiter ihr Heu gefressen hatten, und wischte mir die restlichen Tränenspuren von den Wangen. Da hier alles in Ordnung war, wandte ich mich ab und ging zurück ins Haus. Es war, als hätte ich auf Autopilot geschaltet. Mein Körper funktionierte und ich war nichts weiter als ein Passagier, der aus dem Fenster sah.

Ich war bereits soweit, dass ich damit begann, mir Frühstück zu machen, als mich die Erkenntnis traf, dass ich nun nur noch für eine Person decken musste, und aus meiner Taubheit riss.

Nein. Nein, das wollte ich nicht. Bei meinen Eltern damals hatte ich nichts tun können, es war zu spät gewesen. Aber Silas lebte noch. Ich musste ihn nur aufhalten, ihn zurückholen. Ins Totenreich oder den Himmel hatte ich nicht gehen können, aber nach draußen, das würde ich schaffen. Ich hatte es in den vergangenen Tagen so oft getan, dass das eigentlich kein Problem mehr darstellen dürfte.

Also zog ich mich so warm wie möglich an und öffnete die Haustür. Zumindest versuchte ich es. Die war noch abgeschlossen.

Mit zittrigen Fingern drehte ich den Schlüssel und stand dann eine Weile in der offenen Tür. *Verdammt, das ist echt ziemlich dunkel.*

Also lief ich los, um die Taschenlampe zu holen, die ich für den Fall, dass ich die Pferde im Dunkeln reinholen musste, immer im Eingangsbereich stehen hatte.

Mit der Taschenlampe bewaffnet stand ich abermals an der offenen Tür. Ich spielte an der Handschlaufe und wusste bereits, was das zu bedeuten hatte. Es war eine Art Ventil, um meine aufsteigende Nervosität zu kanalisieren. Nur dass es nicht funktionierte.

Es war bloß ein Schritt. Gleichzeitig bedeutete dieser Schritt aber so viel mehr. Was, wenn ich Silas nicht fand? Wenn ich ohne ihn zurückkehren musste? Wenn sich nichts änderte.

Ich spürte diese nur allzu vertraute Hitze und das Kribbeln, welches von meinen Zehenspitzen ausgehend meinen gesamten Körper eroberte. Wie ich das hasste. Ich fühlte mich vollkommen verloren, weil ich nicht wusste, wie ich es aufhalten sollte. Ich wollte zurückstolpern, die Tür schließen. Weil ich nur dann wieder tief durchatmen konnte. Hier konnte ich das nicht. Die kalte Winterluft brannte in meiner Lunge, machte es mir unmöglich, tiefe, ruhige Atemzüge zu nehmen. Meine Hände begannen zu zittern. Es wurde schlimmer. Entweder ich machte jetzt einen Rückzieher oder ich ging endlich raus. Ich konnte unmöglich noch länger hier in der offenen Tür stehen.

Meine Lippen waren mittlerweile ziemlich lädiert von meinen Zähnen, trotzdem konnte ich davon nicht ablassen. Die Kälte biss mir in die Wangen, doch sonst spürte ich sie kaum. Mir war zu heiß.

Scheiße und ich hatte gedacht, ich könnte einfach so rausgehen. Ohne Probleme. Aber dass Silas gegangen war, schien mich leider in meiner Entwicklung zurückgeworfen zu haben. Doch ich wollte rausgehen. Ich war schon so viel weiter gewesen. Deswegen hätte ich echt heulen können. Die Tränen blinzelte ich jedoch entschieden weg. Es brachte nichts, mich selbst zu bemitleiden. Das wusste ich.

Und so bewegte sich mein Fuß nach vorne und traf auf den Schnee. Mein überhasteter Herzschlag sorgte dafür, dass ich das Gefühl hatte, jeden Moment umzukippen. Dennoch setzte ich auf wackeligen Beinen immer weiter einen Schritt vor den anderen und versuchte, mich auf mein Ziel zu konzentrieren anstatt auf die Angst.

Mit einem kleinen Lichtkegel bewaffnet, machte ich mich auf die Suche nach Silas' Spuren. Dabei war es nicht so, dass die Angst und Panik plötzlich weg waren. Es glich mehr einem Drahtseilakt. Ich balancierte hochkonzentriert darauf entlang, während unter mir der Abgrund drohte. Jeder Schritt verlangte mir einiges ab. Selbst wenn ich, wie auf dem Weihnachtsmarkt, nach außen ruhig, gelassen und vielleicht auch mit Witz versehen herumlief und mich normal unterhielt, bedeutete das nicht, dass ich innerlich nicht jede einzelne Sekunde gegen die Panik ankämpfte. Ziel war es, nicht die Konzentration zu verlieren und abzustürzen. Irgendwann würde ich am anderen Ende ankommen. Entweder wenn die Sache, weswegen ich Angst verspürte, vorbei war, oder wenn sich die Panik von allein zurückzog.

Das hieß, während ich auf diesem Seil balancierte, konnte ich das Ende nicht klar vor mir sehen. Ich musste also einfach hoffen, dass es im Nebel nicht allzu weit vor mir lag, ich nicht herunterfiel oder umdrehen musste, bevor es mir zu viel wurde.

Und so lief ich immer weiter, folgte Silas' Spuren bis zur Brücke und darüber. Irgendwie hatte ich angenommen, dass er in Richtung Wald gegangen war. Dabei hatte ich wieder einmal vergessen, dass er nicht länger die Gestalt des Krampusses hatte, in der er mit mir gemeinsam durch den verschneiten Wald gelaufen war. Er war nun wieder ein ganz normaler Mensch und deswegen vermutlich bis zur Straße gegangen und dann zur Bushaltestelle oder hatte sich mitnehmen lassen.

Richtig geraten, ich konnte die frischen Fußabdrücke im Schnee bis zur Straße verfolgen. Dort jedoch erkannte ich nichts mehr. Ich blieb stehen, mein Atem bildete Wolken und der Lichtkegel der Taschenlampe zitterte, weil ich vor Kälte bebte.

Die Sonne begann den Himmel in der Ferne allmählich einzufärben. Es würde bald hell werden. Allerdings könnte ich dann auch nicht mehr sehen als jetzt. Jedenfalls keinen Silas oder eine Spur aus Brotkrumen, die mich zu ihm führte.

Was machte ich eigentlich hier draußen? Es gab nicht die geringste Chance, dass ich ihn aufspürte. Wer wusste schon, wann er losgelaufen war? Er war längst über alle Berge. Ich konnte ihn nicht finden, das zu versuchen war aussichtslos. Und dumm!

Das sah ich schließlich ein. Hier weiterzumachen war Schwachsinn. Zudem war ich bereits jetzt total ausgefroren. Meine nicht ganz trockenen Haare trugen ihr Übriges dazu bei. Ich sollte umdrehen, bevor mir Finger oder Zehen abfroren oder ich mir den Tod holte. Vermutlich musste ich mich einfach damit abfinden, dass ich mal wieder nicht das Geringste tun konnte. Ich war machtlos, egal ob ich das Haus verließ oder nicht.

Mit einem letzten, verzweifelten Blick die Straße rauf und runter machte ich mich mit hängenden Schultern auf den Weg nach Hause. Allein.

Daheim angekommen wusste ich mit einem Mal nichts mit mir anzufangen. Frühstücken? Ich verspürte keinen Hunger oder gar Appetit. Eigentlich wollte ich mich bloß in mein Bett legen. Weil sich dieses Gefühl jedoch so furchtbar vertraut anfühlte, weigerte ich mich, dem nachzugeben. Damals hatte ich dem nachgegeben und das hatte mir überhaupt nicht gut getan, ich durfte nicht wieder in diese alten Muster verfallen, andernfalls fürchtete ich, dass auch meine anderen Probleme zurückkamen. Meine Fortschritte wollte ich aber nicht alle wieder einbüßen. Ich musste dem widerstehen.

Besser ich machte mir etwas zu essen und versuchte, den Tag, soweit wie möglich, normal zu durchlaufen.

Doch als ich ins Wohnzimmer kam, wo mich die ganze Weihnachtsdeko begrüßte, die Silas aufgebaut hatte, inklusive des leuchtenden Weihnachtsbaums, erinnerte ich mich daran, wie anders ich mich in den vergangenen Tagen gefühlt hatte. Wie sehr ich das genossen und wie stark ich mir gewünscht hatte, es würde für immer so bleiben. Und das war jetzt alles weg.

Obwohl ich nach wie vor am gesamten Körper zitterte und mir eiskalt war, spürte ich die Kälte eigentlich gar nicht richtig. Ich konnte mich nicht einmal dazu überwinden, den Ofen anzuzünden, da ich ihn vorher erst noch aufschichten müsste. Das war doch alles so nutzlos.

Abermals kullerten mir Tränen die Wangen hinab. Dabei konnte ich jede Einzelne genau verfolgen, welchen Weg sie über meine Wange nahm, an welchen Stellen sie kurz innehielt und wann sie hinabtropfte. Währenddessen stand ich einfach nur da und wusste weder ein noch aus.

Ich wünschte mir bloß, dass mich irgendjemand hieraus befreite. Doch das hatte damals schon niemand gemacht, wieso sollte es jetzt anders sein? Irgendwann würde der Schmerz abebben, sich in den Hintergrund drängen lassen. Ab und an würde er sich hervorkämpfen und mit voller Kraft über einen herfallen. Doch auch diese Wucht würde abnehmen und die Abstände größer werden. Ich hatte das alles schon einmal durchgemacht, ich würde es wieder schaffen. Zumal Silas wenigstens nur verschwunden und nicht verstorben war. Das sollte es leichter machen, oder nicht?

Trotzdem wäre es mir in diesem Moment fast lieber, er wäre nie hier aufgetaucht. Allerdings nur fast. In ein paar Wochen würde ich das bestimmt anders sehen, wenn der erste Schmerz vorüber war. Die Tage mit ihm waren toll gewesen, großartig sogar. Wie ein Traum. Wie der Traum damals, dass meine Eltern nicht gestorben waren. Und jetzt wachte ich auf und musste feststellen, dass mir nichts geblieben war, bis auf die Erinnerungen.

Entschieden wischte ich mir über die Augen, nahm die Brille ab und putzte sie kurz, weil Tropfen auf die Gläser gekommen waren.

Als ich die Brille wieder aufsetzte, konnte ich nicht genau sagen, wieso, aber irgendetwas schien draußen meine Aufmerksamkeit auf sich zu lenken. Jedenfalls wanderte mein Blick zu der großen Glasfront hinüber. Es dämmerte langsam, die Bewegungsmelder vor der

Tür sprangen dennoch an, als jemand über die Auffahrt vorm Haus lief.

Ich sah mir die dunkle Gestalt gar nicht genauer an, sondern stürzte direkt zur Tür, das Herz voller Hoffnung, die meinen gesamten Körper erwärmte. Konnte es denn sein? Er musste es einfach sein. Er war zurückgekommen! Er hatte mich nicht verlassen!

All diese Dinge wirbelten mir im Kopf herum, als ich die Haustür aufriss und der dunklen Gestalt entgegenlief. Dabei hatte ich keine Zeit, mir vorher Jacke und Schuhe anzuziehen. In meinen Hausschuhen lief ich durch den frisch gefallenen Schnee auf Silas zu, sobald ich ihn in dem Licht der Lampen draußen erkannte.

Er gab ein vernehmliches *Uff* von sich, als ich ihm direkt in die Arme und gegen die Brust sprang. Ich vergrub mein Gesicht in seiner Jacke und klammerte mich fest an ihn. Er war echt. Er war nicht weg. Er war wieder da. Ich würde ihn definitiv nie wieder loslassen.

„Hey, alles okay?" Seine Stimme klang ungewöhnlich sanft, bestimmt hatte ihn meine heftige Begrüßung verunsichert. Doch ich konnte gerade nicht sprechen, schüttelte daher nur den Kopf und drückte ihn noch fester an mich.

„Alles gut", beruhigend strich er mir übers Haar, doch ich drückte nur noch fester zu. In diesem Moment kam ich mir so bescheuert vor, dass ich gleich das Schlimmste angenommen und mich derart reingesteigert hatte. Andererseits wusste ich jetzt, dass ich ihn nicht würde gehen lassen können. Selbst wenn ich ihn von Neuem in die Box einsperren musste. Er durfte mich nicht verlassen.

Mit einem Schlag wurde mir klar, dass ich ihn nicht nur an meiner Seite haben wollte, um nicht mehr allein zu sein. Das hier war mehr, viel mehr. Komisch, dass mir das nicht viel früher bewusst geworden war. Wir hatten uns schließlich schon geküsst (oder etwas in der Art). Wahrscheinlich hatte ich es längst gewusst, doch weil das alles so neu für mich war, war es mir bis zu diesem Moment nicht richtig bewusst gewesen. Ich liebte Silas.

Ich löste mich von ihm und trat ein paar Schritte zurück. Es hatte zu schneien begonnen und die ersten Flocken sammelten sich in seinen braunen Haaren und auf seinen Schultern. Seine braungrünen Augen sahen mich verwirrt, irritiert und besorgt an.

Ich hingegen brachte noch immer kein Wort heraus. Wie hätte ich all das auch erklären sollen? Und wann sagte man diese alles entscheidenden Worte? Bereitete man so etwas wie bei einem Hochzeitsantrag groß vor oder sprach man es einfach aus, sobald man sich dessen sicher war?

„Nora, du …" Silas streckte eine Hand aus und legte sie an meine Wange. Mit dem Daumen fuhr er sanft unter meinem Auge entlang. „Du hast geweint."

Er klang ungläubig, dazu eine Spur bedauernd und ich konnte auf seinem Gesicht ablesen, wie angestrengt er nachdachte, was die Ursache dafür gewesen sein könnte. Die Ursache für all das hier, mein ganzes, seltsames Verhalten.

Ich hingegen hatte nicht erwartet, dass man es mir bei diesem Licht so deutlich und quasi direkt auf den ersten Blick ansehen würde. Da er sich offensichtlich Gedanken machte und besorgt war, wollte ich es ihm zumindest irgendwie erklären. Ja, ich musste ihm endlich erklären, was in mir vorging. Aber wie? Da war so viel und alles drehte sich nach wie vor in meinem Kopf, wurde wie in einer Windhose hin und her gewirbelt.

„Du bist wieder da." Das war keine Erklärung, sorgte jedoch dafür, dass ich erneut anfing zu weinen. Dabei war ja alles gut. Ich musste gar nicht weinen. Das war alles bloß ein Missverständnis. Immerhin war er hier.

„Ich bin wieder … du …" Der Groschen fiel. Etwas länger zwar, aber ich erkannte, wie er schließlich auf dem Boden auftraf und bei Silas die Erkenntnis einsetzte. Sein Mund öffnete sich und ich konnte die ehrliche Fassungslosigkeit über sein „Tun" sehen.

„Oh … nein."

„Ich hab die Fußspuren gesehen, nachdem ich dich nirgends finden konnte und da …", bemühte ich mich um eine bessere Erklärung als zuvor. Leider kullerten mir dabei schon wieder Tränen übers Gesicht. Das hatte er inzwischen in beide Hände genommen und wischte die Tränen hastig mit seinen Daumen beiseite.

„Nein, ich wollte doch nur …" Er schloss die Augen und senkte kurz den Kopf. „Ach, verdammt!"

Er sah hoch und so schnell, wie seine Lippen auf meinen lagen, konnte ich gar nicht reagieren. Dieses Mal hatte ich keine Überlegungen im Kopf, dass ich nicht wusste, wie man jemanden küsste. Ich spürte auch nicht die Wärme seiner Lippen, sondern nur eisige Kälte.

Ein Frostkuss, schoss es mir durch den Kopf, ehe ich die Augen schloss und einfach losließ.

Als Silas seine Lippen öffnete, war es, als ob mit einem Mal Wärme durch meine Adern schoss. Mir wurde heiß und kalt gleichzeitig. Die Hitze seines Mundes schien mich zu verbrennen und die Kälte meiner Lippen zu schmelzen. Der Frost wurde von der aufsteigenden Wärme davongespült.

Ich erzitterte. Jetzt, wo mir die Wärme in die Glieder schoss, wurde mir erst bewusst, wie eisig die Luft um mich herum war.

Verdammt ist das kalt!

„Gott, du erfrierst hier draußen noch. Wir sollten schnell reingehen. In so einem Aufzug vor die Tür zu gehen …" Er schüttelte den Kopf. „Du bist doch verrückt."

Er zog sich seine Jacke aus und legte sie mir um.

„I-ich hab m-mich nur s-so gefreut, d-d-dich zu s-s-s-sehen." Jetzt klapperten auch noch meine Zähne. Doch die Jacke fühlte sich unglaublich warm an. Nur meine Füße erfroren gerade, weil die Kälte von unten durch die dünne Sohle meiner Hausschuhe nach oben kroch.

Silas drehte mich um und rieb mir mit der Handfläche über den Arm, während er mich zur nach wie vor offenstehenden Haustür bugsierte. Im Eingang blieb er kurz stehen.

„Es tut mir so leid, Nora. Ich hab nicht damit gerechnet, dass du so früh aufstehen würdest und dachte, ich schaffe es, alles vorher fertig zu bekommen. Ich hätte für den Fall der Fälle wohl einfach einen Zettel schreiben sollen … Ich Idiot!" Er löste seine Hände und raufte sich die Haare, in denen die geschmolzenen Schneeflocken glitzerten.

„N-nicht so sch-schlimm." Komisch, dass man so etwas tatsächlich immer sagte, obwohl es überhaupt nicht der Wahrheit entsprach. Aber ich wollte ihn nicht so sehen. Er konnte nichts mehr daran ändern, das Wichtigste war, dass ich mich geirrt hatte und er nicht gegangen war.

„D-du bist hier, das ist a-alles, was zählt." Ich ergriff seine Hand und drückte sie. Sie war eiskalt, genau wie meine. „W-was hast du um diese U-uhrzeit überhaupt draußen gemacht?" Genau. Das ergab doch gar keinen Sinn.

„Nun ja, da ich die letzten Jahre immer nur den Krampus gespielt habe, dachte ich, übernehme ich heute ausnahmsweise mal die Rolle des Weihnachtsmannes." Er trat mit einer ausladenden Geste zur Seite und hinter ihm mitten auf der Auffahrt stehend kam ein Schlitten mit … Geschenken zum Vorschein.

„Was?" Ich schlug mir vor Überraschung tatsächlich die Hände vor den Mund. Wie hatte ich den übersehen können?

„Ich weiß, es ist bereits der 25te Dezember, aber da in Amerika die Kinder auch alle erst morgens ihre Geschenke bekommen, dachte ich, könntest du das durchgehen lassen." Auf seinem Gesicht erschien ein unsicheres Lächeln. Dass ich geweint hatte, weil ich dachte, er hätte mich ohne irgendein Wort des Abschieds verlassen, schien ihn ziemlich verunsichert zu haben in seinem Plan.

„Du bist doch verrückt!", stieß ich hervor, woraufhin Silas nur schicksalsergeben die Schultern hob.

Voller Dankbarkeit fiel ich ihm erneut um den Hals und gab ihm einen dicken Schmatzer auf den Mund – so viel traute ich mir dann doch schon zu, obwohl es mich etwas Mut kostete.

„Danke!"

Das Funkeln kehrte daraufhin in seine Augen zurück und er zog mich an sich, um mich richtig zu küssen.

Der Krampus nie sein Ziel verfehlt, wenn er Amors Maske wählt

Ich hatte Silas versprechen müssen, dass ich noch einmal nach oben ging und ihn alles so herrichten ließ, wie er sich das vorgestellt hatte. Inzwischen war der Schneefall stärker geworden und Silas hatte dringend die Geschenke retten müssen.

Auf ein Klingeln hin – ja, er hatte sogar ein Christkind-Glöckchen besorgt – durfte ich dann endlich nach unten gehen.

Silas stand, mit einer Weihnachtsmannmütze auf dem Kopf, dessen Sterne auf dem weißen Rand rundherum rot leuchteten, neben dem Weihnachtsbaum, unter dem sich haufenweise Geschenke versteckten. Staunend trat ich näher.

„Sind die echt alle für mich?"

„Ja, jedes Einzelne." Silas streckte mir eine Hand hin und zog mich zum Baum.

„Das sind alles Geschenke von Leuten, die dich noch von früher kennen. Die meisten habe ich bei meinem Tag als Krampus kennengelernt, als sie mich ausgefragt haben und ich erzählte, dass ich momentan bei dir wohne. Viele haben sich fast besorgt erkundigt. Keiner hat sich in den vergangenen Jahren getraut, dich direkt anzusprechen, weil sie keine alten Wunden aufreißen wollten. Und du bist ja auch nur selten im Dorf. Na ja, irgendwie geriet ich darüber ins Gespräch und dabei kam heraus, dass die meisten keine Ahnung hatten, wie allein du bist. Daraus entstand wiederum irgendwie der Gedanke, dass sie dir zeigen wollten, dass sie dich nicht vergessen haben."

Silas deutete auf die Geschenke. „Richtig konkret wurde die Idee, als Pfarrer Wilhelm gestern vorbeikam. Als ich ihn zur Tür brachte, fragte ich ihn, ob er es einrichten könnte, dass jeder, der dir eine kleine Freude machen möchte, bis morgen ein Geschenk oder eine Karte vorbereitet. Damit ich diese bei ihm oder an einer Sammelstelle früh morgens abholen könnte, um dich zu überraschen. Deswegen der geheime Schneeausflug."

Ich sah ihn mit riesengroßen Augen an. *Das* hatte er also besprochen. Es war um mich gegangen und nicht darum, wie er von hier wegkam. Beinahe hätte ich schon wieder geweint: vor Erleichterung.

„Ich ..." Ich war vollkommen sprachlos und wusste rein gar nicht, was ich dazu sagen sollte.

„Sie haben dich nicht vergessen, sie wussten nur nicht, dass du sie brauchst", sagte er leise.

Ich bemühte mich so sehr, nicht schon wieder zu weinen. Aber bei seinen Worten rollte mir ungewollt doch eine Träne die Wange hinunter. Er beugte sich zu mir herüber und schloss mich in die Arme.

„Du bist nicht allein, das darfst du nie vergessen. Du musst nur einen Schritt auf die Welt zu machen, dann öffnet sie sich dir."

Keine Ahnung, woher er mit einem Mal all die philosophischen Gedanken und Sprüche hatte und das war mir auch egal. Ich schluchzte auf und drückte mich fest an ihn.

Ich weinte eine Weile leise an seiner Schulter, ehe ich mich beruhigen konnte und mich sanft von ihm löste. „Ich muss mich später unbedingt bei allen bedanken. Ich hoffe, du hast dir die Namen aufgeschrieben." Mit einem schiefen Lächeln sah ich ihn an.

„Das ist kein Problem. Einige kommen nachher sogar vorbei. Das haben sie versprochen, hat der Pfarrer mir gesagt. Du musst auch nicht kochen. Es ist alles organisiert! Heute machen wir eine richtig große Weihnachtsfeier. Ich möchte, dass es das allerschönste Weihnachten wird, das du je hattest." Sein Gesicht zierte so ein sanftes Lächeln, mit dem er mich ansah, dass ich prompt schon wieder weinte. Dabei hätte ich ihm gern gesagt, dass ich für das allerschönste Weihnachten lediglich ihn an meiner Seite brauchte, aber ich wollte seine ganze Mühe und seine Arbeit nicht wegreden. Es war einfach unglaublich, dass er all das für mich getan hatte.

Wie viel Arbeit das bedeutet haben musste. Dass er sich überhaupt Gedanken gemacht hatte und zu Fuß losgezogen war. Und all das nur für mich.

Ich fühlte, wie die ganzen Gefühle, die das in mir auslöste, sich in meinem Inneren sammelten als sich ausbreitende Wärme. Und schließlich lief das Gefäß mit meinen Glücksgefühlen über, weil es einfach zu viel war, und es äußerte sich in drei Worten.

„Ich liebe dich."

Ich hatte nicht weiter darüber nachgedacht, mich nicht mal bewusst dazu entschieden, es laut zu sagen. Oder diese Worte überhaupt im Kopf gehabt. Mir war zwar vorhin schon bewusst geworden, dass diese Gefühle für ihn da waren, aber … Ich hatte das halt noch nie zu jemandem gesagt. Eine Liebeserklärung, so etwas hatte ich noch nie im Leben gemacht, und normalerweise hätte ich mir darüber stundenlang den Kopf zerbrochen, doch irgendwie … waren mir die Worte jetzt so leicht über die Lippen gekommen.

Ich sah, wie sich seine Augen weiteten, und ich hielt erschrocken die Luft an.

Mist. Hoffentlich hatte ich damit nicht alles kaputt gemacht. Silas wusste offensichtlich nicht, was er darauf erwidern sollte. Womöglich hatte er all das ja nur aus Dankbarkeit getan, weil ich ihm dabei geholfen hatte, den Fluch zu brechen, und derartige Gedanken waren ihm gar nicht gekommen. Was dann? Aber er hatte mich da draußen geküsst. Bedeutete das nicht, dass auch er diese Gefühle für mich hatte? Sonst küsste man nicht einfach so jemanden und das mehr als ein Mal, oder?

Sollte ich es zurücknehmen? Konnte man so etwas überhaupt zurücknehmen? Und wäre das das Richtige?

Nein. Es würde sich falsch anfühlen. Aber diese Pause. Diese Stille, die auf meine bedeutungsvollen Worte folgte, fühlte sich falsch an.

Schließlich konnte ich ihm nicht länger in die Augen sehen. Mein Gesicht brannte inzwischen und ich war mir sicher, dass ich feuerrot war. Ich schlug die Augen nieder und starrte auf den Geschenkeberg unter dem Baum.

Jetzt nur nicht weinen. Verdammt.

Ich hörte, wie Silas sich bewegte, wagte es jedoch nicht, aufzusehen. Alles in mir verkrampfte sich, weil er bestimmt gerade überlegte, wie er mir auf sanfte Art und Weise klarmachen könnte, dass er nicht dasselbe für mich empfand.

Als ich spürte, wie er seine Arme um mich legte, verkrampfte ich noch mehr, versuchte dann jedoch, mich bewusst zu entspannen. Mich richtig in seine sanfte Umarmung fallen zu lassen, was mir allerdings nicht so wirklich gelang. Wieso sagte er denn nichts?

Er drückte mich ein letztes Mal und löste sich dann genauso behutsam wieder von mir. Dieses Mal konnte ich nicht anders, als ihm in die Augen zu sehen, denn er führte sein Gesicht so nah an meines heran und verharrte so kurz vor mir, dass es komisch gewesen wäre, ihn nicht anzusehen.

„Nora, ich …" Er stockte. Ich konnte sehen, wie er schluckte, sein Adamsapfel bewegte sich rauf und wieder runter. In mir kämpften Hoffnung und Angst um die Vorherrschaft und ich wünschte, er würde es endlich sagen und mich von dieser Qual erlösen.

„Ich denke, ich kann sagen, dass ich in dieser kurzen Zeit …" Er hielt inne, was dafür sorgte, dass mein Herz es ihm kurzerhand nachmachte. Sollte sich das häufiger wiederholen, würde ich das nicht sehr lange mitmachen. „Ich hätte einfach nicht gedacht, dass ich hier so schnell ein … ein neues Zuhause finden würde. Etwas, was ich beschützen will. Was mir wichtiger ist, als in mein altes Leben zurückzukehren. Diese Worte von dir zu hören, ist das allerschönste Weihnachtsgeschenk, welches du mir hättest machen können."

Ich musste ein Aufschluchzen unterdrücken und schlug mir die Hand vor den Mund. Vor lauter Erleichterung wären mir beinahe die Beine weggeknickt.

Silas wich ein Stück zurück, um mir vernünftig in die Augen sehen zu können. Er war noch nicht fertig. „Um auf deine Frage von gestern zurückzukommen. Ja, ich würde gerne hierbleiben und ich …"

Er lächelte sanft und mir ging bei diesem Anblick das Herz auf. „Ich liebe dich auch."

Ich hätte fast wie wild den Kopf geschüttelt, weil ich es nicht glauben konnte.

Verdammt, hatte er das mit einer so langen Vorrede sagen müssen? Und mit dieser bedeutsamen, schrecklich langen Pause davor?

Mein Gehirn hatte mindestens die Hälfte seiner Worte nicht verstanden, weil es einzig und allein darauf konzentriert gewesen war, zu hoffen und zu beten, die gewünschten Worte ohne ein *nicht* aus seinem Mund zu hören. Aber da war kein *Nicht* gewesen, oder? Er hatte doch tatsächlich …

Als er den geringen Abstand zwischen uns überbrückte und sich unsere Lippen sanft aufeinanderlegten, hatte ich meine Antwort. Und dieses Mal entstand auch das erwartete Feuerwerk in meinem Inneren. Als wäre heute bereits Silvester!

Und was sollte ich sagen? Es wurde das allerschönste Weihnachtsfest überhaupt.

Ich konnte mich nicht erinnern, wann ich das letzte Mal in solch einer großen Runde zusammengesessen hatte. Alle, die gekommen waren, kannte ich von früher. Manche besser, manche weniger gut, aber alle kannten sie mich und waren nur meinetwegen gekommen!

Unter dem Tisch ergriff ich immer wieder Silas' Hand und drückte sie. Voller Dankbarkeit, dass er all das möglich gemacht hatte.

Auch nachdem wir schon lange mit dem Essen fertig waren, saßen wir noch beieinander und unterhielten uns quer über den Tisch hinweg, sodass ein riesiges Gesprächschaos entstand. Einige tauschten Plätze oder standen auf, um näher zu ihren Gesprächspartnern zu gehen. Es war ein Gewusel und Gesumme, das den gesamten Raum vibrieren ließ und es war toll! Wir sprachen über vollkommen unterschiedliche Sachen. Unter anderem über meine Eltern.

Als sie das erste Mal zur Sprache kamen, zerquetschte ich beinahe Silas' Hand. Ich wagte es kaum, zu atmen. Doch als der befürchtete Schmerz nicht in der erwarteten Heftigkeit einsetzte und auch das Engegefühl in meiner Brust und die damit verbundene Panik aus-

blieben, entspannte ich mich nach und nach. Ich konnte sogar Silas'
Finger aus meinem Schraubstockgriff befreien und gelöst über alte
Anekdoten und lustige Erinnerungen lachen.

Im Laufe des Abends verabschiedeten sich immer wieder Leute
aus unserer Runde und versprachen mir, dass sie mich im neuen Jahr
häufiger besuchen wollten. Ich sei zudem jederzeit herzlich bei ihnen
willkommen.

Überschwänglich bedankte ich mich bei jedem Einzelnen fürs
Kommen, für die Geschenke, das Essen, die lieben Worte und einfach alles. Es war schließlich nicht selbstverständlich, dass sie am 1.
Weihnachtsfeiertag zu mir zum Feiern kamen. Sicherlich hatten sie
ursprünglich ganz andere Pläne gehabt.

Am Ende war das Haus bis auf Silas wieder leer, doch in meinem
Herz war es so voll, dass ich gar nicht wusste, wohin mit all diesen
Gefühlen. Ich hätte nicht gedacht, dass nach all der Zeit des Alleins-
eins dort drinnen noch so viel Platz war.

Silas trat an meine Seite, legte einen Arm um meine Schulter und
zog mich an sich. Er drückte meinen Arm und in diesem Moment
wurde mir bewusst, dass er diesen Platz geschaffen hatte und dass er
der Erste gewesen war, der damit begonnen hatte, die Leere zu füllen.

„Und jetzt?", fragte ich und sah zu ihm hoch.

„Wenn du wissen willst, ob ich jetzt auch gehe. Nein. Keine Chance. Ich bleibe hier, also keine Angst." Er drückte mir einen Kuss aufs
Haar und ich spürte, wie Hitze in meine Wangen stieg.

„Das wirst du mir noch ein paar Mal sagen müssen, bis ich es wirklich glauben kann", murmelte ich leise. Das war nicht einmal gelogen. Mein Kopf hatte seine Worte verstanden, aber mein Herz würde sich wahrscheinlich auch weiterhin Sorgen machen, dass es irgendwann wieder einen solchen Verlust erleiden musste, nachdem es
davon heute Morgen einen Vorgeschmack bekommen hatte.

„So oft du willst und so oft, wie ich das muss", sagte er leise, beugte sich vor und küsste mich. Aber dieses Mal richtig, heiß und innig.

Was für ein verrücktes Weihnachtsfest!

Ich bin verliebt bis über beide Ohren, ich hab mein Krampusherz an dich verloren!

Ich konnte es noch immer nicht fassen. Jeden Morgen, den ich aufwachte und nicht mit den Hörnern im Bett festhing, oder ein paar Mal die Nacht aufgewacht war, weil ich mit ihnen irgendwo gegengestoßen war oder ich den Kopf nicht richtig ablegen konnte, verblüffte mich von Neuem. Wenn ich beim Aufstehen den kalten Boden unter den Füßen spürte, weil dort Haut anstelle von Hufhorn war, erschrak ich nach wie vor im ersten Moment.

Es waren so einfache Dinge und trotzdem … für mich kam es immer noch einem Wunder gleich. Und das zweite Wunder lag direkt neben mir.

Mein Blick fiel auf die schlafende Nora. Sie war sofort eingeschlafen, während ich noch wach lag und mir Gedanken machte. Nachdem ich am 24. Dezember morgens in ihrem Bett aufgewacht war, war ich heute Nacht irgendwie wie selbstverständlich wieder hier gelandet. Auch wenn sie sich dabei ziemlich geniert hatte und schwor, sie würde so nie ein Auge zu tun. Auch für mich war das eine ungewohnte Situation. Nicht nur, weil unsere Beziehung eigentlich noch gar nicht diese Stufe erreicht hatte, sondern vor allem, weil ich so viele Nächte alleine draußen im Wald verbracht hatte. Ich hatte zwischenzeitlich nicht einmal mehr gewagt, davon zu träumen, jemals wieder in einem Bett zu schlafen, geschweige denn neben einem anderen Menschen.

Und all das hatte sie mir geschenkt. Ein Bett, ein Zuhause, ein Ohr, das mir zuhörte, Augen, die wirklich mich sahen, und ein Herz, welches alles dafür tat, damit ich glücklich war. Aber so sehr ich auch im Glück schwelgte und in diesem Moment lebte, ich musste irgendwann an die Zukunft denken. Ich konnte mich nicht ewig davor drücken, zu meinen Eltern zu gehen. Ich war mir sicher, sie wären überglücklich zu erfahren, dass ihr verschollener Sohn noch lebte.

Ich hatte keine Ahnung, ob man mich unter vermisst, entführt, verschwunden oder verstorben führte. Aber ich musste das auf jeden Fall richtigstellen. Vor allem, wenn ich irgendwann wieder arbeiten oder verreisen wollte. Schließlich hatte ich momentan weder Geld noch Ausweis, Papiere oder sonstiges.

Aber was sagte ich ihnen, wenn sie fragten, was ich die vergangenen Jahre gemacht hatte? Die Wahrheit kam nicht infrage, sie würden mich für verrückt erklären und womöglich einweisen lassen. Oder sich von mir abwenden. Dann hätte ich mir die Wiederauferstehung genauso gut schenken können. Das kam also nicht infrage, schließlich hatte ich keinen Beweis für meine Geschichte. Womöglich hätte ich Nora in den vergangenen Tagen mal darum bitten sollen, eine meiner Verwandlungen mit dem Handy zu filmen oder Fotos zu machen. Allerdings war das nichts, was man ins Netz stellen sollte, und irgendwie gelangten solche Sachen doch immer ins Internet. Na ja, jetzt war es eh zu spät.

Wäre es glaubwürdig, wenn ich behauptete, im Koma gelegen zu haben? Mhm, damit kannte ich mich nicht aus. Außerdem müsste es dann ja irgendwo Krankenhausunterlagen geben und bestimmt brauchte man etliche Nachuntersuchungen oder Kontrollen. Das ging wohl nicht so einfach wie im Fernsehen.

Dann eventuell die andere klischeebehaftete Geschichte mit dem Gedächtnisverlust wählen? Das wäre um einiges glaubhafter, denn da könnte ich bei einer Familie untergekommen sein und in der Zeit Nora getroffen haben und hätte mich plötzlich oder mit der Zeit wieder erinnert. Oftmals half ja ein zweiter Schlag auf den Kopf dem Gedächtnis wieder auf die Sprünge. Ja, das klang schon besser. Auch wenn ich die Geschichte unbedingt feiner ausarbeiten müsste, sollte ich mich wirklich dafür entscheiden.

Na ja, irgendetwas würde mir schon einfallen. Und wenn nicht mir, dann bestimmt Nora. Mit ihr musste ich das sowieso zunächst erst einmal alles besprechen, nicht, dass sie wieder annahm, ich würde einfach so gehen. Denn das hatte ich definitiv nicht vor. Wer hätte gedacht, dass ich am Ende dieses wirklich dunklen Tunnels nicht nur ein Licht finden würde, sondern gleich ein richtiges Zuhause? Denn das war es für mich geworden, in nur wenigen Tagen. Nora war mein Zuhause und ich hatte nicht vor, sie je wieder zu verlassen. Und ich wollte nicht, dass sie deswegen Angst bekam. Dieses eine Mal hatte mir vollkommen gereicht. Ich hatte ihr eine Freude machen wollen und es dermaßen vergeigt, dass ich mir in dem Moment wünschte, nie auf die Idee mit den Geschenken gekommen zu sein.

So etwas durfte mir kein zweites Mal passieren. Schließlich war sie zu meinem größten Schatz geworden.

Ich hätte Nora wohl nie getroffen, wenn dieser Fluch nicht gewesen wäre und mich hierhergeführt hätte. Dennoch würde es noch einige Jahre brauchen, bis ich diesem Fluch auch nur eine entfernte Art von Dankbarkeit entgegenbringen konnte. Momentan war ich jedoch froh darüber, wie das Ganze geendet hatte. Mit mehr als nur einem Happy End. Es war nach wie vor wie ein Traum. Deswegen konnte ich auch nicht so einfach die Augen schließen und schlafen, weil ich fürchtete, nach dem Aufwachen wäre all das vorbei.

Vorsichtig nahm ich eine von Noras blonden Locken in die Hand, welche ihren Kopf Engelshaargleich umkringelten. Dazu diese blauen Augen, die tatsächlich den Eindruck erwecken konnten, dass hier ein Engel neben mir lag. Ihre süße kleine Stupsnase und das rundliche Gesicht erinnerten mich an die Zeichnungen, die häufig die Decken alter Kirchen zierten.

„Hey", murmelte Nora verschlafen und öffnete die Augen.

„Du bist noch da", flüsterte sie und es versetzte mir einen Stich, dass diese Worte noch immer von einem leisen Staunen begleitet waren.

„Ja, und ich werde auch nicht gehen", antwortete ich mit fester Stimme und machte das Licht der Nachttischlampe an, damit sie mich besser sehen konnte. „Allerdings gibt es da etwas, was ich mit dir besprechen muss."

Keine Ahnung, ob das so eine gute Idee war, das gerade jetzt zu tun, aber da ich bis eben noch diesen Gedanken nachgehangen hatte, wollte ich sie jetzt irgendwie schnell loswerden und nicht die ganze Nacht mit mir herumschleppen. Vermutlich würde ich sonst nie einschlafen.

„Was denn?" Sie schien meine ernste Stimmung sofort wahrgenommen zu haben und blinzelte gegen das Licht zu mir hoch. Während ich sie stumm musterte, stemmte sie sich auf einen Arm hoch.

„Ich möchte im kommenden Jahr gern zu meinen Eltern gehen. Sie sollten wissen, dass ich noch lebe und ich muss ja irgendwann auch wieder arbeiten und …" Ich wollte noch all die anderen Punkte aufzählen, damit sie verstand, dass es mir nicht darum ging, sie zu verlassen oder nicht wiederzukommen. Doch Nora legte mir nur beschwichtigend einen Finger auf die Lippen.

„Alles gut, das verstehe ich. Sie sollen nicht denken müssen, dass du tot bist oder nie wiederkommst." Ihr Blick verdüsterte sich und ich war mir sicher, dass sie an den Tod ihrer Eltern denken musste. Mist, daran hatte ich sie nicht erinnern wollen. Ich küsste ihren Finger an meinen Lippen und wollte gerade etwas sagen, als sie selbst das Wort ergriff.

„Sag mal, was glaubst du eigentlich, wieso sich der Fluch plötzlich aufgelöst hat?"

Ich hatte darüber bereits etliche Male nachgedacht. War all die Tage durchgegangen, seit ich Nora getroffen hatte und hatte nach dem entscheidenden Moment gesucht. Zunächst die Sache mit den Glocken. Gut, das hätte schon immer so sein können, ohne dass ich mir dessen bewusst gewesen wäre. Aber dass ich die Gestalt des Kampus dann endgültig losgeworden war, lag bestimmt daran, dass …

„Ich kann es mir nur so erklären, dass ich meine Rolle endlich akzeptiert habe und nicht länger davor davongelaufen bin. Als ich der Krampus für all diese Kinder war, habe ich angenommen, zu was mich der Fluch gemacht hat. Das war der Schlüsselmoment, glaube ich."

„Denkst du wirklich?" Nora klang nicht wirklich überzeugt. Sie runzelte ihre Stirn und richtete den Blick nachdenklich zur Decke. „Wenn es darum gegangen wäre, deine Rolle anzunehmen, hättest du den Kindern dann nicht vielmehr Angst machen müssen? Das ist doch schließlich die eigentliche Aufgabe des Krampusses, oder nicht?" Ihre blauen Augen richteten sich wieder auf mich.

Ich dachte eine Weile schweigend darüber nach. Das, was sie sagte, war nicht falsch. Keineswegs, es erschien mir sogar einleuchtend und dennoch …

„Es kommt immer darauf an, was man daraus macht, oder? Auch wenn man das Kostüm des Weihnachtsmannes anzieht, muss man dadurch nicht automatisch gütig sein. Denk mal an *Das Wunder von Manhattan* und den betrunkenen Typen im Schlitten."

Ein Lächeln stahl sich auf ihr Gesicht, als ich sie an den Film erinnerte, den wir zusammen geguckt hatten.

„Punkt für dich."

Ich nickte, blieb jedoch ernst. „Also ich denke, das Ausschlaggebende war die innere Einstellung, die sich bei mir an diesem Tag auf dem Weihnachtsmarkt geändert hat. Ich habe nicht mehr mit meinem Schicksal gehadert, sondern es angenommen und das Beste daraus gemacht."

„Eventuell war es ja auch die Tatsache, dass du den Kindern geholfen hast, anstatt ihnen Angst zu machen, was du ohne Probleme auch hättest tun können. Damals der kleine Junge, du hast ihm nicht geholfen. Du hast dich dagegen entschieden, obwohl du es gekonnt hättest. Dieses Mal aber hast du dich richtig entschieden und bist drangeblieben, obwohl es anfangs nicht leicht war, das Vertrauen der Kinder zu gewinnen."

„Ja, vielleicht war es auch das. Oder all diese Dinge haben eine Rolle gespielt. Ich hoffe einfach nur", ich rutschte näher an sie heran und legte meine Arme um sie, bevor ich sie ganz dicht an mich heranzog und ihr Haar küsste, „dass ich nicht eines Tages wieder mit Fell am ganzen Körper aufwachen werde, weil das hier in Wahrheit nur eine Phase ist."

Sie kicherte, was warme Wellen durch meinen Körper schickte.

„Das heißt, du solltest fortan immer schön brav zu kleinen Kindern sein. Nicht, dass es dir wie Pinocchio geht."

„Na ja, solange die Nase irgendwann auch wieder kürzer wird, wenn ich die Wahrheit sage. Respektive wenn ich nett zu kleinen Kindern bin." Ich vergrub mein Gesicht in ihrem Haar und atmete tief ihren wohligen Duft ein, der für mich seit Neuestem Zuhause bedeutete.

„Ich hatte da eher an diese Insel und die Verwandlung in einen Esel gedacht." Sie kicherte erneut. „Wegen der Hufe."

„Oh, du!" Ich warf mich auf sie und kitzelte sie einmal ordentlich durch. Dabei durchströmte mich pures Glück. Ich liebte diese Leichtigkeit, die das Zusammensein mit ihr in mir auslöste.

„Ich ergebe mich", prustete sie irgendwann atemlos und ich ließ von ihr ab.

„Einverstanden. Allerdings nur, wenn du mich zu meinen Eltern begleitest."

Sie atmete schwer, stemmte sich schließlich hoch und sah mir tief in die Augen. „Ich dachte, ich hätte schon längst eingewilligt."

Keine Ahnung, ob sie den Kuss initiierte oder ich. Aber eines wusste ich ganz genau. Mit ihr an meiner Seite konnte ich jedes Hindernis überwinden und ihr erging es da hoffentlich ganz genau so!

Das ist eine schöne Geschichte: Ein Krampus macht Liebesgedichte

24. Dezember, 1 Jahr nach Weihnachten

Ich konnte es noch immer nicht so recht glauben, was im vergangenen Jahr alles passiert war. Silas war zu seinen Eltern gefahren (wir hatten gemeinsam entschieden, dass es besser war, wenn er beim ersten Wiedersehen alleine ging, damit ich dabei nicht störte) und so wie er es mir beschrieben hatte, musste das ein tränenreiches Wiedersehen gewesen sein. Nachdem sich alles etwas beruhigt hatte, war er zu mir zurückgekommen – ich würde es nie laut sagen, aber ich hatte mir insgeheim trotz seiner Beteuerungen Sorgen diesbezüglich gemacht; vollkommen unbegründet selbstverständlich. Im Sommer hatten wir seine Familie dann gemeinsam besucht.

Ich hätte nie gedacht, dass seine skurrile Erklärung mit dem Gedächtnisverlust tatsächlich so bereitwillig akzeptiert werden würde. Uns war nur nichts Besseres eingefallen. Warum hätte man ihn entführen und über zwei Jahre gefangen halten sollen? Und in den Bergen verschollen war für so eine lange Zeit eher unwahrscheinlich. Ein Flugzeugabsturz mit Rettung auf eine Insel war ebenfalls rausgefallen. In dem Fall hätte er auf einer Passagierliste gestanden. Er hätte noch ins Zeugenschutzprogramm gehen können, allerdings hätten wir ein Gerichtsverfahren gebraucht, in dem er als wichtiger Zeuge aussagen musste.

Nein, Gedächtnisverlust hatte am realistischsten geklungen.

Seine Eltern waren ganz liebe Menschen und richtig aufgeblüht, während wir bei ihnen „Urlaub" machten. Es muss sie sehr mitgenommen haben, als Silas so plötzlich spurlos verschwunden war. Ohne irgendeinen Anhaltspunkt.

Zum Glück hatten wir mit den Behörden keine großen Probleme bekommen. Wobei ich glaubte, dass Pfarrer Wilhelm daran nicht ganz unbeteiligt gewesen war.

Seit dieser Sache und seinen seltsamen Andeutungen hatte ich ihn besonders gut im Auge behalten, allerdings konnte ich nichts Außergewöhnliches an diesem Geistlichen feststellen.

Silas war währenddessen nebenbei bei mir eingezogen. Er hatte ja bereits vorher schon mehr oder weniger bei mir gewohnt und nachdem er von seinen Eltern mit einigen persönlichen Sachen zurückgekommen war, hatten wir das so beibehalten. Wir hatten das nicht weiter thematisiert, es hatte sich einfach so ergeben.

Ich hatte ihm mit der Zeit sogar das Reiten beigebracht und nächstes Jahr würde er sein eigenes Pferd bekommen (schließlich besaßen wir noch eine freie Box), so konnten wir auch mal zu zweit ausreiten. Wobei ich eher vermutete, dass wir mir ein neues Pferd kauften und er weiter Victor ritt. Denn ich bezweifelte, dass wir noch einmal solch ein Pferd finden würden wie ihn. Totenbrav, bombensicher und immer genau auf den Reiter abgestimmt. Eigentlich ritt er mit uns aus und nicht andersherum.

Momentan begleitete ich die beiden häufig mit Sokrates und einer Ponykutsche oder jetzt im Winter auf einem kleinen Schlitten, den Silas mir (mit Unterstützung des Schreinermeisters Meyer aus dem Dorf) selbst gebaut und vorzeitig zu Weihnachten geschenkt hatte.

Silas machte zudem eine duale Ausbildung zum Forstwirt. Es hatte auch noch Förster im Raum gestanden, weil er es sich gut vorstellen konnte, weiter mit dem Wald und den Lebewesen in Verbindung zu stehen. Er kannte sich dort immerhin bereits sehr gut aus und warum das nicht nutzen? Ja, es war meine Idee gewesen. Silas erzählte, dass er sein angefangenes Studium nicht fortsetzen wollte, nachdem er wegen dieser Sache über zwei Jahre ausgesetzt hatte. Es wäre komisch, damit nach so langer Zeit fortzufahren. Er hatte mehr Lust auf etwas vollkommen Neues, was nicht in Verbindung mit seinem alten Leben stand.

Um Förster zu werden, wäre ein 3-jähriges Studium notwendig gewesen. Silas wollte jedoch lieber direkt loslegen. Außerdem war man als Förster mehr oder weniger dazu verpflichtet, einen Jagdschein zu haben. Ohne machte es eigentlich keinen Sinn. Das mögliche Töten von Tieren hatte ihn jedoch zu sehr abgeschreckt. In den zwei Jahren als Krampus war er gezwungen gewesen, Lebewesen mit seinen Zähnen und Klauen das Leben zu nehmen. Er wollte nie wieder auch nur etwas Ähnliches durchmachen. Auch nicht aus der Entfernung einen Schuss abgeben.

Als Forstwirt hatte er vorrangig mit dem Baumbestand und Holzarbeiten zu tun, was ihn auf die Weiterverarbeitung neugierig gemacht hatte, wodurch der Kontakt zu Herrn Meyer entstand.

Was mich betraf, so hatte ich mittlerweile kaum noch Probleme, das Haus zu verlassen. Nur große Menschenansammlungen bereiteten mir von Zeit zu Zeit gewisse Schwierigkeiten. Das war unter anderem auch tagesformabhängig. Hin und wieder kamen einfach viele Dinge zusammen und wenn es mir sowieso nicht gut ging, mied ich solche Ausflüge, weil dabei schlicht nichts Gutes herauskommen konnte. An solchen Tagen musste Silas halt alleine einkaufen gehen (ja, ich bestellte nicht länger alles online).

Dieses Jahr hatten wir frühzeitig mit dem weihnachtlichen Schmücken begonnen und sogar draußen wunderschöne Beleuchtung am Haus angebracht. Dabei war es Silas gewesen, der auf die wackelige Leiter gestiegen war. Ich mochte ja mutiger geworden sein und mir mehr zutrauen, dennoch brachten mich keine zehn Pferde auf so ein gefährliches Ding, welches jederzeit mit mir zusammen umkippen konnte, weil es bloß an der vereisten Regenrinne angelehnt war.

Silas hatte das Anbringen der Beleuchtung zum Glück heile überstanden, war nicht von der Leiter gefallen (oder nur fast) und wir waren beide sehr zufrieden mit dem Ergebnis. Es sah einfach wunderschön aus. Im Haus war, zu den Unmengen vom letzten Jahr, etliches an Weihnachtsdeko dazugekommen. Damals hatte ich bereits zwei zusätzliche Kartons gefüllt. Dieses Jahr war es mindestens ein weiterer.

Selbstverständlich hielt Silas sein Versprechen, welches er Pfarrer Wilhelm gegeben hatte, und spielte auch dieses Jahr wieder den Krampus auf dem Weihnachtsmarkt. Es war so organisiert worden, dass er jedes Adventswochenende ab mittags verkleidet über den Weihnachtsmarkt lief. Ich hatte dafür fast das gesamte Jahr an seinem Kostüm gesessen, damit es wenigstens ansatzweise so echt aussah, wie seine ursprüngliche Gestalt. In dem Zusammenhang hatte ich etliches an Wissen bezüglich der Maskenbildnerei dazugelernt, was meinen Kostümen allgemein zugutekommen würde. Und tatsächlich war mir am Ende eine höchst realistische Nachbildung seines Krampus' Gesichtes gelungen. Gut, dass damals so viele Eltern Fotos von Silas' Auftritt auf dem Weihnachtsmarkt gemacht hatten. So hatte ich eine gute Vorlage für meine „Nachbildung" gehabt. Einzig aus der Erinnerung wäre das eine fast unlösbare Aufgabe gewesen. Daher hatten wir etwas herumgefragt, weil wir leider selber gar keine Schnappschüsse gemacht hatten und doch so gerne ein paar Erinnerungsfotos an den Tag hätten. Das hatte wunderbar funktioniert.

Dieses Jahr hatte ich beim Kostüm allerdings „angeblich" auf die Stelzen verzichtet, sodass Silas sich recht unproblematisch zu den Kindern hinunterbeugen konnte – die Hose vom vergangenen Jahr hatte ich von der Länge her einfach an seine Menschenbeine angepasst. Selbstverständlich trug er wieder das ein oder andere Kind auf den Schultern. Schließlich erinnerten sich nicht wenige daran, dass er das im Jahr zuvor auch getan hatte, und wünschten sich das deswegen noch ein Mal.

Ich bot währenddessen kleine Schlittenfahrten mit Sokrates an. Ähnlich wie die Ponys vom vergangenen Jahr. Nur dass wir die meiste Zeit Silas auf seinem Rundgang über den Markt begleiteten. Ich war wirklich dankbar, wie entspannt Sokrates den ganzen Trubel mitmachte.

Da der 4. Advent dieses Jahr auf den Heiligen Abend fiel, gab es auch noch an Weihnachten bis mittags einen offenen Weihnachtsmarkt und einen Krampus, der die Kinder auf den besten aller Feiertage einstimmte.

Wir waren fertig und machten Schluss. Silas zog sich gerade um, als Pfarrer Wilhelm neben mich trat.

„Das war wirklich sehr gute Arbeit von dir und Sokrates. Und Silas hat seine Sache mit dem neuen Kostüm ebenfalls ausgezeichnet gemacht." Er nickte mit einem geheimnisvollen Lächeln und dieses Mal war ich nicht zu unsicher, um nachzuhaken. Denn im Grunde hatte ich ja nur auf solch eine „Einladung" gewartet.

„Jetzt gebt es schon endlich zu, Ihr habt von Anfang an über alles Bescheid, oder? Vielleicht steckt Ihr sogar hinter der Geschichte?" Ich war gespannt, wie er auf diese Worte reagieren würde.

„Ich? Aber nicht doch." Er lächelte mich freundlich an. „Ich habe keine solche Macht."

„Wer dann? Der Weihnachtsmann? Der heilige Geist? Gott?" Ich verschränkte die Arme und sah ihn herausfordernd an. Im Grunde bezweifelte ich, dass irgendeiner von ihnen der Verantwortliche war. Selbst dem Pfarrer hätte ich nie ernsthaft magische Kräfte unterstellt. Wenn ich nicht die ganzen Verwandlungen von Silas in den Krampus und wieder zurück selbst erlebt hätte und damit mehr oder weniger der Beweis von echter Magie erbracht worden wäre, würde ich nicht daran glauben. So aber war ich mir ziemlich sicher, dass es da irgendwo irgendjemanden geben musste, der magische Kräfte besaß, um jemanden vom Fleck weg in einen Krampus zu verwandeln.

„Wer sagt denn, dass Gott nicht all diese Wesen verkörpert?" Diese blauen Augen schienen mich auf die Probe zu stellen. Was genau erwartete er von mir?

„Aber würde Gott so etwas tatsächlich tun? Jemanden derart bestrafen?" Wobei, als ich die Worte laut aussprach, kamen mir sogleich die Plagen in den Sinn, welche Gott zu den Menschen geschickt hatte. Er bestraft durchaus. Doch konnte man das definitiv nicht mit einer Verwandlung in einen Krampus vergleichen.

„Gott bestraft nicht, er zeigt dir bloß, wenn du dich auf dem falschen Weg befindest. Ja, manchmal macht er das mit harten Mitteln, aber so sind Götter eben. Und manche Menschen verstehen es anders nicht." Er lächelte mich an.

In diesem Moment trat Silas neben mich – ohne sein Krampuskostüm oder besser gesagt mit diesem über dem Arm.

„Na? Alles in Ordnung bei euch?" Er legte mir einen Arm um die Schultern und zog mich an sich, dabei drückte er mir einen Kuss auf die Wange. Das erzeugte nach wie vor dieses aufgeregte Kribbeln in meinem Bauch. „Über was redet ihr beiden so angeregt?"

„Über dich, um ehrlich zu sein." Pfarrer Wilhelm lächelte. „Und Gott und die Welt, wenn man so möchte."

Silas sah mich irritiert an, um mich stumm darum zu bitten, ihm das Gesagte zu erklären. Aber so richtig wusste ich nicht, wo ich anfangen sollte.

„Keine Sorge, wir haben nur Gutes über dich gesprochen. Ich danke dir sehr für den heutigen Tag." Pfarrer Wilhelm griff nach Silas' freier Hand und nahm sie in die seinen.

„K-kein Problem, immer gerne wieder." Silas wirkte nach wie vor irritiert, was mich normalerweise zum Schmunzeln oder Lachen gebracht hätte, doch irgendwie war mir nicht danach.

Mit einem breiten Lächeln verabschiedete sich der Pfarrer von uns beiden und wir sahen ihm gedankenverloren nach. Wenigstens hatte er sich nicht wie schon so oft, einfach in Luft aufgelöst.

„Du glaubst doch nicht, dass der Pfarrer irgendetwas über meine Verwandlung weiß, oder?" Silas betrachtete mich nachdenklich. Er hatte diesen Gedanken also auch. Mir war das bereits häufiger durch den Kopf gegangen.

„Es macht aber oft den Eindruck, oder?" Ich kannte den Pfarrer zwar schon länger, allerdings hatte ich nie so engen Kontakt gehabt wie im vergangenen Jahr. „Er benimmt sich wirklich auffällig."

„Ja, das tut er tatsächlich." Silas' Miene wurde nachdenklich, doch dann hellte sie sich augenblicklich wieder auf. „Egal, wir werden uns die Menschen in Krampuskostümen fortan einfach ganz genau anschauen. Vielleicht musst du noch mal jemanden von diesem Fluch befreien."

„Kein Problem, solange ich ihm bloß ein Kostüm schneidern und ihn nicht *freiküssen* muss", witzelte ich, während wir Arm in Arm zu Sokrates und seinem Schlitten hinüberliefen.

„Das verbiete ich. Freiküssen darfst du nur mich." Er gab mir einen Kuss auf die Wange.

„Du hast aber nicht vor, dich dafür erneut verfluchen zu lassen, oder?" Ich hob eine Augenbraue und betrachtete ihn skeptisch.

„Nicht, wenn es sich vermeiden lässt. Andererseits, wenn es dann einen Kuss zur Befreiung gibt … Für einen Kuss von dir würde ich mich jederzeit wieder in ein Biest verwandeln."

„Nur, dass das Biest nicht wie der Froschkönig mittels eines Kusses vom Fluch befreit wurde."

„Aber unser Märchen verläuft doch sowieso anders. Schließlich hatte ich auch keine Rose und kein Schloss." Silas löste sich von mir, um mir kurz darauf seine Hand hinzuhalten, damit er mir in den Schlitten helfen konnte.

„Nein. Und trotzdem bist du mein ganz persönlicher Prinz." Als Silas neben mir auf dem Kutschbock Platz nahm, küsste ich ihn richtig.

„Und du meine Prinzessin, die mich von meinem Fluch befreit hat." Er erwiderte den Kuss.

„Und sie lebten glücklich bis ans Ende ihrer Tage", flüsterte ich an seinen Lippen.

„Ja, das taten sie."

After-Talk

Vielen Dank fürs Lesen einer sehr persönlichen Weihnachtsgeschichte dieses Mal. Ich hoffe, es hat euch gefallen!

Ich liebe die letzten Kapitel, das Weihnachtsfest bei Nora zuhause, aber auch Silas als Krampus auf dem Weihnachtsmarkt. Es ist so schön, wie die Kinder ihn annehmen und mit ihm umgehen und wie Nora es schafft, das Eis mit der kleinen Sophia zu brechen. Irgendwie fühlt es sich so rund, so wunderbar perfekt und herzerwärmend an. Ich kann es gar nicht richtig beschreiben, doch das Gefühl überkommt mich jedes Mal, wenn ich das Ende wieder lese. Ich hoffe, es erging euch ganz genauso!

Lichtzauber ist für mich ein sehr persönliches Buch, weil ich selber mehr oder weniger seit meiner Jugend an Panikattacken leide. Allerdings hab ich kein Problem das Haus zu verlassen, bei mir zeigt es sich hauptsächlich beim Autobahnfahren. Was einen manchmal ziemlich einschränkt, ich warte immer noch darauf, dass jemand das Beamen erfindet^^ Ich würde super gerne an so viele Orte auf der Welt fliegen, traue mich aber nicht, weil Fliegen ebenfalls schwierig ist.

Es gab auch immer mal Phasen, wo sie daheim auftraten oder mir anderweitig Schwierigkeiten machten, und dann ist es wieder besser. Richtig schlimm war es zuletzt, nachdem meine Hündin Ende letzten Jahres überraschend gestorben ist. Danach ging gar nichts mehr. Ich hatte wieder Panikattacken zuhause, auch im Bett. Tagsüber ging es mir beschissen, nachts war auch nicht besser. Ich bin das Gefühl gar nicht mehr losgeworden.

Wenn man keinen Moment der Ruhe hat, sondern ständig diesen Abgrund vor sich hat, das ist schrecklich. In der Zeit konnte ich auch nicht schreiben, deswegen war ich froh, dass ich Lichtzauber bereits fast ein Jahr zuvor fertiggestellt hatte, denn gerade mit dieser Thematik hätte ich das zu dem Zeitpunkt nicht in absehbarer Zeit schreiben können. Bereits das Durcharbeiten für die noch nicht stattgefundene Testleserunde und das Einfühlen in Noras Panikattacken war schwierig, weil das jedes Mal auch bei mir wieder viel hochgeholt hat.

Inzwischen ist es wieder besser, auch wenn es insgesamt schlechter ist als vorher. Man denkt, man kann es überwinden oder zumindest daran arbeiten und dann kommt eine Sache und reißt dich komplett von den Füßen. Wenn die Psyche nicht mitspielt, ist das wirklich kein Spaß.

Deswegen war mir hier auch wichtig, dass Nora bereits an dem Problem gearbeitet hat (und das lange) und entsprechende Fortschritte gemacht hat. Silas kommt nicht und heilt sie, sodass alles einfach weg ist. Auch später gibt es gute Tage und schlechte Tage und es kann jederzeit wieder richtig schlecht werden.

Ich hoffe, das kam einigermaßen rüber und noch mehr hoffe ich, dass es bei jedem von euch mehr gute als schlechte Tage gibt! Gesundheit ist das Allerwichtigste. Das darf man nie vergessen und für einander da zu sein, sodass niemand mit seinen Problemen alleine ist. Das kann schon viel bewirken. Wie bei Nora.

*Und jetzt noch mal zurück zur Geschichte. Nachdem der traurige Teil endlich vorbei ist^^*

Was denkt ihr? Wieso wurde Silas' Fluch plötzlich gebrochen? Und hatte der Pfarrer irgendetwas damit zu tun? Oder ist er nur ein harmloser, alter Geistlicher? Mich würden eure Vermutungen wie immer sehr interessieren.

Die Geschichte mit dem Krampus hab ich als allererstes von der Zauber-Reihe geschrieben. Normalerweise schreibe ich natürlich der Reihe nach. Aber hier war es so, dass ich eigentlich die Krampus-Geschichte als ersten Teil hatte veröffentlichen wollen, weil die Idee dazu schon am besten ausgearbeitet war. Aber durch meine Titelei, wie ich sie auch bei der Magie-Reihe hatte, war ich „gezwungen" Eiszauber vor Lichtzauber zu setzen, da Frostzauber mit den beiden Schwestern und dem Geburtstag an Weihnachten (keine Sorge, ich verrate noch nicht zu viel) als letzter Teil sein sollte. Immerhin gibt es bei der Magie-Reihe beim 3. Teil einen Countdown bis zur Hochzeit und nicht bis Weihnachten, wodurch ich das hier mit dem Geburtstag ähnlich halten wollte. Und Lichterspiel passte eben so wunderbar zu dem Cover von Eiszauber, wodurch Lichtzauber danach kommen musste. (Noch genauer hab ich das in Eiszauber im After-Talk erklärt.)

Lange Rede, kurzer Sinn. Ich hab Lichtzauber bereits im Dezember 2022 geschrieben und im Januar 2023 fertig gestellt. Direkt danach hab ich Eiszauber geschrieben, obwohl ich Frostzauber von der Handlung her bereits weiter ausgearbeitet hatte, aber das kommt ja erst nächstes Jahr (und muss auch noch geschrieben werden, das hatte ich ursprünglich letztes Weihnachten vorgehabt, aber da ging ja nun mal gar nichts mehr ...). Tja, bei Eiszauber hatte ich tatsächlich recht lange gar keine Handlung oder überhaupt eine Idee für „das magische Wesen". Dafür ist es dann aber wirklich gut geworden. Habt ihr es schon gelesen? Oder gehört?

Übrigens bin ich erst vor ein paar Jahre über den Krampus gestolpert. Er kam in einem Kinderfilm vor und irgendwo hatte ich im Internet auch mal etwas darüber gelesen. Da ich ziemlich hoch im Norden wohne, ist der Krampus bei uns überhaupt nicht bekannt, wir haben Knecht Ruprecht, der ja in Weihnachtsmagie bereits seinen Auftritt hatte (übrigens, wer da auf der Hochzeitsfeier bei den magischen Wesen genauer hinschaut, dort hab ich die Krampus-Gestalt auch schon mal auftreten lassen :D)! Es hat total Spaß gemacht, mehr über dieses Wesen zu lesen und es dann ganz „neu zu interpretieren". Wenn man es denn so nennen darf. Bei den Überschriften hab ich mich dieses Mal an einigen Krampussprüchen bedient, die ich im Internet gefunden habe. Ich gebe zu, je mehr Magie/Zauber-Reihen-Bücher ich schreibe, desto schwieriger wird es mit den Überschriften, weil ich ja schon so viele Weihnachtssprüche, Liedtexte oder anderes verwendet habe. Aber der Spruch der guten Fee aus Cinderella passte hier ja einfach mal perfekt xD aus hässlich mach schön. Hätte ich theoretisch aber auch bei unserem kleinen, grummeligen Weihnachtselfen in Eiszauber verwenden können^^

Ja, ich hoffe, euch hat diese Idee gefallen und wer mag, kann auch gerne in seiner Rezension oder als Nachricht an mich verraten, ob oder wie viel ihr vorher über den Krampus wusstet.

Ansonsten wünsche ich euch noch schöne Weihnachten und hoffe, dass wir uns vielleicht bei Frostzauber nächstes Jahr wiedersehen!

Vielen Dank fürs Lesen!
Eure Pia

Über Pia Hepke

Ich liebe es, mir Geschichten auszudenken und beim Schreiben in andere Welten abtauchen zu können.

Meine eigenen Geschichten, Ideen und Figuren, die langsam zum Leben erwachen und teilweise sogar ein absolutes Eigenleben entwickeln. Ich kann mir das alles nicht mehr wegdenken.

Das Schreiben gehört für mich mittlerweile genauso zu meinem Alltag wie das Lesen, Malen, Fotografieren oder meine Pferde und Hunde.

Es ist eine wunderbare Möglichkeit sich auszudrücken und andere mit seinem Tun zu begeistern. Emotionen herbeirufen, die man nicht kennt, oder die eigenen dem Leser näher bringen.

Themen ansprechen, die sonst ungern thematisiert werden.

All das gehört dazu und ich hoffe, dass ich Dich mit meinem Buch eine kleine Weile aus Deinem Alltag holen und in eine fremde Welt entführen konnte.

Website:
http://pia-hepke.jimdo.com/

Pia Hepke
Huntloser Str. 105, 26203 Wardenburg

Bisher veröffentlichte Bücher:

Irrlichter - Das Licht zwischen den Welten
Irrlichter - Der Schatten auf deinem Leben
Irrlichter - Die Dunkelheit in unseren Herzen
Irrlichter - Der Tod unter deiner Haut
Irrlichter - Die Schönheit unserer Seelen
Irrlichter - Das Leben hinter dem Schleier
Fantasy-Kurzroman

Rentiere - Ein weihnachtliches Märchen
Weihnachtsbuch 2015 (2. Auflage 2018)

Auf den Schwingen eines Greifen
Fantasyroman 2016 (2. Auflage 2024)

Wintermagie -
Schneeflockenküsse und Sternenstaub
Weihnachtsbuch 2018

Schneemagie -
Weihnachtszimt und Sternenlicht
Weihnachtsbuch 2019

Weihnachtsmagie -
Winterwunderland und Sternenleuchten
Weihnachtsbuch 2020

Missgeschicke unterm Mistelzweig
Weihnachtsbuch 2021

24 Türchen zum Glück
Weihnachtsbuch 2022

Eiszauber -
Lichterspiel und Mondenschein
Weihnachtsbuch 2023

Lichtzauber -
Frostkuss und Mondfinsternis
Weihnachtsbuch 2024

Frostzauber -
Eisblumen und Mondglanz
Weihnachtsbuch 2025

Adele - Über Nacht zur Meerjungfrau
Adele 2 - Das Schicksal einer Meerjungfrau
Isegrim Verlag 2021 + 2023

Asterios - Ein Dämon zum Verlieben
dp Verlag 2023